Título original: *One Heart to Win*
Traducción: Marc Barrobés
1.ª edición: abril, 2015

© Johanna Lindsey, 2013
© Ediciones B, S. A., 2015
   para el sello B de Bolsillo
   Consell de Cent, 425-427 - 08009 Barcelona (España)
   www.edicionesb.com

Printed in Spain
ISBN: 978-84-9070-060-0
DL B 6500-2015

Impreso por NOVOPRINT
             Energía, 53
             08740 Sant Andreu de la Barca - Barcelona

Un corazón por conquistar

JOHANNA LINDSEY

1

Rose Warren dejó de llorar justo antes de que su hija Tiffany abriera la puerta de su mansión de piedra rojiza, pero no podía quitarse de la cabeza las palabras que habían provocado sus lágrimas: «Ven con ella, Rose. Ya hace quince años, ¿no crees que ya nos has torturado bastante?»

Habitualmente dejaba que fuera su hija, que había cumplido los dieciocho años el mes anterior, quien leyera las cartas de Franklin Warren. Frank solía escribirlas impersonales para que Rose pudiera compartirlas con su hija. Esta vez no lo había hecho, así que Rose la plegó y se la metió en el bolsillo en cuanto oyó la voz de Tiffany en el vestíbulo. La joven no conocía el auténtico motivo por el cual sus padres no vivían juntos. Ni siquiera Frank sabía el motivo real que ella había tenido para dejarlo. Y después de tantos años, era mejor que siguiera así.

—¡Tiffany, ven al salón, por favor! —le gritó Rose antes de que pudiera subir a su habitación.

Con la luz de la tarde centelleando en su cabello rubio rojizo, Tiffany se quitó el sombrero mientras entraba en el salón y luego la capa corta y fina que llevaba sobre los hombros. El tiempo era ya demasiado caluroso para un abrigo, pero aun así una dama de Nueva York tenía que vestir respetablemente cuando salía de casa.

Rose miró a Tiffany y recordó una vez más que su pequeñina ya no era tan pequeña. Desde que su hija había cumplido los dieciocho años, Rose había rezado más de una vez para que dejara de crecer. Ya estaba bastante por encima de la media de metro setenta y a menudo se quejaba de ello. Tiffany era tan alta por su padre, Franklin, y también tenía sus ojos verde esmeralda, aunque ella no lo sabía. Tenía los huesos delgados de Rose y unas facciones delicadas que la hacían más que bonita, aunque solo en parte había heredado el cabello pelirrojo de su madre; el de Tiffany era más bien cobrizo.

—He recibido una carta de tu padre.

Ninguna respuesta.

Tiffany solía emocionarse con las cartas de Frank, aunque de eso hacía ya mucho tiempo, más o menos por la época en que había dejado de preguntar cuándo las visitaría.

A Rose le rompía el corazón ver la actitud de indiferencia que había adoptado su hija hacia su padre. Sabía que Tiffany no conservaba ningún recuerdo de él. Era demasiado pequeña cuando Rose y ella se habían marchado de Nashart, en Montana. Rose sabía que debería haber dejado que se conocieran a lo largo de todos aquellos años. Frank había sido magnánimo enviándole a los chicos, aunque ella estaba segura de que lo había hecho para hacerla sentir culpable por no corresponderle y permitir que su hija lo visitara. Temía que Frank no dejara que Tiffany volviera a casa con ella. Era un temor infundado, su peor pesadilla. En un exabrupto, la había amenazado con quedarse a su hija. La había amenazado con muchas cosas con tal de volver a reunir a su familia. ¡Y ella ni siquiera podía culparlo por ello! Pero eso no iba a ocurrir. Imposible. Y ahora tendría que enfrentarse a su peor miedo: que cuando Tiffany se fuera a Montana, ella jamás volviera a verla.

Debería haber insistido en que el prometido de Tiffany viniera a Nueva York a cortejarla. Pero eso habría sido la gota que colma el vaso para Frank, que había respetado el deseo de Rose durante quince años y se había mantenido alejado de ella. Pero había llegado el año en que ella le había prometido que Tiffany volvería a vivir bajo su techo. Rose no podía mantenerlos separados por más tiempo y seguir con la conciencia tranquila.

Tiffany se detuvo ante ella y alargó la mano reclamando la carta, pero Rose, en vez de dársela, le señaló el sofá.

—Siéntate.

Su hija arqueó la ceja al negársele la carta, pero tomó asiento frente a ella. La sala era espaciosa. La mansión era espaciosa. Los padres de Rose descendían de una familia rica del Viejo Mundo, y toda su riqueza era ahora suya. Cuando Rose había vuelto de Montana con su hija de tres años, había encontrado a su madre recuperándose de una serie de enfermedades que la habían dejado inválida durante los cinco años que Rose había estado fuera. La anciana solo duró cuatro años más, pero al menos Tiffany tuvo la oportunidad de conocer a su abuela.

Aquella había sido una época dolorosa para Rose. Había tenido que abandonar a su marido y a sus tres hijos varones y luego había perdido a su único progenitor vivo. Pero al menos le había quedado Tiffany. Probablemente se habría vuelto loca de pena si también hubiera tenido que abandonarla a ella. No obstante, ahora también había llegado el momento para eso...

—¿Ya vuelve a tocar charla? —preguntó la joven con tono de hastío.

—Te has vuelto muy insolente desde que cumpliste los dieciocho —observó Rose.

—Si es así como quieres llamar a ese resentimiento que me carcome, pues adelante. Llámalo insolencia.

—Tiffany...

—No pienso ir a Montana, mamá. No me importa si eso implica un derramamiento de sangre. No me importa si eso implica que jamás volveré a ver a mis hermanos. Me niego a casarme con alguien a quien no conozco —dijo Tiffany cruzando los brazos y alzando la barbilla desafiante—. Ya está, por fin lo he dicho y no voy a cambiar de opinión.

—Estoy de acuerdo.

Tiffany abrió los ojos como platos antes de chillar aliviada.

—¡Gracias, mamá! No te imaginas lo mal que me sentía con la perspectiva...

—Deberías dejarme terminar. Estoy de acuerdo en que no te cases con un hombre al que no conoces. Irás a Montana para conocerlo. Tendréis varios meses para conoceros. Cuando termine este tiempo, si no es de tu agrado, entonces sí, podrás romper el compromiso y volver a Nueva York antes de que llegue el mal tiempo. Te doy mi palabra, Tiffany.

—¿Por qué nunca me dijiste que tendría algo que opinar acerca de este matrimonio que papá y tú concertasteis para mí cuando todavía era un bebé?

—Porque tenía la esperanza de que honrases este compromiso por voluntad propia. Quería que crecieras acostumbrada a la idea, esperaba incluso que a esta edad ya incluso lo estuvieras esperando.

—Pero ¡es que Montana todavía está por civilizar!

—¿Podríamos seguir esta conversación sin gritos, por favor? —repuso Rose, y añadió con una leve sonrisa—: El Territorio de Montana no es tan incivilizado como crees. Suponía que tus hermanos ya te habían convencido de ello. Y es uno de los lugares más hermosos que he visto jamás. Puede que incluso te acabe gustando.

—Me gusta Nueva York, donde me he criado, donde viven mis amistades, donde vives tú —refunfuñó Tiffany, y agregó en voz más alta—: Donde los hombres no llevan pistolas al cinturón porque siempre haya que estar preparado para disparar, incluso a las personas. ¿Cómo pudiste aceptar este arreglo, mamá?

—Fui yo misma quien lo sugirió.

Rose nunca se lo había dicho a su hija, y ahora, viendo sus ojos esmeralda abiertos como platos, deseó haber podido explicárselo de otra manera. Pero no había otra.

—¿O sea que eres tú quién me echa a los lobos?

—Oh, santo cielo, Tiff, no seas tan melodramática. Era lo único que podía hacer para poner fin a la enemistad entre los Callahan y los Warren. Aquella franja de tierra con agua entre las dos propiedades no fue ni siquiera lo que comenzó la rivalidad, aunque los dos bandos la utilizan para mantener viva la enemistad, afirmando ambos que les pertenece. Jamás había visto tanta testarudez. Cada vez que se acercaban a aquella agua al mismo tiempo, había tiros. Si alguna vaca cruzaba el río, no la devolvían, lo que provocaba más tiros. Dárosla a ti y a Hunter Callahan como parte del acuerdo matrimonial terminará con el conflicto.

—¿O sea que asumiste la responsabilidad de poner fin a un conflicto que no es cosa tuya sacrificando a tu única hija?

—Para tu información, jovencita —replicó Rose exasperada—, Zachary Callahan es uno de los hombres más guapos que conozco. No me cabía ninguna duda de que sus hijos crecerían igual de guapos, teniendo en cuenta lo hermosa que era la mujer con quien se casó. No me pareció para nada un sacrificio, estaba convencida de que estarías encantada de casarte con un Callahan. Aunque claro, como forastera veía las cosas de otro modo. Los rancheros eran agresivos, incluso posesivos, sí, aunque no creo que eso fuera algo exclusivo de la zona. Frank y Zachary solo eran dos hombres tercos que no estaban dispuestos a ceder ni un centímetro. Ya la cosa se las traía, y aquella agua en el límite entre ambos ranchos era la gota que colmaba el vaso. Personalmente, no creo que los Callahan sean mala gente. Zachary puede ser un ganadero competitivo y malhumorado, pero tiene fama de marido devoto y buen padre, algo que dice mucho de una familia.

—No te correspondía a ti poner fin al conflicto, mamá. ¿Por qué tuviste que meterte?

Rose no quería agobiarla con los horrores que había vivido en aquella época. Había tiroteos tan a menudo que temía que la siguiente bala alcanzara a alguno de sus hijos. Entonces se le había ocurrido una idea sencilla: poner fin al conflicto con un matrimonio. Cuando le planteó la idea a Frank por primera vez, no sabía que Tiffany y ella no seguirían en Montana. Se imaginaba a Tiffany y Hunter creciendo juntos, siendo amigos primero y con el tiempo enamorándose de una manera natural...

Rose trató de explicárselo a su hija en términos más sencillos.

—Detestaba aquella enemistad, pero también es verdad que

traté de ignorarla hasta la noche en que trajeron a casa a tu padre medio muerto. No fue un Callahan quien le disparó, sino uno de los jornaleros de los Callahan. Es algo curioso del Oeste: los empleados también toman partido y algunos no siguen las órdenes demasiado bien. Pero en cualquier caso, tu padre estuvo a punto de morir y yo estaba tan desesperada por poner fin a aquel derramamiento de sangre que habría hecho cualquier cosa. Y eso fue lo que logré con el compromiso de boda. Desde entonces ha habido tregua. Tus hermanos han podido crecer sin tener que esquivar las balas cada vez que salían del perímetro del rancho.

Rose contuvo la respiración esperando la respuesta de Tiffany. Lo que le había contado a su hija no era ninguna mentira, solo verdades a medias. Aunque era exactamente lo que todos habían pensado cuando le dispararon a Frank. Pero el pistolero no trabajaba para los Callahan. Tenía otro jefe, mucho más despiadado, que era quien movía los hilos. Cuando Rose lo descubrió y supo que no podía culpar a los Callahan, hizo lo único que se le ocurrió para evitar que Frank se vengara una vez recuperado: volvió a sacar la idea de una tregua a través del matrimonio, una manera segura de poner fin a aquella deplorable enemistad de una vez por todas, y esta vez insistió.

Ella era la única que sabía lo que había ocurrido realmente aquella noche y por qué. Y así seguiría. Que Tiffany aceptase un matrimonio arreglado podía ser realmente la salvación para dos familias vecinas demasiado tozudas para ponerse de acuerdo en compartir el agua en vez de combatir por ella. No obstante, Rose no iba a obligar a su hija a solucionar un problema que ya duraba generaciones. Únicamente le pediría que les diera una oportunidad a Montana y a Hunter Callahan.

Afortunadamente, Tiffany mostró curiosidad

—Entonces, ¿qué pasa si decido anular la boda? ¿Volverán a matarse unos a otros?

Rose sintió vergüenza.

—No lo sé. Tengo la esperanza de que estos quince años de llevarse bien les hayan demostrado que jamás deberían haber perseverado en una guerra iniciada por sus abuelos y que nada tiene que ver con ellos.

—¿Cuál fue el detonante?

—No estoy segura. Algo sobre una boda que acabó en tiroteo.

—¿Quieres decir que ambas familias iban a unirse a través de un matrimonio hace dos generaciones?

—Eso parece.

—No es un buen augurio para tu idea de volver a intentarlo. De hecho, parece que el destino no quiera que se celebre un matrimonio entre las dos familias.

—Con esta actitud seguro que no ocurrirá —replicó Rose con una mirada severa hacia su hija—. ¿Podrías al menos ir a conocer a ese chico sin prejuicios? Dale una oportunidad, Tiffany. Podría hacerte muy feliz.

La joven lo meditó unos segundos antes de admitir:

—Ahora que sé que no tengo que casarme con él obligatoriamente, supongo que puedo intentar considerar el asunto desde otra perspectiva, como unas vacaciones de verano de dos meses en otra parte del país. ¿Cuándo nos vamos?

—Yo no iré. Bueno, no todo el camino. Te acompañaré hasta Chicago y me quedaré allí esperando el resultado de tu cortejo.

Tiffany dejó caer los hombros al oír la noticia.

—¿Y por qué te tomas la molestia, si no piensas llegar hasta el final?

—Porque quiero estar relativamente cerca por si acaso me necesitas, y con el ferrocarril que ya conecta con Nashart, Chicago queda bastante cerca. Anna irá contigo, por supuesto. Y he dispuesto que un sheriff jubilado se reúna con nosotras en Chicago para escoltarte durante el último tramo de tu viaje y dejarte sana y salva en la puerta de casa de tu padre.

Rose iba a romper a llorar si Tiffany no cambiaba aquella expresión tan triste ante su inminente separación.

—¿No te sientes siquiera un poco emocionada con el viaje? —preguntó esperanzada.

—No —respondió la chica con tono monocorde mientras se levantaba para salir de la sala.

—¿Ni por volver a ver a tu padre?

—¿Volver? —Se volvió con un gruñido—. Ni siquiera lo recuerdo; tú y él ya os asegurasteis de que no tuviera ningún recuerdo de él. Así que te seré sincera, mamá: si pudiera acabar con todo esto sin siquiera ver a Franklin Warren, lo haría.

—¡Tiffany!

—Hablo en serio, y no me salgas con tus justificaciones sobre por qué me he criado sin un padre. Si realmente hubiera querido verme, ya habría encontrado la manera. Pero no quiso. Y por mi parte, ya es demasiado tarde.

Rose vio lágrimas de ira brotando de los ojos de Tiffany mientras se marchaba corriendo del salón. Dios santo, ¿qué les había hecho a las personas que más amaba?

2

Tiffany detestaba discutir con su madre, tanto que todavía sentía un doloroso nudo de emociones en el pecho cuando bajó a cenar aquella noche. Pero a su madre le bastó una mirada para entenderlo y le tendió los brazos. La joven corrió hacia ellos para que la abrazasen. Las dos se rieron al poco rato porque Tiffany, que era más alta de lo normal, había tenido que agacharse un poco para que su madre la estrechara.

Rose la cogió por la cintura y la condujo hacia el comedor. En casa de las Warren las cenas eran formales, con invitados o sin ellos, y madre e hija se vestían como correspondía. Tiffany lucía un vestido largo de color coral con lentejuelas de marfil que perfilaban el escote cuadrado. El de Rose era azul marino con encaje negro, aunque su resplandeciente cabello pelirrojo contrarrestaba aquellos colores tan lúgubres. Solo uno de los cuatro hermanos Warren era pelirrojo como Rose, Roy, el tercero. Los otros dos eran rubios como su padre. Solo Tiffany, con su pelo rubio rojizo, tenía una mezcla de los colores de sus dos padres.

—No volveremos a hablar del tema hasta que llegue la hora de hacer las maletas —le aseguró Rose mientras se sentaban una a cada extremo de la larga mesa.

—No pasa nada, mamá. Me había convencido de que no iría, pero ahora que sé que sí que iré, tengo algunas preguntas que hace tiempo que debería haberte hecho.

Tiffany se dio cuenta de que tal vez no tendría que haber añadido la parte de «hace tiempo». Un destello de recelo cruzó el rostro de su madre antes de responder con una sonrisa.

—Por supuesto.

—Sé que el Expreso Transcontinental puede atravesar el país hasta California en el tiempo récord de cuatro días, y que Chicago ni siquiera está a mitad de esa distancia. Agradezco que vayas a viajar conmigo hasta allí, pero ¿por qué prefieres quedarte en Chicago en vez de volver a casa a esperar el resultado del cortejo?

—¿Es eso realmente lo que te preocupa?

Tiffany rio entre dientes.

—No. Lo que no entiendo es que si vas a llegar tan lejos, no veo por qué no podrías hacer todo el viaje hasta Nashart. ¿Por qué pasar dos meses en un hotel cuando...?

—Chicago es la ciudad importante más cercana que me ofrece las comodidades a que estoy acostumbrada.

—Vale, pero ¿no hay un hotel en Nashart?

—No lo había la última vez que estuve allí, solo una casa de huéspedes. Tal vez ahora sí que lo haya, pero no podría esconderme en un pueblo tan pequeño. Hay demasiada gente que se acuerda de mí. Frank se enteraría y empezaría a echar puertas abajo.

Tiffany la miró con incredulidad.

—¿Echar puertas abajo? Estás exagerando, ¿no?

—No.

—Entonces, ¿por qué no vino aquí y echó abajo nuestra puerta? —inquirió Tiffany con un punto de irritación que, por suerte, su madre no pareció advertir.

—Porque sabía que lo habría hecho encarcelar —respondió Rose antes de añadir con fastidio—: En Nashart nadie pestañearía siquiera ante un comportamiento tan vandálico.

—¿Por qué no?

—Porque todavía soy su esposa y todos lo saben.

—¿Y cómo es eso, mamá?

Ahí estaba, flotando en el aire entre ellas, la pregunta que más interesaba a Tiffany y para la cual jamás había tenido una respuesta satisfactoria. Sus padres llevaban quince años separados pero no se habían divorciado para poder volver a casarse. Y Rose todavía era una mujer hermosa. Ni siquiera había cumplido los cuarenta.

Los padres de Tiffany se habían conocido en Chicago cuando Rose había ido a visitar a su tía abuela, ahora ya fallecida. Su última noche en la ciudad, Rose había asistido a una cena que daba un amigo de su tía, que era el abogado contratado por Franklin Warren para negociar ciertos contratos de ganado que había ido a firmar a la ciudad, de modo que también lo habían invitado a la cena. Tras haber estado charlando entre ellos aquella noche —toda la noche, en realidad—, Frank subió impulsivamente al tren de Rose al día siguiente y la acompañó hasta Nueva York, donde comenzó un ardoroso cortejo que a ella le hizo perder la cabeza. Se casaron al mes siguiente. Y eso era casi lo único que sabía Tiffany sobre la boda de sus padres.

Como Rose no respondía a la pregunta, añadió con reproche:

—Daba por sentado que cuando cumpliera los dieciocho me contarías por fin por qué estoy viviendo aquí contigo mientras mis hermanos lo hacen en Montana con mi padre.

—No hay nada que contar —dijo Rose evasivamente, y empezó a tomar la sopa que acababan de servirles—. Tu padre y yo no estábamos hechos el uno para el otro.

—Pues lo estuvisteis el tiempo suficiente para casaros y tener cuatro hijos.

—No seas impertinente.

—Lo siento —dijo Tiffany con una mueca de pesar—. Eso ha estado fuera de lugar. Pero, mamá, por favor, ya soy lo bastante mayor para saber la verdad, y me gustaría saberla antes de conocer a mi padre.

Rose siguió comiendo. Parecía dispuesta a fingir que no estaban manteniendo aquella conversación. Tiffany todavía no había tocado su sopa. Se debatía entre ponerse terca o rendirse, cuando Rose dijo finalmente:

—Nos casamos precipitadamente, Tiffany, antes de descubrir

lo poco que teníamos en común. Y él no me advirtió con antelación de aquella enemistad que iba a entrometerse en nuestro matrimonio. Aun así, yo intenté que lo nuestro saliera adelante. Yo lo amaba, ¿sabes?

Y todavía lo amaba, pensó Tiffany, pero no lo dijo. Su madre seguía evitando la pregunta. Que le dijera que Frank y ella no tenían nada en común era una simple excusa para no tener que contarle el auténtico motivo que la había llevado a separarse de su marido.

—Me habría divorciado de tu padre —añadió Rose— si hubiera tenido un motivo para ello.

—¿Te refieres a otro hombre?

—Sí. Pero jamás lo hubo. Y en realidad, dudo incluso que me hubieran dado el divorcio. Poco tiempo después de que me escabullera, llevándote conmigo, me dijo que se opondría al divorcio.

—¿Te «escabulliste»?

—Sí, a medianoche, para tomar la diligencia a primera hora de la mañana y cogerle ventaja a Frank. Entonces el ferrocarril todavía no llegaba a Montana. Y mi doncella le hizo perder tiempo ocultándole que me había ido y fingiendo que yo estaba enferma.

Tiffany estaba fascinada. Era la primera noticia de que su madre había dejado Montana como una fugitiva. Aunque si al despertarse Frank no había reparado en su ausencia...

—¿No dormíais en la misma habitación?

—No, en esa época ya no.

A Tiffany el tema no le causaba ningún rubor, por lo que le resultó extraño que su madre se sonrojara de repente. No había visto a su madre ruborizada ni siquiera cuando un par de años antes le había dado a su hija toda la información que tenía que saber sobre la vida matrimonial. Pero si el matrimonio de sus padres se había deteriorado al punto de no compartir dormitorio, Tiffany ya tenía en gran parte la respuesta. Rose debía de haber dejado de amar a su marido, así de sencillo. O eso o que Franklin Warren se había convertido en un mal esposo, tanto como para que Rose ya no soportara vivir con él. Y esto último era algo que Tiffany quería saber antes de presentarse en su rancho. ¿Y si trataba de impedirle que se marchara en caso de que ella decidiera no casarse con Hunter Callahan, del mismo modo que había tratado de evitar la marcha de Rose?

Pero Tiffany le ahorró responder a la pregunta, ya que su madre parecía muy incómoda con el tema. Y Tiffany todavía sentía curiosidad por cómo había logrado escapar, especialmente porque ahora tal vez le tocaría hacer lo propio.

—¿No es más rápido un caballo que una diligencia? —preguntó.

—Sí, pero sabía que Frank nos atraparía, así que en el pueblo siguiente compré un billete de diligencia hasta la terminal de tren más cercana, pero no lo abordamos. Al contrario, nos escondimos en aquel pueblo.

—No tengo recuerdos de ese viaje, ninguno.

—No me extraña, con lo pequeña que eras.

—¿Así que nos adelantó?

—Sí. Era mucho menos angustioso saber dónde estaba que tener que mirar atrás constantemente. Le envié un telegrama a mi madre para avisarle que él llegaría y que estuviese alerta. No pudimos venir directamente a casa por la testarudez de tu padre. Se estuvo dos días sin dormir, yendo de un lado al otro delante de la casa, esperando nuestra llegada. Se quedó en Nueva York tres meses, aporreando cada día la puerta de esta casa. Un día incluso logró colarse.

—¿Y nosotras ya estábamos aquí?

—No, yo no estaba dispuesta a venir hasta que él se hubiera marchado de la ciudad. Tú y yo nos quedamos en casa de una vieja amiga del colegio, cerca de aquí. Mamá hizo arrestar a Frank, por supuesto, por haber empujado a nuestro mayordomo y registrar la casa de arriba abajo. Estaba furiosa con él porque su insistencia nos impedía volver a casa. Dejó que se pudriera una semana en la cárcel antes de retirar la denuncia a petición mía. Después de eso, Frank se rindió y volvió a Montana.

—Tal vez no se ha divorciado de ti porque todavía tiene la esperanza de que vuelvas con él —aventuró Tiffany.

—Oh, de eso no me cabe duda. Por mucho que yo dijera o por muy desagradable que me pusiera, él siguió creyendo que algún día volvería a su lado.

—¿Y volverás?

Rose bajó la mirada a la mesa.

—No.

—¿Y no crees que no haber tratado de obtener el divorcio le da falsas esperanzas? Después de tanto tiempo no seguiría negándose, ¿no?

—No lo sé. Dijo que se iría a la tumba casado conmigo. Es muy testarudo. Tal vez sí que me lo concedería, aunque como ya te he dicho, nunca he tenido ánimo para averiguarlo.

—Bien que os carteáis —dijo Tiffany con incredulidad—. ¿Por qué simplemente no se lo preguntas?

Rose sonrió irónicamente.

—En esas cartas no hablamos de «nosotros», Tiff. Lo hicimos durante un tiempo, al menos él lo hizo. Estaba furioso por mi inopinado abandono, luego desconsolado cuando me negué a volver, y después de nuevo furioso. Finalmente le hice saber que solo escribiría sobre tus hermanos y tú, y nada más. Una vez me escribió sobre nuestro matrimonio y tardé un año en responderle. Cuando finalmente lo hice, le advertí que a partir de entonces leerías tú sus cartas, así que en adelante se limitó a asuntos neutrales.

Todas las cartas que había leído Tiffany eran de tono cordial, algunas incluso divertidas, lo que indicaba que su padre tenía sentido del humor. Sobre lo único que escribía siempre era sobre el rancho, sus hermanos y gente a la que ella no conocía, amigos suyos y de su madre en Montana, gente a la que probablemente conocería una vez que llegase allí. Jamás en aquellas cartas se dirigía a Tiffany directamente, más allá de decir «dale a Tiffany un beso de mi parte». Pero también leía las cartas de su madre para él, y esta siempre le preguntaba si quería añadir algo. Ella solía hacerlo. Le había contado que había aprendido a patinar sobre hielo con su mejor amiga, Margery, y que le había resultado divertido caer sobre el hielo, aunque a nadie más se lo había parecido. También le habló de David, un chico que vivía en su manzana y lo mal que se había sentido por romperle accidentalmente la nariz, aunque él la había perdonado y seguían siendo amigos. Le había contado lo del gatito que habían encontrado y perdido y que Rose y ella habían pasado semanas buscándolo. Compartía muchas cosas en aquellas cartas... hasta que empezó a sentirse agraviada porque él jamás la visitaba, ni una sola vez.

Aquel resentimiento fue a peor, especialmente cuando sus hermanos llegaban solos a su casa de la ciudad. Tiffany solía quedarse junto a la puerta mirando fijamente la diligencia de la que bajaban, esperando a que su padre también bajara. Jamás lo hizo. La diligencia se marchaba. Vacía. Después de la segunda vez en que eso ocurrió, así era como se sentía su corazón cada vez que pensaba en Franklin Warren: vacío.

Tiffany dejó de quedarse junto a la puerta con esperanza en su corazón y lágrimas en los ojos, y dejó de leer las cartas de su padre y de añadir nada a las de su madre. En aquella época tenía nueve o diez años, no lo recordaba exactamente. Después de aquello simplemente fingía leerlas, para que su madre no supiera el dolor que le producía la indiferencia de su padre. Era la única forma en que podía protegerse de algo que le dolía mucho. Trataba de alejar a su padre de sus pensamientos, como si no existiera, hasta que recibía una carta de alguno de sus hermanos que lo mencionaba y daba a entender lo mucho que lo querían. Entonces las lágrimas resbalaban por sus mejillas antes de terminar de leerla.

Sus hermanos tampoco sabían cómo se sentía. Los muchachos seguían hablando sobre su padre cuando la visitaban. Lo adoraban. Y era normal que así fuera, a ellos no los había abandonado. No se daban cuenta de que Tiffany no los escuchaba, o que les interrumpía para cambiar de tema. No soportaba que tuvieran que marcharse para volver con su padre. Se divertía mucho con ellos cuando estaban en la ciudad —jugaban y montaban en el parque, y ellos se burlaban de ella—. Daban la sensación de ser una auténtica familia, aunque su posterior partida demostraba que no lo eran.

—¿Me mentiste, mamá? ¿Realmente lo odias?

—Odiar es una palabra muy fuerte, nada apropiada. Es un hombre enervante. Su testarudez rivaliza con la mía. Tenía el tipo de arrogancia que se deriva de haber construido un imperio de la nada. Estaba en guerra con sus vecinos. A veces creo que en realidad disfrutaba con el conflicto. Había días en que temía incluso salir del rancho, pero él se empeñaba en decirme que no ocupara mi bonita cabeza con esas cosas. No puedes imaginarte cuán exasperante era. Me desquiciaba tanto que podría haber cabalgado hasta el rancho de los Callahan y emprenderla a tiros con ellos. Tal vez lo habría hecho de haber sabido manejar un rifle. Pero no, no odiaba a tu padre, es simplemente que ya no podía seguir viviendo con él.

—Y no vas a contarme por qué, ¿verdad?

—Ya te lo conté...

—¡Qué dices! ¡Nunca! Te engañó, ¿es eso? —aventuró la joven.

—¡Tiffany!

—Dime que sí. Es lo único que tendría sentido.

—Sencillamente éramos dos personas incompatibles para seguir conviviendo en la misma casa. Pero me importaba demasiado para abandonarlo y que pudiera encontrar a otra.

Casi sin parar a tomar aire, había aludido a las peleas para decir luego casi lo contrario. ¿Que él le importaba demasiado? ¿Qué había de tan horrible en la verdad para que inventara tantas excusas, ninguna de las cuales tenía el menor atisbo de verdad?

Y entonces Tiffany lanzó otra suposición.

—¿O tal vez tú encontraste a otro hombre y la cosa no salió bien?

—Basta ya, Tiffany. No hubo otro hombre. Ni otra mujer. Fue una tragedia y sigue siéndolo. ¿Por qué me haces revivirla?

Su madre sabía que aquella pregunta la frenaría. Y Tiffany se frenó. Quería muchísimo a su madre, pero había vivido demasiado tiempo con el dolor del abandono de su padre. Y ahora que finalmente iba a conocerlo, temía que aquel dolor se vertiera en forma de recriminaciones en cuanto llegase allí, porque si bien su madre tal vez no odiaba a Frank Warren, Tiffany estaba segura de que lo que ella sentía por él tenía que ser odio. Era demasiado fuerte para ser otra cosa.

Santo cielo, con lo que le había costado a Tiffany poner hielo en su corazón y fingir indiferencia por la indiferencia de su padre. Y ahora todo aquel dolor volvía de repente, desbordando su pecho, y volvía a sentirse como la chiquilla junto a la puerta, mirando fijamente una diligencia vacía.

—Lo siento —dijo—. Confiaba en que me dieras una razón para no odiarlo y no me la has dado. Iré a Montana para cumplir la promesa que hiciste, pero a mi padre tengo tan pocas ganas de verlo como tú. —Esta vez lo dijo sin gritar, lo que hizo ver a su madre que no era una simple declaración impulsiva, sino que lo sentía realmente. Y añadió—: Callahan puede ir a cortejarme al pueblo, ¿verdad? No tengo por qué quedarme en el rancho de papá, ¿no?

—¿Y qué van a pensar los Callahan si tú estás en guerra con tu padre? No es precisamente una garantía de que vaya a terminar su enemistad, ¿no crees?

—Vale —gruñó Tiffany—. Lo toleraré.

Rose soltó una carcajada.

—Cielo, serás cortés y educada. Te han educado para ser una dama. Y ahora dejemos este dichoso tema —añadió en un tono poco digno de una dama—. Cómete el pescado. Es probable que sea el último que pruebes en una temporada. Los ganaderos comen carne de res y nada más.

Tiffany asintió con la cabeza, pero no estaba acostumbrada a sentirse tan frustrada. A pesar de todo lo que acababa de decir su madre, seguía sin saber por qué se habían separado sus padres. Aunque si su madre no se lo contaba, tal vez su padre sí que lo haría...

3

—Y yo que estaba segura de que viajar me iba a gustar —gruñó Anna indignada, haciéndose eco de los pensamientos de Tiffany—. Su madre debería habernos advertido de que el elegante vagón de primera clase que alquiló no nos acompañaría en el último tramo del viaje.

Tiffany sonrió a su doncella desde el otro lado de la mesa del vagón restaurante.

—Mamá nos consintió con demasiado lujo. Así es como viaja la mayoría de la gente.

Anna Weston llevaba cuatro años como doncella de Tiffany. Rubia, de ojos castaños y cinco años mayor que la muchacha, aunque su aspecto angelical llevaba a pensar que era mucho más joven. A pesar de tener solo veintitrés años, Anna acumulaba más méritos que la mayoría de las mujeres que tenían que ganarse la vida trabajando. Además de ser leída y tener una hermosa caligrafía, uno de sus hermanos le había enseñado a empapelar habitaciones, su padre a construir y reparar muebles, y su madre a tocar cuatro instrumentos musicales diferentes. La agencia que había colocado a Anna con los Warren tenía dos ofertas más para ella: una como institutriz y otra como maestra. Así que Anna había podido elegir.

Tiffany no había sabido eso hasta que Anna ya estaba trabajando para ellos. Tampoco sabía que Anna había estado a punto de rechazar el puesto porque ella la había hecho reír durante la entrevista. No era que Anna no tuviera sentido del humor, solo que no le parecía adecuado mostrarlo delante de su patrón. Aunque Anna también era práctica. Al final, había aceptado el trabajo en casa de los Warren porque cobraría mucho más que en las otras dos ofertas recibidas. Se enorgullecía de ser estrictamente profesional en todo momento, incluso al punto de negarse a llamar a Tiffany de otra manera que no fuese «señorita Tiffany». Aunque eso no impedía que Tiffany tratase de derribar esa fachada de rígida formalidad. No veía ningún motivo por el que ella y Anna no pudieran ser amigas al mismo tiempo que patrona y empleada. Pero solo en contadas ocasiones pensaba Tiffany que sus esfuerzos tal vez tendrían éxito.

Aunque Anna no se consideraba amiga de Tiffany y probablemente jamás lo haría, le era tremendamente fiel y protectora, lo que la convertía en una buena carabina. Si un hombre se atrevía a mirar a Tiffany de reojo, Anna le lanzaba una de sus miradas de furia infernal. Y por suerte era aventurera —bueno, al menos hasta que habían salido de Chicago—. Había aceptado viajar «al Salvaje Oeste» porque, según había dicho, siempre había querido conocer mundo. Tiffany también. Quería emprender una larga gira por Europa como otras señoritas de su edad, o al menos subir a la casita de campo de su amiga Margery en Newport, donde había pasado la mayor parte del verano anterior. Pero desde luego no a la todavía incivilizada Montana.

—Los asientos de este tren tampoco son tan incómodos, solo que no están mullidamente acolchados como los de primera clase. Pero al menos tiene vagón restaurante —observó Tiffany.

La expresión de Anna se tornó todavía más agria, haciéndole ver que el problema no eran los asientos. La auténtica queja de Anna era lo lleno que iba el tren, y el calor y el ambiente hediondo que causaba aquella combinación. Los bancos del vagón de pasajeros estaban pensados para dos o tres personas, y ahora los ocupaban cuatro o hasta cinco, incluidos niños inquietos y bebés llorones. Tiffany se estaría quejando si Anna no se le hubiera anticipado, y le había costado bastante buscarle el lado positivo a su situación. ¡Aquello no tenía nada que ver con el elegante vagón de primera clase para ellas solas, que había sido como viajar en un pequeño salón!

Sin duda Rose no les habría hecho subir a aquel tren si hubiera sabido que viajarían en tan deplorables condiciones. Pero es que la larga cola de granjeros no había subido a bordo en Chicago, sino después de cruzar la frontera con Wisconsin. El conductor había pedido disculpas a Tiffany y Anna, les había explicado que aquel número tan elevado de pasajeros era algo excepcional. Habían tenido la pésima fortuna de que se acabara de abrir a la colonización un nuevo tramo de tierras cultivables en Montana y se hubiera anunciado en el Este, haciendo que cientos, si no miles, de inmigrantes se dirigieran hacia allí para iniciar una nueva vida. La llegada de granjeros era beneficiosa para la creciente población de Montana, que necesitaba más cosechas para alimentarse, pero hacía que el viaje en tren resultara incómodo.

—Mira la parte positiva —le dijo Tiffany a Anna mientras les servían la comida—. Al final vamos a llegar unos días antes porque el tren ya no se detiene en todas las estaciones a recoger pasajeros, sino solamente para repostar y aprovisionarse. Y mamá dijo que la casa del rancho es grande y está elegantemente amueblada, gracias a ella. Nos sentiremos como en casa cuando lleguemos allí.

Tras leer la última carta de Frank, Rose también había dicho: «Empezaron a construir vuestra casa en las tierras en disputa... y acabaron a tiros. Fue una equivocación pensar que podrían colaborar antes de que se celebre la boda. Aunque tu padre se muestra tan optimista como siempre.» Lo había dicho con una expresión tan cariñosa que había hecho pensar a Tiffany en una serie de nuevas posibilidades, incluso la que pensaba a menudo cuando era pequeña, antes de que la venciera el resentimiento: que sus padres volvieran a estar juntos.

Antes de terminar de servirles los platos, el camarero se inclinó ligeramente hacia Tiffany y susurró:

—Lo siento, señorita, pero con la cola que hay no podremos

terminar de servir antes de que se acabe la hora de la cena si no llenamos todos los asientos de las mesas.

No era la primera vez que Tiffany y Anna tenían que cenar con desconocidos. Si el tren no se hubiera convertido en un expreso para inmigrantes, podrían haber parado en los restaurantes de las estaciones. Ahora, apenas les dejaban veinte minutos para desentumecer las piernas cuando el tren se detenía, a veces ni siquiera eso. Pero al menos todavía tenían el vagón restaurante, por muy abarrotado que estuviera.

Tiffany dio su consentimiento al camarero. Anna suspiró. Una joven llamada Jennifer, a la que habían conocido el día antes, se sentó a su lado y soltó una risita. Rubia, bastante guapa, vestía de un modo similar a Tiffany, aunque sin tanto estilo y con prendas más baratas. Aun así, era una chica de ciudad, no una esposa de granjero ataviada con un vestido de calicó descolorido. Además, Jennifer parecía viajar sola, cosa que a Tiffany le pareció de gran valentía por su parte.

Poco después también se sentó junto a ellas un joven granjero que llevaba un mono y un sombrero abollado que no se quitó. El agobiado camarero dejó dos platos más para él y Jennifer antes de volver presuroso a la cocina. El granjero no dijo ni una palabra, se limitó a saludarlas levemente con la cabeza antes de bajarla tímidamente hacia el plato y empezar a comer. Al parecer, le avergonzaba estar a la mesa con mujeres que no conocía, o temía que pudieran sentirse ofendidas si un desconocido les hablaba. Anna se habría ofendido, así que tal vez hacía bien en no intentarlo.

Jennifer, en cambio, estaba sociable.

—Volvemos a encontrarnos —le dijo a Tiffany—. Ahora que ya lo estamos convirtiendo en una costumbre, es hora de que me presente como Dios manda. Jennifer Fleming, de Chicago. Soy ama de llaves de oficio. Mi agencia me envía a Nashart durante un año, o más si resulta que me gusta el lugar.

Tiffany abrió los ojos como platos, recordando lo que le había dicho su madre mientras la ayudaba a hacer las maletas para el viaje. Ella le había preguntado:

—Mamá, ¿para qué llevo vestidos? No me van a servir de nada en un rancho.

—Sí que te los pondrás. No cambiarás tus hábitos solo porque estés en Montana. Urbanicé a tu padre mientras estuve allí. Frank se acostumbró a tener la casa llena de criados, a las cenas formales y a las cosas más refinadas. Tal vez se haya abandonado un poco ahora que no estoy allí, pero solo tienes que recordarle a lo que estás acostumbrada y sin duda se adaptará correspondientemente, si no lo ha hecho ya. Me escribió que ha contratado a un ama de llaves de Chicago para que te sientas más como en casa.

Tiffany no había leído eso en su última carta, por lo que debía de habérselo dicho en una carta anterior que Rose no le había enseñado. ¿Sería aquella joven su ama de llaves? ¿Cuántas amas de llaves de Chicago podrían estar yendo a un pueblecito como Nashart?

Tiffany se rio.

—Esto es toda una coincidencia. ¿No será mi padre quien te ha contratado? ¿Franklin Warren?

—¡Efectivamente!

—Pues yo creía que ya estabas en el rancho —dijo Tiffany.

—Debería. Tuve que tranquilizar a mi familia, y a mi prometido, que quería que esperase a que él pudiera acompañarme. Fue idea suya que empezásemos nuestra vida en común en esta parte del país. Aunque él es partidario de California, quiere darle una oportunidad a Montana a ver si a mí me gusta. Se enfadó conmigo por no haberlo esperado, pero yo no podía dejar pasar esta oportunidad cuando me la ofreció la agencia, pagan muy bien. Tu padre debe de ser bastante rico.

Tiffany no tenía ni idea, así que respondió con una sonrisa. Anna miraba a Jennifer con desaprobación. No le caían bien las amas de llaves, y de hecho a Tiffany tampoco, aunque nunca habían conocido a un ama de llaves tan parlanchina y tan joven como Jennifer. Pero las circunstancias eran especiales, viajar juntas en un tren caluroso y abarrotado hacia una parte del país apenas civilizada. Tal vez fuera un parloteo nervioso. Y por otra parte, Jennifer todavía no estaba trabajando, por tanto tal vez no consideraba que tuviera que adoptar unos modales formales y profesionales con la hija de su nuevo patrón hasta que empezara a trabajar.

Jennifer siguió parloteando sobre el viaje. El granjero continuó mudo, ni siquiera se presentó y se limitó a mantener la cabeza gacha todo el rato. Incluso era un poco inapropiado que se sentara a la mesa con ellas, aunque comprensible dado que viajaban más hombres que mujeres en el tren. Anna hizo saber su desaprobación, sin embargo, al menos a Tiffany, lanzándole miraditas y señalando con la cabeza su plato. A Tiffany casi se le escapó la risa por las contorsiones faciales de su criada, pero captó el mensaje: que terminaran pronto de comer para poder marcharse. Y así lo hizo. Tras despedirse de Jennifer, que dijo que más tarde se acercaría a su vagón para visitarlas, volvieron a sus asientos, donde encontraron a Thomas Gibbons, su bien armado escolta.

El sheriff jubilado apuraba sus últimos años en la mediana edad y era poco amistoso. Lo poco que les había dicho Rose de él antes de que se uniera a ellas en Chicago era que lo recomendaba la Agencia Pinkerton, con la que se había puesto en contacto. Trabajaba ocasionalmente para ellos siempre que algún asunto lo llevase cerca de las Montañas Rocosas, donde había estado destinado. Solo comía dos veces al día, desayuno y cena, por lo que no las había acompañado a comer. Aunque se tomaba en serio su trabajo, las dejaba pasear por el tren a sus anchas. No obstante, cada vez que se apeaban en abrevaderos o terminales no se apartaba de su lado, con la mano siempre cerca de la pistola que llevaba al cinto.

Estaban lejos de cualquier pueblo y no se esperaba que llegasen al siguiente hasta la tarde siguiente, y Tiffany ni siquiera sabía todavía si iban a parar allí. Se suponía que los granjeros abandonarían el tren a la mañana siguiente, lo que les proporcionaría un poco de sosiego durante las últimas horas del viaje.

—Tendríamos que haber esperado a que ya no hubiera cola en el vagón restaurante —dijo Anna, incapaz de estar sin quejarse, mientras el señor Gibbons se levantaba y se hacía a un lado para dejar que Tiffany y Anna se sentaran más cerca de la ventanilla.

Galantemente, se había quedado el asiento del pasillo, donde tenía que soportar una buena ración de empujones de la gente que transitaba vacilante por el pasillo debido al traqueteo del tren. Como su vagón estaba en medio de una larga fila de vagones, mucha gente pasaba por allí yendo o viniendo del vagón restaurante.

—¿Y arriesgarse a que no quede comida? —replicó Tiffany mientras esperaba a que Anna tomara asiento—. A mí no me ha importado compartir la mesa.

Ver pasar el paisaje era lo más destacable del viaje, así que se turnaban en el asiento de la ventanilla. Desde el asiento del medio no había nada que obstruyera la vista, pero el de la ventanilla ofrecía una visión más panorámica.

El tren avanzaba por el sur de Wisconsin, donde abundaban los campos de trigo, aunque Tiffany había oído decir a los granjeros que allí las tierras se estaban volviendo menos fértiles, que era por eso que tantos de ellos querían empezar de cero en Montana. Bueno, al menos los hombres. Tiffany había visto a varias de las esposas llorando por haber tenido que abandonar las casas que habían pertenecido a sus familias durante generaciones.

Minnesota había sido más interesante, con muchos lagos y praderas preciosos, aunque también tenía su parte de granjas. El Territorio de Dakota, en comparación, estaba escasamente poblado y consistía básicamente en naturaleza salvaje y llanuras abiertas. Había visto unos pocos colonos cerca de sus casitas de tepe. ¡Y también su primer bisonte! No obstante, aquella mañana, cuando le había tocado el turno junto a la ventanilla, había visto algo un poco inquietante: dos jinetes montados a pelo, mirando fijamente el paso del tren. Tenían el pecho desnudo y el cabello largo y negro recogido en trenzas. Tiffany había estirado el cuello para continuar viéndolos hasta que se perdieron de vista.

Anna en ese momento echaba una siestecita, con la cabeza

apoyada en el hombro de Tiffany, que decidió no despertarla para señalarle a los indios, y tampoco comentárselo. Rose le había asegurado que las Guerras Indias habían terminado en Montana, que ya hacía seis años de la última batalla importante. La caballería había sido derrotada, pero un año después los soldados habían obligado a las tribus a trasladarse a reservas fuera del territorio.

Mientras Tiffany se ponía cómoda en el asiento del medio, el tren dio una sacudida y frenó bruscamente. El señor Gibbons casi se cayó de bruces y a Tiffany la desconcertó su expresión de preocupación.

Anna no se dio cuenta y refunfuñó:

—¿Y ahora qué? Apostaría a que el tren se ha averiado por el exceso de peso.

—Bobadas —dijo Tiffany—. Debe de haber algo en... en la vía.

No era ni lo uno ni lo otro. Tiffany se quedó muda de asombro al ver a un hombre entrar en el vagón revólver en mano y con un pañuelo que le cubría la mitad inferior del rostro.

4

—Que nadie se mueva, ¿entendido?

El viejo sheriff blasfemó entre dientes. Tiffany seguía boquiabierta y Anna estaba petrificada del susto... de momento.

Otro salteador entró en el vagón arrastrando a Jennifer. A Tiffany este hombre le resultó en cierto modo familiar, aunque estaba demasiado alterada para descubrir por qué. Jennifer debía de estar yendo de un vagón a otro cuando topó con él. El ama de llaves sollozó cuando la empujaron hacia un asiento vacío, donde se acurrucó. La pobre parecía aterrorizada.

Tiffany tampoco se sentía demasiado valiente. Las sensaciones que la abrumaron en cuanto desapareció la sorpresa le eran desconocidas, como una oleada de calor que le dejó un ligero temblor. Las palmas empezaron a sudarle y el corazón se le aceleró. Quería acurrucarse en su asiento como había hecho Jennifer, pero ¡no podía moverse!

Anna le estrechó la mano (¿para armarse de valor ella misma o para dárselo a Tiffany?). ¿Los salteadores de trenes eran violentos y no dejaban ningún testigo vivo? No, si hubieran tenido la intención de matar a la gente no se habrían cubierto el rostro, ¿no? Aquel pensamiento no consoló demasiado a Tiffany, ni terminó con su parálisis. Ni siquiera podía cerrar los ojos. Se limitaba a observar la escena que se desarrollaba ante ella con una fascinación desamparada y temerosa.

Cuando fijó la mirada en el par de salteadores, cayó finalmente en la cuenta de por qué el segundo hombre le resultaba familiar. Reconoció sus ropas y aquel sombrero abollado. ¡Era el granjero que se había sentado a su mesa en el vagón restaurante! Bueno, seguramente se había disfrazado de granjero para pasar inadvertido en el tren. No era extraño que hubiera mantenido la cabeza gacha durante toda la comida y no hubiera dicho una sola palabra que pudiera atraer las miradas hacia él. No quería que pudieran describirlo a las autoridades. Como fuera, Tiffany se aferró a aquella idea optimista, que sobrevivirían a aquella aterradora experiencia y podrían contarla.

—Entréguennos todos los objetos de valor y nos marcharemos y podrán llegar sanos y salvos allá adonde vayan —ordenó el primer salteador en tono arisco—. Todo el mundo tiene que darnos algo, y no traten de fingir que no tienen dinero ni joyas. Si creemos que nos esconden algo, no les dejaremos ni la ropa. Así que si no quieren llegar desnudos al próximo pueblo, llenen el saco y háganlo rápidamente. Aunque, antes, dejen todas sus armas en el suelo y deslícenlas hacia el pasillo. ¡Vamos!

Con algunos golpes secos y el sonido del metal rozando el suelo de madera, empezaron a aparecer armas en el pasillo. Thomas llevaba dos, pero solamente entregó una. La otra la escondió en el asiento debajo de la ancha falda de Tiffany, que estaba demasiado aterrorizada para pensar en eso. Los pasajeros que tenía delante volvían la cabeza hacia la parte posterior del vagón. Tiffany también lo hizo y vio a un tercer salteador que recorría el pasillo alargando un saco abierto hacia los pasajeros a medida que pasaba por su lado. Sostenía el saco en una mano y un revólver en la otra para asegurarse de que los pasajeros obedecieran. Tiffany observó a un cuarto hombre, también revólver en mano, que vigilaba la puerta de atrás. Bolsos, relojes, anillos y fajos de billetes eran lanzados apresuradamente en el saco. Muchas mujeres sollozaban y muchos pasajeros se agachaban en sus asientos, por si se producía un tiroteo. Al menos un bebé había echado a llorar.

Cuando el salteador del saco llegó a su lado, el sheriff dejó caer unos billetes y un reloj, pero Tiffany apenas podía moverse y sus ojos se abrieron como platos cuando el ladrón la miró directamente, esperando a que depositara su contribución. No era que no quisiera hacerlo. No llevaba demasiadas cosas de valor encima, ni siquiera se había puesto joyas para el viaje. Llevaba un poco de dinero suelto en el bolso y un poco más sujetado a las enaguas con un imperdible, aunque no mucho, ya que su madre había transferido todo el que pudiera necesitar al banco de Nashart mucho antes de que salieran de casa. ¡Era sencillamente que no podía moverse!

Thomas se hizo cargo, cogiéndole el bolso del regazo y depositándolo en el saco. Anna era otro asunto; su bolso no estaba a la vista y tampoco se movía. Estaba apretujada contra la ventanilla, lo más lejos posible del forajido. Pero este no parecía haberla visto; su mirada seguía fija en Tiffany.

—Me dan ganas de llevarte con nosotros —le dijo a Tiffany—. Diría que lo más valioso que hay en este tren es un bomboncito como tú.

Tiffany estaba segura de que su corazón había dejado de latir del miedo que sentía. ¡Santo Dios, aquel tipo iba en serio! Lo veía en sus ojos oscuros y temía que estuviera pensando llevársela para pedir un rescate...

—Apresúrate con lo tuyo —le gruñó el sheriff al hombre—. Ella no es...

—¡Calla, anciano! —espetó el bandolero, levantando al mismo tiempo la mano que sujetaba el arma para golpear a Thomas.

Horrorizada, Tiffany se levantó de un brinco sin pensárselo.

—¡Quieto!

Quería evitar a toda costa que aquel hombre hiciera daño al sheriff, que era el único que podría impedir que los salteadores se la llevaran a rastras del tren, ¡y no podría hacerlo si estaba inconsciente! Pero aunque la mirada del forajido se volvió de nuevo hacia ella, no tenía ni idea de qué decir o hacer ahora que había logrado detenerlo. Aunque no tuvo que hacer nada.

En el momento en que se levantó, la pistola que su falda ocultaba sobre el asiento quedó a la vista, lo que prácticamente obligó a Thomas a pasar a la acción. Cogió la pistola con una mano, hizo sentar a Tiffany de un tirón con la otra y le disparó en el estómago al atracador. Casi inmediatamente, le disparó también al de la puerta de atrás.

Sin ningún salteador ya detrás de él, se agazapó tras el respaldo del asiento de delante, poniéndose a cubierto de las balas que al punto zumbaron en su dirección. Anna ya había empujado a Tiffany al suelo y se había echado encima de ella para protegerla, gritando:

—¡Está usted loca, señorita Tiffany, totalmente loca!

Sí, lo estaba. Si lo hubiera pensado aunque fuese un segundo, jamás habría atraído deliberadamente la atención del ladrón otra vez hacia ella. Luego ya se reprendería por haber hecho algo tan impulsivo... si sobrevivían a aquel desastre.

Hubo más disparos, un buen tiroteo. Algunos pasajeros habían recuperado sus armas del suelo, inspirados por el sheriff Gibbons, y se habían unido a la refriega. Tiffany, tumbada en el suelo y Anna gimiendo histérica encima de ella, rezó para que terminase aquel tiroteo ensordecedor. ¡No quería morir! De repente se hizo el silencio, aunque se oían tiros a lo lejos.

Entonces se oyó una breve carcajada y a un hombre que decía:

—Buen trabajo, muchachos, pero esto todavía no ha terminado. El maquinista ha avistado a un salteador acercándose al tren con ocho caballos. Le ha disparado y los caballos se han espantado, dejando a los ladrones solo con el carro en que pensaban transportar el botín. El número de caballos indica que todavía hay cuatro forajidos más en la parte posterior del tren. Serán bienvenidos todos los voluntarios para acabar con ellos.

Tiffany no tenía ninguna duda de que el sheriff Gibbons sería uno de esos voluntarios. De hecho, se agachó hacia ella y le dijo:

—No tardaremos mucho. Ustedes no se muevan y estarán a salvo.

Tiffany suspiró de alivio: el peligro inminente había pasado. Y podía volver a moverse... bueno, no exactamente. Tras un instante, y como el peso de Anna no se desplazaba de su espalda, dijo:

—El sheriff no lo ha dicho en sentido literal. Sí que puedes moverte de encima de mí, ¿sabes? Seré la primera en volverse a echar al suelo si esos criminales regresan.

—No sé qué me ha dado —dijo Anna mientras se incorporaba para ayudar a Tiffany a levantarse—. Pero ¿qué pretendía usted enfrentándose así a ese hombre?

Tiffany habría querido decirle que era un buen plan, puesto que sabía lo que haría el sheriff, aunque habría sido una mentira. Así que se limitó a decir:

—Proteger a nuestro protector.

—¡Podrían haberle disparado!

Tiffany se distrajo un instante mirando cómo varios pasajeros y el personal del tren sacaban los cadáveres de los cuatro forajidos del vagón. No pudo evitar un escalofrío y luego se giró hacia Anna.

—¿No has oído lo que dijo ese forajido? ¡Me querían llevar con el resto de objetos de valor como si fuese una alhaja más! Tenía que evitarlo a toda costa y me entró el pánico. Bien, ya ves que al final todo ha salido bastante bien, así que puedes dejar de quejarte.

—Me he asustado mucho —confesó Anna con un suspiro—. Ya me habían robado el bolso de un tirón una vez. Y un par de veces me han robado la cartera. ¡En casa de mis padres robaron incluso mientras estábamos durmiendo dentro! Uf, creo que ya he sufrido más robos de los que me tocan, pero nunca me habían apuntado con una pistola.

Tiffany entendía a qué se refería su doncella. Había mucha delincuencia en Nueva York, pero a Tiffany siempre había vivido protegida. Aquella era la primera vez que se encontraba cara a cara con un atracador que la apuntaba con un arma. Habían corrido un grave peligro. Prefería no pensar qué habría ocurrido si Gibbons y el resto de valerosos pasajeros hubiesen llevado la peor parte en el tiroteo.

Al final terminaron imponiéndose con la ayuda de los empleados del ferrocarril, que estaban acostumbrados a vérselas con salteadores de trenes y llevaban armas. Los pasajeros del vagón de Tiffany aplaudieron cuando el tren volvió a moverse. Algunos reían y otros se burlaban, agolpados junto a las ventanillas del lado que se veía a dos salteadores supervivientes que huían en el carro con un exiguo botín de maletas y bolsos.

Tiffany seguía mirando la puerta trasera, esperando ver aparecer al sheriff Gibbons. Los pasajeros bajaron la voz cuando un empleado del tren anunció que tres de los pasajeros que se habían enfrentado a los salteadores habían resultado heridos. A Tiffany se le encogió el corazón cuando supo que Gibbons era uno de ellos.

5

El sheriff no recuperó la conciencia antes de llegar al pueblo siguiente. Tiffany estaba muy preocupada, ya que el empleado del tren que se ocupaba de los pasajeros heridos le dijo que tal vez no sobreviviría. Ella no lo conocía, apenas había hablado con él, pero había protegido su vida valientemente. Se sentiría fatal si no se recuperaba. Su estado crítico hacía que la pérdida de sus maletas excepto una en el asalto pareciera intrascendente.

Con la ayuda de los pasajeros más fuertes, llevaron a los tres heridos directamente al médico de la localidad. La herida del sheriff era la más grave, por lo que lo atendieron el primero. Tiffany y Anna esperaron angustiadas el dictamen del médico, paseándose por el vestíbulo del consultorio durante casi media hora, hasta que salió el galeno y les dijo:

—El señor Gibbons empieza a volver en sí. Pueden verlo ahora, pero solo unos minutos. Lo lamento si este no era su destino, porque el señor Gibbons no podrá ir a ninguna parte durante un tiempo. Confío en que se recuperará, pero tardará un tiempo en poder levantarse.

—¿Nos vamos a quedar a esperarle? —preguntó Anna cuando el médico se marchó.

—No podemos, no sabemos cuánto tiempo será. Pero no nos pasará nada. Esta es la última parada en territorio de Dakota. Mañana estaremos en Nashart. Yo visitaré al señor Gibbons mientras tú sales a averiguar cuánto tiempo tenemos antes de que parta el tren.

Anna le dirigió una mirada penetrante.

—¿Está segura de que quiere que sigamos solas?

—¿Cuántas probabilidades hay de que vuelvan a asaltar el tren? —repuso Tiffany.

—Probablemente más de las que quisiéramos.

—Qué bobada.

Anna dudó un instante antes de asentir con la cabeza y salir del edificio. Si no hubieran estado tan cerca de su destino, Tiffany sabía que Anna jamás hubiera consentido en viajar solas.

Tiffany encontró al sheriff con los ojos abiertos cuando se acercó a su catre.

—Es usted un héroe —le dijo en voz baja mientras se sentaba en una silla a su lado—. Gracias a usted y algunos valientes más, todos esos granjeros podrán llegar a su tierra prometida. El médico dice que se repondrá, pero que tendrá que guardar cama durante una temporada.

—Lo siento, señorita Warren. Sé que su padre la espera puntual y se pondrá hecho una furia si usted...

—Ya le he mandado un telegrama —lo interrumpió Tiffany—. Tiene a un amigo en el pueblo que me escoltará el resto del camino. Así que puede descansar tranquilo.

Gracias a Dios, Anna no estaba allí para oír aquella mentira, pensó Tiffany, pero aun así no pudo evitar sonrojarse. No tenía por costumbre mentir, y sin embargo ya era la segunda vez que le mentía al bueno del sheriff. La primera vez había sido cuando habían subido todos aquellos granjeros al tren y el revisor les había dicho que a causa de aquella circunstancia excepcional llegarían a su destino tres días antes, ya que no habría paradas intemedias. Thomas había sugerido que telegrafiase a su padre para hacérselo saber. Ella le dijo que lo haría, aunque no pensaba hacerlo. También entonces se había sonrojado.

Sí, había accedido a dos meses de purgatorio en el Salvaje Oeste, pero sabía que la peor parte no iba a ser que la cortejase un desconocido, sino vivir bajo el mismo techo que su padre.

No quería que fuera a esperarla a la estación, pues temía montarle una escena. No sabía si empezaría a gritarle por no haberla visitado cuando era niña, o si echaría a llorar y lo abrazaría. Teniendo en cuenta el resentimiento acumulado durante aquellos años, era probable que fuera lo primero. En cualquier caso, prefería no encontrarse a su padre en público, por lo que se alegraba de que él no supiera que llegaría antes de lo previsto.

Y el sheriff Gibbons tampoco pareció sospechar esta vez que ella mentía.

—Tuve la sensación de que habría problemas en cuanto vi subir a todos aquellos granjeros —dijo el sheriff con un suspiro—. Se veía venir, tanta gente hacinada en un mismo lugar, la mayoría llevando consigo los ahorros de toda su vida para poner en marcha sus granjas. Esta concesión de terrenos ha sido una gran noticia en el territorio, e imaginé que los forajidos saldrían de sus madrigueras.

Tiffany asintió con la cabeza y le dio una palmadita en la mano, contenta de que se hubiera recuperado. Ahora ya sabía de primera mano lo peligroso que era el Oeste. ¿En serio le había dicho a su madre que se tomaría aquel viaje como unas vacaciones? Había aborrecido cada minuto transcurrido desde que se había separado de Rose. ¡Solo pensaba en volver a casa!

Tiffany se quedó con Gibbons hasta que volvió Anna y le dijo que tenían que marcharse ya o perderían el tren. Tiffany creía que se retrasaría más teniendo en cuenta lo sucedido. Pero a los bandidos muertos los habían sacado del tren, a los heridos los habían llevado al médico y el maquinista y el revisor habían informado a las autoridades locales sobre el robo, así que el tren ya podía seguir su camino.

En el último momento, Tiffany dudó en abandonar al sheriff. Se sentía responsable por sus dolorosas heridas, ya que Gibbons no habría estado en ese tren de no ser por ella. Estuvo a punto de decidir que se quedaba a cuidarlo. A punto. Pero prevaleció la cordura, básicamente porque no sabía nada de cuidar a enfermos, así pues ¿en qué podría ayudar? Y no soportaba la idea de quedarse un día más en aquel sitio primitivo. Tal vez se quedaría atrapada en aquel pueblucho si tenían que pasar más trenes expresos sin parada.

Sesenta días y ni uno más, le había prometido a su madre, y luego volvería a la parte civilizada del mundo. Bueno, también le había prometido tener la mentalidad abierta respecto a Hunter Callahan, aunque en realidad ¿cuánto duraría eso? Solo unos minutos, sin duda.

Anna y ella volvieron presurosas a la estación y llegaron con tiempo de sobra. Aun así, casi perdieron el tren por culpa de la nueva ama de llaves de los Warren. Anna ya había subido a bordo y Tiffany tenía un pie en el escalón cuando Jennifer le gritó que esperase mientras corría hacia ella para entregarle un papel.

Tiffany no intentó leerlo, no había tiempo, así que se limitó a preguntar:

—¿Qué ocurre?

—Dáselo a tu padre, por favor —dijo Jennifer angustiada, con expresión de tristeza (¿o era de culpa?)—. ¡Dile que lo siento!

Sonó el silbato, el tren comenzó a moverse y Tiffany levantó el otro pie del suelo para no quedarse atrás. Jennifer le hacía adiós con la mano, ahora con expresión de alivio. Tiffany se preguntó por qué y le echó un vistazo a la nota antes de subir el último escalón para reunirse con Anna.

—¿A qué venía eso? —preguntó la doncella.

—Léelo tú misma —respondió Tiffany alargándole la nota—. Parece que el encuentro con los forajidos ha sido demasiado para ella. Se vuelve con su prometido.

—¿Y por qué pone usted esa cara de envidia?

—Tal vez porque me gustaría tener la misma opción de volver —gruñó Tiffany.

—El momento de negarse a ir a Montana fue antes de que lo aceptara, no ahora que ya casi hemos llegado.

Tiffany suspiró.

—Ya lo sé. Pero deberías haber visto la cara de alivio de Jennifer, probablemente porque temía que intentara convencerla de que recapacitara y no lo hice.

—¿Lo habría hecho?

Tiffany se vio de repente abrumada por su falta de opciones.

—¡No! —dijo con vehemencia—. Ahora es ella la afortunada. No la culpo por volverse a casa cuando yo misma tampoco quiero visitar esta parte del país. Aunque mi padre haya tenido el detalle de contratar a un ama de llaves para mí, no me apetece en absoluto visitarlo.

—¡Pues volvamos a casa! —dijo Anna con voz exasperada.

Tiffany la miró. Era evidente que la doncella quería volver al Este. No tenía ninguna obligación de quedarse. ¡No había prometido hacerlo!

—Tú puedes, yo no —le dijo fríamente—. Anna, no te culparé si vuelves al lugar que nos corresponde.

La mujer pareció indignarse un poco por el ofrecimiento.

—No negaré que es algo que pensé mientras silbaban las balas. Pero el atraco ha terminado y probablemente sea lo peor que nos encontremos. Así que si usted se queda, yo también.

Tiffany le habría dado un abrazo si Anna no se hubiera puesto tan tiesa y malhumorada. Así que se limitó a reír y agitar la cabeza.

—No quiero ni pensar qué clase de sirvientes tendrán por aquí si a los buenos hay que contratarlos en el Este... ¡y renuncian incluso antes de llegar!

6

Tiffany y Anna fueron los únicos pasajeros que se apearon en Nashart, territorio de Montana, y seguían discutiendo mientras bajaban del tren. La tozudez de Tiffany se había impuesto, y aunque en el fondo sabía que Anna tenía razón, se dejaba llevar por las emociones que clamaban en su interior —miedo, resentimiento, incluso ira—, todo porque se suponía que aquel día se encontraría cara a cara con su padre, Franklin Warren.

A primera hora de la mañana se le había ocurrido cómo posponer un poco más aquel encuentro. La idea se la había dado un sueño que había tenido. En el sueño, ella estaba en pie delante de una puerta que se abría lentamente. Al otro lado veía a un hombre que no tenía cara, ya que ella no tenía ni idea de su aspecto. Pero sabía que era su padre, y había empezado a gritar hasta que de repente había aparecido Jennifer, instándola a escapar con ella. Y había huido de él con Jennifer a su lado, cogidas de la mano. Habían vuelto corriendo hasta Nueva York, cosa imposible, tonta incluso, pero al fin y al cabo solo era un sueño. No obstante, le había hecho aflorar sus temores, y antes de que empezase a disiparse en su mente se dio cuenta de que ahora tenía un medio para evitar enfrentarse a esos temores... al menos durante unos días más.

Solo necesitaba que su criada colaborase en el plan, porque no funcionaría si Anna no aceptaba ayudarla. Tampoco pedía demasiado, solo un día o dos de anonimato en los que podría hablar con su padre y observarlo sin que él supiera quién era ella. Llegaban con tres días de antelación, de modo que él todavía no la esperaba. No era que no pensara presentarse en el rancho Warren o tuviera la intención de esconderse en el pueblo esos tres días. Pero Anna se había negado y se mostraba bastante testaruda sobre el asunto.

—Esto me dará tiempo para hablar con mis hermanos antes de presentarme a papá —explicó Tiffany—. Hace cinco años de la última vez que vi a Roy, y más desde que nos visitaron Sam y Carl. Entonces todavía eran niños. Ahora ya son hombres. Quiero saber qué piensan de papá, ahora que ya son adultos.

—Se lo podría preguntar usted en privado, señorita Tiffany, sin fingir que es el ama de llaves que están esperando —replicó Anna, siempre directa y lógica.

—Maldita sea, no estoy lista para ser la hija de Frank Warren cuando no sé nada de él, ni siquiera por qué lo dejó mamá. Creía que ella me contaría la verdad cuando fuera mayor de edad, pero tampoco. En vez de eso me dio un montón de excusas. Sé que no me hubiera dejado venir aquí si creyese que es una mala persona. Pero él tuvo que hacerle algo malo para que lo abandonara, y yo no soy tan indulgente como ella. No sé si puedo reunirme con él sin acusarlo de una ristra de cosas que tal vez ni siquiera sean verdad, y esa sería una manera horrible de conocernos, ¿no?

—Es una idea descabellada —dijo Anna frunciendo los labios—. La reconocerá. Sabrá que...

—¡Que no! —la interrumpió Tiffany, intuyendo finalmente la victoria—. No me ha visto desde que yo tenía tres años. Enviaba a los chicos a Nueva York, pero ni una sola vez en todos estos años los acompañó para verme. Y tampoco me parezco tanto a mamá como para que crea que soy su hija. Funcionará. Tal vez mis hermanos me reconozcan, pero los convenceré de que me sigan el juego. Dos días, solo pido eso.

—No me ha dejado terminar —la reprendió Anna—. La reconocerá por el pelo. Nadie puede olvidar el color de un pelo como el suyo.

—Pues entonces...

Tiffany hizo una pausa mientras un mozo bajaba unas cajas del tren y las dejaba a su lado, obligándolas a apartarse. Su única maleta superviviente también la bajaron. No había llorado cuando le habían dicho que la mayor parte de sus pertenencias se las habían llevado los salteadores. Las podía reemplazar. Era simplemente otra cosa más a añadir a la lista de quejas que le mandaría a su madre en cuanto le escribiera. Anna había tenido más suerte. Su maleta, que le había pedido prestada a su familia, estaba tan vieja y hecha jirones que los ladrones la habían dejado.

Tiffany respondió por fin a la observación de Anna sobre su pelo:

—Pues lo teñiremos.

—No, no lo teñiremos —replicó Anna, horrorizada.

—Si tú no me ayudas, lo haré sola. Con el pelo negro, tal vez ni mis hermanos me reconocerán, y mi padre seguro que no. El pelo negro le despistará totalmente, por lo que no albergará ninguna sospecha. Por favor, Anna. No lo conozco en absoluto y me ha decepcionado la mayor parte de mi vida al negarse a formar parte de ella. Preferiría quedarme en el pueblo para este noviazgo que no me interesa sin tener que ver a mi padre. Pero como mamá descartó esa idea, me gustaría al menos tener unos días para averiguar cómo es realmente.

Anna intentó una táctica distinta para disuadirla de su plan:

—No va usted a encontrar tinte para el pelo en un pueblecito tan pequeño. Fíjese, solo hay una tienda en la calle y, por lo que parece, ¡solo hay una calle!

Tiffany se volvió finalmente y observó el pueblo de Nashart, Montana. Anna había exagerado. Varias calles salían de la principal, aunque parecían básicamente residenciales. Y la calle principal, bordeada por comercios y negocios, al menos era larga. Era evidente que el pueblo había doblado su tamaño desde la época en que Rose había vivido allí, sin duda debido a la llegada del ferrocarril.

—Vaya, qué sorpresa —dijo finalmente—. Nashart es mayor de lo que esperaba por la descripción de mi madre. Ni siquiera puede verse el final de la calle. Podría haber toda clase de tiendas calle abajo, ¡Dios mío, si hasta tienen un teatro! —exclamó Tiffany emocionada cuando lo vio—. ¡Y un restaurante al lado!

Anna no pareció impresionarse.

—El restaurante está abierto, pero el teatro está cerrado, según reza el letrero de la puerta, así que no se haga ilusiones al respecto, señorita Tiffany. Los actores viven en ciudades. Solo viajan a los pueblos pequeños para unas pocas representaciones y luego pasan al siguiente pueblo pequeño.

—Sí, pero tal vez tendremos suerte y pase alguna compañía en los dos meses que estaremos aquí. Ahora, como parece que Nashart sí que tiene un hotel, iré a pedir habitación mientras tú encuentras un poco de tinte. Si en la tienda no tienen, puedes probar en la barbería.

—Si hay alguna —gruñó Anna—. Y tendrá usted que quedarse con el pelo teñido muchos meses, y parecerá boba con el pelo de dos colores hasta que le crezca lo suficiente... o se lo corte al cero.

A Tiffany le horrorizó la idea de cortarse el pelo y levantó las manos en señal de derrota respecto a ese punto.

—De acuerdo. Me lo envolveré con un pañuelo o lo esconderé de algún modo. Ya pensaremos algo.

Anna agitó la cabeza.

—No está teniendo en cuenta las consecuencias de este engaño. Su padre se alegrará de que aparezca antes en su casa por sorpresa. Y en cambio no se alegrará si se presenta en su casa con engaños. ¿Y qué explicación le dará cuando termine con la farsa y admita quién es en realidad?

—Le diré la verdad. Trataré de contársela sin rencor, pero la sabrá. He acumulado demasiado resentimiento para no hacerlo.

—Vale. Pero recuerde que ha dicho «sin» rencor. Supongo que querrá usted que yo me quede en el pueblo mientras lleva a cabo su ardid, ¿no?

—¿Por qué?

—Porque las amas de llaves no suelen viajar con su propia doncella.

Tiffany frunció el ceño.

—Ya.

—Lo acepto por un día. Pero no más, porque cualquier cosa más larga de un día sería un engaño más que una sorpresa.

Bien, pensó Tiffany, un día era tiempo suficiente para descubrir cómo reaccionaría cuando viera por primera vez a Franklin Warren.

7

—Tiene que ser ella —le dijo Cole a John, su hermano mayor.

—Ni por asomo —lo descartó John—. Viste con demasiada elegancia.

—Es del Este. ¿O pensabas que vendría vistiendo calicó?

—Y demasiado guapa, además —murmuró John—. ¿Quieres arriesgarte a llevar a casa a la chica equivocada?

Cole se rio entre dientes y observó:

—No vamos simplemente a cogerla y salir corriendo, así que tal vez deberías dejarme a mí hablar con ella. Mejor todavía, ¿por qué no vas a pedir prestado un carro mientras yo engatuso a la señorita? En maldito momento se nos tenía que romper el nuestro cuando tenemos que recoger más de una cosa del tren.

—Ni hablar.

Cole suspiró ante esa respuesta inflexible.

—¿No puedes ser razonable por una vez? Intimidas demasiado cuando estás de mal humor y no sabes ser diplomático. ¡A la primera señal de oposición empiezas a repartir puñetazos! ¿Y por qué estás tan rematadamente gruñón hoy, si puede saberse?

—A papá tal vez esto le parezca gracioso, pero te juro por el diablo que a mí no —dijo John.

Tampoco se lo parecía a Cole, ya que era a él a quien habían disparado recientemente. Roy Warren juró que no había sido él, pero Cole no podía fiarse sin más de la palabra de un Warren.

John era irascible incluso en sus mejores días, de modo que jamás debería haberle acompañado para cumplir esa tarea. Ambos habían salido a su padre, con los mismos ojos castaños, aunque John también tenía la altura de su padre, superando con creces el metro ochenta, mientras que Cole era considerado el enano de la familia, con apenas metro ochenta. Cole había heredado la estatura más baja de su madre, así como su cabello castaño, mientras que el resto de la familia tenía el pelo negro.

—Deberíamos apresurarnos —añadió John mirando a ambos lados de la calle—. Todavía no veo a ningún Warren, pero eso puede cambiar en un santiamén. Y no puedo prometerte que no me revuelva si aparecen por aquí tocando las narices.

Cole asintió con la cabeza, pero empezaba a preocuparse, y no por los Warren.

—Tal vez no les hayan avisado de la llegada prematura del tren como a nosotros —dijo, y luego expresó su repentino malestar—. ¿Qué pasa si ella no accede?

—¿Por qué no tendría que acceder?

—Sí, pero ¿y si no? —insistió Cole.

—Papá dijo que de una manera u otra debía venirse con nosotros. Haremos lo que sea necesario.

—Papá no debía imaginar que todos los ojos del pueblo estarían puestos en ella cuando dijo eso. ¿Acaso quieres acabar en la cárcel?

—¿Y qué te parece si hablamos con ella antes de intentar evitar todos estos obstáculos que todavía no nos hemos encontrado?

En medio de la calle, Tiffany consiguió finalmente dejar de estornudar lo suficiente para mirar a los dos vaqueros que habían levantado aquella polvareda que la estaba ahogando. Aunque realmente no había sido culpa suya, simplemente habían pasado a su lado cabalgando y se habían detenido en seco, cosa que sí que podría haber sido culpa de Tiffany.

Anna ya había señalado que estaban causando bastante sensación en el pueblo, motivo por el cual habían cruzado la calle apresuradamente para perderse de vista dentro del hotel. La gente salía de las tiendas para verlas, se asomaba a los balcones, las señalaba con el dedo. Tiffany estaba un poco sorprendida de ver a tantas mujeres vestidas sencillamente con vestidos hechos en casa y a tantos hombres en ropa de trabajo y portando armas. Era evidente que la alta costura todavía no había llegado allí, pero ¿tan pocos visitantes recibía Nashart como para que dos forasteras causaran tanto revuelo?

Tiffany se llevó un pañuelo a la nariz y lo dejó allí. Una cosa más que odiar del Oeste: el polvo. Se le adhería a la ropa y la hacía estornudar. Era controlable en la ciudad, pero ¿cómo lo podían controlar allí si las calles eran de tierra?

—Solo quería cambiarme esta ropa que ya llevo desde hace días, pero ahora también necesitaré un baño —se quejó a Anna.

—¿Y cree que aquí va a encontrar alguno?

Tiffany se volvió esperando ver la cara de agobio de su criada, pero descubrió que Anna señalaba un letrero calle abajo: BAÑOS TIDWELL - AGUA CALIENTE Y JABÓN.

—Maravilloso —se quejó Tiffany—. Presumiendo de tener jabón, como si nadie más en el pueblo tuviera. Creo que deberíamos volver al tren antes de que se marche.

—Los baños están junto a una taberna, que por cierto parece haber muchas en este pueblo, de modo que probablemente sea para hombres que no tienen previsto alojarse en el hotel.

Tras la nube de polvo que ambas acababan de soportar, Tiffany no estaba de humor para oír tibias palabras de ánimo. Nada excepto un vaporoso baño caliente en una habitación privada podía apaciguarla en ese momento.

—Aquí lo llaman salones, y si tratabas de aliviarme, no ha funcionado.

—Seguro que podrá bañarse en el hotel. Me apostaría el sueldo de una semana.

Tiffany notó finalmente la leve sonrisa en la cara de Anna. La doncella le estaba tomando el pelo y tratando de no reírse.

—Hoy estás llena de sorpresas, Anna Weston. Tienes suerte

de que no te haya despedido por discutir mi decisión. Todavía podría hacerlo. Y ahora alejémonos del sol y el polvo.

Anna bajó la cabeza porque ya no podía disimular más la sonrisa.

—Sí, señorita Tiffany.

Tiffany bufó indecorosamente y terminó de cruzar la amplia calle. Estaba a punto de abrir la puerta del hotel cuando una voz grave detrás de ella dijo:

—¿Es usted el ama de llaves, señora?

No le sorprendió que hubieran enviado a alguien del rancho Warren a recoger a Jennifer. El ama de llaves probablemente había avisado a su nuevo patrón en cuanto les habían informado de que el tren llegaría antes por los granjeros. Tiffany se volvió, esperando ver allí a alguno de sus hermanos. Bueno, todavía quedaba esperanza, ya que sería la oportunidad perfecta para advertirles que quería mantener su identidad en secreto durante un día, incluso si no la reconocían enseguida. A pesar de los años transcurridos sin ver a los tres muchachos y de que era probable que ella tampoco los reconociera a ellos, Tiffany sabía que el pelo rubio y rojo no se vuelve negro o castaño, y que ninguno de sus hermanos tenía los ojos castaños.

Eran los dos vaqueros que habían levantado la polvareda que había estado a punto de ahogarla, tocándose ambos el sombrero de ala ancha para saludarla. Bueno, Tiffany recordó que no era más que un ama de llaves, o al menos que estaba a punto de fingir que lo era. Así que no tenía que sorprenderla que su padre hubiera enviado simplemente a un par de vaqueros a recoger a la nueva empleada.

Tiffany respondió:

—Sí, me ha contratado...

—Ya sabemos quién le ha hecho venir, señorita —la interrumpió el joven de cabello castaño—. Estamos aquí para convencerla de que en vez de eso trabaje para nosotros.

Tiffany frunció el ceño, mirando del uno al otro. Ambos eran jóvenes, altos y cabe decir que bastante apuestos. Incluso tenían un ligero parecido entre ellos que sugería que tal vez fueran hermanos. Pero ¿por qué se dirigían a ella si no eran hombres de su padre?

—¿No son ustedes del rancho Warren? —preguntó para asegurarse.

—No, pero ¿podemos entrar al hotel para cerrar este acuerdo, por favor? ¿Antes de que aparezca algún Warren?

—No tenemos ningún acuerdo...

—Lo tendremos.

—No, no lo tendremos —replicó Tiffany tajantemente antes de darles la espalda y entrar en el hotel.

Anna les cerró el paso con su cuerpo cuando los hombres trataron de seguir a la joven dentro, extendiendo los brazos a ambos lados de la puerta. Su mensaje era claro: que no molestaran más a Tiffany. Pero ¡ellos pasaron por su lado empujándola como si ni siquiera la hubieran visto!

—Señorita, tiene usted que escucharnos.

Tiffany dio media vuelta, asombrada de que la hubieran seguido. Anna, ahora detrás de ellos, parecía lo bastante furiosa como para emprenderla a bolsazos con ellos, lo que probablemente no era una buena idea ya que ambos llevaban armas.

Tiffany estaba exasperada. Aquello era ridículo. Necesitaba imperiosamente un baño y no quería tener que gritar pidiendo ayuda para librarse de aquellos jóvenes impertinentes. El vestíbulo del hotel estaba vacío, excepto por un anciano que barría el suelo al fondo de la gran sala. Tiffany levantó la mano para impedir que Anna se pusiera agresiva y se volvió hacia el vaquero de pelo castaño, que era el que hablaba todo el rato.

—Lo más brevemente posible, digan lo que tengan que decir y márchense.

—¿No eres demasiado engreída para ser una criada? —dijo de repente el otro hombre.

Tiffany estuvo a punto de quedarse boquiabierta. Sus ojos fulguraron con ira durante unos instantes. ¿Y encima era él quien se enfadaba con ella? Pero antes de que pudiera ponerlo como un trapo, su compañero se quitó el sombrero y le golpeó con él.

—¿Qué parte de «mujer elegante del Este» no has entendido? —gruñó.

—Pero si solo es una criada...

—Una criada «elegante», tan elegante como la que más. Y cuando papá se entere de que lo has echado a perder por abrir tu bocaza, te caerá una buena.

El vaquero de pelo negro que acababa de ser reprendido se sonrojó, aunque Tiffany intuyó que no era de vergüenza. Estaba furioso, posiblemente porque parecía mayor que el otro y no le gustaba recibir una reprimenda de su hermano menor. Tiffany rogó no estar sonrojándose ella también, porque le había quedado claro que no podía mostrarse tan arrogante si quería presentarse como el ama de llaves esperada.

Con el sombrero aún en la mano y mostrándose conciliador, el de pelo castaño le dijo:

—Le ruego que nos perdone, señora. Me llamo Cole Callahan y este es mi hermano John. El viejo patán que la ha contratado no es en absoluto amigo nuestro, aunque somos sus vecinos más cercanos.

Tiffany se quedó estupefacta: aquellos dos hombres eran hermanos de su prometido. Anna se suavizó en el acto. Tiffany supuso que la doncella efectivamente había estado a punto de darles con el bolso y lo habría lamentado, ya que eran dos posibles futuros cuñados de Tiffany.

A Tiffany también le sorprendió oírles referirse a su padre como un viejo patán. ¿Era por eso que su madre había dejado a Frank? ¿Simplemente era demasiado desagradable y despótico para convivir con él? También era cierto que Rose tenía su carácter. No parecía capaz de soportar la zafiedad durante demasiado tiempo. Pero ¿viejo? Claro que aquellos dos jóvenes podían considerar viejo a cualquiera de más de cuarenta años.

Muerta de curiosidad, Tiffany se fijó más en ellos, preguntándose si Hunter se parecería a ellos. Le vinieron a la cabeza un montón de preguntas, pero ¡no les podía hacer ninguna porque se suponía que no sabía nada de la familia Callahan!

En un tono mucho más suave dijo:

—Mucho gusto de conocer a los vecinos de mi patrón, aunque no sean precisamente amigos entre sí.

—Te quedas corta —murmuró John—. No son más que una pandilla de ladrones y mentirosos de los que no puedes fiarte. Tienes suerte de que queramos rescatarte.

Tiffany se puso tensa de indignación, así que respondió con tono cortante:

—¿Y por qué tendría que creerme lo que me dicen?

—Calma, John —amonestó Cole a su hermano mayor, tanto en edad como en estatura.

A Tiffany no le importó si al mayor de los Callahan no le gustaba ser cuestionado. Si iba a dedicarse a insultar a su familia, tenía que esperar alguna réplica. Demonios, ¿era así como se descontrolaba una disputa entre familias?

Pero John se limitó a gritarle a alguien que ella tenía detrás.

—Eh, Billy, responde por mí. ¿Soy o no soy un hombre honesto?

Tiffany volvió la cabeza y vio que John Callahan había llamado al anciano canijo que barría el suelo del vestíbulo.

—Menos cuando juegas al póquer —terció su hermano con una sonrisa burlona.

—Responde a la pregunta, maldita sea —se impacientó John.

—Tan honesto como largos son los días de verano, sin duda... menos cuando juegas al póquer —dijo el viejo y con una risilla se alejó rápidamente hacia la parte posterior.

Tiffany observó que John no le había pedido al empleado del hotel que confirmase que los Warren no eran honestos, porque sí que lo eran, aunque se suponía que eso ella aún no lo sabía. Y teniendo en cuenta la corpulencia y el ademán intimidador de John, no le sorprendería que obtuviese la confirmación, fuera verdad o no.

Así que siguió adelante con lo que intentaba afirmar y simplemente dijo:

—Gracias por su advertencia, señores, pero tengo un compromiso, así que si esta era la única razón para retenerme, seguiré mi camino. Buenos días.

—¿Y qué me dices de un rescate? —espetó John—. Parece un muy buen motivo...

Cole le dio un codazo a su hermano para que se callara antes de decir:

—Lo que probablemente no sabe, señorita, es que los Warren no necesitan un ama de llaves, pero nosotros sí. Nos hemos quedado incluso sin cocinero. Así que pensamos que podríamos matar dos pájaros de un tiro y robársela a Frank Warren delante de sus narices además de conseguir una asistenta.

—¿Robársela? —repitió Tiffany con la voz entrecortada del susto.

John empujó a su hermano casi hasta la otra punta del vestíbulo para poder hablar sin más interrupciones.

—Lo que quiere decir mi hermano es que te pagaremos el doble de lo que te ofrece el viejo Frank si trabajas para nosotros en vez de para él.

8

Tiffany apenas podía aguantarse la risa. Aquello era impagable. ¿Qué criada habría rechazado el doble de sueldo? Jennifer seguro que no, siendo el dinero el motivo de su viaje a Montana. Había mencionado que su prometido y ella querían reunir unos buenos ahorros antes de casarse. Por lógica, Tiffany tenía que aceptar la oferta de los Callahan, ¿no?

Dos pájaros de un tiro, efectivamente, aunque los hermanos Callahan no sabían que los pájaros eran ellos, y ella la cazadora. Tiffany podría así evitar por completo encontrarse con su familia, y aun así cumplir la promesa que le había hecho a su madre. Cuando lo comprendió sintió que le quitaban un peso de los hombros. También podría averiguar qué tipo de hombre era Hunter Callahan sin que él supiera que ella era su prometida. Se sintió tan aliviada que apenas se dio cuenta de lo tensos que estaban los dos hermanos esperando su respuesta. Evitó mirar a Anna a los ojos porque no iba a discutir aquella decisión con su doncella.

Aunque de todos modos tenía que ponerse en el pellejo de Jennifer. Porque si bien ella ya sabía que los Callahan eran una familia prominente de rancheros, el ama de llaves no. ¿Y no pondría Jennifer antes algunas condiciones? Se le ocurrió una.

—Me aseguraron que tendría mi propia habitación.

—No veo por qué tendrías que compartirla —dijo John—, cuando tenemos de sobras.

—Con cerradura en la puerta.

—Todas tienen cerradura, te lo aseguro.

—Y espero que se me pague el sueldo puntualmente cada semana —añadió.

—Es papá quien paga a los empleados. Se lo comentaré.

—Muy bien, acepto la oferta.

John le sonrió por primera vez. Su alivio era innegable, cosa que hizo que Tiffany se preguntara qué habría pasado si la hubiera rechazado.

—No te arrepentirás —le aseguró.

Anna empezó a farfullar y Tiffany añadió rápidamente:

—Déjenme unos minutos para despedirme de esta amiga que he conocido en el tren y me reuniré con ustedes fuera.

Los Callahan miraron alrededor para encontrar a su «amiga», y luego se tocaron el sombrero para saludar a Anna. Apenas se acababa de cerrar la puerta cuando Anna estalló:

—¿Se ha vuelto loca?

Tiffany la cogió del brazo y la apartó de la entrada del hotel.

—¡No levantes la voz!

La doncella la miró fijamente.

—¡La comedia solo tenía que durar un día! —observó en tono más suave aunque no menos exasperado—. Y solo era a su padre a quien tenía que engañar, no a todo el pueblo.

—Ya, pero ¿quién iba a esperar que se me presentara una oportunidad así? —repuso Tiffany, excitada—. Anna, no me lo estropees. La cosa ya está en marcha. Voy a ser Jennifer... ¿cómo se apellidaba? No recuerdo que lo mencionara.

—Fleming. Jennifer Fleming.

—¿Estás segura? Esto no funcionará si me equivoco de nombre.

—Sí, estoy segura, y no, de todos modos no funcionará. No tiene un vestuario adecuado para un ama de llaves para una temporada larga.

Tiffany se rio, aliviada de que aquella fuera la única objeción que se le ocurría a Anna.

—No sabrán qué debería ponerme o dejarme de poner, incluso dudo que sepan cuáles son los deberes de un ama de llaves. Además, la mayor parte de mi vestuario ahora mismo estará esparcido por el campo, incluidos todos mis trajes de noche. Puedo alegar que mi ropa de trabajo la robaron en el asalto al tren si creen que visto de manera demasiado elegante.

—¿Olvida usted que su padre la espera?

—De momento no por unos días, que será tiempo suficiente para que mi madre le haga saber que me voy a retrasar.

—¿Y cómo va a saber que tiene que hacérselo saber, o incluso aceptar que tiene que hacerlo?

—Anna, yo nunca le prometí a mi madre que iría a ver a mi padre, solo que le daría a Hunter Callahan un máximo de dos meses. Le haré saber a mamá lo que pienso hacer. Le mandaré un telegrama antes de salir del pueblo para que pueda arreglar un «retraso» de mi llegada al rancho de mi padre.

—Y eso le hará coger el próximo tren para acá, no lo dude.

—Ojalá —dijo Tiffany con un suspiro—, pero no lo hará. Mañana le enviaré una carta con una explicación completa. Al contrario que tú, comprenderá que esta es la mejor manera de manejar una situación insoportable.

—O se pondrá furiosa porque ahora tendrá que mentirle a su padre para justificar que usted no aparezca.

—No sería la primera vez —replicó Tiffany con una mueca de disgusto—. Ya le mintió antes para sacarlo de su vida. Me lo contó. Así que ahora puede volver a mentir por mí.

—No alcanzo a comprender por qué quiere usted hacer esto.

Ahí le tocó una fibra tan sensible que Tiffany estuvo a punto de estallar y decir la verdad: que le aterraba encontrarse cara a cara con Franklin Warren. Años atrás, lo único que deseaba era conocer a aquel padre suyo sin rostro, pero ahora no tenía ningún deseo de conocerlo. Que ella estuviera en Nashart, Montana, no tenía nada que ver con él. El compromiso matrimonial ni siquiera había sido idea de su padre. Era evidente que a él no le importaba un comino si llegaba a conocerla algún día o no. Lo único que le importaba era poner fin a aquella enemistad con los Callahan. Era el único motivo por el que quería que apareciese su hija. Pero Anna no tenía ninguna necesidad de saberlo.

—¿Acaso he insinuado siquiera alguna vez que me complazca esta situación? —le preguntó—. No. Siempre he considerado este viaje a Montana como una condena a dos meses de cárcel, y en el momento mismo en que se abra la celda cogeré un tren de regreso a casa.

—Creía que le había dicho a su madre que no tendría prejuicios respecto a su novio —repuso Anna frunciendo el ceño.

—No es mi novio. Y sí, no voy a tener prejuicios el primer minuto desde que lo conozca. Es el tiempo que tardaré en decidir que no me interesa. Es un vaquero, Anna. ¿Acaso me ves casada con un vaquero?

La doncella chasqueó la lengua.

—Pero, señorita, ¿no se da cuenta de que eso es lo contrario de no tener prejuicios?

—Dos meses y ni un día más —subrayó Tiffany, inflexible.

—Hace usted que suene como un castigo, aunque yo no lo veo así.

—No es a ti a quien le piden que se case con un desconocido.

—Es verdad, aunque tampoco a usted. Tampoco la llevarán corriendo al altar. No será un desconocido durante mucho tiempo. Y también podría considerar todo este asunto desde otra perspectiva, ¿sabe? Acepté acompañarla porque, al contrario que usted, pensé que disfrutaría de una experiencia interesante. Paisajes diferentes, gente diferente, lejos del ajetreo de la ciudad. Y, excepto por el asalto al tren, me está gustando. Usted también ha vivido toda su vida en la ciudad. ¿No le despierta un mínimo de curiosidad saber cómo vive la gente en esta parte del país?

No, no se lo despertaba en absoluto, pero estaba cansada de discutir con Anna. Para alguien que no había querido ser su amiga, sin duda Anna se estaba excediendo. Aun así, aquella doncella tozuda podía echarlo todo a perder si no aceptaba seguirle el juego, de modo que Tiffany tenía que darle una explicación razonable.

—No has tenido en cuenta todas las ramificaciones, ¿verdad?

—dijo—. ¿Qué pasa si me gusta mi prometido y acepto tragar con este lugar por amor, pero después de la boda descubro que es un hombre insoportable? ¿Entonces qué? ¿Salgo corriendo como hizo mi madre? ¿Y cómo voy a saber cómo es él realmente si tiene que venir al campo enemigo para cortejarme? Seguro que sería extremadamente cauteloso y no se comportaría tal como es, o querría impresionarme con un comportamiento afectado. En cambio, de repente tengo la oportunidad perfecta de descubrir cómo es realmente sin que él tenga que simular para dar una buena impresión. No quiero descubrir su auténtica personalidad después de la boda, cuando ya sea demasiado tarde para dar marcha atrás. Así que déjame que conozca a esta gente antes de tener que enfrentarme a sus imposturas —resumió Tiffany levantando el mentón con obstinación—. Y si a ti no te parece que eso es un buen motivo, pues lo siento.

—Me ha parecido que creen que un ama de llaves también hace de cocinera —observó Anna tras considerarlo durante un momento.

Como no se esperaba ese sencillo recordatorio sino un torrente de objeciones y desaprobación, Tiffany comprendió que Anna estaba cediendo y se echó a reír.

—¿Y? Les dejaré claro de entrada cuáles son los deberes de un ama de llaves. Ahora dime, ¿todavía tienes el dinero que te dio mi madre?

Anna asintió con la cabeza.

—Pues entonces toma una habitación tal como habíamos planeado, pero plantéate una estancia más larga. Tú sí que puedes considerar este tiempo como unas vacaciones. Mañana te visitaré cuando vuelva para enviarle a mamá la carta y ya te haré saber lo maravillosamente bien que va a funcionar todo.

Le dio un abrazo y salió del hotel antes de que su doncella pudiera cambiar de opinión y exponer más objeciones. Solo uno de los hermanos la esperaba a la puerta del hotel y Tiffany se alegró de que no fuera el gruñón.

—Necesitaré una diligencia para mi maleta —le dijo a Cole—, porque pesa bastante.

Cole la miró sin entender nada. Tiffany suspiró para sí. Tal vez debería dejar de darle órdenes. Tenía que ser más cautelosa con eso si tenía la intención de hacerle creer que era una criada.

—Por aquí no vamos en diligencia, señorita. —Se rio—. John ha ido a pedir prestado un carro y unas ruedas nuevas para el que se nos ha roto. Nos recogerá en la estación del tren.

—Excelente. Mientras, ¿podría indicarme dónde está la oficina de telégrafos? Tengo que hacerle saber a mi familia que he llegado sana y salva.

—No tenemos oficina de telégrafos, aunque sí que tenemos telégrafos. Le mostraré dónde.

—Gracias.

Solo había que cruzar la calle. Al menos no pasaron más jinetes que levantaran polvaredas. Cole la llevaba a la Estación de Diligencias de Nashart. Garabateado en la mitad inferior del enorme letrero de la puerta se podía leer «Y telégrafos».

—Me sorprende que el ferrocarril no haya arruinado el negocio de las diligencias —observó Tiffany.

—Todavía hay pueblos al norte y al sur de aquí donde no llegan las vías. Bien, me quedaré aquí fuera vigilando por si aparece algún Warren. Prefiero no verme envuelto en un tiroteo por arrebatarles al ama de llaves delante de sus narices.

Aquella era una afirmación alarmante, pero como sonrió mientras lo decía, Tiffany decidió que no iba en serio y entró en la oficina sin él.

Se acercó al mostrador para enviar el telegrama, pero se detuvo cuando cayó en la cuenta de que el telegrafista podría informar a su padre. ¿No se conoce todo el mundo en un pueblo pequeño? Así que hizo que le enviaran el mensaje, que no firmó, a R.W. en el hotel de Chicago donde se hospedaba Rose. ¿Cuántas huéspedes podía haber con aquellas iniciales?

En el telegrama ponía: «Cambio de planes. Dale a papá excusas por un retraso prolongado. Pronto mandaré carta explicativa.»

9

Tiffany no les dijo nada a los Callahan sobre el vehículo en que la hicieron montar, aunque se sentía indignada por tener que viajar en un carro de mercancías. El banco del cochero en que se sentaba no tenía respaldo, ni un toldo que la protegiera del sol de junio, que se iba volviendo más caluroso a medida que avanzaba el día. Tuvo la idea espantosa de que tal vez llegaría sudada al rancho o, aun peor, quemada por el sol.

Si supiera seguro que sus parasoles estaban en la maleta que le quedaba, les pediría a los hermanos que parasen para coger uno, pero no había hecho ella las maletas, así que no lo sabía, y le daría mucha vergüenza hacerles esperar mientras revolvía esa maleta y luego terminar con las manos vacías. Su elegante gorro era un bonito accesorio de vestuario pero no servía demasiado para protegerla del sol, de modo que acabó utilizando la mano a modo de visera para cubrirse la cara. Ahora le resultaba evidente por qué los hombres del Oeste llevaban sombreros de ala tan ancha. Incluso había visto a un par de mujeres en el pueblo con sombreros de ese tipo.

Mientras Cole conducía el carro y John cabalgaba a su lado, Tiffany iba tan erguida como era posible, aunque empezaba a dolerle la espalda del esfuerzo. Su madre lloraría si viese la incomodidad que estaba sufriendo por una promesa que ella había hecho. No, en realidad Rose diría alguna frase de ánimo del tipo «algún día podrás reírte contándoselo a tus nietos». Tiffany se habría reído porque sus nietos serían neoyorquinos decentes que se horrorizarían al pensar lo que había tenido que soportar. Pero Rose le susurró en la cabeza: «O un puñado de vaqueritos que se horrorizarían de que lo mencionaras.»

¡Qué absurdo! Estaría en casa disfrutando de la fulgurante vida social de Nueva York con sus amistades, asistiendo a fiestas maravillosas, conociendo a caballeros decentes que jamás habrían oído hablar de forajidos, ¡y muchos menos de indios! ¡Ella no debería estar allí! ¿Y por qué estaba? ¿Por qué dos vecinos eran incapaces de llevarse como buenos vecinos?

—Si se acerca algún jinete, échate atrás y escóndete —dijo Cole.

Qué manera tan desagradable de despertarla de su ensoñación.

—¿Por qué? —preguntó asustada.

—Podría ser un Warren.

Tiffany se mordió la lengua para no responder. ¿Qué diría Jennifer? ¿No aprovecharía el ama de llaves la oportunidad para decirles a los Warren que había decidido trabajar para los Callahan en vez de para ellos porque le ofrecían el doble de sueldo? Qué innoble, aunque probablemente sería lo que habría hecho la auténtica Jennifer si se lo hubieran ofrecido. Pero la joven estaba de regreso al Este.

Aunque Tiffany no quería arriesgarse a topar todavía con su padre o alguno de sus hermanos, tenía que responder como lo habría hecho Jennifer.

—Debería hacerles saber que he decidido trabajar para su familia en vez de para ellos. Sería lo más honorable.

—Los Warren no conocen el significado de la palabra honor —bufó Cole—. Además, esto ha sido idea de nuestro padre para tocarle las narices al viejo Frank, así que deje que sea papá quien se regodee de ello cuando llegue el momento.

Aquella observación la hizo darse cuenta de que no podía enviarle a Frank la nota de Jennifer sobre su decisión de volver a Chicago, no si los Callahan pretendían hacerle saber que Jennifer estaba con ellos. Podría llevarle a sospechar, incluso podría llevarlo directamente a ella, exigiendo una explicación sobre por qué le había mentido. Pero empezaba a preguntarse si Frank había sido sincero con Rose en sus cartas. Sonaba como si la enemistad hubiera ido a más y fuera peor de lo que le había hecho creer a su madre. La manera en que los Callahan hablaban de su familia con tanta mofa le hizo dudar de que una boda pudiera acabar con la rivalidad. ¡Tal vez los Callahan ya habían anulado el compromiso y ella no tenía ninguna necesidad de estar allí!

Era algo que tenía que averiguar enseguida.

—Han dicho ustedes que no se llevan bien con sus vecinos, pero a mí me da la impresión de que me estoy metiendo en medio de una guerra. ¿Es eso?

—No, señorita. —Cole sonrió socarronamente—. Un hombre puede odiar a sus vecinos sin matarlos.

Hasta aquí la idea de poner una excusa rápida para volverse a casa. Cole ni siquiera mencionó la enemistad, así que no podía preguntarle concretamente por eso, teniendo en cuenta que Jennifer no podía saber nada del tema. Pero sí que podía tratar de averiguar más sobre la familia Callahan. El ama de llaves sentiría curiosidad por la gente para la que iba a trabajar.

Cole la había mirado varias veces mientras hablaban, y al final reparó en sus dificultades con el sol y dijo:

—A ver, cámbiese de sitio conmigo. —Paró el carro y le dio la mano para ayudarla a pasar a su derecha sin perder el equilibrio—. Así le haré un poco de sombra.

Al ser tan alto, realmente sí que le tapaba el sol, aunque todavía no había terminado. También le encasquetó su sombrero de ala ancha, encima del gorro, el cual evitaba que el sombrero le cayera sobre los ojos. Tiffany estuvo a punto de reírse al pensar en el aspecto que debía de tener. Pero el sombrero evitaba que le diera el sol en la cara. Se sintió más que agradecida por la consideración de Cole. Le hizo pensar un poco más amablemente en los Callahan, como mínimo en aquel Callahan.

—Gracias —le dijo con una sonrisa mientras él volvía a arrear los caballos—. Por cierto, ¿cómo han sabido que llegaba al pueblo?

—Nos lo dijo uno de los empleados disgustados de los Warren.

—Me refiero a cómo han sabido que llegaría hoy, cuando el tren traía tres días de adelanto.

—No lo sabíamos. Teníamos que recoger un pedido en la estación para nuestro hermano —dijo señalando la trasera del carro. Tiffany se giró y vio un par de cajas que se parecían a las que había visto descargar del tren—. Nos avisaron de que se esperaban para hoy. Confiábamos que tal vez usted también vendría en el tren, pero no esperábamos tener tanta suerte.

«Entonces mi padre también tendría que haber estado allí para recogerme», pensó Tiffany. Pero era evidente que no le importaba lo suficiente como para averiguar que el tren llegaría antes de lo previsto.

Tiffany se sacudió el dolor que le causaba aquella idea y preguntó:

—¿De qué clase de casa tendré que encargarme? ¿Cuántos criados?

—Dos criadas. Necesitaríamos más, pero resultan difíciles de encontrar.

Tiffany no se lo pudo creer. ¿Para qué contrataban a un ama de llaves si no tenían el personal suficiente que justificara tenerla? Aunque como le habían dado la oportunidad de cumplir la promesa hecha a su madre conociendo a Hunter Callahan, y al mismo tiempo evitar a su padre, tampoco era cuestión de observárselo.

—¿Puede hablarme un poco de su familia y del lugar adonde me llevan? —preguntó en cambio.

—Somos ganaderos, igual que los Warren. Somos los propietarios del rancho Triple C, con doscientas hectáreas y más de mil cabezas de ganado.

Tiffany quedó impresionada, aunque preguntó:

—¿Y ya es suficiente tierra para tantas vacas?

—Por supuesto que no —Cole rio—, no guardamos a los rebaños en el rancho. Esta es una zona de pastos libres en todas direcciones.

—¿Y qué significa eso exactamente?

—Pasto gratuito para los rebaños.

Por tanto, era evidente que las dos familias no se peleaban por la tierra, sino solo por el agua, aunque ella todavía no había visto ni rastro de agua. Habían tomado un camino hacia el norte del pueblo. Tiffany contempló los verdes campos de hierba que se extendían a ambos lados del camino y las enormes montañas nevadas en la lejanía. Nunca había visto montañas tan imponentes excepto en pinturas y libros de fotografías. Pasaron por un bosque con un campamento de explotación forestal. Pasaron junto a una casa solitaria de estilo Nueva Inglaterra, un extraño recordatorio de casa. Era de piedra, por lo que tenía que haber alguna cantera cerca. Había oído que la industria se estaba instalando en el territorio, y con tanto campo abierto no alteraba la belleza del paisaje natural.

Tenía que reconocer que era un paisaje precioso, aunque jamás lo haría ante Anna. Pero Cole todavía no había dicho nada sobre su familia ni sobre Hunter, que era quien más le interesaba a ella.

Buscando hacerle mencionar a su prometido, Tiffany preguntó a continuación:

—¿Son muchos en la familia?

—Tengo tres hermanos. Yo soy el más joven, Hunter es el mayor. Al segundo, Morgan, el muy necio, le entró la fiebre del oro y nos abandonó el año pasado cuando se descubrió otro filón de oro más cerca de Butte, uno de los mayores pueblos mineros de la región. Papá se enfadó mucho, pero Morgan es tozudo y sí que encontró algo de oro, no lo suficiente para hacerse rico pero sí para no tener que volver a casa.

—¿Y por qué lo convierte eso en un necio?

—Somos ganaderos —bufó Cole—, y ya hay más mineros en Montana de los que se puedan contar. Demonios, si el año pasado encontramos cobre en nuestras tierras. Papá supuso que eso podría hacer que volviera Morgan. Le dijo que si quería avergonzarnos siendo minero, al menos podía serlo en casa. Pero no funcionó... todavía.

Lo que acababa de decir no le daba pie a Tiffany para preguntarle directamente por Hunter. Tendría que esperar a conocerlo para averiguar cómo era.

Más adelante vio un estanque grande —¿o era un lago pequeño?— rodeado de floridos prados. Incluso había algunos árboles que daban sombra cerca del lago. Era el tipo de paraje hermoso y tranquilo que uno buscaría para ir de pícnic.

El camino llevaba directamente al pequeño lago y se bifurcaba a ambas riberas. El río que lo alimentaba era bastante ancho y parecía demasiado profundo para cruzarlo, probablemente todavía crecido por el deshielo. Más al norte y a la izquierda del serpenteante río había una larga masa marrón oscuro que despertó la curiosidad de Tiffany.

—¿Qué es eso?

Cole siguió su mirada.

—El rebaño de los Warren. A esta hora les toca a ellos.

—¿Les toca?

—Llevar el ganado al agua. Por la mañana ellos, por la tarde nosotros. Hace tiempo que ambas familias decidimos no tentar la suerte encontrándonos en el río a la hora de abrevar.

—¿Por qué?

—No tiene sentido estimular los malos humores ni tentar a nadie a disparar. Además, un disparo puede provocar una estampida. Antes pasaba mucho.

Tiffany apenas escuchó su respuesta, con la mirada fija en los jinetes que impedían que el rebaño cruzara el río. Cuando cayó en la cuenta de que podrían ser sus hermanos, que podía estar tan cerca de ellos, se le aceleró la respiración. Pero los vaqueros estaban demasiado lejos como para distinguirlos. Luego el carro giró y perdió de vista a vacas y vaqueros, aunque alcanzó a ver un edificio en construcción. Quedaba un poco apartado del lago y todavía no tenía paredes, solo la estructura. Tendría unas vistas increíbles...

Santo cielo, pensó, aquello tenía que ser la franja de tierra en contienda que ambos ranchos reclamaban como suya. Y aquella tenía que ser la casa que ambas familias habían estado construyendo para ella y Hunter y cuya construcción se había paralizado porque ya no se soportaban. No importa, pensó, ya que no tenía ninguna intención de vivir allí.

La idea la hizo sentirse incómoda. Aquella gente esperaba que ella pusiera fin a la enemistad. La casa se quedaría vacía si ella no se casaba con Hunter. Muy probablemente, jamás se terminaría. Un peso que le habían puesto sobre los hombros. Se sacudió la idea de la cabeza, contrariada. No era responsabilidad suya llevar la paz a la región, ¡por supuesto que no!

Poco después se desviaron del camino y se encaminaron hacia una casa grande con un largo porche cubierto. De dos plantas de altura y construida con tablas uniformes, la casa de los Callahan no era la pequeña cabaña de troncos que ella medio se esperaba. La casa no tenía nada de rústica. Bueno, al menos no por fuera, si no te fijabas en la escupidera situada entre dos sillas en un extremo del porche ni en los rastros de barro que llevaban hasta la misma puerta.

John desmontó. Después de devolverle su sombrero a Cole, Tiffany dejó que John la ayudase a bajar del carro. En cuanto puso los pies en el suelo dijo:

—Me gustaría instalarme y darme un baño antes de conocer al cabeza de familia. ¿Hay algún mayordomo que pueda...?

—¿Algún qué? —preguntó Cole mientras rodeaba el carro—. Habitaciones no faltan. Papá esperaba tener más de cuatro hijos, así que construyó la casa más grande de lo necesario. Los dormitorios de la planta baja ya están ocupados, pero hay espacio de sobra arriba. Elija usted misma alguna que encuentre vacía. El baño está abajo, junto a la cocina. Y no hace falta que vaya al pozo por agua, tenemos bombas.

Aquello era más información de la que Tiffany habría querido oír. La parte del baño la hizo gruñir en su fuero interno. Sería intolerable si alguien más de la familia utilizaba el mismo baño. Casi demasiado intolerable. Tal vez aquella comedia no era tan buena idea, a fin de cuentas.

Cole miró de repente por encima de su cabeza y gritó:

—¡No me vendría mal un poco de ayuda, Hunter!

—Ni lo sueñes. —Tiffany oyó una risotada detrás de ella—. No fue idea mía volver a sulfurar a los Warren. Tú has secuestrado a su bonita criada, tú te apañas con ella.

La joven se volvió bruscamente para ver a su prometido. Pero dos hombres pasaban cabalgando junto al carro, y no sabía cuál de ellos era Hunter Callahan. Tampoco se detuvieron, de modo que Tiffany no pudo verlos bien.

Entonces las palabras de Hunter resonaron con fuerza en su cabeza y se volvió con los ojos como platos hacia Cole.

—¿Secuestrado?

10

Cole Callahan no respondió a Tiffany inmediatamente, aunque sin duda se sonrojó. Intentó tomarla del brazo para acompañarla hasta la puerta, pero ella se desasió de un tirón.

—No ha habido que llegar a ese extremo, ¿verdad?

—Pero ¿se podría haber llegado?

—Cálmese. Papá dijo que la trajéramos aquí de un modo u otro. Tampoco la habríamos retenido demasiado tiempo, solo el suficiente para irritar a los Warren.

Aquella insoportable enemistad. Pero ya estaba bien que los Callahan y ella tuvieran la misma agenda, por así decirlo, o no se le habría presentado aquella oportunidad. Aunque estaba segura de que no le habría gustado que la tuvieran allí de rehén, cosa que la hubiera obligado a revelar su verdadera identidad, lo que a su vez la habría llevado directamente a su padre, cosa que no iba a ocurrir si ella podía evitarlo.

Así que se limitó a mirar ceñudamente a Cole y a preguntarle con sequedad:

—¿Son ustedes rancheros o forajidos? Me gustaría saberlo antes de poner los pies en su... guarida.

—Respetamos las leyes, señorita.

—Suena más a que las evitan.

—No le pagaríamos a usted el doble de lo que vale si quisiéramos evitar nada, ¿no le parece?

Tiffany se ruborizó levemente por aquella respuesta, así que asintió lacónicamente y cruzó el umbral de su casa temporal. Y se paró en seco. Y estornudó. Y volvió a estornudar. Los Callahan no necesitaban un ama de llaves, necesitaban una casa nueva. Aquella parecía un vertedero.

Un rastro de barro seco llegaba a la mitad del reducido vestíbulo que daba a la gran sala principal, donde había varios sofás y sillas esparcidos. Era evidente que los habían traído del Este y que en otros tiempos habían sido muebles elegantes, pero ya eran tan viejos que la tapicería se había decolorado a un gris sucio. El humo del hogar ennegrecido por el hollín probablemente había invadido la sala innumerables veces. Los cuadros de las paredes estaban torcidos, algunos muy torcidos. El suelo de madera estaba cubierto por una capa de polvo tan espesa que las pisadas quedaban marcadas en ella. ¿Acaso no había ninguna criada en aquella casa?

Tiffany se volvió para preguntárselo a Cole, pero en vez de eso dio un chillido al verse en un espejo oval colgado en el vestíbulo. ¡Su tez estaba de un gris pálido a rayas! Apenas se reconoció. Inmediatamente sacó el pañuelo y se frotó la cara, aunque sin agua lo único que hacía era mover el polvo y la mugre de un lado al otro.

—¿Ha visto un ratón? —le preguntó Cole, que entraba por la puerta llevando su enorme maleta con la ayuda de John. Como Tiffany lo miró fijamente con cara de no entender nada, añadió—: Ha gritado, ¿no?

—Yo no he gritado —lo corrigió indignada—. Solo ha sido un chillido de nada. —Y al punto le advirtió—: No tolero los ratones. Si me está diciendo que tienen la casa infestada de ratones, le pido que vuelva a poner mi maleta en el carro.

—No tenemos ratones, al menos yo jamás los he visto —se rio él—. Ahora suba arriba y elija en qué habitación quiere que dejemos este bulto tan pesado.

—Puede dejarla aquí. En este momento solo tengo una prioridad: que me indique dónde puedo bañarme. No soporto ni un segundo más este velo de polvo que usted y su hermano...

—Lleva la maleta arriba, Cole —dijo otra voz—. Yo acompañaré a la señorita adonde quiere ir.

Cole miró detrás de la muchacha y dijo:

—Creía que...

—Me ha vencido la curiosidad —dijo el recién llegado, y volvió atrás por donde había llegado, de modo que cuando Tiffany se giró hacia él, no vio más que unas espaldas anchas—. Sígueme, Pelirroja. El baño es por aquí.

En circunstancias normales, Tiffany no se habría movido ni un centímetro. ¿En serio acababa de ponerle un mote basándose simplemente en el color de su pelo? Pero le empezaba a picar todo de tanto polvo que se le había metido entre la ropa, así que corrió detrás de aquel hombre alto. Tenía el pelo negro y demasiado largo para su gusto. Lo habría tomado por un criado de la casa si no hubiera llevado pistolera, ¿o tal vez incluso los criados iban armados en Montana?

El pasillo se había estrechado y oscurecido tras dejar atrás las escaleras que llevaban arriba, pero al fondo salía luz de una puerta que había quedado abierta. Que era adonde la llevaba aquel hombre, a la cocina. Tiffany miró alrededor y cerró los ojos con fuerza. Y empezó a contar hasta diez mentalmente. Y rezó para no empezar a gritar. Quien fuera la última persona que había cocinado allí había dejado la cocina sembrada de platos y sartenes sucios.

—Estoy de acuerdo con que te conviene un buen fregoteo —dijo una voz profunda con una risotada.

Tiffany abrió los ojos de golpe y localizó a su chistoso acompañante en pie frente a otra puerta que acababa de abrir. Solo vagamente vio una bañera de porcelana detrás de él, porque su mirada se detuvo en el rostro del hombre y se quedó fija allí. Unos ojos azules claros contrastaban con el pelo negro y una piel muy morena. Todavía permanecía en sus ojos un centelleo de risa, que sugería que estaba de buen humor. Con una nariz marcada y una frente amplia, la suya era una cara masculina bastante atractiva. Alto, esbelto y musculoso, llevaba una camisa negra de manga larga y un pañuelo azul alrededor del cuello, pantalones azul oscuro y unas botas negras sucias de barro.

Señaló con la cabeza hacia la puerta que tenía detrás de él.

—La bañera tiene un desagüe. Las tuberías llevan al jardín que arregló Ed el Viejo detrás de la casa. Así la tierra se mantiene húmeda, aunque a veces jabonosa.

Debía de estar bromeando sobre lo del jardín jabonoso, así que no le hizo caso y preguntó:

—¿Quién es Ed el Viejo?

—El cocinero que lamentablemente nos dejó. No pudimos convencerlo de que se quedara. El viejo chiflado dijo que ya era hora de conocer mundo.

—¿Y no era demasiado viejo para eso?

—No tenía nada de viejo, tal vez unos treinta y tantos.

—¿Y entonces por qué le llamas viejo Ed?

—Se le quedó el pelo gris hace unos años tras vérselas con un oso gris. Ed había salido a cazar algo para cenar, y el oso también. Ed tuvo claro que el oso volvería contento a casa cuando del susto se le cayó el rifle.

Sin duda no era un tema para unos oídos delicados, pero la curiosidad la venció.

—Pero ¿escapó?

—Echó a correr como alma que lleva el diablo, y corrió aún más rápido cuando oyó que el oso le disparaba.

Tiffany miró fijamente al hombre.

—Eso es absurdo, ¿no?

El tipo se rio, seguro que de ella, cosa que la hizo volver a tensarse de indignación. Para ser un vaquero, era demasiado amistoso y también demasiado impertinente. Pero imaginó que un hombre tan atractivo estaría acostumbrado a flirtear con las chicas.

—Por supuesto que es absurdo —respondió él—. Pero Ed el Viejo estaba tan asustado que fue la idea que se llevó. Al día siguiente volvió y encontró su rifle en el suelo y la huella de una pata ensangrentada en el cañón. El oso debió de curiosear aquel objeto brillante que le habían dejado y seguramente se disparó en la pata. Pero Ed se despertó al día siguiente con el pelo canoso.

Cosa que a Tiffany le recordó:

—Yo no soy pelirroja.

—Se acerca bastante —discrepó él con una sonrisa—. Si quieres añadirle agua caliente a la bañera, enciende la estufa. Si no, ya lo tienes todo a punto. Hace pocos años le acoplamos una bomba por insistencia de Ed. Le molestaba que todo el mundo fuera a llenar cubos a su fregadero mientras él trataba de hacer la cena. Le molestaba mucho. Se negó a preparar ni una comida más hasta que tuvo su bomba.

—No puedo esperar tanto. Me temo que me pondré a chillar si no me quito esta mugre de encima.

El hombre se encogió de hombros y se apartó de la puerta para que no pareciera que no la dejaba entrar al cuarto de baño.

—Haz lo que quieras.

¿Que hiciera lo que quisiera? Tiffany se dio cuenta de que era justo lo que había estado haciendo. ¡Conversar con un perfecto desconocido aun sabiendo lo inapropiado que era, al menos antes de las presentaciones! No era algo habitual en ella. Lo culpó a él, claro. Pero es que jamás se había encontrado con ningún hombre tan apuesto.

Enojada consigo misma por dejarse aturullar de aquel modo, se lanzó.

—¿Tú quién eres? ¿Trabajas aquí?

—Aquí todo el mundo trabaja. Y hablando de trabajar, ¿no eres un poco joven para ser ama de llaves? Tengo la sensación de que bien limpia se te verá muy guapa... y más joven.

—Soy mucho mayor de lo que parezco, probablemente de tu misma edad. ¿Cuántos años tienes?

El joven sonrió.

—Si te lo digo, ¿me lo dirás tú a mí?

¿Por qué seguía hablando con ese vaquero?

—No importa.

—Era lo que pensaba. —Él volvió a sonreír—. Me quedaré aquí vigilando la puerta. Aunque bien pensado, será mejor que cierres con el pestillo, así estarás a salvo de mí.

11

Tiffany temblaba en la bañera de agua fría, aunque apenas se daba cuenta. Todavía pensaba en el joven que se había burlado de ella diciéndole que cerrase el pestillo. ¿Seguiría ahí fuera, esperando para verla «bien limpia,» como había dicho? La desconcertó un poco que aquella idea le gustase... no, que la excitase.

Ojalá él le hubiera dicho quién era... ay, santo cielo, ¿y si era Hunter Callahan? No, por supuesto que no, no con aquellos ojazos azules como el cielo, cuando sus dos hermanos los tenían castaños. Además, Hunter se había marchado del rancho. Ella misma lo había visto saliendo al galope.

Chasqueó la lengua y salió de la bañera, y gruñó al caer en la cuenta de que no tenía nada limpio que ponerse. Estaba tan acostumbrada a tener una criada que se anticipaba a sus necesidades que no lo había previsto. Pero no se iba a poner otra vez aquellas ropas polvorientas. Se envolvió en una toalla y abrió la puerta una rendija para pedir ayuda y que le trajeran la maleta. ¡Cole, bendito fuese! Había sido lo suficientemente considerado para darse cuenta de que la necesitaría.

Poco después se observaba en el espejo oval de la mesilla de afeitar para asegurarse de estar por fin presentable. Limpia sí, pero apenas presentable, al menos no según su propio baremo. No había tenido tiempo para seleccionar la ropa de su maleta porque en cualquier momento podía entrar alguien en la cocina.

Había cogido un vestido amarillo entre el montón que había. No estaba segura de haberse abrochado bien todos los botones de la espalda, y tampoco podía volverse lo suficiente para comprobarlo. Lo mejor que había podido hacer con su pelo mojado había sido atárselo en una coleta. Empezaba a darse cuenta de lo mucho que dependía de una criada ya que ni siquiera había logrado recogerse los cabellos con horquillas.

Con un suspiro, abrió la puerta y se encontró con Cole a punto de llamar. Él se quedó plantado sin decir nada, así que habló ella:

—Bueno, ya he terminado de utilizar su bonita bañera.

Cole logró apartar la mirada de su rostro y miró la bañera.

—Mamá pidió este artilugio de un catálogo de lujo que le mandaron de Saint Louis. Tendría que haber oído las risotadas cuando llegó, aunque tengo que admitir que es jodidamente mejor que clavarse astillas en el culo.

Tiffany no hizo ningún comentario sobre aquel lenguaje tan grosero; le había oído cosas peores a su madre. Rose había adquirido un amplio vocabulario de sus años en el Oeste.

—Gracias por traerme la maleta. Ahora subiré a elegir una habitación para que me la...

—No he sido yo quien la ha traído. Y mi padre...

Y hasta allí llegó antes de quedarse otra vez mirándola embobado. No era una reacción extraña para ella. Ya había habido hombres que la habían mirado de aquella manera, aunque nunca hombres a los que ya se hubiera presentado. Estuvo tentada de decirle que cerrara la boca, aunque eso lo avergonzaría, así que se abstuvo. Además, había sido culpa de él que su aspecto hubiera quedado tan desfigurado por el polvo y la mugre.

Tiffany trató de no sonreír cuando le urgió a continuar.

—¿Su padre?

—Quiere... —comenzó Cole, pero, aparentemente todavía maravillado por el aspecto de Tiffany, dijo—: Nunca había visto a una chica tan bonita como usted. —Y al punto se sonrojó—. Perdone. Papá quiere conocerla enseguida. Me ha enviado a buscarla.

—Naturalmente. Muéstreme el camino.

Cole asintió con la cabeza; sus mejillas seguían rojas.

Tiffany desistió de seguir el paso de sus largas zancadas. Pero él no le tomó demasiada delantera y se detuvo ante la puerta principal, sosteniéndola abierta para ella. ¿La llevaba fuera? Empezó a fruncir el ceño hasta que él señaló a un extremo del porche donde estaba sentado un vaquero —bueno, probablemente no fuera un vaquero, sino un hombre ataviado como tal—. Tenía que ser el dueño del rancho, el padre de su prometido.

—Acabo de llegar a casa —le dijo el hombre mientras la joven se acercaba a él lentamente—. Me sorprendió saber que mis hijos lo habían conseguido. Me llamo Zachary Callahan. ¿Y tú?

De repente Tiffany se puso tan nerviosa que no podía recordar el nombre que iba a utilizar. Aquel hombre era el peor enemigo de su padre y, por ende, también de ella. Tal vez ella no amaba a su padre, pero sí que amaba al resto de su familia. Y aquel hombre podía poner fin a la enemistad, si quería. En cierta manera tenía que estar abierto a la posibilidad, de lo contrario jamás habría aceptado ponerle fin mediante una boda, ¿no? ¿Cómo se llamaba el ama de llaves?

—Jennifer Flemming —espetó, de repente iluminada.

El hombre pareció no apercibirse de sus nervios y señaló una silla a su lado. Él no se levantó. Tal vez lo habría hecho por una dama, pero no por una sirvienta. Tiffany obvió la silla, porque estaba llena de polvo y él estaba fumando un puro, cuyo humo iba directamente a la segunda silla.

Aparentaba unos cuarenta y tantos, aunque todavía tenía el pelo negro como el carbón. Ojos castaño oscuro con arrugas en forma de abanico a ambos lados. Patas de gallo, las llamaba Rose. Solían ocultar un temperamento afable. Y era un hombre bastante apuesto, lo que no era sorprendente. Rose ya le había dicho que lo era. Y Tiffany había visto la prueba de ello en dos de sus hijos.

Se sacudió el malestar, recordándose que tenía un papel que interpretar.

—¿Por qué se marchó su última ama de llaves, si no es mucho preguntar?

—Nunca la tuvimos, y hace poco se marchó nuestro cocinero, por lo que nos alegramos de tenerte aquí. ¿No te vas a sentar?

Iba a tener que corregir su creencia de que sería su cocinera, aunque todavía no se veía con el valor suficiente para hacerlo, así que se limitó a decir:

—Sin ofender, señor, pero no soporto el olor a humo.

—No me ofendes. Mi esposa tampoco me deja fumar en casa. Y yo sigo esa norma incluso ahora que ya no baja.

Tiffany no se lo pudo creer. ¿Tenía esposa? Visto el estado de la casa, había dado por hecho que su mujer había fallecido.

—¿Y por qué no estoy hablando con la señora Callahan, entonces? Mi trabajo sería más de su competencia.

—No molestamos a Mary con pequeñeces. Sufrió una mala caída hace unos meses y tiene que guardar cama hasta que se le arreglen los huesos. Si necesitas algo o tienes preguntas, ven a vernos a mí o a mi hijo mayor, Hunter.

¿Que le pidiera a su prometido ayuda con su trabajo? Se los imaginó a los dos fregando el suelo, codo con codo, de rodillas, y tuvo que reprimir una risita histérica. Además, solo dos personas tardarían una eternidad en limpiar una casa de ese tamaño. Haría falta un ejército para dejarla decente.

—El estado de su casa es atroz —dijo sin pelos en la lengua—. Me habían dicho que tenían criadas, pero no veo ninguna.

Zachary empezó a fruncir el ceño. Lo había ofendido. Se puso tensa, esperando una reprimenda y temiendo perder los estribos y abandonar su farsa incluso antes de haber empezado. Sin embargo, Zachary se rio.

—Vaya, hablas muy claro para ser una sirvienta. —¿Aquello le divertía?—. No sé qué significa eso de «atroz», aunque imagino que nada bueno. También tengo ojos, muchacha. Sé que la casa está sucia, pero hemos andado escasos de servicio últimamente. Cuando Ed el Viejo se marchó por las buenas, también se llevó a su ayudante en la cocina. Pearl limpia la planta baja, pero su hermana enfermó y pidió una semana libre para ayudar con los bribonzuelos de sus sobrinos. Y Luella, que se encarga de la planta de arriba, dijo que se marcharía si también tenía que hacer la faena de Pearl. Algo que no podía permitirme con este panorama. Bien, ahora estás tú aquí para que todo esté limpio —terminó Zachary con una sonrisa.

Tiffany se horrorizó aún más. No era suficiente desgracia que estuviera con una sola sirvienta, aunque fuera temporalmente, sino que incluso los cuatro que había tenido no eran suficientes para aquella casa, y ciertamente no eran suficientes para requerir a un ama de llaves que los supervisara.

—¿Es usted consciente, señor, de lo que hace realmente un ama de llaves?

—Jamás he tenido ninguna, ni siquiera había oído hablar de ellas hasta que supimos que Frank te hacía venir a ti de Chicago y tuve la idea de privarle de tus talentos, sean cuales sean —dijo riendo.

Era evidente que lo consideraba como un tanto que se anotaban frente a los Warren. ¿Habrían recurrido ambos bandos a bromas de ese tipo durante la tregua? ¿Era permisible cualquier cosa que molestara a los vecinos? Tiffany se reservó cualquier observación. A fin de cuentas, era mejor que el derramamiento de sangre.

—El trabajo de un ama de llaves es tener la casa en orden —explicó Tiffany—. Sin embargo, ella no limpia la casa. Es lo que podría considerarse una representante de la señora de la casa, que le permite dedicar su tiempo a sus hijos u otros pasatiempos. El ama de llaves se encarga de que la casa vaya como una seda, que esté impecable, que todos los criados cumplan con sus tareas. Raramente se necesita a un ama de llaves si no hay una numerosa plantilla de criados, ya que su deber es supervisarlos. También puede encargarse personalmente de objetos de valor, cosas como la porcelana buena, la plata o cualquier cosa que no se quiera confiar a las manos de una simple criada.

Zachary reflexionó un momento.

—Bueno, no tenemos porcelana buena. Mary había tenido

una cubertería de lujo, pero la consideraba demasiado elegante para utilizarla alguna vez, así que se está oxidando en el desván. No tendré una legión de criados para que les mandes, pero puesto que tendrás que encargarte de cocinar, supongo que ya estarás demasiado ocupada.

—Yo no cocino —replicó Tiffany, inflexible.

—Sí, ya lo has dicho. No lo has mencionado en la descripción que acabas de darme. Pero como te pago el doble y no tienes la intención de coger una escoba, serás también nuestra nueva cocinera.

—No ha enten...

—Además, Frank Warren tampoco tiene una legión de criados. Seguro que también te habría pedido que te dedicases a otras tareas, y sin pagarte el doble. Así que, ¿por qué no te muestras más agradecida, eh?

Tiffany se ruborizó. ¿Estaba a punto de ser despedida? Pero ¿cómo se suponía que iba a hacer algo que no sabía hacer? Su plan no iba a funcionar. Había sido una locura creer que funcionaría. El trabajo de ama de llaves no era tan difícil como para que no pudiera haberlo desempeñado un par de meses. El trabajo de cocinera era mucho más práctico y requería unos conocimientos que ella no poseía. No necesitaría más de una mano para contar el número de veces que había puesto los pies en una cocina antes de aquel día. Su madre empleaba a más de un chef y media docena de pinches. La comida que preparaban era exquisita, siempre interesante, aunque a ella jamás le había interesado saber cómo se preparaba como para adentrarse en sus dominios, el lugar más caluroso y sucio de la casa.

Podía aprender a cocinar, imaginó, aunque no sin instrucciones o... ¡un libro de cocina! Dudaba que en la tienda del pueblo vendieran libros, menos aún de un tema tan concreto. Además, incluso en el milagroso caso de que encontrara un libro de recetas en un pueblecito como Nashart, eso no la salvaría aquella noche si esa gente esperaba que les diera de cenar. Y la tarde ya estaba muy avanzada. ¡Tal vez habría tenido que empezar ya a preparar la cena!

—¿Cómo es que no estás casada, siendo una chica tan hermosa?

La pregunta interrumpió sus pensamientos y devolvió su mirada hacia Zachary. Casi con una sonrisa, le respondió:

—Estoy prometida. —Cosa que le pareció divertida porque era cierta, tanto para Jennifer como para ella misma.

Aunque, a juzgar por su expresión agria, a Zachary no le gustó aquella respuesta y enseguida dijo por qué.

—No pensarás largarte y abandonarnos cuando te cases, espero.

—Ace... acepté un período de prueba de dos meses aquí. Si me gusta el lugar y el trabajo, entonces mi prometido ha aceptado empezar nuestra vida de casados aquí, en vez de en California, que era su preferencia.

—¿Y te ha dejado venir sola aquí?

—Fue una cuestión de necesidad —respondió pensando en lo que habría dicho Jennifer—. Los dos estamos ahorrando para comprarnos una casa propia en cuanto estemos casados.

Zachary rio entre dientes.

—De modo que te estoy ayudando a casarte un poco antes, ¿no? Pues no te preocupes, porque te vas a ganar cada centavo y hasta más. Incluso esperamos una visita del Este durante el verano, y Mary temía no poder ofrecerle lujosas comidas ni tejer unas cortinas nuevas para el salón. Bien, ya tendrás tiempo para saber cómo te las apañas.

Tiffany gruñó para sus adentros, temiendo que la visita de la que hablaba fuera ella misma. ¿En serio quería impresionar a la prometida de Hunter? ¿O solo su esposa lo quería?

Decidió averiguarlo, preguntando con cautela:

—¿Reciben habitualmente visitas de tan lejos?

—Esta visita no tiene nada de habitual —dijo malhumorado.

Tiffany sabía que se estaba pasando de la raya, que un ama de llaves no sería tan atrevida, pero no pudo evitar la pregunta.

—¿Quién es?

—Es un tema delicado, muchacha. Me revuelve las tripas solo pensarlo —dijo con una mueca. Pero cuando vio que ella lo miraba con los ojos tan abiertos, corrigió, a modo de evasiva—. Es alguien que tiene que ver con un antiguo acuerdo de negocios. Tú preocúpate solo de tener la casa en orden.

Sí que se refería a ella. Y era evidente que aquel acuerdo matrimonial le resultaba tan desagradable como a ella. ¿Se arrepentiría de lo acordado hacía ya tantos años? En ese caso, ¿por qué no lo anulaba? ¿Era una cuestión de honor? ¿O tal vez los Callahan habían vivido con la esperanza de que ella no alcanzase la edad adulta para casarse con su heredero? Le gustaría poder preguntarlo, pero como Zachary no había querido mencionar su nombre ni los esponsales, no podía. Como fuere, la falta de personal en la casa era un problema importante y sin duda tenía que mencionarlo.

—Lo que he visto en su casa es mucho más que acumulación de polvo y mugre debida a la ausencia de una criada durante unos días. Resulta evidente que su criada de la planta baja no ha estado cumpliendo con sus deberes.

—Ni se te ocurra despedirla, muchacha —repuso Zachary entornando los ojos—. Aquí las criadas no crecen en los árboles.

—Los despidos y contrataciones le atañen a usted, por supuesto. Yo me limitaré a hacerle recomendaciones.

—¿Y esperas que yo las acepte?

Zachary no parecía muy contento, pero al menos tampoco parecía enojado. La palabra sería «aturdido». Era un ranchero nada familiarizado con la jerarquía de los sirvientes. Y teniendo en cuenta los pocos sirvientes que de hecho empleaba, no era nada sorprendente.

—Podremos tratar este asunto cuando haya conocido a la criada de la planta baja y sepa si es una holgazana o simplemente está mal preparada. Pero como parece que no va a volver a tiempo de hacer el trabajo que necesita una atención inmediata, solicito poder utilizar a alguno de sus vaqueros para que me ayuden a poner esta casa en condiciones decentes.

Zachary soltó una carcajada.

—¡No querrán limpiar la casa! Son ganaderos, no criadas.

Aunque tal vez accedan si se lo pides tú. —Y volvió a reírse al imaginárselo.

—¿Usted no les dirá que me ayuden?

—Demonios, no. No me arriesgaré a que me abandonen unos buenos vaqueros porque tú no sepas manejar la escoba.

Tiffany volvió a sonrojarse. No era cuestión de saber o no saber, pensó indignada, sino cuestión de marcar la raya, y ella la suya la marcaba allí. Contrataría y pagaría a las criadas ella misma si había alguna en el pueblo, aunque no parecía haberlas. Evidentemente, a Zachary no le importaba arriesgarse a que «ella» se largara y lo abandonara. Y estuvo a punto de hacerlo. Aquello era intolerable. ¡Su casa era una pocilga!

Estaba en un tris de confesar quién era realmente y exigir que la volvieran a llevar al pueblo cuando Zachary miró detrás de ella y dijo:

—Hunter, lleva a nuestra bonita ama de llaves a la cabaña de los jornaleros. Que descubra por las malas que los vaqueros no van a barrer el suelo por ella.

12

Tiffany había visto con el rabillo del ojo a un grupo de hombres que cabalgaban desde campo abierto hacia la casa. Estaban demasiado lejos para distinguir si eran vaqueros, y luego habían desaparecido por detrás de la casa. Y aunque poco después le pareció oír pasos a su espalda, estaba demasiado metida en su conversación con Zachary para volverse y confirmarlo.

Cuando se giró para ver finalmente quién era su prometido, nuevamente vio a dos hombres. Uno de ellos era el bromista encantador. Estaba medio sentado en la baranda del porche, con las manos cruzadas sobre la rodilla doblada y el sombrero inclinado para protegerse del sol. El otro estaba apoyado en la pared junto a la puerta, de brazos cruzados; era casi tan alto como el encantador, lo que probablemente significaba casi un metro noventa, y sorprendentemente igual de apuesto. Algo perturbador en él hizo que Tiffany no pudiera apartar la mirada durante un momento. Tenía un aire de... ¿peligro? Seguramente no, aunque por algún motivo a ella le hizo pensar en un forajido. Pero los Callahan no escondían a criminales, ¿verdad? Aun así, no pudo dejar de imaginar que ese era el aspecto de un forajido cuando no ocultaba su rostro para un atraco.

Como el encantador, también tenía el pelo negro, aunque en su caso un poco más corto y más peinado. Sus botas no estaban desgastadas, sino casi resplandecientes. Las espuelas sí que resplandecían. Y llevaba una chaqueta negra más apropiada para una calle de ciudad que para un rancho de Montana, una camisa blanca y una corbata estrecha, en vez de un pañuelo. Su cartuchera también era más elegante, con el cuero negro grabado al aguafuerte con un dibujo ondeante y adornado con clavos plateados. No iba vestido como un vaquero, por tanto, ¿por qué estaba en un rancho? ¿Era un visitante de la ciudad? ¿O era Hunter? La idea casi la paralizó.

Nunca en las cavilaciones sobre su candidato a esposo había tenido en cuenta la posibilidad de que este le diera «miedo», que era precisamente lo que le daba aquel hombre. Era claramente peligroso. Y eso lo arreglaba todo. Si era Hunter Callahan, se largaba.

Ninguno de los dos hombres se había movido todavía. Se limitaban a mirarla fijamente, no del mismo modo que la había mirado Cole, aunque igualmente la miraban. Unos ojos azul cielo la recorrieron con indolente admiración. Unos ojos gris tormenta se cruzaron con los de ella y se quedaron ahí clavados. Aquellos dos la estaban enervando. ¡Y seguía sin saber cuál de los dos era Hunter!

El hijo al menos debería haberle dicho algo a su padre al llegar, aunque probablemente le interesara más escuchar la conversación de este con ella. ¿O no la habían oído? El porche era largo, de modo que tal vez no.

Los dos hombres se irguieron al mismo tiempo, dejándola con la mirada expectante entre ambos y aguantando la respiración.

—Sígueme, Pelirroja. Será divertido.

Tiffany soltó el aliento con un resoplido. Hunter era el encantador y su alivio fue inmediato, pero solo de que el tipo oscuro y peligroso no fuera su prometido. En cuanto a Hunter, no estaba segura de alegrarse de que fuera el encantador. No obstante, en ese momento no podía pararse a pensar en eso, porque Hunter no la esperaba y bajaba ya las escaleras. El otro hombre no se inmutó, al menos hasta que ella pasó apresuradamente por su lado para alcanzar a su prometido.

Hunter miró atrás antes de doblar la esquina de la casa, pero no era a ella a quien miraba ni con quien hablaba cuando dijo:

—¿No habías dicho que me ganarías en una carrera hasta el baño, Degan?

—Eso fue antes de que ocurriera algo que rompiera con el tedio —replicó el tipo oscuro y peligroso.

—Creo que vas a poner nerviosos a los muchachos —le advirtió Hunter.

—¿Y eso?

—Haz lo que quieras —se burló Hunter.

Hunter no parecía temerle, aunque al dar a entender que los demás vaqueros sí, confirmaba sus sospechas de que el hombre que tenía justo a su espalda era tan peligroso como había supuesto. Sintió el impulso de alejarse de él. De hecho sintió la necesidad de volver a la casa corriendo. Un miedo irracional, se reprendió. Entonces se dio cuenta de que Hunter la miraba fijamente. El heredero de los Callahan inclinó su sombrero atrás con un dedo y dijo en tono grave:

—Tenía la sensación de que se ocultaba una mariposa dentro del capullo de polvo, pero maldita sea, mujer, eres toda una sorpresa. Imagino que estás casada, ¿no?

El modo en que la miraba era más que perturbador, como si ella fuera una comida y él estuviera hambriento.

—Todavía no. O sea, estoy prometida.

Hunter le dedicó una sonrisa lenta que le aceleró el corazón.

—Me basta con «todavía no».

Tiffany se sonrojó. ¿Estaba flirteando con ella? Eso ya sería más que simple encanto natural, eso sería sumamente inapropiado, sobre todo porque ella acababa de decirle que tenía prometido y sabía que él también la tenía. ¡Ella misma! ¿Sería Hunter Callahan un mujeriego en versión Oeste? La idea no le gustó y se la quitó de la cabeza para centrarse en su misión.

—¿Ya ha oído lo que necesito, señor Callahan?

Cogiéndola levemente del brazo para asegurarse de no perderla de vista, Hunter se limitó a retomar su camino.

—Por supuesto. Y puedes llamarme Hunter.

—Y usted puede llamarme señorita Fleming, no Pelirroja.

Él se rio antes de preguntar:

—¿Y qué va delante de Fleming?

—Jennifer, pero...

—Jenny ya servirá —concedió con una sonrisa—. Y ten en cuenta que esto no es la ciudad. Aquí somos más informales, aunque ya te acostumbrarás.

Informales era quedarse corto. Aunque tenía que admitir que Hunter tenía razón. Tiffany no solo estaba fingiendo ser una persona distinta, también estaba asumiendo un papel, el de empleada. Tenía que adaptarse a los Callahan, hacer las cosas a su manera y no al revés. Al menos cuando insistían, como parecía estar haciendo Hunter con los molestos motes que no dejaba de ponerle.

Cuando llegaron a la parte de atrás de la casa, Tiffany vio el rancho que se extendía ante ella: establos, corrales y rediles, la casa de los jornaleros a la que se dirigían, el huerto que había plantado y vallado Ed el Viejo antes de marcharse. También había otras dependencias, cobertizos de almacén, incluso un lavadero para la colada con cuerdas de tender llenas de sábanas y prendas masculina. Se preguntó si el rancho de su padre tendría un aspecto similar, casi como de comunidad autosuficiente.

—¿De cuántos vaqueros disponemos? —preguntó, confiando en el pequeño ejército que iba a necesitar.

—Hay siete que acaban de volver conmigo de los pastizales. Y tres más que se quedan con el rebaño durante la noche.

Tiffany esperaba una cantidad mucho mayor.

—¿Son suficientes para un rebaño tan grande como el que me ha dicho Cole que tenéis?

—Más que suficientes cuando mis hermanos y yo también trabajamos.

—¿Y siempre acaban la jornada tan temprano?

—No es temprano, aunque sí que empezamos temprano. ¿Qué? ¿Preparada para llevarte un chasco? —preguntó Hunter con una sonrisa.

Tiffany apretó los dientes. El ácido humor de Hunter le resultaba molesto.

—¿Acaso has dicho que sería divertido? —replicó mientras llegaban a los dormitorios.

—Por supuesto que no.

—¿Te gusta vivir en una pocilga?

—Deja de exagerar. Trabajamos al aire libre. No podemos evitar dejar un poco de barro en la casa tras un día lluvioso.

No obstante, una palabra suya podría corregir ese asunto antes de la puesta del sol. A fin de cuentas, era el hijo mayor del dueño. Los vaqueros tal vez se quejarían, pero cumplirían sus órdenes. En realidad era a Hunter a quien tenía que convencer.

—Es mucho más que...

Pero no tuvo la oportunidad de hacerlo. En cuanto Hunter abrió la puerta, la empujó dentro y anunció a los presentes:

—Atención, esta señorita tiene algo que deciros.

Solo le faltó añadir «y no os riáis demasiado,» aunque la curva de sus labios ya lo sugería claramente. Pero los vaqueros todavía no se reían. Algunos estaban echados en sus camas, otros jugaban a las cartas al fondo de la larga estancia, y otros se llenaban los platos de un caldero que colgaba sobre el hogar. ¿Había algún cocinero en la hacienda? Pero de repente todos los vaqueros estaban mirándola fijamente. Solo tenía que ser concisa... y tal vez sonreír.

Empezó con la sonrisa.

—Sé que tal vez os parecerá una petición extraña, pero necesito algunos voluntarios para trabajar un poco en la casa grande. Si todo el mundo colabora, podríamos acabar en unas horas.

—¿Qué clase de trabajo? —preguntó alguien.

—Mucho —dijo ella, animada—. Habrá que sacar los muebles fuera, fregarlos con agua y jabón y airear los cojines. Limpiar la chimenea y luego eliminar el hollín resultante de la sala. Fregar los suelos hasta que reluzcan. La cocina no se utilizará hasta que se limpie a fondo de arriba abajo. Todavía no he visto el resto de habitaciones, pero no pueden estar en peor estado que la cocina y el salón.

Nadie dijo ni mu. Tiffany miró a Hunter en busca de ayuda, aunque vio claramente que no la obtendría. Parecía divertirle mucho que ella quisiera poner a unos vaqueros a hacer las tareas de una criada. Los hombres básicamente siguieron su ejemplo. El descarado regocijo de su rostro hizo finalmente que todos echaran a reír.

—Yo ayudaré.

Las risas cesaron en el acto. Tiffany estaba asombrada. La voz había sido la de Degan. Miró atrás y lo vio apoyado en la pared justo al lado de la puerta, con los brazos cruzados, igual que cuando estaba en pie en el porche. Aquellos ojos grises de tormenta recorrían lentamente la sala, y de repente todos los hombres presentes parecieron temer por su vida, salvo Hunter y el cocinero de la parte posterior de la sala, que simplemente no prestaba atención a nada que no fuera la carne que estaba cortando.

Los vaqueros se levantaron y empezaron a salir desfilando de los dormitorios. Hubo numerosos comentarios, algunos discretos, otros quejumbrosos.

Un vaquero bajo y patiestevado, con un bigote tan largo que las puntas le llegaban a la barbilla, gritó hacia el fondo de la estancia:

—¡Jakes, mantén la cacerola caliente!

Un hombre rechoncho le gruñó al que tenía detrás:

—Como le digas a alguien que he hecho tareas domésticas, eres hombre muerto.

Tiffany estaba sonrojada y al mismo tiempo sonriente. Tenía su pequeño ejército, y no gracias a Hunter.

Sabía perfectamente que el miedo a Degan había influido en aquellos hombres, pero aun así miró a Hunter con aires de suficiencia y le susurró:

—Me alegro de que estuvieras equivocado.

—Equivocado no, simplemente superado por una hermosa sonrisa —dijo mirándola admirativamente—. Tienes un gran poder de persuasión, Pelirroja. Será más divertido si lo utilizas conmigo la próxima vez que necesites algo.

¡Le estaba hablando de seducción! La manera como la recorría con su mirada no le dejó dudas y la hizo ruborizar de indignación. ¡Su prometido estaba flirteando con Jennifer!

Cuando el último vaquero hubo abandonado los dormitorios, Degan le dijo a Hunter:

—¿Vienes?

—Ni hablar, voy a coger un poco del estofado de Jakes. Tengo la sensación de que la señorita no va a cocinar nada esta noche. No te preocupes, luego ya llevaré el resto a la casa.

Tiffany le dirigió una mirada feroz antes de salir de la casa de los jornaleros tiesa como un palo, con ganas de alejarse de aquel hombre irritante. Por desgracia, Degan se le puso al paso de vuelta a la casa. La joven apretó el suyo. Le parecía extraño temer a ese hombre y al mismo tiempo estarle agradecida.

13

—Gracias.

Tiffany se sintió obligada a decirlo, pero esperó a llegar a la casa para poder entrar corriendo antes de que Degan pudiera contestar. Apenas había entrado, una risotada de Zachary la sorprendió.

—Demonio de muchacha, realmente no pensaba que te salieras con la tuya. Si eres capaz de convertir a vaqueros en criadas, supongo que podrás hacer cualquier cosa que te propongas. Le haré saber a mi Mary que ya puede dejar de preocuparse por esa fiesta suya de postín.

Tiffany no esperaba sentirse tan bien por recibir un cumplido de Zachary Callahan. Un poco azorada por ello, le preguntó:

—¿Dónde están los utensilios de limpieza?

—Hay un armario cerca de la cocina. Creo que las escobas y los cubos se guardan ahí.

Tiffany se dispuso a repartir los utensilios de limpieza y asignar las tareas antes de buscarse una para sí misma. Le habría gustado limpiar a fondo también las paredes, pero tal vez eso sería demasiado. Tampoco pediría a los hombres que fregasen el suelo. Eso ya lo podía hacer luego la criada cuyo trabajo era ese. Los jornaleros ya eran bastante amables con ayudar, tampoco iba a agobiarlos. Y no podía dejar de ponerse manos a la obra también ella. De eso ya se había dado cuenta. Por mucho que deplorase la idea de ensuciarse, ¿cómo no iba a hacer ella lo que les estaba pidiendo a unos vaqueros? Limpiar una casa era una tarea tan extraña y repugnante para ellos como para ella.

Comenzó por el vaquero del mostacho largo.

—Por favor, lleva todas las alfombras fuera y sacúdelas con una escoba para quitarles el polvo. Supongo que puedes colgarlas en la baranda del porche... pero en las del otro lado de donde está tu jefe. No hace falta molestarle más de lo indispensable.

—Si te deja montar todo este tinglado —dijo el vaquero sonriendo—, tampoco se enfadará si lo molestamos un poco.

Tiffany le dio una escoba a otro hombre y luego un cubo y una fregona al tipo que tenía a su lado.

—Toda la planta baja, por favor —ordenó—. En cuanto una sala esté barrida, fregadla. Y necesitaré un voluntario para limpiar el hogar y la chimenea, que será la tarea más dura. —Silencio—. ¿Y bien?

—Ya lo haré yo —alzó la voz un vaquero flacucho—. Mi madre me hacía limpiar la chimenea cuando yo era un rapaz, así que sé cómo se hace.

El vaquero bajó la mano hasta la rodilla para indicar lo bajito que era en esa época, evidentemente una exageración, pero provocó las risas de los demás. Incluso Tiffany sonrió antes de encargar a los tres últimos hombres que sacaran los muebles para limpiarlos y darle a uno de ellos un tarro de cera de abeja para dar lustre a las mesas.

Una vez ocupados todos los vaqueros, Tiffany decidió atacar en persona la cocina. Parecía lo apropiado, teniendo en cuenta que esperaban que ella trabajase allí. Solo tenía que contar hasta diez y reunir el valor suficiente para coger el primer plato sucio.

—Tal vez sería mejor si llenases antes de agua el fregadero —dijo una voz profunda detrás de ella.

Se volvió en el umbral de la puerta, pero Degan ya la había rodeado y entraba en la cocina. Tiffany se quedó inmóvil. Degan se había ofrecido a ayudar, aunque ella no pensó que lo dijera literalmente, motivo por el cual no se había atrevido a asignarle ninguna tarea. Además, ya había ayudado al convencer a los jornaleros de que hicieran la limpieza más dura.

Degan comenzó a bombear agua en el fregadero y luego echó dentro un puñado de astillas de jabón de una caja que había en el alféizar sobre la encimera.

—Será más fácil lavar todo esto si antes lo remojamos un poco.

Los platos sucios formaban una pila alta en la encimera del centro de la cocina. Tiffany se estremeció solo de pensar en tocarlos y no respondió. Aunque había docenas de preguntas que le gustaría hacerle, no se sentía con el valor suficiente para hablar con él. Lo único que podía hacer era imaginárselo asaltando trenes o una diligencia, incluso un banco. ¿Tan versátiles eran los forajidos?

Degan se quitó la chaqueta y el sombrero y los colgó en un gancho junto a la puerta trasera. Luego se arremangó. Se le veía fuera de lugar en la cocina con sus anchos hombros, sus musculosos antebrazos desnudos y la pistola todavía al cinto. Comenzó a raspar los platos para verter los restos en una olla grande y los fue dejando en el agua jabonosa. Verle trajinando en la cocina le hacía parecer menos intimidador y le aflojó la lengua a Tiffany.

—Señor Degan...

—Degan Grant.

—Señor Grant...

—Con Degan es suficiente.

—Perdone, es que no puedo abandonar la etiqueta de toda una vida de un día para otro. Señor Grant, solo es una conjetura, pero ¿sabe usted algo de cocinar?

Degan casi sonrió, Tiffany hubiera jurado que estaba a punto de hacerlo, pero no lo hizo.

—Sé que cuando hierve el agua hay que hacer algo con ella. Y sé que el pan necesita levadura, pero no tengo ni idea de qué más.

—Yo tampoco —confesó ella con un suspiro—. Cuando le

dije al señor Callahan que no cocino, no solo me refería a que no forma parte de mis obligaciones como ama de llaves, sino a que no sé hacerlo. No estoy segura de si me oyó o si prefirió no oírme, muy probablemente esto último.

Tiffany vio que él no quería hablar del asunto, pues llenó otro cubo de agua y lo dejó en la amplia encimera junto al fregadero y le dijo:

—Usted lave y enjuague. Yo secaré.

Tiffany se arremangó tanto como pudo, que no era mucho con aquellos puños tan estrechos. Su vestido amarillo se echaría a perder. Ya lo sabía.

Si su madre pudiera verla en ese momento, pensaría que Tiffany había perdido la cabeza. ¿Valía la pena aquel trabajo penoso para poder conocer a Hunter disimuladamente? Tal vez no, pero *no* conocer al hombre que le había provocado tantas lágrimas sí que hacía que valiera la pena. Dos meses. Solo dos meses y se volvería a su casa sin haber visto a su padre.

Apretando los dientes, dio un paso adelante para aceptar el trapo que le ofrecía Degan. Con el rabillo del ojo vio una caja de madera, la caja del pan, en la mesa esquinera, lo que le dio una idea sobre cómo resolver el problema de cocinar.

—¡Pan! Hay una panadería en el pueblo. ¡Haré que nos traigan el pan! —No se dio cuenta de que lo había dicho en voz alta hasta que Degan contestó.

—Dudo que los Callahan vayan a comprar algo que esperan que haga usted. Además, no puede darles de comer solo pan.

Avergonzada, metió las manos en el agua y agarró un plato para fregarlo antes de decir:

—Mañana buscaré un libro de cocina en el pueblo.

—Le deseo suerte.

A Tiffany no le pareció que fuera un sarcasmo. Lo miró para asegurarse y se dio cuenta de que estaba demasiado cerca de ella. Quiso poner un poco más de espacio entre los dos, pero temió que él lo notara y se sintiera insultado. ¡No permitiera Dios que insultase a un forajido!

Aunque en aquel momento no parecía un forajido. De hecho, su expresión era inescrutable. Y cuando le cogió el plato de la mano para empezar a secarlo, casi se le escapó una risita nerviosa. ¿Qué le había dicho? Ah, sí, que era poco probable que encontrase un libro de recetas en el pueblo. Anna ya había observado que en la tienda del pueblo probablemente solo tuvieran productos básicos. Pero ¿dónde la dejaba eso a ella?

—¿El tal Jakes no podría cocinar también para los patrones? —preguntó desesperada.

—Ya se lo pidieron y se negó. Cocina para los jornaleros, en los pastizales o en el barracón dormitorio. Además, su comida sencilla tal vez llene, pero suele ser insípida.

A Tiffany ya no se le ocurría cómo iba a cocinar para aquella gente sin algún tipo de instrucciones.

Le alargó otro plato a Degan. Esta vez sus hombros se tocaron y ella sintió un nudo en el estómago del susto. Sin embargo, él no pareció darse cuenta. Se apartó poco a poco de él para que no volviera a ocurrir.

Mientras frotaba el plato siguiente un poco más fuerte, dijo:

—Mañana le enviaré una carta a mi madre. Puedo pedirle que me mande un libro de cocina.

—¿Y entretanto?

Casi todo lo que decía Degan Grant parecía indicarle el camino de la puerta. Y su proximidad física también la empujaba en esa dirección. «Abandona —se dijo—, y dilema resuelto.» Al menos el dilema de cocinar.

Se le ocurrió una última opción.

—Hablaré con la señora Callahan. Debe de tener viejas recetas familiares que pueda compartir conmigo. Le explicaré lo poco razonable que ha sido su marido.

—Supongo que la mujer tomará partido por su marido. Tal vez sea conveniente que no diga cosas como «poco razonable» en referencia a él.

Cierto. Y tampoco quería tener que consultar a Mary Callahan. La mujer acabaría contándoselo a su marido y Zachary pensaría que le estaba pagando a Tiffany el doble por nada. Su falta de criados ya invalidaba el trabajo de ama de llaves. Solamente quedaba el de cocinera. Y si no lo hacía bien en ese apartado, la despedirían sin contemplaciones. Qué idea tan espantosa. Cuando urdía el plan no se había imaginado que eso pudiera ocurrir.

El fracaso estrepitoso era una posibilidad más inquietante que abandonar. Tal vez al día siguiente podría pasar más tiempo del que había previsto en el pueblo. Alguien allí debería poder ayudarla.

—Ya se me ocurrirá algo.

—¿Algo mejor que dejarlo?

Tiffany volvió a mirarlo. Esta vez, él la estaba mirando directamente, lo que resultaba desconcertante, aunque sorprendentemente no le dio miedo. Aquel tipo era peligroso, pero, santo cielo, tenía una especie de atractivo tenebroso. Se sonrojó al pensarlo y le dio el último plato para que lo secara.

—Sí, algo mejor.

Tiffany se acercó a la mesa para recoger dos ollas y llevarlas al fregadero. Apenas habían empezado, lo que la llevó a añadir:

—¿Cómo es que hay semejante desorden en esta cocina? ¿Alguno de los Callahan trató de cocinar aquí?

Le vino a la cabeza la imagen de Hunter, en pie ante una cocina de hierro fundido removiendo cacerolas, y los labios esbozaron una ligera sonrisa de satisfacción. Degan no lo advirtió porque estaba apilando los platos limpios en un armario.

—No, Ed se marchó enfadado. Preparó uno de sus platos más deliciosos para suavizar el golpe de que se marchaba. Tuvo el efecto contrario. Lo anunció mientras todavía estábamos comiendo. Zach se enfureció y riñeron a gritos. Ed se largó aquella misma noche sin limpiar.

—El señor Callahan debería haber controlado mejor su temperamento —murmuró Tiffany para sí misma.

Degan se volvió para cogerle la primera olla y Tiffany, sintiéndose más cómoda en su compañía, se atrevió a preguntar:

—¿Qué hace usted en el rancho, señor Grant, si me permite la pregunta?

—Yo no guardo el ganado.

No dijo nada más. Y de repente volvía a tener un aspecto peligroso. No debería habérselo preguntado. Empezó a fregar las ollas que quedaban con más brío y no volvió a levantar la mirada hasta que oyó una voz a su espalda:

—¡Decidme que no estoy soñando!

14

Degan debió de reconocer la voz pues ni siquiera se giró. Tiffany pensó que podía ser Hunter, pero no estaba segura, así que miró rápidamente por encima del hombro. Hunter estaba en pie en el umbral de la cocina, mirando la espalda de Degan, que secaba platos.

Tiffany volvió a mirar a Degan, que no se había turbado en absoluto, ni mucho menos se había avergonzado de que lo encontrasen trajinando en una cocina. Todavía sin girarse, Degan dijo:

—Era lo que había que hacer si queremos volver a comer decentemente algún día por aquí.

—Eso es que no estás acostumbrado a rastrear la comida —observó Hunter.

—Afortunadamente —replicó Degan con sequedad.

Tiffany se movió para alcanzar la última olla que quedaba sobre el horno, con lo que atrajo la atención de Hunter.

—No esperaba verte dando la talla, Pelirroja —dijo socarrón—. Imaginaba que estarías haciendo chasquear el látigo.

Aquella observación sarcástica incomodó a Tiffany.

—Si no ha venido a ayudar, señor Callahan, le sugiero que se marche.

—Qué va, si ahora es cuando empieza la diver...

Harta de sus burlas, Tiffany lanzó un trapo húmedo hacia él, que cayó junto a sus pies. Ella habría querido darle en el pecho, aunque probablemente hubiera acabado arrepintiéndose.

—Entonces ayude. Puede comenzar por fregar esa mesa.

Hunter no se negó. En realidad, sonrió y se adentró en la cocina trapo en mano. ¿Es que todo lo encontraba divertido? Entonces pensó que había reaccionado como Tiffany, no como Jennifer: la nueva ama de llaves jamás le habría dado al hijo de su dueño una orden así.

Degan se volvió finalmente y se apoyó en la encimera mientras acababa de secar una olla. Tiffany imaginó que quería ver por sí mismo si Hunter ayudaba realmente. Desde luego, ella no lo haría si estuviera en el lugar de Hunter. Para eso estaba la servidumbre, incluso aunque los Callahan no tuvieran servidumbre en ese momento.

Pero Hunter la sorprendió. Empezó a fregar la mesa. Y, en un momento de seriedad, señaló la puerta con la cabeza y le dijo a Degan:

—Los muchachos están ganduleando. A este ritmo, esta noche no van a dormir. Necesitan un incentivo. Y tú eres ese incentivo.

Degan no discutió su razonamiento. Dejó la olla y salió de la cocina.

Tiffany entendió a qué se refería Hunter con «incentivo».

—¿Por qué le temen?

—¿Por qué hablas en susurros?

Ella no se había dado cuenta de estar susurrando. En voz más alta dijo:

—¿Puedes responderme, por favor?

—Es un asesino, y ellos lo saben.

Tiffany sofocó un grito.

—O sea que es un forajido...

Hunter recuperó la jocosidad.

—No —respondió riendo—, solo es lo bastante rápido con la pistola como para ganarse la vida con ello. Los forajidos viven al margen de la ley. Degan no va por ahí disparándole a la gente por diversión... bueno, al menos que yo sepa. Cuando está por aquí, respeta la ley.

—¿Y cómo se llama entonces su profesión?

Hunter se encogió de hombros.

—Pistolero, asesino a sueldo, pacificador, elige el nombre que más te guste.

—¿Y cómo se hace eso de pacificar? —preguntó Tiffany, intrigada por la última descripción.

—Asustando a la gente. —Hunter sonrió.

—¿Y tú no le tienes miedo?

A Hunter pareció sorprenderle la pregunta.

—¿Por qué debería tenerlo? Trabaja para nosotros, no para los Warren.

A Tiffany no le gustó cómo sonaba eso.

—O sea que si trabajara para ellos y no para vosotros, ¿estarías preocupado?

—Tal vez, si no lo conociera. Pero no es un pendenciero. Nunca empieza las peleas. Es demasiado rápido para eso. Simplemente no sería justo.

—¿Esto lo sabes, o es solo una opinión?

—¿Por qué haces tantas preguntas sobre Degan? —repuso Hunter, serio de repente.

—Si voy a tener que trabajar aquí...

—¿Cómo que «si»?

—Sí, «si» voy a trabajar aquí, quiero saber si es seguro. Por tanto, ¿por qué lo contrató tu padre?

—Hace pocos meses hubo un altercado que afectó a la tregua que tenemos con nuestros vecinos. Mi hermano Cole le puso un ojo a la funerala a Roy Warren mientras trabajaban juntos en mi casa. Pocos días después casi le agujerean una oreja a Cole de un disparo. No tenemos ninguna duda de que fue Roy tratando de vengarse. Pero cuando mandamos al sheriff Ross a hablar con Roy, los hermanos Warren perdieron la paciencia.

—¿Ocurrió algo más?

—El chico mayor, Sam, quiso buscar pelea por eso. Muy evidente, además, porque se presentó en el salón La Cinta Azul, un antro que frecuentamos y del que los Warren suelen mantenerse alejados. Se apuntó a una partida de póquer con mi hermano

John y le acusó de hacer trampas. John no le permite eso a nadie, y mucho menos a un Warren. Salieron a la calle para ajustar cuentas. Aquella noche habría muerto uno de los dos si no llega a presentarse el sheriff para separarlos y meterlos en el calabozo por el resto de la noche. Sam pidió disculpas a la mañana siguiente, dijo que estaba demasiado borracho y no sabía lo que hacía.

—¿Y la excusa de tu hermano?

Hunter arqueó una ceja.

—John es irascible, pero no necesitaba ninguna excusa. Hacer trampas con las cartas está muy mal visto por estas tierras, y que te acusen de hacerlas cuando no es verdad... Lo que me sorprende es que John no le disparase a Sam allí mismo en la mesa por semejante ofensa. Si eso no era suficiente para volver a comenzar la guerra, alguien me disparó cuando estaba en el pueblo una mañana comprando una silla de montar nueva. Acababa de salir de la sillería cuando sonó el disparo y me derribó a través de la ventana de la tienda.

—¿Te alcanzó una bala? —exclamó Tiffany.

Hunter se echó a reír.

—La bala alcanzó a mi silla nueva. Yo me libré con solo unos rasguños del cristal roto.

—¿Y quién te disparó?

—Nunca lo he sabido. Aquella mañana había algunos holgazanes en el pueblo, aunque también había un tren en la estación y un puñado de pasajeros que rondaban por el pueblo. Pero Carl Warren también estaba en el pueblo aquel día.

Tiffany tuvo que morderse la lengua para evitar defender a sus hermanos, ya que se suponía que ni siquiera los conocía. No obstante, observó:

—A mí me parecen suposiciones sin demasiadas pruebas.

—Tal vez sea así, pero son suposiciones basadas en la razón. Cuando papá supo que Degan Grant estaba en la región, mandó localizarlo y lo contrató.

—¡¿Para matar a los Warren?!

Hunter bufó al oír su conjetura.

—No; para evitar que maten a alguno de nosotros. Papá prefiere que no haya ningún baño de sangre cuando estamos tan cerca de una tregua permanente gracias a un matrimonio.

A Tiffany no le hacía falta preguntarlo, pero Jennifer probablemente lo habría hecho.

—¿Quién se casa?

—Los Warren tienen una hija.

Tiffany esperó a que Hunter explicara más detalles. Esperaba averiguar lo que pensaba de estar prometido con una desconocida todos aquellos años. ¿Detestaba la idea tanto como ella? En ese caso, ¡podrían ser aliados! Dos cabezas serían mejor que una sola para encontrar el modo de mantener la tregua sin sacrificar a nadie en el altar. Pero era evidente que no se lo iba a explicar. La había estado mirando a ella todo el rato en vez de la tarea que se suponía que estaba haciendo. En cambio, ahora tenía la vista puesta en la mesa y volvió a fregarla. Aunque había satisfecho parte de su curiosidad sobre aquella gente, no le pareció apropiado preguntarle sobre sus sentimientos íntimos... al menos de momento.

Así que volvió al pistolero, ya que a Hunter no parecía importarle hablar de él.

—Entonces, en este caso, ¿el señor Grant actúa como un guardián?

—Se podría decir así. Aunque resulta bastante engorroso. No es que no sepamos defendernos solos.

De modo que Degan era solo una disuasión. Tiffany veía que era la persona adecuada para el trabajo, lo que no acababa de ver era para qué lo necesitaban. Roy jamás habría hecho lo que Hunter acababa de afirmar, ni tampoco Carl. Sam, en cambio...

Tiffany no conocía a sus hermanos tan bien como le hubiera gustado, no había visto a ninguno de ellos durante los últimos cinco años, aunque le habían seguido escribiendo. Estaba bastante segura de que ninguno de ellos le habría disparado a nadie, airado o no. Y menos aun Roy, a quien acusaban de haber iniciado aquellos altercados. Roy era un soñador que escribía poesía, y solo era diez meses y medio más joven que ella. Aunque sí que podía imaginarse a Sam enfadándose tanto con los Callahan por acusar injustamente a Roy que quisiera pagarles con la misma moneda. Como el mayor de los cuatro, Sam se consideraba su protector, pero ¡incluso él solo tenía diecinueve años! ¡Y no podía imaginarse a ninguno de los hermanos Warren disparando contra nadie a escondidas, y ¡no una vez sino dos! Fue por eso que se le ocurrió preguntar:

—¿Y qué dijo el sheriff sobre esos tiroteos?

—Ross se ocupa de los hechos, no de las especulaciones. Sea cual sea su opinión, no la compartirá hasta que tenga pruebas en un sentido o en otro.

Era una lástima que la familia Callahan no tuviera una mentalidad similar, pero tampoco era cuestión de insultarlo diciéndoselo, así que preguntó:

—¿Tu familia está reñida con algún ranchero de la región?

—Todo el mundo de Nashart y alrededores, salvo los Callahan y los Warren, se ha llevado siempre bien. Incluso ahora tienen un problema concreto y están haciendo causa común contra los mineros llegados recientemente a la región. Muchos habitantes del pueblo temen que Nashart pueda convertirse en otra Virginia City, Helena o Butte, grandes pueblos mineros al oeste de aquí que atraen la peor calaña.

—Es la primera vez que oigo hablar de Nashart como un pueblo minero —dijo Tiffany sorprendida.

—Una mina no convierte a un pueblo en minero, al menos todavía no. A principios de año se encontró cobre en un barranco justo al este de nuestras tierras, demasiado cerca para mi gusto. Butte es uno de los mayores pueblos mineros del territorio. Uno de los propietarios de las minas de allí, un tal Harding, envió aquí a una de sus dotaciones. De la noche a la mañana había una mina en funcionamiento, antes siquiera de que nadie de Nashart hubiera oído hablar del hallazgo.

—¿Y?

—Encontraron dos filones. Uno de ellos pasa por debajo de nuestras propiedades. Ni siquiera sabíamos que estaban excavando debajo de nosotros hasta que uno de sus túneles se hundió y provocó un socavón por el que cayeron algunas reses. Papá se enfureció, pero el capataz de Harding alegó que no sabían que habían entrado en propiedad privada. Así que trataron de comprarnos esa franja de tierra, quisieron arrendar los derechos de explotación, incluso nos ofrecieron hacernos socios. Papá se negó en redondo. Es un ganadero de pies a cabeza. No le importa que nuestras tierras se encuentren sobre un rico filón de cobre. Y, sí, también se me ha ocurrido que a Harding no le importaría si cedemos y nos trasladamos... o si morimos.

Tiffany sintió que le subía la ira y con ella el tono.

—Así que tenéis a un minero que quiere vuestras tierras, pero dais por hecho que fueron unos chicos jóvenes quienes os dispararon a Cole y a ti. ¿No podría haber sido el minero, en vez de ellos?

—¿Qué te hace pensar que los hijos de Warren son jóvenes?

—Es una suposición, ya que Cole lo es y Roy y él tuvieron el primer altercado.

—Después de que ellos dos se pelearan, era normal creerlo así. Y todavía lo es. A Harding se le dijo que no. Se llamó al sheriff. Ahora no pueden hacer otra cosa que agotar el filón y trasladarse a otra parte. Oro, plata, cobre, todo eso se ha encontrado en Montana, y demasiado para matar por ello.

—Tal vez el señor Harding no lo vea así.

—¡Pues sería un necio!

—¿Y quién dice que no lo es? —replicó Tiffany, enojada.

—¿Ahora me toca a mí exclamar «¡Decidme que no estoy soñando!»?

Degan había vuelto y estaba apoyado en el marco de la puerta. No parecía divertido, simplemente curioso. Hunter tiró su trapo y salió de la cocina sin decir una palabra más. Tiffany volvió a girarse hacia el fregadero para ocultar su rubor. ¿Acababa de participar en una competición de gritos con el hijo de su amo?

Fríamente le dijo al hombre que tenía detrás:

—¿Va a informar al señor Callahan padre de que debería despedirme?

—¿Lo quiere así?

Tiffany dio media vuelta.

—¿No cree que debería? Estoy segura de que Hunter sí que lo cree.

Ahí estaba de nuevo, ese ligero movimiento de labios hacia arriba que podría haber sido una sonrisa pero no lo era.

—¿Por tener una opinión?

—Ha sido una riña inadecuada. Debería haberme reservado mis opiniones.

—Si Hunter quiere despedirla, lo hará él mismo... aunque le aseguro que no es eso lo que quiere.

15

Tiffany se retiró temprano aquella noche al dormitorio que había elegido, una habitación bastante bonita, si bien espartana y pequeña. Una cómoda alta, un armario ropero vertical con un espejo estrecho en la cara interior de la puerta, una cama de matrimonio con una mesita de noche y un farol, y un brasero apagado para el invierno. Tal vez demasiado espartana. Podría pedirle a Anna que le construyera algunos muebles más, ya que al menos ella iba a tener mucho tiempo libre en las semanas venideras. La idea la hizo sonreír con aire cansado. Por mucho que Anna hubiera manifestado que podía hacer ese tipo de cosas, Tiffany no podía imaginarse a su menuda criada serrando tablas y blandiendo un martillo. Aunque tampoco podía imaginarse a sí misma cocinando.

Aquel dormitorio esquinero en la parte posterior de la casa quedaba directamente encima de la cocina. Lo había elegido porque tenía tres ventanas, con lo que podría tener más brisa en caso necesario.

Fuera estaba tan oscuro que apenas se veía nada, excepto la luna y las estrellas. Qué diferencia con la vista nocturna a la que estaba acostumbrada desde el dormitorio de su casa. Allá podía ver las farolas de la calle, elegantes casas urbanas, carruajes que transitaban por la calle incluso a altas horas de la noche. Aquí solo veía unas pocas luces parpadeantes del barracón de los jornaleros y más estrellas de las que había visto en su vida. Y se oía a un animal aullando a lo lejos. ¿Un perro? Más bien un lobo.

Al menos estaba satisfecha de que la casa, aunque no impecable, estuviera al menos habitable. Se sintió agradecida con los vaqueros. Ahora podía recorrer el vestíbulo sin estornudar. Habían hecho lo que les había pedido y en solo unas horas. Aunque se habían quejado cuando habían empezado a limpiar, se los veía preocupados por haberlo hecho bien mientras Tiffany inspeccionaba las habitaciones.

Uno de ellos incluso la había sorprendido. Slim, el del bigote grotesco, había entrado en la sala principal llevando un jarrón de flores silvestres. Tiffany estaba revisando los muebles, pasando los dedos por los respaldos de las sillas y la mesa del comedor, y él le había entregado las flores diciendo:

—A mi madre le gustaba tener flores en casa. No he visto ninguna por aquí, ni siquiera de las secas.

Tiffany se había emocionado tanto que se le habían humedecido un poco los ojos y les prometió que el primer pastel que hiciera sería para ellos. Los vaqueros habían silbado y pedido a gritos sus diversos pasteles favoritos. ¡Tiffany se recriminó su impulsividad, recordando que antes tendría que aprender a cocinar!

Todavía no sabía cómo iba a hacerlo, pero tras cenar aquella noche el estofado de Jakes, que Hunter había llevado a la casa tal como había prometido, se convirtió en su tercer objetivo, además de terminar con la enemistad y volverse a casa. El estofado era insípido y el pan estaba duro, pero al menos la mantequilla no estaba rancia. ¡Aunque luego le había tocado volver a fregar platos!

Esa vez acudió Hunter en su ayuda. Tiffany pensó que ojalá no lo hubiera hecho. Estar a su lado junto al fregadero era peor que estar junto a Degan, aunque no estaba segura de por qué y estaba demasiado cansada para pensar en la cuestión.

—Pareces un poco agobiada —dijo a modo de explicación por su ayuda.

¡Qué manera tan educada de decirle que parecía tan agotada como se sentía! Tuvo que darle la razón.

—Es más de lo que esperaba cuando acepté el trabajo.

—¿Te he comentado que esta es mi habitación favorita de la casa? —Tiffany le echó una mirada de escepticismo. Él se rio—. Déjame que rectifique. Desde ahora es mi habitación favorita. Tú la iluminas, Pelirroja, créeme. Creo que me encontrarás a menudo a tus pies.

¿Ya volvía a flirtear con ella o solo se hacía el simpático? Era difícil saberlo de un hombre que se reía tanto como él.

—Pues espero no pisarte demasiado fuerte.

Hunter sonrió por la réplica, aunque Tiffany no se dio cuenta. Cuando subió a su dormitorio no estaba simplemente cansada; le dolía todo de haber hecho cosas que nunca antes había hecho. Le hubiera gustado dejarse caer en la cama, pero todavía tenía que escribirle a su madre, e iba a ser una carta difícil de redactar.

Tiffany sabía que si Rose estuviera allí, jamás le habría permitido llevar a cabo aquel engaño. Aun así, Tiffany todavía sentía que necesitaba el permiso de su madre... aunque fuera por un hecho consumado. Ni por un momento se le ocurrió mentirle, aunque tal vez se saltaría la parte sobre la insistencia de Zachary en que cocinara, ya que su madre se habría indignado por ella.

Probablemente habría llorado si sus efectos de escritorio no hubieran estado en la maleta superviviente, pero allí estaban. Estaba demasiado cansada para deshacer su equipaje, aunque un vistazo rápido a su maleta le indicó que había perdido todos sus trajes de noche excepto uno, muchos de sus vestidos y todos sus camisones, lo que implicaba que tendría que dormir en bragas y camisola. Aunque todavía le quedaba su joyero, no podría lucir ninguna de sus lujosas joyas en su nuevo disfraz. Pero se permitió una leve sonrisa: la maleta más valiosa de aquel tren no había acabado como botín de los forajidos supervivientes, probablemente porque el salteador que había vaciado la mayor parte del vagón de equipajes había dejado las maletas más pesadas para el final y luego había tenido que huir por piernas.

Sin un escritorio y ni siquiera un tocador donde escribir, tuvo que hacerlo sobre su estuche y sentada en la cama.

Querida mamá:

¡Te echo mucho de menos! Acabo de oír a un lobo aullando bajo mi ventana. Alguien me ha hablado de un oso gris que asustó tanto a un joven que el pelo se le volvió cano. Animales salvajes, mamá... Estoy descubriendo de primera mano que Montana no está tan civilizada como me dijiste. Me siento muy asustada y fuera de lugar, aunque sé que estarás preocupada por el telegrama que te envié, así que déjame explicarme.

¡Fue tan inesperado! Estaba yo allí, tan nerviosa por conocer a mi padre que un poco más y me bajo del tren, y no se presentó nadie en la estación excepto dos miembros de la familia misma con la que quieres que me case. Me tomaron por error por el ama de llaves que papá había contratado, que resultó que viajaba conmigo en el tren. Pero el Oeste también la había asustado como a mí y había hecho lo que yo hubiera querido hacer: volverse a casa. Yo no lo hice. No olvido mi promesa. Pero la oportunidad que me ofrecían los Callahan resultó demasiado interesante para rechazarla. Me han contratado como ama de llaves sin saber quién soy realmente. Y no te rías, por muy divertido que pueda parecerte su equivocación, porque creo que me ofrece una situación ideal, por poco convencional que sea, para conocer a mi prometido, el auténtico Hunter Callahan, y no a una versión artificial e inocente de sí mismo como la que habría fingido ser si hubiera venido a cortejarme al rancho de papá. Fue idea tuya que le diera una oportunidad. Pero ¿cómo podría dársela si no confío en su sinceridad acerca de lo que piensa él de esta boda? Aquí, en su casa, puedo averiguar cómo es realmente y cuáles son sus verdaderos sentimientos. Y, por cierto, tenías razón. Ha resultado ser bastante apuesto y también parece simpático.

Y pesado. Y demasiado rápido a la hora de sacar conclusiones, aunque eso no lo puso. Si su madre pensaba que podía gustarle, estaría mucho más dispuesta a que Tiffany siguiese adelante con su plan por un tiempo.

No te estoy pidiendo quedarme aquí los dos meses, mamá, solo el tiempo suficiente para formarme una opinión sobre mi prometido. No sé cuánto tiempo necesitaré, pero de todos modos creo que todavía no estoy preparada para ver a papá. Él ha esperado quince años para verme, así que no le vendrá de unas semanas más. Pero a mí sí. Te prometo que no continuaré con esta farsa durante mucho tiempo, entre otras cosas porque me muero de ganas de volver a ver a mis hermanos. Pero esto me dará la oportunidad de conocer a esta gente y al mismo tiempo aclimatarme a Montana antes de afrontar el tener que conocer a mi padre. Y ya sabes cuáles son mis sentimientos al respecto. Son demasiadas cosas de golpe: este lugar espantoso, un prometido al que no conozco, un padre al que no conozco. Deja que lo consiga a mi propio ritmo. Sé lo que me hago. Así que te ruego que pienses alguna excusa para retrasar un poco más mi llegada. Que sea una excusa vaga. Y, para no morirme de hambre mientras tanto, ¿podrías mandarme algún libro de cocina para el cocinero de los Callahan? Sí, vale, estoy exagerando con lo de morirme de hambre, pero no sobre la necesidad de los libros. Es un cocinero de campaña, así que seguro que imaginas lo poco apetitosas que son sus comidas.

Besos,

TIFFANY

Satisfecha de haber expuesto todos sus motivos, Tiffany sabía que de todos modos viviría con angustia hasta recibir la respuesta de su madre. El problema era que si su madre estaba en contra de su decisión, tal vez sería capaz de presentarse en Nashart, a pesar de sus misteriosos motivos para no querer hacerlo, para sacar a Tiffany del rancho Callahan y llevársela directamente a Franklin. O incluso peor, podía simplemente telegrafiar a Frank para explicarle dónde se encontraba. Pero esa noche estaba demasiado cansada para preocuparse por eso, incluso para desvestirse. Así que, con la carta ya lista, sencillamente se echó en la cama y a los pocos minutos ya estaba dormida.

16

Despertó con el canto de un gallo y el sol que entraba por las ventanas. Se sentía fresca y descansada. Después de lavarse, sacó de la maleta los pocos vestidos que le quedaban, su conjunto de equitación, que dudaba que tuviera el suficiente tiempo libre para poder utilizarlo, todos sus zapatos y botas, y unos cuantos parasoles. Se sintió aliviada al descubrir que sí que tenía su ropa interior, hecha de la más suave seda hilada y probablemente inencontrable en Nashart. Se vistió con un traje de paseo azul celeste que afortunadamente tenía una chaqueta hecha a medida que le cubría la espalda del vestido cuyos botones no alcanzaba a abrocharse. La chaqueta se acampanaba y terminaba justo encima del polisón, que había vuelto a ponerse de moda últimamente, aunque no en un estilo tan pronunciado como lo había sido antes.

Si bien había pensado que sus vestidos de día bastarían para su papel de ama de llaves, realmente no servirían para su papel de cocinera y lavaplatos. Tendría que buscar alguna costurera en el pueblo. Pero ¿y si no había ninguna? Además, necesitaba ropas más prácticas y que pudiera ponerse sin la ayuda de una asistenta.

Encontró una cinta azul para el pelo y se lo volvió a recoger en una coleta. Tal vez podría pedirle a Anna que le enseñara a cogérselo con horquillas cuando la visitara ese día. Si tenía tiempo. Su lista de encargos en el pueblo se estaba haciendo muy larga.

Se debatió sobre si llamar a la puerta de Mary Callahan antes de bajar a la planta baja. Tal vez debería presentarse a la señora de la casa antes de que la llamaran a hacerlo. Pero no iba a ser un encuentro fácil, especialmente si Tiffany tenía que decirle a una mujer que estaba preocupada por impresionarla a ella, a la auténtica Tiffany, que la nueva cocinera no sabía cocinar. Decidió posponer aquel encuentro hasta más avanzado el día. Su única esperanza era encontrar ayuda en el pueblo. ¡Tenía que haber alguien que tuviera un libro de cocina, y estaba dispuesta a pagar una fortuna por conseguirlo!

Durante la cena de la noche anterior, le había dicho a su patrón que tenía que bajar al pueblo a la mañana siguiente, y Cole se había ofrecido a llevarla. Así que tuvo una desagradable sorpresa cuando vio que era Degan quien la esperaba en vez de Cole, con el carro listo.

—El jefe quiere que la acompañe —la informó Degan—. Teme que pueda toparse con un Warren y que descubran quién es y traten de recuperarla.

Un buen razonamiento, pensó, aunque no quería volver a estar sola con él. No se movió ni un centímetro. Estar sola con él en la cocina el día anterior ya había sido lo bastante turbador. No quería volver a experimentarlo.

—¿Qué ha pasado con Cole?

—Le he dicho que ya te llevaría yo —dijo Hunter detrás de ella mientras salía de la casa—. Mis hermanos pueden pelearse entre ellos, pero suelen someterse al mayor sin rechistar.

Tiffany se volvió para ver su sonrisa burlona, pero se encontró con una sonrisa de satisfacción. Disfrutaba de su papel de hermano mayor y de las ventajas que le proporcionaba. Ella desconocía aquella sensación, ya que se había criado sin sus hermanos. Pero se sintió aliviada de que la llevase él. Con Degan habría estado nerviosa todo el viaje. Con Hunter, solo podía temer que acabaran otra vez tirándose los trastos a la cabeza.

—Entonces no hace falta que el señor Grant...

—Degan nos acompañará —la interrumpió Hunter—. ¿No te he dicho que no puedo ir a ninguna parte sin mi perro guardián?

Qué expresión tan despectiva, y pronunciada con la misma repugnancia que cuando la había utilizado la noche anterior. Tiffany miró al pistolero para ver si se sentía insultado, pero no lo parecía. Inexpresivo, bajó lentamente los peldaños y montó en un caballo palomino de crin y cola rubias, un color que no se veía a menudo en el Este. El caballo estaba atado al palenque delante del porche.

El animal enganchado al carro tenía un color característico que ella solo había visto una vez anteriormente, en un cuadro que tenía su madre de una manada de caballos del Oeste. Rose los llamaba pintos, caballos de dos colores con grandes manchas de marrón y blanco que a Tiffany le parecían muy bonitas. Pero con un solo caballo, se preguntó cómo se suponía que tenía que volver al rancho.

Podía alquilar un caballo por un día. El día anterior había visto al menos un establo en el pueblo. Claro que entonces luego habría que devolver el caballo a Nashart. Podría haber comprado u alquilado uno para toda su estancia si no estuviera fingiendo que era una mujer que trataba de ahorrar hasta el último centavo para casarse. Le encantaba montar, había aprendido en Central Park incluso antes de que lo terminaran, ya que siendo un proyecto tan grande, el gigantesco parque se había abierto a peatones y jinetes mucho antes de que estuvieran completados los trabajos de arquitectura paisajista. Tiffany suspiró para sí. En su papel de criada, de todos modos, difícilmente encontraría tiempo para cabalgar.

Con un parasol plegado y un ridículo que contenía la carta para su madre, Tiffany bajó hasta el carro y subió. El estribo para encaramarse al largo asiento de madera estaba bastante alto, pensado para las piernas de un hombre, pero podía alcanzarlo si estiraba un poco la pierna. Ya tenía un pie en el estribo cuando sintió unas manos por debajo del polisón que la agarraban por el trasero y la empujaban.

—¡Hunter! —exclamó asombrada.

—Tranquila, Pelirroja. ¿Cómo pensabas subirte si no?

Ahora estaba en pie en el estribo y maniobró sobre la percha de madera. Con los mofletes al rojo vivo y la pose rígida, miró fijamente al frente, ignorando a Hunter.

—Tendrías que soltarte un poco —le dijo él mientras se encaramaba a su lado—. Ahora estás en Montana.

Dios santo, un motivo más por el que no quería quedarse allí. ¿Acaso los pioneros que habían colonizado el Oeste habían dejado atrás todo el decoro? Por lo visto, había sobrevivido muy poco. Secuestros de amas de llaves —sí, vale, «posibles» secuestros—, bandidismo, guerras privadas, propietarios de minas despiadados...

—¿Y exactamente por qué quieres volver tan pronto al pueblo? Nuestra despensa está bien surtida.

¿Quería conversar después de su comportamiento indecoroso? Hunter ya hacía chasquear las riendas para que el carro se pusiera en movimiento y Tiffany notaba sus ojos azul celeste clavados en ella. Unos ojos preciosos, aunque ella no podía dejar de sentirse molesta con Hunter como para mirarlos tranquilamente. Y tampoco lo intentó esta vez.

—Por diversos motivos —respondió fríamente—. Tengo que enviar una carta. Tengo que ver a una costurera, ya que mi vestuario no es el apropiado para lavar platos. Y tengo que comprar otras cosas esenciales que echo de menos. Tu padre dijo que la persona que ayudaba a tu cocinero se fue al mismo tiempo que Ed, por lo que voy a contratar a una sustituta si la encuentro. Ah, y aprovecharé para comer decentemente, desayuno o comida, que es el motivo por el que salimos tan temprano. Siento escalofríos solo de pensar en lo que ha servido Jakes esta mañana. Y también visitaré a una amiga que conocí en el tren.

Hunter la miraba con incredulidad, aunque ella no lo supo hasta que oyó:

—¡Diantre, mujer, nos vamos a estar todo el día!

Tiffany lo miró con el ceño fruncido y chasqueó la lengua:

—No estaremos todo el día. Soy muy eficiente.

—Ya puedes tachar alguna cosa de esa lista —replicó Hunter con un bufido—. Por aquí la única gente que busca trabajo son vaqueros, mineros y holgazanes. A las mujeres suelen pescarlas enseguida.

—¿Te refieres a que las contratan para trabajar?

—Para trabajar o para casarse, que viene a ser lo mismo, ¿no crees?

—Aquí en Montana tal vez —discrepó Tiffany—, pero no en el lugar de donde yo vengo.

—Eso tampoco es verdad, a menos que hables de las mujeres ricas.

Aunque Tiffany miraba fijamente el polvoriento camino, sintió que él volvía a observarla. No debería haber metido la pata de aquella manera.

—Sí, por supuesto —aceptó—. He conocido a varias cocineras que me dijeron que sus maridos se habían casado con ellas por sus habilidades culinarias. —Lo que tampoco era verdad, pero él no tenía por qué saberlo.

—Una motivación habitual para un hombre —dijo con una risita—. ¿Qué tal se te da la cocina?

Tiffany se puso tensa. Hablando de esposas y de cocina al mismo tiempo, ¿no la vería de repente como una probable esposa? ¿Él, que ya estaba prometido? ¿Era demasiado impaciente para aguardar a que llegase su prometida? ¿O estaba tan en contra de aquel matrimonio como ella? Le habría gustado hablarlo con él, pero no podía hasta que alguien le contara que Hunter estaba prometido.

Pero él seguía esperando a que ella respondiera a su pregunta. Le repitió brevemente lo que le había contado a Degan la noche anterior sobre que su padre no se había querido creer que no sabía cocinar. Hunter se limitó a reír. Apretando los dientes, Tiffany volvió al tema de encontrar ayuda para la cocina.

—O sea que, por lo que dices, ¿hay escasez de mujeres en el territorio?

—Exactamente. Siempre la ha habido. Y si sigues paseándote por el pueblo, acabarás con una legión de solterones a la caza de una esposa llamando a nuestra puerta. Eres una presa tan buena como pocas.

Los cumplidos no solían hacer ruborizar a Tiffany, así que no supo por qué aquel sí que la había ruborizado, a menos que fuese porque el tono de Hunter se había vuelto un poco mordaz, como si Tiffany tuviera que disculparse por ser guapa. Pero no le gustaba el jarro de agua fría que le había echado a su idea de encontrar una ayuda. Luego se le ocurrió que Hunter podría estar basando su opinión escéptica en la probabilidad de que una mujer en Montana posiblemente optase por casarse antes que trabajar por el ridículo sueldo de una cocinera o criada. Y sin duda tenía razón. Lo que él no sabía era que ella pagaría lo que hiciese falta para obtener aquella ayuda. Tiffany era una joven adinerada, Jennifer no.

Pero para prepararlo por adelantado, recurrió a la probable experiencia de Jennifer y dijo:

—Ya me he encargado antes de las contrataciones. Puedo ser muy persuasiva.

—De eso estoy seguro. A mí podrías convencerme de hacer cualquier cosa, si lo intentaras. —Y se inclinó hacia ella para susurrarle—: ¿Quieres intentarlo?

Tiffany sintió un escalofrío en la espalda al notar su aliento cálido en el cuello. No era por lo que le había dicho, por supuesto que no. Pero ¿cómo era que no se escandalizaba con sus insinuaciones? ¡Debería escandalizarse!

Respondió con más remilgo de lo que hubiera hecho Jennifer.

—Daré por sentado que estás acostumbrado a flirtear tontamente. Yo no lo estoy. Te ruego que recuerdes que tengo un prometido.

—Pero él está en Chicago, que podría ser la otra punta del mundo, mientras que yo estoy aquí. ¿Y qué clase de hombre hay que ser para dejarte escapar así?

—Lo dices como si yo hubiera huido de él, cuando no es el caso. Estuvimos discutiendo a fondo mi venida aquí. Fue una decisión mutua. Los dos queremos ahorrar antes de casarnos.

—No has respondido a mi pregunta. ¿Cómo es él?

¡Jennifer no le había contado nada acerca de su prometido! Lo único que se le ocurrió fue describir al hombre con el que esperaba casarse algún día.

—Es noble de corazón. Amable y sensible. Valiente y muy leal. Se entregó a mí desde el día que nos conocimos. Jamás se le ocurriría serme infiel.

Hunter arqueó una ceja. Tiffany no debería haber mencionado esa última parte. Pero Hunter no había acabado de criticar sus preferencias con los hombres.

—Su primer error fue querer esperar para casarse contigo, sea cual sea el motivo. Su segundo error fue dejarte venir aquí sola. Yo jamás permitiría que mi prometida me abandonase. De hecho, me casaría enseguida con cualquier mujer que eligiera como esposa, en vez de inventar excusas para posponerlo.

Tiffany se indignó un poco a cuenta de Jennifer. La familia de Hunter era rica, aunque no viviera exactamente como tal. Él no sabía lo que era pertenecer a la clase de los sirvientes y tener que estar siempre preocupado por el dinero. Tampoco Tiffany, aunque finalmente le había dado pie para preguntarle sobre su compromiso y ella no iba a dejarlo pasar.

—Hablas como si ya tuvieras una prometida. ¿Me equivoco?

Hunter murmuró algo entre dientes antes de contestar.

—Ya hemos conversado bastante por esta mañana. Tenemos que llegar al pueblo. Sujétate el sombrero, Pelirroja.

Y dicho esto hizo chasquear las riendas con tal fuerza que caballo y carro aceleraron de golpe. Tiffany apretó los dientes. ¿Por qué no quería reconocer que estaba prometido a ella?

17

Saltando del carro en el momento mismo en que lo paró detrás de la compañía de transportes del pueblo, Hunter le gruñó a Degan:

—Necesito un trago. Tú pégate a ella como una lapa. Bueno, tampoco tanto, pero asegúrate de que nadie la moleste.

Hunter desapareció tras la esquina del edificio. Tiffany suspiró, aunque consiguió bajar del carro por su propio pie antes de que Degan pudiera desmontar para ayudarla. Si no hubiera hecho enfadar a Hunter, no tendría que quedarse otra vez con Degan. Ella misma tenía la culpa.

Aunque no estaba segura de por qué se había enfadado Hunter. ¿Porque no había estado de acuerdo con su punto de vista sobre su prometido? ¿O porque él tenía prometida y le daba tanta rabia que no quería hablar del tema? Tiffany no lo conocía lo bastante como para adivinarlo. Y se dio cuenta, aunque tarde, que jamás lo conocería si seguía mostrándose ofendida por su manera de hacerse el simpático. Y turbada por sus susurros roncos. Tenía que controlar mejor sus reacciones. No quería que él le gustara. Quería volver a su casa en Nueva York. ¡Y tampoco quería sentirse excitada por palabras que él ni siquiera debería haberle dicho!

Degan le siguió los pasos mientras andaba en la dirección que había tomado Hunter, hacia la calle principal. Degan condujo los dos caballos y los ató al primer poste por el que pasaron.

—Para empezar me gustaría enviar una carta —dijo Tiffany cuando Degan se reunió con ella en el largo entarimado al que daban todos los edificios de la calle.

—Por aquí.

Ella lo siguió por delante de varios comercios, pero se detuvo en uno ante cuya puerta flotaban aromas deliciosos. Sin avisar a Degan, entró en la pequeña panadería. La factoría y única sala tenía hornos en la pared posterior y algunas mesas en la parte delantera repletas de barras de pan y pasteles.

El dueño cerró un horno y sonrió.

—¿En qué puedo servirte?

Tiffany realmente no esperaba que los comercios de Nashart ofrecieran los mismos servicios a los que estaba acostumbrada en la ciudad, pero aun así preguntó:

—¿Reparten a domicilio?

—No.

—Le pagaré generosamente.

—No tenemos tiempo para repartos a domicilio. Si quieres pan, tienes que venir aquí.

Decepcionada, la joven dijo:

—Entonces, ¿podría darme al menos la receta para hacer pan? Se la pagaría.

La sonrisa del panadero se esfumó.

—¿Que te revele mi secreto? ¡Ni hablar!

—No su receta especial —precisó Tiffany, cuya exasperación iba en aumento—, sino para hacer pan normal y corriente.

El panadero arqueó una ceja.

—¿En serio no sabes hacer pan? Pues vaya esposa vas a ser tú, ¿eh?

—De las que contrata a un panadero como usted —le espetó ella y se marchó.

Degan no dijo ni una palabra acerca de su fracaso. No obstante, la avisó de que no se entretuviera más.

—Es mi trabajo animarla a apresurarse con sus asuntos y a dejar cualquier encargo extra para otro día —se justificó—. Quiero que esté fuera del pueblo en cuanto empiecen los problemas.

Tiffany se detuvo de golpe.

—¿Qué problemas?

—Hoy es sábado. Siempre hay problemas de un tipo u otro los sábados, aunque la cosa ha empeorado desde que abrió la mina de Harding. Y más tarde bajarán los vaqueros a correrse su juerga de fin de semana. A los mineros no les pagan mucho, lo que hace que estén siempre a la que salta, y los vaqueros y los mineros no congenian porque no tienen nada en común.

Tiffany pensó en el tiroteo que había vivido en el tren.

—El sheriff debería prohibir las armas de fuego en el pueblo.

El ligero cambio en la inescrutable expresión de Degan le indicó que su observación le hacía gracia, si es que eso era posible.

—¿Por qué? Nunca ha habido un asesinato, ni le han disparado injustamente a nadie. Aquí los problemas no suelen acabar a tiros a menos que llegue algún fanfarrón con ganas de hacerse un nombre. Los mineros no llevan armas; y los vaqueros que sí las llevan suelen ser personas decentes. Nunca apuntarán a un hombre desarmado. Aunque eso les da una ventaja a los mineros, que son muy buenos con los puños. Como ese par al otro lado de la calle que tienen los ojos puestos en Hunter.

Tiffany siguió la mirada de Degan. Los dos hombres no eran altos, aunque sí fornidos y de pecho ancho. Y sin duda parecían disgustados.

—Hunter me habló un poco sobre los mineros —dijo ella—. Creo que es absurdo que algunos puedan guardarle rencor a su familia cuando los Callahan llegaron primero.

Degan sacudió la cabeza.

—No es tan absurdo cuando resulta casi inaudito que alguien rechace un dinero fácil como hizo el viejo Callahan. Harding le ofreció incluso un porcentaje de lo que diera la mina, pero también lo rechazó. Si sales a cabalgar por allí, verás el campo cubierto del hollín de sus fundiciones. Callahan los quiere fuera de allí, no asociarse con ellos. Y creen que a mí me contrataron precisamente para eso, lo que los solivianta todavía más.

—Yo ya sé para qué lo contrataron —dijo Tiffany en tono antipático.

—¿Te parece mal que mantenga la paz?

Esta vez captó un deje de regocijo en su voz. Él podía pensar que estaba manteniendo la paz, y tal vez así fuera, pero Tiffany sospechaba que el mantenimiento de la paz podía llevar a un baño de sangre en cualquier momento. Y aquellos dos mineros seguían provocando deliberadamente a Hunter mirándolo fijamente.

Tiffany vio que Hunter se había detenido delante de la principal tienda del pueblo, que estaba en la dirección contraria a la que ella se dirigía. Parecía no haber advertido a los mineros porque estaba hablando con una mujer de cabello oscuro y silueta voluptuosa. Su blusa escotada era casi indecente, mostraba demasiado canalillo, y su falda roja atraía la atención de todos los hombres. La falda no tenía polisón y no estaba nada a la moda, aunque ahora que lo pensaba, Tiffany todavía no había visto a una sola mujer en el pueblo que llevara una con polisón, así que seguramente era ella la que desentonaba.

Hunter estaba absorto en su conversación, sin duda insinuándose. Tenía a la mujer allí atrapada con la palma de las manos contra la pared a cada lado de ella, aunque tampoco parecía que ella quisiera marcharse, porque apoyaba un brazo en su hombro. Parecían a punto de besarse, a saber por iniciativa de cuál de los dos. Tenían las caras demasiado cerca. Tiffany contuvo la respiración: su prometido estaba a punto de serle infiel en sus narices...

18

Tiffany apenas oía a Degan, que seguía explicándole por qué no debería haber bajado al pueblo justamente aquel día.

—A los mineros les han advertido de que no empiecen nada, así que no se acercarán a Hunter, sino que esperarán a que él vaya hacia ellos para ponerle la zancadilla o soltarle algún insulto. Mientras sea él quien propine el primer puñetazo, no acabarán en el calabozo. Y estos mineros son fuertes. Es lo que tiene empuñar un pico todo el día. Hunter podría con uno, pero no con dos a la vez.

—¿Es su querida? —preguntó la joven, todavía con la mirada fija en el otro lado de la calle, en Hunter y la mujer del pelo oscuro. Le acababa de preguntar a Degan algo sin relación alguna con lo que él le estaba contando, mas aun así no se ruborizó. Se sentía demasiado... no sabía qué, pero sin duda no estaba avergonzada.

—Es Pearl, la criada de los Callahan —dijo Degan—. Pero no saques conclusiones. Hunter ya está prometido con otra mujer.

Por fin alguien había mencionado aquel hecho tan pertinente para ella. Pensaba utilizarlo como munición para evitar que Hunter volviera a hacerle insinuaciones inapropiadas.

—¿Con quién está prometido?

Degan la cogió del brazo para continuar su camino.

—Con alguien a quien nunca ha visto, y por eso Pearl cree que quedará en nada y trata de seducirlo.

Ahora sí que se sonrojó Tiffany. No tendría que haber sacado a colación la vida amorosa de Hunter, y menos aún con aquel pistolero. Para cambiar de tema, recordó que había otra cosa que quería preguntarle a Degan.

—¿Qué ocurre cuando los Warren y los Callahan vienen al pueblo al mismo tiempo?

—No frecuentan el mismo salón, por decisión del sheriff, pero puede armarse jaleo si se cruzan aquí o cerca del lago. La tregua que tenían se tambalea desde hace meses.

—¿Usted cree que los Warren les han disparado últimamente a los Callahan, como cree Hunter?

—No.

—¿Por qué no?

—Roy no le hace ascos a pelear. Por eso se llevó un ojo a la funerala. ¿Qué hombre no se lo ha llevado en alguna ocasión? No es motivo para sacar el rifle. Y en cuanto al disparo contra Hunter, aquel día había muchos forasteros en el pueblo para aventurar una conjetura, pero fuera quien fuese, o bien era un pésimo tirador (por tanto, un forastero), o bien no disparó a matar.

Exactamente lo que ella pensaba.

—Así que usted tampoco cree que fueran los Warren.

—No creo que los Warren disparen al tuntún, aunque sí creo que buscan problemas. No me cabe duda sobre los motivos de Sam Warren cuando llamó tramposo a John. El muchacho buscaba pelea.

—Pero ¿por qué?

—John había sido el más insistente en acusar a Roy, y a Sam eso lo sacaba de sus casillas. Pero fue John quien eligió las pistolas para la pelea. Sam probablemente solo quería darle una paliza a John. Pero ese par podría volver a intentarlo la próxima vez que sus caminos se crucen.

Qué idea tan alarmante.

—Suena como si ya no existiera ninguna tregua.

—Los mayores siguen pensando que sí. Todo empezó cuando quedó claro que los chicos Warren no querían ver terminada la casa junto al lago.

—¿Por qué no?

—Porque la casa es para Hunter y su prometida, la hermana de los chicos Warren.

Tiffany tuvo que fingir sorpresa.

—Parece una historia de amantes desdichados, ¿no?

—Todavía no se conocen.

—Oh, vaya, eso suena... complicado.

—Según cuentan, a los chicos Warren les gustaría que la cosa siguiera así. Creen que su hermana, una chica sofisticada del Este, es demasiado buena para Hunter. El señor Warren probablemente querrá mantener el acuerdo matrimonial para garantizar una tregua permanente, pero a sus hijos les preocupa más su hermana.

Tiffany se conmovió tanto por la actitud protectora de sus hermanos que los ojos se le humedecieron. A su padre no le importaba su felicidad, pero a sus hermanos sí.

—¡Qué tiernos! —dijo sin pensar.

Degan la miró extrañado. Ella trató de enmendar su error rápidamente:

—Quiero decir que me gustaría tener hermanos así. ¿Y qué piensa Hunter de este matrimonio concertado?

—No lo sé, pero me huelo que, siendo el hermano mayor, se sentirá obligado a hacer lo mejor para la familia y para el rancho, aunque eso implique sacrificar su corazón.

Tiffany se tensó indignada. ¿Cómo se atrevía a sugerir que casarse con ella sería un sacrificio? Ya iba a marcharse encolerizada cuando Degan añadió negando con la cabeza:

—Los chicos Warren no dejarán que su hermana se convierta en una Callahan sin oponer resistencia. Aunque puedes estar tranquila. Mi trabajo es asegurar que no se derrame demasiada sangre.

¿Tenía que decir eso? Tiffany gruñó para sus adentros, deseando no haber sacado el tema, al menos no con Degan. ¿Que estuviera tranquila? Ahora todavía estaba más preocupada por la situación entre ambas familias. Mientras la generación mayor veía la boda como la forma de asegurar una tregua duradera, la segunda generación la consideraban como otra fuente de conflicto entre las familias.

Tiffany se iba a delatar si no lograba controlar sus reacciones, así que no le dijo nada más a Degan y se apresuró a hacer sus encargos como él le había recomendado. Tras enviar la carta, se dirigió al hotel para ver a Anna, pero tenían que volver a pasar por delante de la tienda para llegar al hotel. Hunter ya no estaba seduciendo mujeres delante del establecimiento, así que podría entrar. Aunque no tenía esperanzas de encontrar aquello que buscaba, sabía que luego le fastidiaría no haberlo al menos intentado.

—Un minuto —le dijo a Degan, y entró en la tienda antes de que él pudiera refunfuñar.

No perdió el tiempo buscando en aquel local grande y abarrotado. Se dirigió directamente al tendero y le preguntó:

—¿Tiene algún libro de cocina?

—Lo siento, señorita, pero no vendo libros.

Tiffany trató de no mostrarse tan decepcionada como realmente estaba, pero el hombre pareció recordar algo.

—Espere un segundo. —Abrió un cajón que tenía detrás de él y sacó un libro delgado—. Mi mujer lo encargó hace un tiempo, pero nadie lo ha comprado. Me alegro de no haberlo tirado.

Tiffany leyó el título: *Nociones básicas de cocina*. ¡Habría besado a aquel hombre! Emocionada, pagó, y en cuanto salió de la tienda le enseñó el libro a Degan.

—¿Nociones básicas? —dijo el pistolero, nada impresionado—. Esperemos que no sea de aquí de donde sacó Jakes todos sus conocimientos sobre cocina. Qué, ¿vas acabando? —Degan no dejaba de observar hacia ambos lados de la calle—. Cada vez hay más mineros y he perdido de vista a Hunter, aunque probablemente esté en La Cinta Azul para ese trago que ha mencionado.

Había un deje de preocupación en la voz de Degan, de modo que Tiffany le sugirió:

—Adelántese a buscarlo, yo aún tengo cosas que hacer. —A

continuación le recitó su agenda y terminó con—: Y tengo que contratar a una mujer que me ayude en la cocina, aunque Hunter no cree que encuentre a ninguna.

Degan no se apartó de su lado mientras caminaba hacia el hotel, y le dio la razón a Hunter.

Tiffany frunció el ceño. Ed el Viejo había tenido un ayudante. ¿Por qué no podía tenerlo ella? Consideró la posibilidad de pedirle a Anna que aceptase el trabajo, aunque descartó la idea. Era un trabajo demasiado humilde para Anna, que probablemente se quejaría y discutiría con ella. Además, tal vez se le escaparía la verdad delante de los Callahan, y Tiffany no podía arriesgarse a eso. Su expresión de decepción fue probablemente lo que hizo que Degan añadiera:

—Has dicho una mujer. ¿Por qué no consideras la posibilidad de contratar a un hombre? Por aquí hay muchos que buscan trabajo.

Tiffany arqueó una ceja con escepticismo.

—¿Para lavar platos? La verdad es que no creo que...

—El personal del restaurante donde vas a comer es masculino. Y el ayudante de Ed también era un hombre.

—Pues entonces, si conoce a alguien que busque trabajo y que sea de fiar, señálemelo —pidió Tiffany, animándose—. Ah, y tendría que haberlo dicho antes, pero, por favor, dígame si ve a algún Warren en el pueblo. Me daría mucho apuro encontrármelos después de haber abandonado mi trabajo con ellos.

—¿Y por qué lo hizo?

Tratando de disimular que la había puesto nerviosa, dijo:

—Mi prometido y yo acordamos retrasar la boda hasta que hayamos ahorrado el dinero suficiente para comprarnos una casa.

—O sea que cuanto más dinero gane, antes llegará al altar. Ya lo entiendo. Lo que no entiendo es que su prometido quiera esperar, por el motivo que sea. ¿De quién fue la idea?

—¡Señor Grant! ¿Cómo se...?

Los tormentosos ojos grises de Degan se encontraron con los de Tiffany.

—Si existe realmente y usted lo ama, avisaré a Hunter para que desista. Solo tiene que decírmelo.

—¿Como que «si existe»? ¿Cree que estoy mintiendo?

—No sería la primera vez que una mujer dice que está prometida para evitar atenciones indeseadas. Que es lo que cree Hunter. Así que tal vez debería dejárselo claro.

19

Tiffany no entendió lo que estaba insinuando el pistolero sobre Hunter, aunque sí que entendió que sospechaba que ella mentía sobre lo de tener un prometido. Le dieron ganas de reír porque, irónicamente, en ese sentido ella estaba diciendo la verdad. ¡Jennifer tenía un prometido y ella también! Fingió sentirse ofendida de que se atreviera a sacar a colación un tema tan personal. Acelerando el paso y alejándose de él bastaría para hacérselo ver. O eso esperaba. Aunque no habría tenido ningún problema en reprender a alguna otra persona por tal impertinencia, prefería no tentar a la suerte reprendiendo a un hombre que rezumaba peligro.

Pero no había modo de librarse de Degan Grant, que la seguía de cerca, aunque esperó fuera cuando ella entró en el hotel. Tras preguntarle al recepcionista por su amiga Anna Weston, logró controlar su enojo antes de llamar a la puerta de la mujer. Por desgracia, el enojo volvió enseguida con lo primero que le dijo Anna.

—¿Ha entrado en razón? Ya lo sabía yo.

—Solo he venido para hacerte saber lo maravillosamente bien que está funcionando mi plan.

—¿Está siendo sarcástica, señorita Tiffany?

Por supuesto que sí, pero no tenía ninguna intención de quejarse ante ella, así que evitó responder.

—Me he enterado de muchas cosas —dijo—. Todavía hay mala sangre entre los Callahan y mi familia. Esa tregua que mantienen es precaria y no hará falta mucho para que se rompa. Y hay algunos mineros que podrían tratar de impulsar las cosas en esa dirección.

—¿De la mina Harding?

—¿Cómo lo sabes?

—Anoche conocí a un ejecutivo de Harding en el comedor del hotel, un tal señor Harris. Me pareció todo un caballero. Su jefe tiene minas en Montana y en todas partes. El trabajo del señor Harris consiste en viajar de mina en mina para solucionar problemas y asegurarse de que cada sitio produce lo esperado.

—Dudo que la mina de Nashart esté produciendo lo que esperaban de ella. —Tiffany le explicó brevemente lo que sabía del tema—. Si vuelves a ver al señor Harris, tal vez puedas averiguar qué piensa hacer su jefe en vista de que no pueden tener acceso a todo el cobre que desean. Pero no tengo mucho tiempo para estar hoy en el pueblo, así que podemos charlar mientras busco a una costurera local.

—Tendrá que ser la señora Martin. Le pregunté al recepcionista. No tiene tienda, trabaja en su casa. Puedo indicarle dónde es.

Cuando salieron del hotel, Degan las estaba esperando. Tiffany sabía que sería de mala educación no presentarle a Anna, pero cuando hizo las presentaciones solo se refirió a Anna como una amiga que había conocido en el tren y a Degan como un empleado del rancho Callahan. Y le dio prisa a Anna al ver lo incómoda que la hacía sentir el pistolero.

—¿Quién es?

—Ya te lo he dicho, trabaja en el rancho y hoy es mi escolta. Y no hace falta que susurres, que no nos sigue tan de cerca.

Anna miró atrás para asegurarse antes de decir:

—¿Por qué todavía no me ha dicho nada de su prometido? Ya lo ha conocido, ¿verdad? Ah, ¿y se enfadaron mucho cuando les dijo que no cocinaría para ellos?

—Sí que voy a cocinar —murmuró Tiffany.

—¿Usted? ¿En una cocina?

—No hagas que parezca tan ridículo.

—Pero ¡si no sabe!

—Pienso aprender.

Tiffany le mostró el libro que acababa de comprar, y rápidamente volvió a guardarlo en su ridículo antes de que Anna advirtiera lo delgado que era. No pudo dejar de preguntarse cuántas recetas contendría si le cabía en el bolso.

—¿Realmente piensa hacerlo? —preguntó Anna, sorprendida—. Estaba segura de que ya habría abandonado esta locura de hacerse pasar por un ama de llaves y exigiría que la llevasen al rancho de su padre.

Anna tal vez la veía como una niña rica, consentida y mimada que jamás había dado golpe, pero no tenía en cuenta la tozudez de Tiffany.

—No pienso abandonar y aprenderé a cocinar. Además, deteste o no mi trabajo, sigue siendo mejor que conocer a mi padre.

—¿Seguro? —preguntó Anna negando tristemente con la cabeza.

Dios santo, Tiffany sintió de repente deseos de llorar. Pensaba que ya se había acabado el llorar por su padre. Desvió la mirada sin responder, concentrándose en mantener las lágrimas a raya. Ya habían doblado por una callejuela lateral con casas bajas a ambos lados, un establo un poco más abajo y una pintoresca iglesia al fondo.

Anna abrió la puerta de la valla de la segunda casa y volvió a mirar atrás, aparentemente para asegurarse de que Degan seguía manteniendo una distancia discreta, antes de decir:

—Sigue sin haber mencionado a Hunter Callahan.

La mención de aquel nombre aplacó sus ansias de llorar.

—Porque ya he descubierto que es un donjuán. Está intentando incluso seducirme a mí.

—Eso es bueno, ¿no? Significa que usted le gusta.

—No me entiendes. ¡Él no sabe que soy Tiffany Warren, o sea que me está engañando! Y también lo he visto flirtear con una criada de los Callahan hoy en el pueblo.

—¿Y por qué está tan indignada? Oficialmente usted todavía no ha llegado. ¿Realmente creía que se mantendría casto todos estos años? Lo que cuenta es lo que sucede tras la boda, no antes... o al menos antes de que la pareja se conozca.

Lo que decía Anna era lógico, pero la lógica no tenía cabida entre el revoltijo de emociones que ella sentía. ¡Era casi como si considerase que Hunter era suyo, cuando era lo que menos quería!

—Dudo que sus dos meses en Montana hayan empezado siquiera —añadió Anna—. Mientras siga fingiendo ser otra persona, no podrá comenzar ningún cortejo.

—Mi madre estipuló ese período de tiempo para que yo decida si quiero casarme con Hunter, no para que él decida si quiere casarse conmigo.

—Pero ¿cómo va a enamorarse de usted si ni siquiera sabe que es usted?

Tiffany prefirió no responder, porque su respuesta sería que no quería que él se enamorase, al menos no en Montana. Su objetivo era regresar a Nueva York para vivir una vida normal, la vida que cabía esperar por la educación que había recibido. Aunque también tenía otro objetivo sobre el que todavía no había meditado lo suficiente, así que tampoco quería mencionarlo: oír el punto de vista de ambas familias sobre la enemistad para ver si podía encontrar el modo de apaciguarla sin tener que casarse con un vaquero. En ese sentido pensaba en la seguridad de sus hermanos, no solo en la promesa hecha a su madre.

Como no respondía, Anna señaló:

—No tiene usted por qué fingir con esta gente, ¿sabe? Así que no quiere estar con un padre al que no conoce. Perfecto. Pero los Callahan también la esperan. Estarán encantados de tenerla bajo su techo. Al haber estado prometida con el primogénito durante toda su vida, ya es casi como de la familia.

Tiffany puso los ojos en blanco.

—Eso invalidaría mi plan de conocer cómo son realmente.

Y puso fin a aquella irritante conversación llamando a la puerta de la costurera.

Agnes Martin era una simpática anciana que las hizo pasar a su salón y les ofreció un té. Tiffany se sorprendió al ver que ya conocía a Anna.

—¿Ha decidido trabajar para mi marido, señorita Weston? —fue lo primero que dijo Agnes.

—Todavía me lo estoy pensando, señora —respondió Anna antes de ruborizarse por la mirada perpleja de Tiffany.

—Bueno, a él le vendrían muy bien sus servicios y...

Un grito sofocado en el vestíbulo atrajo sus miradas hacia un joven que sostenía una escoba. Era un poco más alto que Tiffany, aunque por su cara y su constitución flacucha se notaba que era unos años más joven que ella.

La costurera sintió remordimientos de inmediato.

—Lo siento, Andy, ya sé que querías ese trabajo, pero mi marido ya es demasiado viejo para enseñarle su oficio a alguien. La señorita Weston ya es una carpintera experimentada.

Avergonzada, Agnes se excusó y fue por el té. Tiffany, incrédula, le preguntó a su doncella:

—¿Cómo ha ido eso? ¡Solo llevas un día aquí!

Anna sonrió.

—Ayer estuve explorando el pueblo después de que usted se marchase. Pasaba por delante de la tienda de muebles y oí martillazos dentro. Me encanta el olor de la madera recién cortada y no pude resistirme a entrar. El matrimonio Martin estaba allí y nos pusimos a charlar. En cuanto mencioné que mi padre era carpintero y que me había enseñado el oficio, el dueño me ofreció un trabajo.

—¿Y piensas aceptar? —preguntó la joven, incrédula.

—¿Sabe lo raro que es para una mujer que le ofrezcan un trabajo así? Esto jamás pasaría en el Este. Así que sí, me lo estoy pensando. Tendría algo que hacer hasta que vuelva usted a sus cabales.

Cuando Agnes volvía con la bandeja del té, Tiffany le oyó decir a su ayudante en el pasillo:

—Hoy ya no tengo nada más para ti, Andy. Acaba de barrer y ven de nuevo la próxima semana.

Tiffany, consciente de que Degan las esperaba fuera, le dijo a la costurera lo que necesitaba y ella la llevó al cuarto trasero, donde tenía su taller de confección. Aunque solo quería algunas faldas, blusas y camisones, había que tomar medidas y seleccionar los materiales. Pero Tiffany estaba demasiado impaciente como para hojear los libros de diseños de Agnes y le dijo simplemente que le hiciera algo adecuado para trabajar en la cocina y le ofreció más dinero si terminaba el pedido en unos pocos días. Entonces se le ocurrió preguntar:

—¿Ese chico necesita trabajo?

Agnes asintió con la cabeza.

—Ya lo creo. Si incluso limpia el establo a cambio de comida para su caballo y una paca de heno para dormir. Ha intentado encontrar algún empleo mejor remunerado, pero no tiene experiencia en nada excepto haciendo chapuzas, y de esos ya hay demasiados por aquí. Le he dejado hacer algunas de mis faenas de la casa por compasión.

—¿Es fiable? ¿De confianza?

—Sí, y muy educado. Llegó al pueblo hace pocas semanas. Es natural de Wisconsin. No es un vagabundo, aunque no creo que esté por aquí más tiempo del necesario para ganar un dinero que le permita irse a otra parte. Aunque no está teniendo suerte. ¿Acaso tiene usted un trabajo para él?

—Podría ser, al menos durante un par de meses... aunque no si piensa irse tan pronto.

—Pregúnteselo —dijo Agnes encogiéndose de hombros—. Vino al Oeste en busca de su padre, ha estado yendo de pueblo en pueblo, pero un trabajo estable podría convencerlo de que ganar más que lo justo para la próxima comida podría ayudarle a lograr su objetivo. Deje que vaya a buscarlo antes de que se marche y ya se arreglan ustedes. Ah, y si está interesada en casarse, tenga en cuenta a nuestro sheriff. Es un buen hombre. Me fastidiaría que se marchase solo porque anhela una esposa y aquí no encuentra ninguna.

Tiffany prefirió no hacer comentarios sobre ese cotilleo, aunque tampoco parecía que Agnes lo esperara, y un momento después apareció un adolescente desgarbado, con la escoba todavía en la mano. Era pecoso, pelirrojo y de ojos castaños. Tiffany comprendió por qué era tan flacucho: probablemente no ganaba para una comida al día, y mucho menos para tres. No obstante, estaba presentable y aseado, y Agnes debía de haberle dicho que le iban a ofrecer trabajo porque se lo veía ilusionado.

Tiffany le sonrió.

—Soy Jennifer Fleming.

—Andrew Buffalo, señora —se presentó con timidez.

—Mira, Andrew, me han contratado para cocinar en un rancho cerca de aquí y necesito a un pinche de cocina. El trabajo no requiere experiencia, solo trabajo duro y buena disposición. ¿Te interesa?

—¡Claro que sí, señora!

Tiffany estaba casi tan emocionada como lo aparentaba el muchacho. Después de todo, había logrado cumplir todos sus objetivos. Se habrían acabado las burlas de Degan y Hunter por su intención de encontrar a un pinche. Aunque antes de cantar victoria tenía que averiguar más cosas sobre Andrew.

—Lo que sí que pido es que no te marches durante dos meses como mínimo, o al menos mientras no me marche yo. —El muchacho asintió y Tiffany continuó—. Bueno, háblame un poco sobre ti. La señora Martin me ha dicho que has venido al Oeste buscando a tu padre. ¿Tienes algún motivo para pensar que está en Montana?

—Bueno, el último lugar desde el que escribió es ahora un pueblo fantasma. Pero de eso ya hace varios años. Oí que las tierras de por aquí eran ricas en minerales e imaginé que él también lo habría oído, así que pensé que podía mirar en los pueblos mineros más importantes como Butte y Helena. Solo que todavía no me he podido pagar el viaje hasta tan al oeste.

—¿Dejó de escribir?

—Sí, cuando el menor de sus hijos ya se hubo hecho mayor. Al final me hice a la idea de que no volvería a casa. Mamá y él nunca se llevaron bien. Ella nunca esperó que volviera.

—¿O sea que no sabes si hizo fortuna, ni siquiera si sigue vivo?

Andrew asintió.

—No creo que esté muerto, aunque tampoco que a estas alturas siga intentando hacerse rico. Su última carta destilaba desesperación, contaba que le habían quitado una mina, que era demasiado peligroso seguir por cuenta propia y que iba a trabajar en explotaciones ajenas.

La historia era triste y la misión de Andrew parecía casi imposible. El Oeste era un lugar demasiado grande para encontrar a su padre si no tenía ningún rastro que seguir.

—¿Y no has pensado en abandonar y volverte a casa?

—Sí. —Andrew sonrió—. Lo pienso cada vez que ruge mi estómago. Cojo los trabajos que encuentro durante el tiempo suficiente para llegar al pueblo siguiente. Me gustaría ver a mi padre una última vez antes de volver a casa, tal vez para cantarle las cuarenta por habernos abandonado por algo que jamás dio resultado. No lo sé. Cada vez que pienso en desistir, reúno coraje para seguir adelante. Tampoco es que me necesiten en casa. Mis hermanas están casadas y mi madre está bien, es sombrerera y tiene su propio negocio. Pero tal vez mi padre sí que me necesite.

—Eres un buen hijo, Andrew —dijo Tiffany con una sonrisa—. Si aceptas mis condiciones, recoge tus cosas y reúnete conmigo en el restaurante a la hora de comer. Es mi última parada antes de volver al rancho.

Andrew sonrió feliz y salió de allí tan deprisa que Tiffany estuvo a punto de reírse. Se volvió a reunir con Anna en el salón para contarle de su éxito. Aunque, consciente de que Degan podía empezar a aporrear la puerta en cualquier momento, invitó a su doncella a comer.

Anna rehusó.

—Agnes ya me ha invitado a comer con ella. Además, ¿está segura de que quiere que sus patrones me hagan preguntas durante la comida?

—Claro que no —respondió Tiffany con una mueca de espanto—. Bien, ya nos veremos dentro de unos días cuando venga a recoger mi ropa.

—No hacen falta muecas ni quejas. Puede poner fin a esta farsa cuando usted quiera.

Tiffany salió de la casa enfurruñada. En la calle, no era Degan quien estaba sentado en los escalones del porche esperándola, sino Hunter.

20

—¿El señor Grant ha vuelto al rancho? —preguntó Tiffany cuando Hunter se levantó.

—No; tenía algunos encargos que hacer, y como ya ha perdido la mitad del día con los tuyos, le he dicho que adelante. Se reunirá con nosotros en el restaurante. Por lo que tengo entendido, sigues decidida a comer ahí.

Su tono parecía apesadumbrado, pero ella se sentía exultante por su logro.

—He contratado a un chico llamado Andrew Buffalo para que me ayude en la cocina. Tal vez le hayas visto salir de aquí corriendo.

—Sí, casi ha tropezado conmigo. Pero ¿qué significa que lo has contratado? No creía que encontrases a nadie, pero puesto que lo has logrado, deberías decírselo a mi padre para que decida si lo contrata.

—No estaba pidiendo permiso. Si no le paga tu padre, lo haré yo. Vuestro anterior cocinero tenía un ayudante, así que se lo recordaré, no temas.

Como básicamente le estaba llevando la contraria, lo último que imaginaba Tiffany era oír una risotada.

—Eres condenadamente mandona para ser una empleada —dijo él con una sonrisa cautivadora.

—Por suerte, no trabajo para ti sino para tu padre.

—¿Hay alguna diferencia? Por aquí, un Callahan es un Callahan.

—De donde yo vengo, un ama de llaves no es una cocinera.

—Sí, pero me gusta la idea de que trabajes para mí. —Y volvió a reír.

¿Por qué le hacía tanta gracia aquella observación? ¿O es que no hablaban de lo mismo? De repente no entendía nada, así que se dirigió hacia el restaurante y la que esperaba que no fuera su única buena comida durante los dos meses siguientes.

—Y dices que se llama Buffalo, ¿eh? —dijo Hunter mientras volvían al entarimado de la calle principal—. Ya sabes que es un nombre falso, ¿no?

—¿Ah, sí? ¿Y eso importa?

—No, a menos que sea un fugitivo de la ley.

—No seas ridículo. Solo es un muchacho.

—¿Y? Los he visto más jóvenes que él en tiroteos. Te sorprendería cuántos chicos vienen al Oeste en busca de emociones y, cuando no las encuentran, las crean ellos mismos. Aunque solo los que se meten en líos suelen cambiarse el nombre.

—Si fuera un forajido, probablemente estaría bien alimentado, ¿no crees?

—No necesariamente.

—La señora Martin responde por él —aseguró ella.

—¿Agnes? Vaya, ¿por qué no has empezado por ahí? Confío en su criterio.

Su aprobación llegaba demasiado tarde. Tanto si lo había hecho adrede como si no, Hunter le había estropeado su buen humor por haber contratado a Andrew, y ahora estaba enfadada con él. De modo que cuando él trató de tomarla del brazo para cruzar la calle, ella siguió andando por el entablado. Todavía faltaba una manzana para el restaurante y acababa de pasar un jinete levantando polvo, de modo que Tiffany no iba a cruzar todavía la calle. Y se estaban acercando a uno de los salones del pueblo, ante cuyas puertas holgazaneaban algunos hombres. Mineros, por su aspecto. Acababan de pasar junto a otros dos hombres fornidos apoyados en el escaparate de una tienda que le recordaron a los mineros que había visto anteriormente tratando de provocar a Hunter con sus miradas. Podrían ser incluso los mismos...

Oyó un suspiro de exasperación de Hunter.

—No he matado a nadie últimamente. Supongo que ya me va tocando.

Tiffany dio media vuelta, aunque seguro que Hunter estaba bromeando. ¡Tenía que estarlo! De todos modos, se mostró precavida.

—Crucemos la calle.

—¿Seguro que no prefieres que vayamos directos a meternos en problemas?

Entonces Tiffany vio que sonreía. Le habría atizado por asustarla de aquella manera.

—Me alegro de ver que todavía sigue en el pueblo, señor Callahan. ¿Podrá concederme unos minutos de su tiempo?

Ambos se volvieron y vieron a un hombre de mediana edad que se les había acercado por detrás. Su sombrero de copa de ala delgada y su caro atuendo formal parecían más propios de ciudad. Vestido con elegantes ropas a la moda del Este, desentonaba tanto como Tiffany. Entonces pensó si no sería el ejecutivo de las minas que había conocido Anna.

—No creo —respondió Hunter secamente. Era evidente que lo conocía y no le caía bien. Los dos mineros fornidos que estaban apoyados en el escaparate se acercaron y se quedaron a pocos pasos detrás del hombre bien vestido—. Si tiene algo que decir, ya sabe dónde encontrar a mi padre.

—Su padre no ha sido muy razonable. Siendo su hijo mayor, su opinión podría persuadirlo.

—¿Qué le hace pensar que mi opinión no es la misma? Sus fundiciones están escupiendo una cantidad de hollín insoportable. No hay manera de impedir que se asiente en los pastizales.

—Los pastos son vastos, ciertamente no los necesitan todos. Les estamos ofreciendo una fortuna por ceder en este punto.

—Nuestra respuesta no cambiará, Harris. ¿Por qué no dejan de perder dinero y se van a otra parte?

—Podríamos hacerle la misma pregunta.

El tipo ya no parecía tan afable cuando se giró y se alejó. ¿Ejecutivo? Más bien un matón a sueldo del propietario de la mina. Pero en cuanto se marchó, los dos que habían estado escuchando la conversación dieron un paso hacia Hunter. El más alto de los dos incluso trató de empujarlo.

Hunter le apartó la mano con brusquedad. Sin quitarle los ojos de encima, le dijo a Tiffany:

—Entra en el restaurante mientras yo me ocupo de esto. No tardaré mucho.

Tiffany bajó a la calzada para quitarse de en medio, aunque no se alejó demasiado. Hunter tal vez confiaba en repeler la agresión, pero ella no estaba tan segura, sobre todo porque había más mineros en el salón calle abajo y dos de ellos, a todas luces borrachos, se acercaban para ver qué pasaba.

—Estás cometiendo un grave error, muchacho —dijo el minero más bajo—. Gracias a tu familia no tenemos trabajo.

—Entonces, ¿por qué no os habéis ido del pueblo?

—Nos han dicho que nos quedemos, que va a...

—Cierra el pico, Earl —lo interrumpió el otro, y se dirigió a Hunter—: Tenemos un mensaje para tu padre. Aunque no para que se lo lleves tú —añadió con una risita—. Ya lo entenderá cuando te lleven a casa.

Tiffany hizo una mueca de dolor al ver doblarse a Hunter. Había parado el primer puñetazo, pero luego los dos hombres le golpearon a la vez. ¿Qué había sido de los mineros que solo provocaban pero no empezaban la pelea, como había dicho Degan? ¿Tal vez era que los testigos agrupados en el porche del salón declararían que había empezado Hunter? ¿Olvidaban que ella podía testificar lo contrario? ¿O no les importaba? Pero que Hunter tuviera que pelear con dos hombres a la vez era injusto. Su mano apretó un poco más el parasol, no estaba segura de con qué propósito, pero no iba a permitir que aquel par de brutos le hicieran daño. ¿Dónde estaba el sheriff?

Tiffany aguantó la respiración, aunque respiró cuando vio lo rápido que era Hunter. De un puntapié hizo retroceder a uno de los agresores, lo que le dio margen para encargarse del tal Earl, al que rápidamente propinó varios puñetazos en la cara y el estómago, seguidos de un gancho que lo mandó al suelo. Hunter se volvió hacia el otro hombre. Pero entonces Earl volvió a ponerse en pie y arremetió furiosamente. Tiffany sofocó un grito. ¡Si tumbaban a Hunter, difícilmente volvería a levantarse! Pero Hunter empujó al otro contra Earl, de modo que ambos fueron al suelo. A continuación Hunter logró que retrocedieran tambaleándose y uno volviera a caerse. ¡Parecía como si realmente fuera a derrotarlos!

Entonces, Tiffany vio un destello sobre metal. Uno de los borrachos había sacado una pistola pequeña del bolsillo y apuntaba a la espalda de Hunter.

—¡Hunter, detrás de ti! —gritó al mismo tiempo que le lanzaba el parasol al hombre. No le alcanzó, pero Hunter se lanzó al suelo y desenfundó su revólver incluso antes de mirar atrás. Casi al mismo instante disparó. La pistola cayó al suelo y el hombre gritó agarrándose el brazo, que se iba tiñendo de sangre. O bien Hunter había errado el tiro o bien había sido muy preciso y solo había querido desarmarlo.

—Yo no lo haría —le advirtió Hunter al otro borracho, que se había agachado para recoger la pistola del suelo.

El minero levantó las manos y retrocedió. De un brinco, Hunter se puso en pie apuntando a los dos hombres que lo habían atacado, que empezaron a recular, pero no llegaron demasiado lejos pues en ese momento apareció el sheriff. Hunter habló con él antes de recoger el parasol de Tiffany y reunirse con ella en el centro de la calle. Tiffany observó al sheriff, que se limitó a llevarse al hombre herido.

—¿Por qué no los arresta a todos? —quiso saber.

—Porque los calabozos ya están repletos y hoy no me apetece presentar una denuncia.

—¿Por qué no? —inquirió indignada—. Eran dos contra uno y además han empezado ellos.

—¿Has temido por mí? —preguntó Hunter sonriente.

—Por supuesto que no —negó ella con gesto altivo.

—Bueno, gracias por advertirme, Jenny. Estas pistolas Deringer, por muy pequeñas que sean, pueden matar. —Hunter le devolvió el parasol—. ¿En serio le has tirado esto a un tipo que empuñaba una pistola?

¡Un instante de locura por su parte! Pero ¿así era Hunter cuando no estaba allí Degan para advertirle que se anduviese con ojo? ¿Dispuesto a enfrentar cualquier desafío? La exasperaba que no hubiera desenfundado su revólver antes para hacer desistir a los mineros, antes de que el borracho sacara la pistola. ¿Todo había sido preparado por el señor Harris? Empezaba a pensar que los Callahan tenían más motivos de preocupación que su familia...

21

—¿Me has enviado a hacer recados para que pudieran dispararte? —dijo Degan fríamente cuando llegó junto a ellos.

—¿Cómo lo has adivinado? —bromeó Hunter.

A Degan aquello le divirtió tan poco como a Tiffany, a la que le preguntó:

—¿Ya está lista para volver a casa?

A su casa de verdad seguro que sí, pero todavía le quedaban cincuenta y nueve días en aquel purgatorio. Un día de lo más normal en Nashart, imaginó. Para ellos. Si tenía alguna intención de quedarse, tal vez debería tratar de acostumbrarse. Por su parte, aquellos hombres parecían indiferentes respecto a la pelea que acababa de presenciar.

—Todavía no quiero marcharme —dijo con firmeza—. Voy a fingir que esto es un pueblo civilizado y comeré en el restaurante. —Y dirigiéndose a Hunter añadió—: Si me dices que no es seguro, entonces me iré a la estación de tren y compraré un billete para casa. ¿Es seguro?

—Sí, por ahora. Pero haznos a todos un favor y no vuelvas a pedirnos que vengamos al pueblo un sábado.

—De eso ya me he dado cuenta. Pero tu respuesta no ha sido nada reconfortante —dijo, y se encaminó hacia el restaurante. Hunter caminó a su lado.

—No permitiré que te pase nada, Pelirroja, descuida.

Tiffany percibió un deseo sincero de protegerla. ¿Sería Hunter caballeroso por naturaleza? Eso habría sido reconfortante si Tiffany hubiera tenido intención de casarse con él. Así que, además de su simpatía, su increíble atractivo, su valentía, de la que acababa de demostrar, ¿también tenía esa otra buena cualidad? Tiffany había tenido la esperanza de que mediante su farsa descubriría más malas cualidades que buenas, aparte de su intento de seducción de la supuesta Jennifer, aunque eso todavía estaba por demostrar.

Andrew Buffalo estaba esperándola a las puertas del restaurante Sal's. Ella le presentó a sus escoltas. El muchacho estaba tan contento de haber conseguido un trabajo de verdad que ni siquiera receló de Degan. Tiffany había temido que el restaurante resultara demasiado rústico para sus gustos, pero la sorprendió agradablemente la decoración interior. Manteles blancos bordados y ramilletes de margaritas en cada mesa —aunque puestos en tarros en vez de jarrones—. El comedor estaba abarrotado, aunque por supuesto era la hora de comer y solo había diez mesas.

Les indicaron la única que quedaba vacía. A Hunter lo pararon varias veces de camino a la mesa, conocidos que le preguntaban por su madre. Tal vez habría presentado a Tiffany si se hubiera parado con él. Aunque, por supuesto, también era posible que no la hubiera presentado porque solo era una criada del rancho. No les habría presentado a una criada a los amigos de su madre, así que Jennifer lo habría entendido aunque Tiffany pudiera enfurruñarse un poco. Pero Degan tampoco le dio la oportunidad de descubrir qué parte de ella habría reaccionado porque la condujo directamente a la mesa. Tenía que dominar mejor el papel que interpretaba. Se estaba comportando y opinando demasiado impulsivamente como ella misma, no como el ama de llaves.

Aunque algunas reacciones eran ciertamente incontrolables. La suya respecto a Hunter cuando se sentó a la mesa fue una de esas. Fue con diferencia una de las comidas en que más incómoda se había sentido en su vida, cuando no tendría que haberlo sido. Hunter interrogó a Andrew mientras comían. Era de esperar y no podía ponerle ningún pero, ya que Andrew viviría en su rancho. Y al menos Hunter lo hizo de un modo amistoso. Tiffany solo escuchaba a medias.

Se había esforzado todo lo posible durante el día por ignorar lo apuesto que era Hunter. Resultaba fácil cuando no lo miraba directamente, pero en el restaurante, sentada frente a él, dejó de ser fácil. Y sabía por qué. Porque él la miraba incluso mientras hablaba con Andrew. La ponía nerviosa y la hacía ruborizarse. Y pese a que habría querido decirle que dejara de mirarla, no quería que él supiera cuánto la fastidiaba.

Como había descubierto recientemente, cuando se ponía nerviosa parloteaba demasiado. Aprovechó una breve pausa en la «entrevista» para intervenir:

—La primera vez que observé el cartel del restaurante pensé que Sal sería el diminutivo de Sally, pero Degan me comentó que aquí solo trabajan hombres.

—Tienes razón con lo del nombre —dijo Hunter, y viendo los ojos como platos de Tiffany se rio—. No, el dueño no se llama Sally. Sally era su mujer. Tom le puso el nombre en su honor y no lo cambió cuando ella murió. Todo el pueblo lloró su pérdida, porque Sally era una mujer maravillosa. Temíamos que Tom hiciera las maletas y se volviera al Este, pero Sarah Wilson se ofreció para ayudar. Sarah va soltando críos como quien escupe tabaco, así que tenía leche para amamantar al recién nacido de Tom.

—Hasta yo me estoy perdiendo —intervino Degan—, así que no puedo imaginar qué confusión tendrá la señorita Fleming.

—Perdona —dijo Hunter, mirando nuevamente a Tiffany—. Sally murió de parto cuando llevaban dos años aquí.

—¿No hay médico en Nashart? —preguntó Tiffany.

—Sí, pero es el único médico en muchas millas a la redonda. A menudo lo llaman de otros pueblos cercanos, así que no siempre está a mano para emergencias como una complicación en un parto, que fue lo que le ocurrió a Sally.

Tiffany se dio cuenta de que acababa de enterarse de otro peligro del Oeste, para las mujeres en concreto. ¿Su madre había tenido ayuda en los partos de sus cuatro hijos? ¡Qué valiente había sido Rose, aun sabiendo que tal vez tendría que afrontar sola los alumbramientos!

Hunter tenía razón, era una historia triste, así que Tiffany trató de cambiar de tema.

—Y esa Sarah Wilson, ¿cuántos hijos tiene para que lo hayas descrito de una manera tan... original? ¿Cinco? ¿Seis?

—Doce, la última vez que los conté.

—¿Y todavía no le ha disparado a su marido?

Hunter soltó una carcajada. Tiffany también estuvo a punto de reírse, pero no era ninguna broma. ¡Pobre mujer!

—¿No te gustan los niños? —preguntó él por curiosidad.

—Pues... en realidad no lo sé. No he tenido la ocasión de estar con niños a menudo.

—¿Cuántos esperas tener algún día?

—Bastantes menos.

—Seguro que tendrás unos niños preciosos —dijo Hunter con una mirada de admiración antes de inclinarse para susurrarle—: ¿Quieres fabricar alguno pronto?

Tiffany reprimió un grito y él se rio.

—Deberías tener más sentido del humor, Pelirroja. Te tomas las cosas demasiado en serio, incluso para ser del Este.

—Normalmente me tomo las cosas demasiado en serio. De hecho tengo un temperamento amable y tranquilo.

—¿Y dónde lo escondes?

Tiffany se sonrojó. Probablemente volvía a burlarse de ella, aunque tal vez esta vez no. Aunque claro, tampoco podía contarle exactamente el dilema en que se había convertido su vida... cuando él era la causa. Rápidamente volvió a cambiar de tema.

—Bueno, me alegro de que Tom decidiera quedarse y criar aquí a su hijo. Este plato de pollo está exquisito.

Lo estaba, principalmente por su cremosa salsa. Si no hubiera tenido una mala experiencia con el panadero del pueblo, tal vez le habría pedido a Tom la receta. Pero fijándose en el restaurante, observando a Tom yendo de una mesa a otra, aceptando cumplidos sobre la comida y propinas de los satisfechos comensales, comprendió demasiado tarde que un panadero o un cocinero jamás compartían sus recetas porque eran su fuente de ingresos. Los tres hombres habían pedido carne de vaca, aunque el filete de Degan iba acompañado de una salsa oscura. Tuvo la sensación de que estaba tan acostumbrado a los manjares refinados como ella. Al pensarlo le entraron ganas de llorar, porque no se creía capaz de poder cocinar jamás nada tan delicioso como aquello.

Hunter pareció leerle el pensamiento.

—No te preocupes, no esperamos que empieces con algo tan bueno como esto. Primero tienes que cogerle el truco.

Tiffany sonrió levemente, aliviada Pero entonces él añadió:

—Tom es de Chicago. ¿No te hace sentir nostalgia su comida?

¡Sí! Había sentido nostalgia desde el momento mismo en que salió de Nueva York. Pero no se lo dijo, sino que le preguntó:

—¿Y por qué se marchó Tom de Chicago y viajó tan al oeste para abrir un restaurante?

Hunter se encogió de hombros.

—El dinero, o la falta de dinero, trae a mucha gente aquí. Tom no podía permitirse abrir un restaurante en el Este. Aquí no le costaba prácticamente nada; en realidad, solo los materiales de construcción, e incluso la mitad se los regalaron. La gente del pueblo se alegró tanto de tener un restaurante que todo el mundo echó una mano y el local estuvo construido en un par de días.

Ya casi habían terminado. Si se hubieran levantado unos instantes antes, se habrían topado con el desastre en la puerta, porque lo peor que podía pasar, pasó: uno de sus hermanos entró en el local. Tiffany se quedó paralizada por la indecisión. Debería salir corriendo de allí, pero no tenía ninguna excusa para hacerlo. Se suponía que no tenía por qué saber que era Sam Warren quien estaba junto a la puerta con dos jóvenes. También podía estar equivocada. Hacía seis años que no veía a su hermano mayor...

Pero no; supo que era Sam. Ahora tenía la cara más masculina, incluso lucía bigote, pero era su hermano: el pelo rubio, los ojos verdes. ¡Santo cielo, tuvo tantas ganas de abrazarlo que casi se le llenaron los ojos de lágrimas!

Degan le dijo a Hunter:

—Yo lo distraeré mientras la sacas de aquí por la puerta trasera.

De modo que no era la única que se había dado cuenta de que un Warren había entrado en el restaurante. Hunter se levantó al mismo tiempo que Degan y rodeó la mesa para tomarla del brazo y decirle en voz baja:

—No te asustes, pero acaba de entrar un Warren. Papá quiere que lo sepan. A fin de cuentas, ese era el propósito de que trabajaras para nosotros. Pero papá quiere saborear esta victoria, así que preferimos que no lo sepan tan pronto.

—Yo preferiría que eso no ocurriera jamás —respondió ella también susurrando—. Me sentiría fatal si tuviera que explicarles mi decisión en persona.

Hunter le pasó el brazo por los hombros y se arrimó a ella para ocultarla de la vista de Sam. Ella no puso objeciones. No quería que la encontrasen. Afortunadamente, salió por la puerta trasera sin oír que nadie la llamaba por su nombre. Por su nombre de verdad.

22

Hunter le dio prisa a Tiffany calle abajo hasta el poste donde Degan había atado los caballos, pero no esperó a que llegasen los demás. Montó en su pinto y le ofreció la mano a la joven para ayudarla a subir. Ella no protestó porque su única idea era huir. Todavía estaba alterada por lo que había estado a punto de suceder. Si Sam la había reconocido, ese mismo día tendría que ver a su padre. Aunque una voz interior la corrigió: «Y reencontrarte con tus hermanos.» ¿Sería suficiente para tolerar a Franklin? No, ni siquiera eso. El dolor que le había causado su padre era demasiado profundo. Tendría que pensar en otro modo de verse con sus hermanos antes de abandonar Montana.

—Tendríamos que hacer esto más a menudo.

Pasaron unos segundos hasta que la observación de Hunter se hizo un hueco entre sus pensamientos. ¿Se refería a que ella iba prácticamente sentada en su regazo? ¡Dios santo! ¿Por qué estaba de aquella manera?

—¡Espera! Creía que me llevabas al establo del pueblo y que yo alquilaría un caballo para volver a casa.

—Ya estás volviendo a casa.

—Pero esto es muy indecoroso.

—¿Que te lleve a casa es indecoroso? Mira que dices tonterías, Pelirroja.

Tiffany apretó los dientes. Ya habían salido del pueblo, así que no le sorprendió que le dijera eso. No obstante, él tenía que saber a qué se refería. La etiqueta en el Oeste no podía ser tan diferente de las normas del decoro social que le habían enseñado a ella. Y, aún peor, la posición en que la había colocado era demasiado íntima. No la había puesto detrás ni delante, sino que la había sentado de lado justo encima de su regazo, de modo que no podía dejar de ver que él la miraba fijamente. Y sonreía.

Parecía bastante satisfecho de sí mismo, el muy sinvergüenza, aunque ella se sintiera claramente incómoda. Tiffany apartó la cabeza y miró al camino. La larga crin del pinto ondeaba entre los dedos de su mano. Era un animal hermoso y se le ocurrió tener uno igual. Antes de abandonar el territorio, se compraría uno para enviarlo a casa. Sería la envidia de todas sus amistades cuando cabalgasen por Central Park. La mayoría de sus amistades no sabían nada de su dilema. Le había dado vergüenza decirles adónde iba. Se habrían escandalizado.

Vaya, por el amor de Dios, ahora no podía pensar en su casa, o en haber visto a Sam, porque se echaría a llorar, y no podía permitir que la proximidad de Hunter la aturullase. Tenía que concentrarse en ser Jennifer, el ama de llaves, y entablar una conversación normal. Eso la calmaría.

—Es un caballo muy bonito —dijo manteniendo la mirada apartada de él.

El resoplido de Hunter hizo que volviera a mirarlo. Con una mueca, le dijo al caballo:

—No la escuches, *Manchas*, no te acaba de llamar bonito. —Luego se inclinó hacia ella y susurró—: No vuelvas a insultarlo, es rematadamente susceptible.

Tiffany no se creyó ni media palabra, pero no pudo evitar reírse. Hasta que se dio cuenta de que Hunter simplemente había buscado una excusa para acercar su rostro al de ella. Con aquellos ojos azules tan cerca, Tiffany dejó de respirar. Si la besaba... Dios santo, si la besaba no sabía qué haría.

—Me gusta cabalgar —soltó—, pero me gusta llevar yo misma las riendas. Deberías haberme llevado al establo del pueblo para alquilar una montura para mí misma.

Hunter se echó atrás, el momento en que podría haberla besado se había esfumado. Ya podía volver a respirar. Debería haberse sentido aliviada, pero se sintió decepcionada. ¿Qué le pasaba? Sería mejor para ella no saber cómo era que la besara Hunter Callahan.

Él seguía mirándola.

—Jamás te habría tomado por una amazona. Creía que la gente de la ciudad solo viajabais en carruajes.

Por fin un tema que le permitiría a Tiffany recuperar la compostura.

—Qué va. Yo vivía cerca de un gran parque, posiblemente el mayor del mundo. Y me enseñaron a montar siendo muy joven. ¿Tú no me prestarías a *Manchas* algún día?

Hunter negó con la cabeza.

—Los hombres creamos lazos afectivos con nuestro caballo, es como si fuera de la familia.

Tiffany soltó una carcajada, pero se detuvo al darse cuenta de que tal vez hablaba en serio.

—Tienes una risa preciosa, Jenny. ¿Cómo es que no la oigo más a menudo?

Como Tiffany se hallaba en un estado de agitación, ansiedad y preocupación permanentes, el hombre al que había venido a desdeñar estaba resultándole simpático y agradable. Ocasionalmente. Cuando no lo encontraba seduciendo a mujeres, incluida ella misma. Aunque por supuesto no podía decirle nada de eso. Así que respondió remilgadamente:

—Un ama de llaves debe mostrarse reservada en todo momento.

—Pues se acabó —replicó Hunter con una risita—. Eso podría ser en esas casas elegantes donde trabajabas en el Este, pero ahora estás en Montana.

¿Era necesario remarcarlo continuamente? Tiffany volvió al tema que la había calmado y la estúpida —o no— observación de Hunter sobre su caballo y le preguntó:

—¿Bromeabas acerca de *Manchas*? Yo solo he tenido dos caballos y a ninguno de los dos lo consideré mi mascota.

—Los caballos no son baratos —dijo Hunter—. ¿Cómo los pudiste pagar?

Tiffany se gruñó a sí misma, pero pergeñó rápidamente una excusa razonable.

—Un buen amigo de mi padre era criador de caballos. El hombre para el que trabajaba tenía bastante mal carácter, y cualquier caballo que no cumpliera sus expectativas lo mandaba sacrificar. A nuestro amigo eso no le gustaba y siempre que podía los daba en vez de matarlos.

—Ay, la gente del Este —dijo Hunter con cierto desdén—. Aquí simplemente los liberamos. En el rancho tenemos algunos caballos de sobra. Puedes montar alguno si quieres. Avísame cuando te apetezca y te llevaré a dar una vuelta.

—Preferiría no tener que verme limitada a tu horario —replicó Tiffany con ceño—. Me gustaría poder salir a cabalgar cuando me apetezca, y sola.

—¿Sabes manejar una pistola?

—No.

—¿Y una escopeta?

—Menos.

—Entonces no saldrás a montar sola.

Tiffany habría discutido si el tono de Hunter no le hubiera indicado que no serviría de nada. Tal vez podría aprender a manejar un arma. No, ¿por qué tomarse la molestia si tampoco estaría allí tanto tiempo?

—Si tenéis monturas de sobra —se le ocurrió entonces—, ¿por qué no has traído hoy una para mí?

Hunter se rio.

—¿Y perderme el llevarte sentada en mi regazo? Eso ni hablar.

¿O sea que lo había planificado todo? Hunter no dejaba de sonreír, felicitándose por haber organizado aquel tinglado. ¿Por qué? ¿Era así con todas las mujeres jóvenes que se cruzaban en su camino? Más exactamente, ¿se estaba divirtiendo con un flirteo pícaro o realmente intentaba seducirla? A seducir a Jennifer, se corrigió. Debería averiguarlo, aunque ¿cómo, si no dejaba de mostrarse ofendida por su modo de hacerse el simpático? Podría ser más agradable con él, imaginó, tal vez incluso seguirle la corriente con el flirteo para ver qué pretendía. No, aquello equivaldría a tentarlo para que fuera infiel. No podría utilizarlo contra él con la conciencia tranquila para librarse de aquel matrimonio concertado si era ella quien lo provocaba. Tenía que ser idea de Hunter para que sirviera como una prueba de su talante mujeriego para presentarle a su madre.

Ensimismada en sus pensamientos, no se daba cuenta de que estaba mirando ausente, aunque de manera fija a Hunter, lo suficiente como para hacerle pensar que no rechazaría una insinuación por su parte, ya que él se iba inclinando lentamente hacia ella. Tiffany sintió mariposas en el estómago y se quedó sin respiración. No podía evitarlo, ni siquiera podía moverse. Inhaló su aroma masculino, una mezcla de cuero, pinos y algo que no logró identificar. Pero le gustaba y se preguntó a qué sabría. Su mundo cambiaría drásticamente si dejaba que la besara, porque a ella tal vez le gustaría. A él sin duda le gustaría... y querría más. Para él sería más de lo mismo, un par de seducciones al día. Y probablemente no exageraba con el número, ya que aún recordaba el brazo de Pearl apoyado en su hombro en el pueblo...

Aquel recuerdo la sacó del alarmante estado hipnótico en que peligraba caer.

—¡Para!

La idea de Tiffany era que parase en su intención de besarla, aunque él entendió que parase el caballo. Y *Manchas* se paró. Tiffany estaba demasiado rendida para recriminarle que hubiera tratado de besarla. Miró alrededor y vio que estaban cerca del lago y no demasiado lejos de la casa abandonada.

Tras respirar hondo para calmarse, dijo:

—Ayer divisé esa casa. ¿Puedo verla más de cerca?

—Jenny...

Él no dijo nada más, pero ella sabía que todavía pensaba en besarla. Ahora que había recobrado la compostura, tenía que cortarlo en seco.

—No menciones lo que no debería haber ocurrido, y procura que jamás se repita. Puede que trabaje para tu familia, pero eso no significa que puedas aprovecharte de mí.

—Jamás lo haría.

Ella se había ido encendiendo a medida que hablaba y ahora parecía no poder poner fin a su regañina.

—Y no te preocupes por mi curiosidad por la casa. Llévame de vuelta al rancho. Tú y yo no deberíamos volver a vernos más así, a solas. Es más que inadecuado y supongo que ahora sabes por qué. ¡Te da una idea equivocada!

—Debe de ser por el pelo rojo —masculló él, dejándola deslizar por su regazo hasta el suelo antes de desmontar también—. Vamos.

Con las riendas todavía asidas con una mano, con la otra tomó su mano y la llevó a través de los árboles hacia el agua y el edificio que había dejado de construirse. Tiffany trató de desasirse. Dos veces.

Hunter comprendió que todavía estaba molesta.

—No hace falta montar tanto jaleo por un beso inofensivo... que ni siquiera se ha producido.

¿Así lo veía él? ¿Inofensivo? ¿Sin significado? Tal vez había reaccionado desproporcionadamente. Tenía que ir con cuidado respecto a cómo trataba a aquel hombre. Tener presente que quien era ella realmente tenía que cambiar por quien él creía que era, tenía que hacer malabarismos con las dos personalidades para no perder el trabajo... o a un posible aliado. Porque se le ocurrió que si Hunter Callahan era tan despreocupado y generoso con su cariño, precisamente él podría ayudarla a evitar aquella boda.

Llegaron a la casa, o mejor dicho, al armazón. Su disposición indicaba que iba a ser mucho mayor de lo que parecía desde la distancia. Tiffany quería aprovechar para preguntarle sobre su compromiso y qué pensaba de él, ya que Degan se lo había mencionado, que era el motivo por el que había pedido ver aquella casa. Hablar de la casa y de para quién era sería una oportunidad perfecta para hacerle hablar de su promesa de matrimonio sin que su propia rabia se interpusiera. Aunque si no lograba calmarse, tal vez lo estropearía todo. No, con ira o sin, tenía que averiguar qué pensaba él del asunto.

—Por lo que me han dicho, esta casa se está construyendo para ti y tu prometida. Ese es otro motivo por el que no quiero que trates de besarme.

Hunter le soltó la mano y le lanzó una mirada cortante.

—¿Y quién te lo ha dicho?

—Degan lo mencionó cuando esta mañana, en el pueblo, le pregunté sobre la enemistad entre las familias. ¿Es cierto, entonces? ¿Estás prometido a una Warren?

—¿Y qué? ¿Se supone que tengo que dejar de vivir mientras espero a que aparezca esa mujer? Jamás la he visto, Pelirroja. No hay cariño.

—Pero vas a casarte con ella.

—Eso ya se verá. Mi padre espera que me guste, pero no podrá obligarme a casarme si ella no me gusta.

—Suena como si siempre hubieras sabido que al final la elección sería tuya. ¿Y entonces? Debe de ser horrible saber que todo el mundo espera que haya boda, ¿no?

—Exacto... —espetó él—. ¡Y lo que puedo asegurarte es que no haré ver que estoy casado antes de estarlo!

Su actitud la asombró. Eso sí que no se lo esperaba. Hablaba de la inminente boda como si fuera una soga al cuello.

Hunter debió de darse cuenta de lo sorprendida que estaba, pues prosiguió en un tono más calmado.

—He tenido esta carga toda mi vida. El día que comencé a fijarme en las chicas, mi padre me llevó aparte y me dijo: «Puedes tocar, pero no te comprometas, ya hemos elegido a una esposa para ti.» ¡Qué diablos! ¡Estamos en el siglo diecinueve! ¿Quién demonios puede mantenerse fiel a una esposa que le han elegido, hoy en día? ¿Y por qué? Porque dos hombres no son capaces de sentarse y decir: «Esta no es nuestra guerra, ¿por qué rayos seguimos disparándonos?» ¿Y ahora por qué sonríes? ¿Te parece divertido?

A Tiffany le sorprendió no estar riendo, porque lo que Hunter acababa de decir era el eco de sus propios pensamientos, aunque no podía revelarlo.

—En absoluto. Solo que me preguntaba si tu prometida lo ve igual que tú.

—Siempre queda la esperanza —murmuró Hunter.

—Pero ¿nunca se te ha ocurrido?

—Pues no, la verdad. Siempre he imaginado que haría lo que le mandasen.

—Tal vez lo has imaginado mal —le espetó Tiffany y empezó a volverle la espalda.

Hunter la detuvo.

—¿Por qué tienes prisa? ¿De verdad crees que no voy a gustarle?

—Si se parece en algo a mí, estará acostumbrada a refinados caballeros de la ciudad, no a vaqueros descarados y presumidos que no saben cuándo parar.

—Presumido con motivo —dijo Hunter con una media sonrisa.

Luego entró en la estructura de la casa y permaneció allí con las manos en las caderas y mirando los cimientos de una vivienda que tal vez jamás se terminaría. Tiffany empezó a seguirlo hasta que vio lo lúgubre que se había vuelto su expresión. Nunca lo había visto así. Enfadado. Muy enfadado. No con ella... bueno, en realidad, tal vez con la auténtica Tiffany. Tal vez aquel no había sido el lugar adecuado para sacar a colación el compromiso, ya que la casa era un flagrante recordatorio del mismo.

Aquella idea se reforzó cuando Hunter de repente le propinó un puntapié a un poste de una esquina. Hicieron falta dos puntapiés más para partirlo en dos. Se apartó antes de que el armazón que tenía sobre su cabeza comenzase a caer, aunque los clavos evitaron que se derrumbase hasta el suelo. Se quedó allí colgando, deformado. Destrozado.

—¿Por qué has hecho eso? —preguntó Tiffany, incrédula.

—Porque esta maldita casa jamás debería haberse empezado cuando tal vez nadie vaya a vivir nunca en ella. Mi intención era derribarla —afirmó antes de volver a tomarla de la mano—. Vamos, ha sido un error parar aquí. Te llevaré de vuelta al rancho.

Tiffany no puso reparos. Hunter no lo sabía, pero acababa de darle la mejor noticia que había recibido desde su llegada a Montana. Detestaba aquel compromiso tanto como ella. Pero entonces, ¿cómo era que Tiffany no rebosaba de éxtasis? ¿Era tan vanidosa que se sentía molesta porque él no la quería?

23

El humor de Hunter no mejoró en la corta distancia que los separaba del rancho. Tiffany tenía los pies en el suelo delante del porche antes de advertir que el patriarca Callahan estaba allí apoyado en un poste. Mirando una y otra vez de Hunter a Tiffany y viceversa, el hombre no parecía nada contento de que hubieran vuelto cabalgando solos.

—Mi Mary ha estado preguntando por ti, muchacha —le dijo bruscamente a Tiffany—. Sube a conocerla.

—Enseguida.

—Os presentaré —se ofreció Hunter.

—Ya se apañará sola —lo detuvo su padre—. Quiero hablar contigo, chico.

—Volveré enseguida, papá —dijo Hunter, haciendo pasar a Tiffany a la casa y guiándola escaleras arriba.

—¡Espera! —dijo ella cuando él ya estaba a punto de llamar a la puerta de su madre—. Antes tengo que asegurarme de que estoy presentable.

—Estás preciosa —sonrió Hunter—. Tranquila, no te morderá.

—Ya sé que no, pero las primeras impresiones...

Hunter le levantó la barbilla para examinar su rostro, luego fingió que le limpiaba restos de polvo de las mejillas. Tiffany sabía que estaba fingiendo porque lo hacía demasiado lenta y suavemente, rodeando prácticamente sus mejillas con las manos, acariciándola con los dedos más que limpiándola. Sintió una oleada de calor en todo el cuerpo. Atrapada por aquellos ojos tan intensos, Tiffany tomó una bocanada de aire.

Oyó que Hunter gruñía mientras apartaba sus manos de ella. Se volvió y abrió la puerta del dormitorio de sus padres, murmurando:

—Créeme la próxima vez que te diga que tienes buen aspecto.

¡Eso no era lo que había dicho! La había desconcertado diciéndole que estaba preciosa. Y de golpe, la estaba escoltando al dormitorio grande de la esquina. Era tan intensa la luz que inundaba la estancia desde las ventanas de las dos paredes que daban al exterior, todas abiertas y con las cortinas corridas, que sus ojos tardaron unos segundos en adaptarse. Era una habitación grande pero abarrotada de muebles. Tiffany estuvo encantada de ver que los tocadores no eran algo ajeno al Oeste. Mary tenía uno con florituras, y también un escritorio y una mesa de comedor pequeña y redonda en la que probablemente su marido y ella compartían comidas durante su convalecencia. La estancia también tenía estanterías llenas de libros, varias sillas de madera y un sillón de aspecto cómodo colocado junto a la cama, sin duda para las visitas de Mary.

La madre de Hunter estaba incorporada en la cama con dosel, con varias almohadas a su espalda. Tenía el cabello castaño trenzado, una trenza a cada lado, y vestía un largo camisón blanco de manga corta. Hacía demasiado calor para estar debajo de la colcha. Mary incluso tenía los pies descalzos. Rose había dicho que Zachary tenía una esposa hermosa. Seguía siendo una mujer atractiva, robusta, para nada delicada, con ojos de un azul vivo. Los ojos de Hunter.

Él se dirigió directamente a la cama y se inclinó para besar a su madre en la mejilla.

—Te he traído a Jenny, mamá. Si parece un poco estirada, recuerda que es del Este.

Lo dijo con su habitual tono burlón, acompañado de una sonrisa, por lo que Tiffany no se sintió ofendida. Mary también sonrió.

—Hala, vete para que podamos conocernos. Conmigo no va a ser tan reservada.

Apenas había salido por la puerta cuando Mary dijo:

—Ya me han dicho lo que hiciste. —A Tiffany se le paró el corazón hasta que Mary añadió con una sonrisa—: Zach asegura que hiciste un trabajo magnífico adecentando la planta baja. No sabía que estuviera tan mal, aunque podría habérmelo imaginado, con el tiempo que hace que no viene Pearl. La verdad, jamás se me hubiera ocurrido pedir ayuda a los vaqueros. Siéntate y cuéntame cómo lo conseguiste.

Tiffany se asombró de lo rápidamente que se esfumó su nerviosismo gracias a la simpatía y la sonrisa de Mary. Incluso se le escapó una risita antes de confesar:

—No creo que fuera obra mía. Les pregunté a los vaqueros si me ayudarían y casi se rieron, pero entonces Degan Grant se ofreció a ayudar, y de repente todos estaban dispuestos a echar una mano.

—Bueno, eso lo explica. Ese hombre puede ser un gran motivador. Es educado, eso no puedo negarlo, aunque me alegro de que no vayamos a necesitarlo más después de la boda y de que se vaya.

—¿La boda de su hijo?

—Sí. Tú y yo vamos a tener mucho que hacer para arreglar la casa antes de la ceremonia. Esa chica Warren es rica, se ha criado entre lujos. Solo esperamos que no esté tan mimada y malcriada como para no poder adaptarse a este lugar... bueno, eso espero yo. Mis hombres esperan lo peor, aunque nunca han tenido ninguna palabra buena para su familia, así que tampoco se podía esperar otra cosa. Aunque su padre seguro que se muere por volver a verla.

—¿Eso le ha dicho? —preguntó Tiffany procurando no sonar ansiosa.

Mary chasqueó la lengua.

—Hace años que no hablo con él. Lo sé por las chismosas

del pueblo que me visitan de vez en cuando. Se ve que hace meses que no habla de otra cosa.

—¿Y a usted le preocupa causarle buena impresión?

—Pues sí, qué demonios. La trataré con guante de seda. Es mucho lo que depende de esta boda, jovencita. Mucho. Por eso me alegro tanto de que estés aquí para ayudar. Y, ahora dime, ¿cómo es que alguien con tu aspecto todavía no está casada?

Mary Callahan no se andaba con rodeos. De repente Tiffany se sintió incómoda engañando a los Callahan después de oír a la dueña de la casa tan encantada con la boda. Aun así, repitió nuevamente la historia de Jennifer, aunque a ella misma ya empezaba a sonarle inconsistente. Incluso se sentía inclinada a aceptar la valoración de Hunter sobre la relación de Jennifer con su prometido. Si realmente se querían, ¿no habrían optado por casarse antes y ahorrar luego para una casa?

Pero Mary la sorprendió con un punto de vista diferente sobre el asunto.

—Recuerdo cómo era en el Este, cómo se podían meditar las cosas hasta el aburrimiento antes de decidirse. El problema era que había demasiadas opciones. Aquí en Montana es lo contrario. No hay suficientes opciones, de modo que un hombre tiene que ser impulsivo cuando ve lo que quiere, o se arriesga a que otro se lo arrebate.

Sonaba como si Mary estuviera describiendo la situación de Franklin Warren. ¿Había consistido en eso la historia de amor de sus padres? ¿En la impulsividad de Frank debida a la escasez de mujeres en el territorio? Una impulsividad que no terminó bien, se recordó. Aunque no hubiera imaginado que Mary Callahan también procedía del Este.

—No sé por qué había dado por hecho que se habría criado usted aquí, como su marido —dijo Tiffany.

—Santo cielo, no, y Zach tampoco nació aquí. En aquellos tiempos por aquí no vivían más que tramperos e indios. El padre de Zachary, Elijah Callahan, era un ranchero de Florida; el mío era un carnicero que hacía negocios con él, y fue así como nos conocimos.

Tiffany estaba sorprendida. ¿Por qué había pensado que aquella gente llevaba mucho más tiempo en Montana? Entonces, ¿la enemistad tampoco era tan antigua?

—¿O sea que se trasladó aquí con su marido?

—Sí, y con mi suegro, con el que vivíamos. Mi suegra acababa de morir. Después de eso, Elijah no tenía ninguna razón para seguir en Florida. Fue el resentimiento con su vecino lo que le llevó realmente a marcharse.

Mary contó esto último casi susurrando, aunque no estaba hablando de los Warren, así que, ¿por qué se mostraba sigilosa, como si fuera un secreto que Tiffany no tuviera que conocer? Ella, no obstante, quería preguntarle por la enemistad actual con los Warren y aquella confesión en cierto modo le daba pie para ello.

—Qué ironía —dijo con cuidado—, porque su hijo Cole me dijo que tampoco se llevan bien con sus vecinos de aquí. Parecería que es una maldición de su familia tener que...

—Oh, es peor que eso —la interrumpió Mary—, aunque confiamos que pronto se acabe. Bueno, yo confío. Zach es más escéptico. Ver es creer, ¿sabes? Pero ¿quién puede culparle cuando fue ella quien nos siguió hasta aquí e infundió su odio al resto de su familia?

—¿Quién es «ella»?

—Mariah Warren. ¿Nadie te ha contado lo de la enemistad?

Tiffany se atragantó.

—Iba a preguntarlo, ya que parece que haya desembarcado en medio de una guerra. ¿Quién es Mariah Warren?

—El auténtico amor de Elijah Callahan. Se llamaba Mariah Evans cuando vivía en Florida. Elijah y Mariah tenían que casarse.

—¿Pero no lo hicieron?

—No, por supuesto que no. —Mary suspiró—. La noche antes de la boda, el mejor amigo de Elijah lo emborrachó y le pareció una broma de lo más graciosa dejarlo en la cama de una furcia para que se despertase allí. Pero Mariah quería hablar con él aquella noche. Hay quien cree que tenía canguelo de casarse, otros piensan que no quería esperar a la luna de miel. Pasó horas en el rancho de Elijah aguardando a que volviera a casa. Finalmente, fue al pueblo para saber qué lo retenía. Cuando entró en su salón favorito a buscarlo, todo el mundo se calló. A punta de mosquete exigió saber dónde estaba Elijah, y alguien le dijo que estaba arriba.

Tiffany sofocó un grito.

—¿Le disparó?

—No aquella noche. Aquella noche se quedó en estado de *shock*. Pero sí que le disparó al día siguiente cuando él fue a explicarse. Mariah no se creyó que no hubiera mantenido relaciones sexuales con la ramera del salón. Quería matarlo, solo que no tenía buena puntería y solo lo dejó con una cojera permanente. Pero la furia de los celos que se apoderó de ella aquella noche ya jamás la abandonó. Una semana después se casó con un antiguo pretendiente, Richard Warren, solo para despechar a Elijah. Entonces Elijah también se puso celoso. Tardó más en encontrar esposa, aunque al final se casó por el mismo motivo, para despechar a Mariah.

—¿Y no podían ambos simplemente hacer borrón y cuenta nueva?

—Sí, claro. Habría sido lo más sensato. Pero el amor que se profesaban era muy intenso. Y por eso se convirtió en un odio muy intenso. Los celos pueden cambiar a la gente si no dejas que se pudran, y los celos de Mariah no se pudrieron durante el resto de su vida.

—¿Y cómo acabaron aquí las dos familias?

—Elijah quería alejarnos tanto de Mariah como fuera posible. El marido de Mariah, Richard Warren, había muerto durante los primeros años de su matrimonio. Le hizo tres hijos, aunque solo Frank llegó a la edad adulta, y lo educó en el odio contra nosotros. Nos siguieron hasta aquí... bueno, ella nos siguió. Para ser justos, Frank no sabía que eso era lo que estaba haciendo su madre. Por aquel entonces ya estaba un poco loca, y tenía que estarlo para venir hasta aquí solo para ajustar cuentas con Elijah.

—¿Una confrontación real? ¿Y cómo terminó?

—Como sería de esperar. No pudieron vivir juntos, pero murieron juntos.

—¿Los indios?

—Santo cielo, no. Los indios de la región no estaban en guerra con los blancos, todavía. En general eran amistosos, de lo contrario jamás hubiéramos podido establecernos aquí, donde lo único que había cerca era un puesto de comercio de pieles.

—Entonces, ¿cómo murieron Elijah y Mariah?

—Se dispararon el uno al otro.

24

La historia de Mariah y Elijah no tenía nada de nuevo para Mary Callahan, pero impresionó profundamente a Tiffany. Le costaba quitársela de la cabeza. «Se dispararon el uno al otro.» Cómo podía alguien enfadarse tanto como para querer disparar... bueno, en realidad era algo que ocurría continuamente. Duelos, guerra, y en el Oeste tiroteos. Pero ¿dejarle ese legado a tus hijos y a los hijos de tus hijos? ¿No era una enorme estupidez? ¿Y ahora se suponía que ella tenía que pagar por la locura de su abuela?

Ahora se sentía mal, porque sonaba como si en definitiva la culpa fuera de su familia. ¿O no lo era? Tiffany solo había oído una parte de la historia de la enemistad, la versión de los Callahan. Aunque para oír la otra parte tendría que acudir a su padre. No, gracias. Aparte, ¿qué más podría añadir? ¿El tal Elijah no fue lo bastante elocuente como para hacer entrar en razón a Mariah? ¿O la tal Mariah ya estaba un poco loca de entrada como para mantener viva su furia durante tantos años?

Tiffany no esperaba que Mary Callahan le cayese bien. No quería decepcionarla confesándole que no sabía cocinar y pidiéndole ayuda, así que decidió intentarlo antes sin ayuda. Pasó el resto de la tarde estudiando su librito de cocina, cosa que no le ocupó mucho tiempo por lo delgado que era, y haciendo una lista de los ingredientes que necesitaría. Revisó a fondo la despensa y descubrió un pozo de hielo justo al lado, abarrotado con grandes bloques de hielo del estanque y cantidades ingentes de carne salada. El hielo todavía no se estaba derritiendo a pesar de estar ya a principios de verano.

No pudo encontrar algunos de los ingredientes citados en el libro de cocina.

—¿Qué ocurre? —le preguntó Andrew cuando entró por la puerta trasera.

Tiffany cayó en la cuenta de que debía estar frunciendo el ceño y levantó el libro de cocina.

—Varias de estas recetas necesitan huevos y no veo ninguno en la despensa.

—Me ha parecido oír gallinas mientras Jakes me ayudaba a instalarme en el barracón de los jornaleros.

—¿En serio? Vayamos a averiguarlo.

Encontraron el gallinero detrás del granero. Contenía una buena cantidad de aves adultas, pero no vieron huevos por ninguna parte. También había docenas de pollitos, algunos encaramados a las tablas donde estaban alineados los nidos, otros picoteando semillas en el suelo. Se quedó fascinada. Nunca antes había visto animales de granja vivos, tampoco muertos y a punto para ser cocinados.

—¡Sal de ahí! —le ladró Jakes, que apareció por la esquina del granero con un cesto en el brazo—. Estas mozas me pertenecen.

—No quería molestarlas —le aseguró al cocinero de campaña con una sonrisa, al mismo tiempo que pensaba: ¡Menudo gruñón!

Jakes llevaba una señora barba, castaña con mechas grises, aunque no era tan viejo, tal vez solo cuarentón. Era delgado, patizambo, bajo y cascarrabias. Pero tal vez podría darle consejos de cocina, así que no quería ponerse a malas con él.

—Solo sentía curiosidad por los huevos —dijo Tiffany.

—Llevo dos docenas a la casa cada día. Si necesitas más, solo tienes que decírmelo. Pero por nada del mundo molestes a mis gallinas. No les gustan los desconocidos. Las alteran. Y luego no ponen.

A ella eso ya le iba bien, porque de todos modos tampoco sabía cómo sacarle un huevo a una gallina.

—¿Y tienen vacas para la leche?

—En el granero hay un par de vacas lecheras. Las gallinas y *Myrtle* son mías, las vacas no, así que podéis apañaros con ellas.

¡Desde luego ella no iba a apañarse!

—¿Andrew?

—Será un placer, señora.

Tiffany le sonrió al muchacho. Bien, ya empezaba a ganarse el sustento, aunque su rápida respuesta la hizo dudar.

—¿Y tú de qué conoces a los animales de granja?

—Mi hermana mayor se casó con un granjero. Yo tuve que pasar un verano con ella en el campo antes de venir al Oeste. Me gustó. Incluso me planteé dedicarme a ser granjero, hasta que tuve la idea de buscar a mi padre. Por eso en vez de ser granjero, ahora estoy aquí.

—Si habéis terminado de admirar a mis mozas, llevaos vuestra cháchara a otra parte —gruñó Jakes.

Tiffany apretó los dientes para no reprenderlo por su grosería.

—¿Y hay más recursos para cocinar?

—En el lago hay peces, pero los ganaderos no pescan. Si quieres pescado, tendréis que pescarlo vosotros mismos como hacía Ed el Viejo.

Aquello sí que sonaba interesante. No le importaría volver a visitar aquel precioso lago, de modo que no delegaría esa tarea en Andrew. Aunque con el pozo de hielo tan bien provisto, de momento todavía no le hacía falta pescar.

Sin embargo, quería asegurarse de no violar los dominios de Jakes, así que dijo:

—¿Ha dicho que *Myrtle* era suya?

—A ella sí que podéis conocerla. Venid, os presentaré.

Tiffany se ruborizó. ¡Lo había entendido mal y pensaba que *Myrtle* era un animal! ¿Así que estaba casado? Su mujer debía de tener alma de santa para soportarlo. Pero eso le hizo preguntarse si alguno de los vaqueros tendría también una esposa. ¿Había otras viviendas en la propiedad para las familias de los empleados?

Jakes no la esperaba, así que tuvo que apresurarse para alcanzarlo. Pero él se detuvo junto a la pocilga, en la parte posterior de uno de los cobertizos.

—*Myrtle* es la cerda —dijo con orgullo—. La gané en una partida de póquer. Me la quedé para deshacerme de los restos de comida. Es mucho mejor que cavar agujeros a diario para enterrarlos, con el riesgo de que además atraigan animales salvajes. La señora Callahan pensó en la manera de darle un uso aún mejor y le compró un macho. Toda esta remesa de lechones sabrá muy bien a finales de año.

¡Ahora Tiffany se sonrojó por haber pensado que *Myrtle* podía ser la esposa de Jakes! Los dos cerdos adultos eran enormes en comparación con los lechoncitos que correteaban por la pocilga. Así que *Myrtle* era una mascota... bueno, tal vez no, ya que Jakes prácticamente se relamía con la idea de zamparse a sus pequeños cuando crecieran. Tiffany trató de no indignarse y se recordó que estaban criando a los cerditos para que terminaran en la mesa del comedor por sugerencia de Mary. Pero ¡es que eran tan monos! Uno había logrado incluso hacerse un hueco por debajo de la tabla inferior de la valla y le estaba olisqueando las botas.

Tiffany prefirió no pensar en que algún día serviría de cena y le dijo a Jakes:

—¿No tendrían que estar mejor encerrados?

—No irán demasiado lejos, y tampoco le damos restos podridos, sino frescos. Puedes cogerlo tú misma y volver a meterlo en la pocilga, si te preocupa.

¿Coger un cerdo? Tiffany miró a Jakes horrorizada.

—No estaba preocupada, y gracias por darme la información que necesitaba.

Se apresuró a volver a la casa con Andrew, que era una caja de sorpresas. No sabía cocinar otra cosa que carne a la brasa, pero sí que sabía cultivar verduras. El huerto detrás de la casa ya estaba totalmente plantado, pero le asignó la tarea de cuidarlo y pensó que tal vez le pediría que le enseñara a llevar un huerto, hasta que le vio hundir las manos en la tierra. Tiffany estaba dispuesta a cocinar la comida, pero no a cultivarla.

Estaba sentada a la mesa leyendo cuando entró Degan por la puerta de atrás de la cocina y dejó un saco grande junto a ella sobre la mesa.

—Empiece con algo sencillo para acompañar esto —le sugirió.

El saco llevaba la palabra HARINA estampada, aunque Tiffany supo por el delicioso aroma lo que contenía y sonrió encantada.

—¡Ha traído pan de la panadería!

—Perdone por el saco, pero la mayoría de la gente que va a la panadería lleva su propio cesto. Espolvoree la harina sobrante de las hogazas.

Estaba tan contenta que incluso le dedicó una sonrisa coqueta.

—¿Esperaba que mi primera comida fuera un fracaso?

—Tampoco habría apostado. Pero sí que hay algo que sé, y es que, si quieres tener pan, tienes que empezar a hacerlo la noche antes de comértelo. Aunque tal vez ya lo haya averiguado con su libro.

Tiffany negó con la cabeza. No lo había averiguado, pero sí que había seleccionado una receta para una comida sencilla para aquella noche: una sopa de pollo —solo tendría que sustituir el pollo por ternera— que combinaría muy bien con el pan que había traído Degan.

Degan continuó hacia el cuarto de baño.

—Voy a limpiarme antes de que aparezcan los hermanos. Esta noche volvemos al pueblo.

Tiffany se sorprendió. Degan le había dicho aquella mañana que los vaqueros bajaban al pueblo para correrse una juerga, pero no se esperaba que los Callahan también lo hicieran. Tal vez solo iría Degan. Así que preguntó:

—¿Quiénes vuelven al pueblo?

Degan se detuvo un instante antes de cerrar la puerta.

—Todos los hombres solteros. Y eso incluye a los hermanos Callahan.

—¿Para correrse una juerga, como decía usted? ¿Qué significa eso exactamente?

—Beber, póquer... —Titubeó y terminó sencillamente con—: Y beber más. Los borrachos tienden a meterse en peleas, y los salones acaban destrozados. La diversión típica y habitual del Oeste.

—¿Y le tocará volver a hacer de niñera? Pues en ese caso vigile mejor a Hunter. Hoy me ha parecido como si esos mineros quisieran matarlo.

—¿Por qué?

—Han dicho que tendrían que llevarlo a casa. Creo que se referían a muerto... como un mensaje para que Callahan se rinda y les dé lo que quieren.

—¿Está segura de que la angustia por lo que presenció no ha desatado su imaginación?

—Usted ha dicho que los mineros no van armados, pero uno de ellos apuntó a Hunter con una pistola. Tal vez no era realmente un minero y solo fingía serlo. Esa sería una manera de librarse de los Callahan, matarlos de uno en uno a base de pistoletazos.

—Una conclusión interesante.

Tiffany tuvo la impresión de que él se habría reído si fuera capaz de algo así. Pero al menos le había manifestado sus temores.

—¿Lo tendrá en cuenta?

—Tengo todas las posibilidades en cuenta, señorita Fleming. Es mi trabajo. Pero le ruego que no permita que Hunter le oiga llamarme niñera. Ya le molesta bastante que lo siga a todas partes.

—Entonces, ¿por qué su padre lo considera tan necesario?

—Porque trata de mantener la paz con los Warren hasta la boda. Y aunque Hunter pueda ser un joven encantador con las mujeres, puede ponerse un poco agresivo cuando se trata de los Warren. Yo lo modero.

—¿Le contiene?

—Mi presencia refrena su mano.

—¿Cómo?

—Me contrataron para proteger a los Callahan. Hunter no

empezará ninguna pelea con los Warren si cree que yo sacaré la pistola y empezaré a dispararles. A Hunter le encanta pelear a puñetazos, pero no está dispuesto a matar a nadie.

—¿Usted les dispararía a los Warren? —preguntó Tiffany, inquieta por sus palabras.

—No se ha dado el caso.

—Pero ¿lo haría?

Degan cerró la puerta en vez de responder. Tiffany rogó que no le hubiera oído repetir la pregunta, no que se hubiera negado a darle una respuesta directa.

Luego estuvo tan ocupada preparando su sopa que ni siquiera se dio cuenta de que Degan había finalizado su baño y se había marchado.

Por suerte, sí que se dio cuenta cuando Hunter apareció para su baño, o de lo contrario tal vez se habría quemado cuando él se apretó contra su espalda y se inclinó sobre su hombro para oler lo que estaba removiendo. Tiffany se puso rígida para apartarlo de ella.

—Huele como que esta noche cenaré en el pueblo —bromeó.

—¿Te arrimabas tanto a tu cocinero anterior?

—No podía inclinarme sobre Ed el Viejo. Era demasiado alto.

—No vuelvas a hacerlo.

—No me quites la excusa para hacer esto —dijo él, impenitente.

«Esto» fue el beso que le dio en un lado del cuello. Luego otro, y un tercero aún más abajo. Tiffany ahogó un grito y trató de ignorar la piel de gallina que se le puso, pero no podía, porque sentía un delicioso cosquilleo en la piel que le bajaba por la espalda. Cerró los ojos, combatiendo aquellas sensaciones tan agradables que se despertaban en su interior y que nunca antes había sentido. Sería tan fácil volverse y... Dios santo, ¿qué? ¿Estrecharlo entre sus brazos? ¿Animarlo a que siguiera? ¿Se había vuelto loca? Aquella no era la manera de tratar con un prometido del que quería librarse.

Así que dio media vuelta blandiendo una cuchara a modo de arma, pero él ya se había apartado con una pícara sonrisa.

—Además —añadió Hunter antes de desaparecer hacia el baño—, ¡hueles mejor tú que lo que hay en la olla!

Tiffany no sonrió, aunque tampoco se enfadó. Se limitó a coger su libro y salir de la cocina hacia el porche, donde tenía la intención de quedarse lo suficiente para evitar ver a Hunter cuando saliera del baño. El incidente le hizo darse cuenta de que tenía que hacer o decir algo para que Hunter dejara de tratarla de aquella manera tan desenfadada y juguetona. Fuera un flirteo inocente o no, no solo era indecoroso que el hijo de la casa se aprovechase de una de las criadas, sino que por culpa de su encanto y apostura Tiffany empezaba a temer que pudiera tener éxito. ¿No le importaba cuántos corazones iba a romper cuando se casara con su prometida?

El plan de Tiffany estaba funcionando mejor y más rápido de lo que ella esperaba. Estaba descubriendo qué tipo de hombre era Hunter... y no le estaba gustando ni pizca. Todas las señales indicaban que sería un pésimo marido.

25

Su primer intento de preparar una cena y no habría nadie allí para comérsela. Tiffany se sorprendió de sentirse decepcionada por ello... hasta que probó la sopa. Era insípida y la carne que le había añadido estaba tan dura que no se podía masticar. Fue a tirar el libro de cocina, pero Andrew le sugirió que tal vez se había dejado algo de la receta. Volvió a leerla y descubrió la parte de dejar hervir la sopa todo el día. Con solo unas horas no bastaba.

Aunque al menos podría servirles a Zachary y Mary, que se quedaban a cenar en casa, el mejor pan que jamás había probado, gracias a Degan. Andrew sacó unas alubias envasadas para acompañarlo y bajó la olla grande de sopa al pozo de hielo, donde se mantendría durante la noche para que Tiffany pudiera seguir cociéndola al día siguiente. Suerte que contaba con aquel joven. Ella habría tirado el libro de cocina si él no le hubiera sugerido que releyese la receta. Mentalmente se dio unas palmaditas en la espalda por haberlo contratado. Incluso se había ofrecido a empezar a preparar el pan aquella noche después de que ella hubiera leído en el libro que había que dejar que la masa leudara durante la noche. En eso Degan llevaba razón. Se suponía que tenía que inflarse por arte de magia durante la noche para cocerlo por la mañana. Ella no se lo creyó hasta que lo vio.

Tiffany salió al porche delantero para tomarse un respiro

antes de terminar de limpiar la cocina. Lo que vio la sorprendió tanto que se quedó inmóvil, fascinada durante unos instantes. El cielo casi la dejó sin respiración. El linde del bosque quedaba lo suficientemente lejos de la casa como para tener una vista despejada de los naranjas y rojos brillantes que llenaban el cielo. Eso era algo que jamás había visto en una ciudad de edificios altos.

Se sentó en el columpio largo que colgaba del techo del porche. Ni siquiera pensó en sacudirle el polvo antes de sentarse. Iba a convertir en una costumbre salir a disfrutar de la puesta de sol cada atardecer mientras estuviera allí. No volvería a ver cosas como aquella cuando volviera a casa.

Unos jornaleros pasaron cabalgando junto a la casa de camino al pueblo. Hunter no iba con ellos. Otro grupo salió por el otro lado de la casa: Degan y los hermanos de Hunter. Tampoco él iba con ellos, aunque llevaban su caballo, *Manchas*. Se pararon a esperarlo y se tocaron el ala del sombrero en dirección a ella. Entonces se abrió la puerta junto a ella, que se volvió para ver a Hunter, que la miró con sus ojos azul cielo.

—¿Me esperarás despierta, Pelirroja?

Tiffany se irguió ante aquel tono sensual, que indicaba claramente para qué quería que lo esperase despierta. ¿Seguía flirteando o esta vez iba en serio?

—No.

—Te prometo que haré que valga la pena la espera.

—No.

Hunter se encogió de hombros y poco después se alejaba cabalgando junto a sus hermanos. Tiffany hubiera querido seguirles para ver en qué consistía una juerga de vaqueros, ya que estaba segura de que Degan había omitido algunos detalles. No, eso no era totalmente cierto. Lo que quería era espiar a Hunter. No tenía ninguna duda de que iría directamente a los brazos de Pearl.

—¿En serio pretendes que le suba pan con alubias a mi mujer para cenar?

Tiffany hizo una mueca. Se había olvidado de servirles la cena a los patrones. Zachary estaba en el umbral de la puerta principal. No parecía decepcionado, aunque su voz sonaba como tal.

—Señor Callahan, ya se lo advertí. Sé tanto de cocinar como usted. En realidad, es probable que sepa menos que usted. Estoy dispuesta a aprender, pero mi intento de hoy ha sido un fracaso porque no leí la letra pequeña de la receta. Prepararé una bandeja (el pan es delicioso, por cierto) para usted y la señora Callahan. Si no soy capaz de hacerlo mejor a finales de la próxima semana, me despediré yo misma para que no tenga que hacerlo usted.

Los labios de Zachary se curvaron ligeramente hacia arriba.

—He visto el libro que has dejado sobre la mesa. Ya sabrás cómo te las apañas.

Su famosa coletilla, pensó Tiffany mientras entraba en la cocina, donde sirvió la exigua cena y le entregó la bandeja a Zachary.

Luego volvió al porche unos minutos más para disfrutar de los últimos colores del horizonte antes de que se apagaran del todo. Pero estuvo a punto de soltar un chillido cuando algo se restregó contra sus tobillos, justo encima de los zapatos. Pensando en serpientes, levantó las piernas tan rápidamente que el columpio se balanceó. Tardó unos instantes en reunir el valor suficiente para inclinarse a mirar debajo del asiento. Entonces se rio al ver aquel cuerpecillo blanco y regordete, de morro rosado y chato y orejas grandes.

—Así que vas de excursión, ¿eh? —le dijo—. Y apostaría a que te has quedado sin cena. Jakes ya debe de haberse deshecho de sus desperdicios y nosotros hoy no tenemos ninguno. Vamos, te traeré un cuenco de alubias, pero lo que no te daré es ese pan tan delicioso porque nos vamos a comer hasta la última migaja.

Ya estaba a medio camino de la cocina cuando cayó en la cuenta de que el cerdito no podía haber entendido ni una palabra de lo que le había dicho. Fue a volverse, decidida a llevarlo de vuelta a la pocilga, cuando oyó el repiqueteo de unas pezuñas en el suelo de madera detrás de ella. Tal vez no la había entendido, pero por algún motivo la seguía. Entonces temió que dejara huellas en el suelo e inmediatamente lo tomó en brazos. El cerdito se puso rígido durante un segundo antes de acurrucarse contra ella. Tiffany vio que incluso había cerrado los ojos. Parecía tan feliz que si fuera un gato seguramente estaría ronroneando, lo que la hizo reír nuevamente. Hacía tanto tiempo que no tenía ningún motivo para reírse que de pronto se sintió agradecida al cerdito. ¡Y eso hizo que se riera aun más!

Sujetándolo con un brazo, vació las alubias restantes en un plato y los dejó a ambos junto a la puerta de la cocina. No era mucha comida, aunque seguramente sería suficiente para un animal tan pequeño. No tenía ni idea de qué edad podía tener, pero todavía no medía ni treinta centímetros. Dejó la puerta abierta para que entrase un poco de aire mientras terminaba de limpiar la cocina, pero pocos minutos después una fuerte ráfaga de aire cálido la cerró de golpe. Rápidamente, Tiffany cerró también la ventana de esa pared, preguntándose si se avecinaba una tormenta. Esperaba que el cerdito volviera a su casa.

El animalito volvió a enredarse entre sus piernas, levantando la mirada hacia ella con expectación. Tiffany sacudió la cabeza, lo cogió en brazos y lo llevó de vuelta a la pocilga. La oscuridad todavía no era total y vio que la mayoría de los cerditos estaban amamantando con su madre. Sonrió por haber creído que el cerdito errante pasaría hambre aquella noche.

Tiffany no se quedó demasiado rato a mirar. El viento no era constante, pero de vez en cuando soplaban rachas del norte suficientemente fuertes como para agitar su coleta y su vestido. Volvió a casa corriendo. Al menos los nubarrones no habían llegado antes de la puesta de sol.

26

Tiffany no podía dormir a pesar de que estaba muy cansada. Estuvo en pie durante un rato junto a la ventana abierta, que daba a la parte posterior de la casa y a todas las construcciones anexas, que tampoco podía distinguir en la oscuridad a excepción del barracón dormitorio, donde todavía ardía un farol. Hacía un calor desagradable en su dormitorio aquella noche, como el que había hecho en la cocina, porque había tenido que cerrar las dos ventanas de la pared norte cuando una ráfaga de viento había tirado el cuadro antiguo de la pared. Esperaba que hubiera un poco de brisa en la ventana de atrás, la única que había dejado abierta, pero el viento soplaba en la otra dirección.

Todavía no había empezado a llover, pero unos nubarrones espesos corrían por delante de la luna, ocultándola. No vería a los hombres cuando regresaran a menos que encendieran un farol en el establo, y dudaba incluso de si los oiría con aquel viento que aullaba a ratos. Aunque, siendo ya tan tarde, no parecía que fueran a volver. Mujeres y alcohol. El alcohol probablemente desaconsejaba volver montando a casa. O tal vez la amenaza de tormenta les haría quedarse a cubierto en algún lugar seco. Ya se imaginaba dónde buscaría refugio Hunter aquella noche.

Él era el motivo de su desasosiego, saber que había ido al pueblo para ver a su amante. En ese mismo instante probablemente estaba con Pearl. ¡Le había pedido que lo esperase despierta cuando en realidad se iba a ver a otra mujer!

Tal vez Anna tuviera razón, que lo que hiciera antes de la boda era irrelevante, pero ¡aun así la estaba engañando incluso mientras se suponía que estaba empezando a cortejarla! Debería estar finiquitando sus aventuras informales en vez de tratar de empezar una nueva con Jennifer. Aunque, ¿era eso lo que estaba haciendo realmente? Aquella tarde casi la había besado, sí, pero tal vez él consideraba que no era nada del otro mundo. Pero la había estado provocando con aquellos besos en el cuello. Seguramente ya sabía el poderoso efecto que ejercerían sobre ella.

Aunque a Tiffany no le importaba su comportamiento, ya que esperaba que Hunter pudiera ayudarla a poner fin a la enemistad sin tener que sacrificarse ella misma para hacerlo. Su comportamiento desenfadado y seductor y lo que le había dicho en la casa sin terminar junto al lago sugerían de hecho que él tampoco quería cumplir con aquel matrimonio acordado. En cuanto dejara de hacerse pasar por Jennifer, tendría que hablarlo con él sin dejar que su rabia se interpusiera. ¿Y por qué diablos estaba enfadada con él cuando le estaba dando la excusa perfecta para no tener que casarse con él? Debería dejar que lo demostrase más allá de cualquier duda. Sin duda, Hunter lo estaba intentando... salvo que con él todo fueran juegos inocentes.

Tiffany volvió a la cama y empezó a contar ovejas. Todavía daba vueltas en la cama un poco más tarde cuando oyó una voz en el pasillo.

—Jenny, ¿me has esperado despierta?

¡Santo cielo! No podía ser cierto que Hunter estuviera llamando a su puerta en plena noche. Debía de estar muy borracho. Tiffany metió la cabeza bajo la almohada hasta que no lo oyó más. ¿O sea que no había pasado la noche con Pearl? Aunque eso no significaba que no se hubiera acostado con ella.

Pero había regresado. Sonrió. Dios sabría por qué y de repente el agotamiento pudo con ella. Se volvió con un bostezo, segura ya de dormirse. No se durmió. Aquello era ridículo. Nunca antes había tenido tantos problemas para dormir. Por supuesto, tampoco nunca había vivido un día tan ajetreado. Excitación sensual, aquel susto de muerte al ver que apuntaban a Hunter, la emoción que había sentido al ver a su hermano Sam, oír a Hunter hablar con resentimiento de su prometida —¡ella!—, y escuchar la versión de Mary Callahan sobre la trágica historia que había dado origen a la enemistad y las mentiras sobre que su padre estaba deseando verla. En conjunto, era más que demasiado.

Empezó a contar, esta vez números en vez de ovejas, para calmarse. Solo había llegado a diez cuando olió a humo. Tenía que ser Hunter fumando un puro antes de acostarse. No demasiado inteligente por su parte si estaba tan borracho como ella pensaba. Tampoco había pensado que su dormitorio estaba lo bastante cerca del de ella como para oler el humo que flotaba de una ventana a la otra.

Se levantó para cerrar la última ventana. No había servido de nada dejarla abierta, ya que aquella noche no entraba nada de brisa del este. Al día siguiente tendría que cambiarse de habitación. Todavía quedaban varias vacías en la planta de arriba, donde los hábitos nocturnos de Hunter no la molestarían.

De pronto vio un resplandor. No era muy brillante, pero iluminaba el patio trasero directamente debajo de su dormitorio. Venía de la cocina. Igual que el olor a humo. ¿Alguien había vuelto a encender la cocina de leña?

Su primera idea fue que se trataba de Andrew tratando de esmerarse. Estaba tan agradecido por aquel trabajo que le parecía que tenía que hacer más de lo que ella le pedía. Tal vez había pensado en hornear el pan aquella misma noche para que estuviera listo por la mañana. ¿Faltaba ya tan poco para el alba? Por el cielo no lo parecía, y su habitación miraba al este, de modo que Tiffany podría haberlo visto, por mucho que aquellos nubarrones espesos se extendieran sobre el horizonte. Luego vio que de hecho había una nube de humo delante de su ventana, demasiado para venir de la cocina de leña. Palideció y salió corriendo de la habitación.

—¡Fuego! —gritó.

Corrió por el pasillo y bajó a toda prisa las escaleras. Durante un instante, su instinto la urgió a salir por la puerta principal para ponerse a salvo. Pero se resistió. Ni siquiera estaba segura de que alguien la hubiera oído gritar. Tal vez el fuego no fuera tan grande como parecía indicar el humo. Tal vez bastaría un simple cubo de agua para apagarlo. En caso contrario, tenía que volver a subir las escaleras para asegurarse de que todo el mundo la hubiera oído gritar. Casi lloró al pensarlo.

Abrió de un empujón la puerta del pasillo a la cocina y el humo que le salió al encuentro la hizo toser. La cocina estaba tan llena de humo acre que sintió escozor en los ojos.

El humo eliminaba hasta el más tenue reflejo de luz de luna en la ventana. Era tan espeso que no se veía dónde estaba el fuego, pero miró en dirección a la cocina de leña, donde supuso que estaría. Sobre la cocina había llamas que salían de una olla negra que no estaba allí cuando ella se había acostado. ¿De modo que efectivamente alguien había encendido la cocina de leña para cocinar algo y luego se había olvidado allí la olla? ¿Quién podía hacer algo tan peligroso e irresponsable? La llama de la olla era cada vez más alta. Tiffany rogó que no alcanzara la pared o el techo.

Entró agachada en el baño y cerró la puerta para que no entrara humo mientras llenaba un cubo de agua. Oyó que alguien más entraba en la cocina y, con el cubo lleno, se dirigió directamente a su encuentro, contenta de que alguien hubiera llevado una linterna para poder ver.

—¡Por Dios, no hagas eso! —le gritó Hunter, haciéndole caer del sobresalto el cubo, que salpicó sus pies y pantorrillas desnudas.

Hunter había cogido una tapa con la que cubrió la olla de un golpe seco. La llama desapareció en el acto. Asombrada, Tiffany preguntó:

—¿Cómo es que se ha apagado tan rápido?

—Lo he ahogado. Lo aprendí de Jakes en el campamento, una vez que pretendimos apagar con agua el pequeño incendio de una cacerola de manteca. Si hay grasa, el agua no hace más que esparcir el fuego.

Hunter la había agarrado del brazo mientras se lo explicaba y la llevó fuera por la puerta de atrás. Detrás de ellos seguía saliendo humo.

—¿Estás bien? —le preguntó Hunter, sujetándole la barbilla para examinarle la cara.

—Tengo los pies mojados —dijo ella, apartándole la mano.

—Entonces estás bien.

Hunter volvió a mirar hacia la cocina. La mayor parte del humo había salido por las puertas abiertas. Cuando volvió a mirar a Tiffany, su mirada no se quedó fija en su cara, sino que recorrió lentamente todo su cuerpo. Hasta ese momento, ella no había caído en la cuenta de que solo llevaba la ropa interior.

—Podrías haber cogido una bata —dijo él con súbita aspereza.

—¡Creía que se estaba quemando la casa! —replicó ella.

Y lo observó con indignación. ¡Hunter llevaba la camisa totalmente desabrochada, los pies descalzos y, sin un cinturón que los sujetara, sus pantalones se le bajaban de las caderas! Pero no le dijo nada, porque él volvía a la cocina, y ello lo siguió. No había daños serios, simplemente un montón de hollín en las paredes y un gran charco de agua en el suelo, gracias a ella. Podría haber sido mucho peor.

—Vuelve a la cama —le dijo mientras cogía un par de trapos para levantar la olla caliente de la cocina. Tras depositarla en el suelo de baldosas, añadió—: Ya limpiaremos esto por la mañana.

Mientras caminaba lentamente hacia la puerta, pensó que no se había presentado nadie más a ayudar.

—¿Eres el único que me ha oído gritar?

—Todavía no me había dormido y solamente has gritado una vez, y junto a mi puerta, de modo que dudo que mis padres te hayan oído desde la otra punta del pasillo. —Sus ojos se habían posado nuevamente en ella y recorrían su cuerpo arriba y abajo lentamente—. Grita más fuerte la próxima vez —sugirió.

Mortificada porque Hunter no dejaba de recordarle su falta de un atuendo apropiado con sus miradas, dijo:

—Será mejor que no haya una próxima vez. ¿Tengo que poner un cerrojo en la cocina cuando salga?

—No —dijo Hunter negando con la cabeza—, solo hace falta que te asegures de que la cocina está fría o al menos que no dejes nada encima, ni siquiera una cafetera.

Tiffany fue a decirle que la cocina estaba fría y vacía cuando se había retirado a dormir, pero entonces volvió a pensar en Andrew. Si había causado aquel incendio por un descuido, podía costarle el empleo, de modo que hasta que descubriera quién había sido el responsable, era mejor que no mencionara que alguien había repostado la cocina de leña después de que ella se fuera a la cama. Probablemente habría sido el muchacho, sí, pero tendría que cargar ella con la culpa. Por lo visto, Hunter ya la consideraba culpable.

Mientras salía al pasillo, él la siguió.

—Menos mal que he vuelto a casa esta noche. Si hubieras vaciado ese cubo de agua, tal vez se habrían incendiado las paredes.

Tiffany se estremeció al pensarlo, pero aquello también le recordó las horas que había pasado insomne, y por qué. Hunter caminaba a su lado y ella de repente se acercó un poco a él para olisquearlo en busca de pruebas de sus andanzas. Él no se daría cuenta.

—¿Qué? —¡Sí que se dio cuenta!—. ¿Huelo a humo?

—Quería ver si olías a Pearl —respondió la joven con una sonrisa forzada.

Hunter soltó una risotada.

—¿Estás celosa, Jenny? He pasado la noche jugando al póquer. Y he ganado, además.

Tiffany no pensaba dignificar eso con una réplica. Mientras se alejaba de él demasiado rápidamente, sus pies mojados y descalzos estuvieron a punto de resbalar en el suelo de madera. Hunter la sostuvo por el brazo.

—¿Quieres que te lleve arriba?

Notando preocupación en su voz, ella pensó que iba en serio y le respondió simplemente:

—No, gracias.

—Lo haría encantado.

No iba en serio. El humor había vuelto a su voz. Si miraba atrás, sabía exactamente dónde encontraría sus ojos. Donde no deberían estar.

—¡Pues no lo harás! Y deja ya de mirarme.

—Ni muerto.

La risa de Hunter la siguió mientras subía las escaleras.

27

La cocina estaba repleta de Callahans cuando Tiffany bajó por la mañana. Andrew también estaba allí, y no parecía culpable cuando sus miradas se cruzaron y la saludó con una sonrisa. Los hermanos Callahan y Andrew estaban limpiando el hollín de las paredes mientras el padre estaba sentado a la mesa supervisando. Ya casi habían terminado y estaban de guasa. Cole le había lanzado un trapo mojado a John y se estaba riendo cuando ella entró. Hunter se fijó en ella.

—El café está caliente.

Su mirada azul le dio un buen repaso, recorriendo abajo y arriba toda la longitud de su vestido de día de color crema. La sonrisa posterior indicó que recordaba su escaso atavío de la noche anterior.

Ella consiguió no ruborizarse. No había sido su voluntad que él la encontrase con su camisola y sus braguitas de encaje.

Los jóvenes la saludaron. Zachary no. Mientras se levantaba para marcharse, se puso el sombrero de ala ancha que estaba sosteniendo. La saludó con la cabeza bastante bruscamente.

—Los accidentes ocurren, pero este podría haber sido muy grave. Asegúrese de que no vuelva a suceder, señorita Fleming.

¿La culpaba a ella? Esperó a que alguien asumiera la responsabilidad, pero nadie lo hizo. No obstante, ella sabía que la noche anterior el fuego de la cocina de leña estaba reducido a rescoldos bajo la parrilla de hierro, cuya superficie ni siquiera estaba caliente al tacto. Lo sabía porque la había limpiado con un trapo antes de retirarse. Sin embargo, alguien había vuelto a encender el fuego cuando todo el mundo se había acostado.

—No fui yo, señor Callahan —dijo secamente—. Pasé el trapo por una cocina fría y sin nada encima antes de apagar los faroles y subir a la cama.

—Y entonces, ¿quién pudo venir a la cocina en plena noche? —preguntó el patriarca.

Todos los Callahan miraron de golpe a Andrew, que palideció.

—¡No fui yo, yo no haría eso! Cuando la señorita Fleming y yo terminamos de preparar la masa del pan, pasé la noche en el barracón con el señor Jakes. Pueden preguntárselo. Dijo que yo era público nuevo y me estuvo dando la tabarra durante buena parte de la noche con sus historias. Todavía estaba en ello cuando volvió el primero de los vaqueros.

—Seguramente Billy, que volvió cabalgando conmigo —observó Hunter.

—A Jakes no hace falta que le llames señor —le dijo Zachary a Andrew—, y no te estamos culpando, muchacho. Si alguien quisiera quemarnos la casa, bastaría con tirar una antorcha por una ventana. Es verano y las dejamos casi todas abiertas por la noche. Así pues, ¿para qué molestarse en que parezca un accidente?

Esto último se lo dijo a Tiffany, evidentemente creyendo aún que era la responsable. Pero fue Hunter quien contestó.

—Porque quien encendió el fuego quería que pareciera un accidente, no un incendio provocado. La mayoría de nosotros estuvimos anoche en el pueblo, incluidos los jornaleros, así que era probable que nadie descubriera que había un incendio en una parte desierta de la casa a tiempo para apagarlo. Y en caso de que alguno de nosotros llegara a tiempo, siempre se podría considerar un descuido en la cocina. Y tú sabes quién podría querer algo así sin que se le pudiera culpar.

A Tiffany le brillaron los ojos. Por el amor de Dios, ¿iban realmente a acusar a su familia de aquello?

Pero John confirmó que sí.

—Un Warren —espetó.

Tiffany gruñó para sus adentros, consciente de que aquello podía desmandarse en cualquier momento.

—¿Han tratado alguna vez sus vecinos de quemarles la casa? ¿En todos estos años?

—No; son más directos que eso —respondió Zachary—. Y como ha llovido esta madrugada, no habrá ninguna huella que seguir. Así que visitaré a Frank Warren. Si quiere que empiece el tiroteo antes de la boda...

—Entonces no habrá boda —terminó la frase Hunter.

—Tal vez lo que habrá será un funeral —gruñó John.

Tiffany se horrorizó al ver lo enfadados que parecían ahora todos, incluido Zachary. A la desesperada, ofreció una alternativa:

—Podría haber sido alguno de los hombres con quienes se peleó ayer Hunter.

Zachary miró a su hijo.

—¿Cuándo pensabas mencionar tú que había habido una pelea?

Hunter se encogió de hombros.

—No fue nada, solo un par de mineros sin trabajo que me culparon de sus penurias.

—Ah, así que no lo habías mencionado porque sus penurias son culpa mía, no tuya. ¿Qué ocurrió?

—Les di un escarmiento —respondió Hunter sencillamente.

Zachary rio por la nariz. Tiffany miró a Hunter con incredulidad. ¿Eso era lo único que iba a contar del altercado? ¿Y la pistola, la amenaza...? ¿Y nadie iba a tener en cuenta su punto de vista sobre quién podría haber provocado el incendio?

—Iremos contigo, papá —dijo John. Hunter y Cole asintieron con la cabeza.

El padre se puso muy serio. Su mirada fue de Hunter a John, y finalmente a Cole.

—De acuerdo, muchachos. Vamos.

Tiffany no daba crédito cuando los vio desfilar por la puerta de atrás.

—¡Esperen! ¡No cometan una imprudencia! ¡No saben si esto lo han hecho los Warren!

Ningún Callahan, Hunter incluido, le hizo el menor caso y siguieron hacia el establo. Tiffany se apoyó contra la encimera.

—No conozco a esta gente, pero... parece que tienen algún que otro enemigo —dijo Andrew—. ¿Será seguro trabajar aquí?

Tiffany le lanzó una mirada severa. Andrew parecía tan asustado como indicaba su voz, aunque no podía culparlo tras haber oído a los Callahan proclamar airadamente que se haría justicia. ¿Y cómo podría tranquilizar al muchacho cuando no era capaz de tranquilizarse a sí misma? Aun así, lo intentó.

—Probablemente ahora pondrán a algún centinela para prevenir que nadie se acerque por la noche.

Si no lo hacían, lo sugeriría ella misma... si es que alguno de ellos volvía vivo. La idea la hizo palidecer.

—Iré a buscar la olla de sopa de la despensa para volver a ponerla a fuego lento —decidió. Algo bien corriente cuando ella estaba tan loca de preocupación por su familia que no podía ni siquiera pensar con claridad. ¿No había ningún modo de detener a los Callahan?

De repente oyó cascos de caballos. Corrió al porche de delante y vio a cuatro jinetes armados con rifles alejándose. Se sentó en el columpio del porche y se llevó las manos a la cabeza.

—¡Odio esta maldita enemistad!

28

Rose iba con expresión lúgubre en su carruaje por las calles de Chicago. Se sentía como la primera vez que había ido a la gran mansión hacía catorce años. Nerviosa, asustada, desesperada. No tenía demasiadas esperanzas de tener éxito esta vez, cuando ya había fracasado tan estrepitosamente antes.

El odio que albergaba aquel hombre era una locura. Cada vez que había ido a su casa a lo largo de aquellos años para hacerlo entrar en razón, Parker ni siquiera había querido recibirla. El hombre se negaba a escuchar sus súplicas. Se negaba a devolverle su vida. Rose tenía la esperanza de que con el tiempo aquel odio desaparecería, pero no era así. La amenaza todavía pendía sobre la cabeza de Frank... y sobre la suya. Santo Dios, ¿no eran quince años tiempo suficiente para que aquel malnacido saborease su perversa venganza?

Rose era la única que lo sabía. Aquella había sido la estipulación de Parker para no matar a su marido. Frank jamás podría saber el auténtico motivo por el que ella lo había abandonado. Imaginaba que Parker tenía la esperanza de que Frank muriese de desamor, una historia que se repetía. Pero Frank era demasiado fuerte para eso.

Cada vez que iba allí, acababa reviviendo el primer acto de venganza de Parker y asimismo cómo Frank había estado al borde de la muerte. Rose se había culpado de aquello durante mu-

cho tiempo, aunque ahora se preguntaba si era realmente culpa
suya.

Aquella aciaga noche, Rose había corrido desesperada a Nashart en busca del médico. La herida de Frank parecía muy grave. El médico fue al establo por su caballo. Antes de que Rose
pudiera volver a montar en el suyo, un hombre la arrastró a un
lado de la casa, tapándole la boca con una mano. No la llevó lejos, solo hasta una zona sombría. Ella no reconoció su voz ni
llegó a verle la cara.

—Se lo advertiré esta única vez —le dijo—: abandone a su
marido o lo mataremos.

Rose no entendía nada. Creía que uno de los Callahan le había disparado a Frank. Todo el mundo lo creería así. Pero lo que
acababa de decirle aquel hombre no guardaba relación con aquella maldita rivalidad.

—¿Usted no es un Callahan?

—No.

—Entonces, ¿qué tiene contra mi marido?

—Personalmente, nada. Trabajo para Parker...

—¿Mi antiguo vecino de Nueva York? —dijo ella incrédula.
Aunque se dio cuenta de que era una conclusión disparatada por
su parte ya mientras la decía.

Solo que no lo era.

—Veo que lo entiende.

—No, no lo entiendo. ¡Yo estaba prometida a su hijo Mark!

—Un compromiso que debería haber cumplido en vez de
romperlo. El chico está muerto por culpa suya. Y su padre quiere venganza.

—Esto es absurdo. Rompí el compromiso hace cinco años. Si
Mark ha muerto, lo siento, pero ¿cómo puede culparme su padre por ello?

—¿No lo sabe?

—¿Saber qué? No he vuelto a ver a esa familia. Sé que ven-
dieron la casa y se marcharon de Nueva York poco después de
que yo me casara con Franklin, pero ni sé adónde fueron ni he
vuelto a ver a Mark desde que le dije que no me casaría con él.

—Parker se trasladó con su familia a otro estado porque pensó que eso ayudaría a su hijo a superarlo. Pero no fue así. El chico se dio a la bebida para olvidarla a usted, y como tampoco lo logró, empezó a vivir al límite. Finalmente se suicidó. Su nota de despedida decía que no podía seguir soportando el dolor del desamor. Parker me ha enviado a matar a su marido. La aflicción lo ha cegado de ira.

Por si no estaba ya horrorizada, aquello fue la gota que colmó el vaso.

—¡Ha dicho que era una advertencia! ¡¿Y ahora dice que le ha pagado para matarlo?!

—No me ha pagado. Hace años que trabajo para Parker. Lo intentó todo para sacar a Mark de la desesperación en que usted lo sumió. Y yo también. Nada funcionó. Y ahora Mark está muerto. Pero yo no soy un asesino desalmado. Tampoco lo es Parker, normalmente. Su primera reacción fue matar al hombre que le había arrebatado la novia a su hijo, aunque yo logré convencerlo de llevar a cabo una venganza menos sangrienta.

Rose se debatió, llena de ira.

—¡¿Y lo que ha hecho esta noche le parece poco sangriento?!

El tipo le dio la vuelta. La pistola que apretaba contra su espalda presionó su estómago. Rose seguía sin poder verle la cara en la penumbra, aunque tampoco es que importase, ya que solo era un lacayo de Parker.

—¿Preferiría haberse convertido ya en viuda? —le susurró—. No se equivoque, Parker no habría llegado donde está hoy sin tener una vena despiadada, y les culpa a usted y a su marido por su pérdida. Se vengará. No he podido disuadirlo. La cuestión ahora es muy sencilla. Si Mark no pudo tenerla, ningún hombre lo hará. Por tanto, ¿está dispuesta a salvarle la vida a su marido?

—¿Abandonándolo? —sollozó Rose—. Por favor, no me pida una cosa así.

—Alguien tiene que pagar, señora Warren, con la muerte o con la desesperación. La elección es suya.

Rose no podía dejar de llorar, pero la cosa fue a peor.

—Hay una condición —añadió el hombre.

—¿Acaso no es suficiente?

—No; el dolor de su abandono tiene que herirlo profundamente. Así que no podrá contarle el verdadero motivo por el que lo abandona.

—Entonces necesitaré un poco de tiempo. Si me voy mientras se recupera de esta herida, jamás creerá que es eso lo que quiero.

—Tres semanas, ni un día más.

Rose había tenido la esperanza de encontrar algún modo de librarse de aquel trato nefasto, pero no pudo. Cada vez que veía a Frank quejarse de su herida, recordaba que su vida estaba en sus manos. Así que al final lo abandonó. No tenía elección. Pero al menos se llevó a una parte de Frank consigo, a su hija pequeña, y antes de huir protegió a sus hijos sellando una tregua con sus vecinos. Se habría vuelto loca de angustia si también hubiera tenido que preocuparse por la amenaza de los Callahan.

Rose miró por la ventanilla del carruaje. Chicago era una ciudad muy interesante, de la que podría haber disfrutado si no la detestase tanto porque su verdugo vivía allí. Y porque tenía la vista nublada. Otra vez las lágrimas. Cada vez que afloraban los recuerdos, lloraba.

Catorce años atrás, había tardado meses en averiguar dónde se había mudado Parker. Tenía muchos intereses y negocios por todo el país y viajaba asiduamente. No la sorprendió que hubiera elegido una ciudad céntrica como Chicago. Pensaba matarlo. Lo había meditado largo y tendido. Él era la causa de demasiado dolor y sufrimiento. Y no sería el único capaz de cobrarse venganza.

Ni siquiera había estado segura de que la recibiera. Un mayordomo la había acompañado a su estudio. Parker estaba sentado tras su escritorio, con los brazos cruzados. Sus cabellos cortos y castaños empezaban a encanecer, aunque era de esperar en un hombre cercano a los cincuenta. Rose se llevó una decepción al comprobar que todavía se lo veía bastante robusto. Si lo hubiera visto enfermizo, tal vez habría considerado la posibilidad de esperar a que falleciera de muerte natural. Pero ¡quería recuperar a su marido! Quería volver a reunir a toda la familia.

Parker no le había ofrecido asiento.

—¿Todavía te haces llamar señora Warren?

—No me he divorciado de él.

—Eso no importa. Él, cualquier otro hombre... ¿Entiendes que no puedes tener a ninguno? Jamás.

—Ya ha tenido su venganza. Déjelo correr.

—Siento curiosidad. ¿Nunca le contaste la verdad?

—No. ¡Frank estaba destrozado!

—Lo dices con rabia, cuando la culpable eres tú.

—Está usted loco si me culpa por la debilidad de su hijo.

—¡Cómo te atreves! ¡Él te amaba! ¡Siempre te amó! Tú le diste esperanza y luego se la arrebataste.

—Mark y yo éramos amigos desde la infancia, nada más. No debería haberle dejado convencerme de casarme con él. Tuve dudas desde el primer momento, pero él estaba tan seguro de que seríamos felices que no tuve el valor de rechazarlo. Le tenía afecto y no quería herirlo. Cuando descubrí el auténtico amor vi la diferencia. Incluso Mark aceptó mi decisión de poner fin al compromiso.

—No, no lo aceptó, solo lo fingió. ¡Te mintió! Nunca dejó de amarte, y tu amor acabó con él. Así que ¿cómo puedes pensar que no es culpa tuya, cuando le dijiste que te casarías con él y luego lo abandonaste por otro hombre?

—Creo que ya he sufrido suficiente. Esto tiene que terminar. Ya.

Rose había sacado la pistola del bolsillo y le apuntó. Pero su reacción no fue la que ella esperaba. De hecho, Parker se rio.

—Adelante. Mi vida perdió todo su significado cuando murió mi único hijo. Pero mi muerte no será el final de tu tormento, Rose Warren. Los hombres a los que pago para que te sigan, continuarán haciéndolo cuando yo ya no esté. Está en mi testamento. Y el día que trates de volver a vivir con tu marido, o casarte con otro, será el día en que termine tu linaje, como tú terminaste con el mío.

Santo cielo, era peor de lo que pensaba. Rose había creído que la muerte de Parker pondría fin a su sufrimiento.

No obstante, con el paso de los años, había seguido intentando hacerle entrar en razón. Había vuelto a Chicago muchas veces, pero siempre inútilmente. Jamás la habían dejado volver a entrar en la casa. Solo había aceptado verla aquella única vez para asegurarse por sí mismo de que su venganza había llegado a buen puerto.

Ahora, mientras el carruaje se acercaba a la mansión Harding, Rose se preparó anímicamente para la decepción. Tenía que volver a intentar convencer a Parker de que abandonase su venganza. Seguiría intentándolo hasta el día que Parker Harding o ella murieran. Cuando se apeó, vio que todavía la vigilaban...

29

De algún modo, Tiffany se las arregló para cocer pan aquella mañana y preparar el almuerzo cuando la mayor parte de la familia no estaba allí para sentarse a la mesa. Apenas recordaba haber hecho nada, de tan preocupada e inquieta que estaba. Los hombres todavía no habían regresado, o tal vez sí y estaban en los pastizales. Se moría de curiosidad por saber qué había ocurrido. ¿Estarían ilesos sus hermanos? ¿Había resultado alguien herido? Ojalá pudiese cabalgar hasta el rancho de su padre para averiguarlo. Ojalá nadie hubiese disparado antes de preguntar.

Por si no estaba ya suficientemente angustiada, aquella tarde casi había tenido una crisis con la criada de la planta de arriba. Ella había querido cerciorarse de que Luella hacía bien su trabajo, pero cuando mencionó que habría que cambiar las sábanas a diario, Luella levantó las manos y bufó:

—¡Me voy!

—¡Un momento! —Tiffany siguió a la criada, que se marchaba airada del dormitorio que estaba limpiando—. ¿Por qué?

Luella dio media vuelta. Bajita, rechoncha, de una edad que posiblemente doblaba la de Tiffany, estaba enfurecida.

—Se tarda un día entero en lavar las sábanas de aquí arriba. ¡Un día entero! Y también lavo la ropa, limpio las habitaciones, hago las camas y cuido de la señora Callahan. ¡No me vas a dar más faena!

Dios santo, la mujer acababa de describir tres empleos separados. Tiffany jamás había oído hablar de una criada que hiciera dos a la vez, ¡mucho menos tres!

Horrorizada, dijo comprensivamente:

—Tienes toda la razón. Pero yo no lo sabía.

Sin embargo, debería haberlo sabido. Ya había visto que las criadas escaseaban en la región. No estaría en esa casa representando su farsa si no fuera así. Su respuesta hizo que la criada la mirase con recelo.

—Mi hermana ya me habló de ustedes, las amas de llaves. Dijo que se limitan a ir chasqueando el látigo todo el día y que incluso cobran por ello.

—Eso no es verdad... —replicó Tiffany tratando de contener la risa—. Aunque como tal vez ya sepas, al no haber mucho personal en esta casa, también se me han asignado otras tareas, igual que a ti.

Aunque de repente recordó que iba a tener más tiempo libre, ahora que contaba con un pinche de cocina. Además de salir a cabalgar ocasionalmente, había pensado que podía tratar de pescar, para servir algo más aparte de vacuno y más vacuno. Tal vez los vaqueros no esperasen nada más que esa carne, ya que en eso consistía su trabajo, pero ella sí. No obstante, montar y pescar no serían actividades diarias.

Impulsivamente le ofreció parte de ese tiempo sobrante a aquella mujer agobiada. No podía quitar el polvo, sobre todo porque la hacía estornudar, pero tampoco podía costar tanto hacer alguna cama, adecentar algunas habitaciones e incluso ayudar a llevar la ropa sucia al lavadero. Y así se lo dijo, dejando a la criada boquiabierta.

—Pearl ya se encarga de la mitad de la colada cuando está aquí —admitió Luella, aunque añadió indignada—: Si no se está limpiando las uñas en vez de ensuciárselas.

¿Había cierta rivalidad entre ellas?, se preguntó Tiffany. ¿O simplemente era una advertencia para que esperara problemas por parte de la criada de la planta baja cuando volviera?

—De momento, terminaré la habitación que estabas haciendo —se ofreció—. Y por la mañana, puedo hacer las camas de este lado de las escaleras.

Luella esbozó una sonrisa radiante.

—Hunter necesitaba sábanas limpias. Ya se las he traído. Se lo agradezco mucho, señorita Fleming.

¿La habitación de Hunter? Luella salió a toda prisa antes de que Tiffany pudiera replantearse su ofrecimiento. Hizo una mueca. Entrar en su dormitorio probablemente no fuera una buena idea. Aunque, mientras él no estuviera dentro, ¿qué peligro podía haber?

Era un dormitorio masculino. Un anaquel para rifles en una pared. En las otras tres, cuadros de escenas del Oeste: un rebaño de vacas, un vaquero tratando de domar un toro y un grupo de vaqueros alrededor de una fogata. A los pies de la cama grande había un baúl bellamente tallado, muy bonito. Como las sábanas limpias estaban encima del baúl, Tiffany supuso que contendría más ropa de cama y echó un vistazo dentro. Pues no. Estaba lleno de cosas de vaqueros: cuerdas, chaparreras, espolones, algunas pistolas de cañón largo, y una pistolera más elegante que la que solía llevar Hunter.

Dos sombreros de ala ancha colgaban en ganchos junto a un armario de madera oscura, uno negro y el otro crema. Resistió la tentación de abrir el armario ropero. Bajo una de las dos ventanas había un sillón marrón con el respaldo descolorido y el asiento gastado; parecía muy cómodo. Se imaginó a Hunter ahí sentado leyendo y dando cabezadas de vez en cuando. ¿Habría echado alguna siesta allí? ¿Aquella había sido siempre su habitación? Si lo había sido, no quedaba ninguna prueba de su infancia.

Reconoció las dos cajas medianas apiladas en un rincón: eran las que habían recogido John y Cole en la estación el día que llegó ella. O sea que era algo que Hunter había pedido que le enviaran. En tal caso, ¿por qué todavía no las había abierto? Pero ya había husmeado bastante, incluso demasiado. No debería sentir tanta curiosidad por aquel hombre.

Luella ya había quitado las sábanas sucias y había enganchado la sábana bajera limpia. Tiffany cogió la sábana plegada de arriba. Una preciosa colcha de punto marrón y azul oscuro, delgada para el verano, tenía que ir encima. Se preguntó si la habría hecho Mary y decidió que se lo preguntaría cuando la viera.

Estaba desplegando la sábana de arriba haciéndola revolotear encima de la cama cuando oyó la voz de Hunter.

—Me preguntaba dónde estabas. Jamás hubiera pensado que te encontraría esperándome en mi habitación.

Tiffany dio un respingo y soltó la sábana, que ondeó y cayó al suelo por el otro lado. Tenía que ser evidente lo que estaba haciendo allí, de modo que con aquel comentario él volvía a las andadas. La muchacha volvió la cabeza para decirle que su presencia allí no tenía nada que ver con él, pero tuvo que ahogar un grito y apartar la mirada. ¡Hunter estaba en el umbral sin más atuendo que una toalla a la cintura!

—¡Cielo santo! ¿Por qué no estás vestido?

—Me he caído de culo y quedé demasiado perdido de barro para esperar a un baño. La lluvia ha caído fuerte esta mañana. Tardará días en secarse.

Tiffany no había salido al exterior. ¿Se había llenado de barro peleando a puñetazos con sus hermanos?

—¿Qué ha pasado en el rancho Warren?

—No lo sé. Mientras íbamos para allá nos cruzamos con Degan, que venía del pueblo. Papá decidió llevarse solo al perro guardián y enviarnos a los demás de regreso al rancho para vigilar el rebaño. Si los Warren han pasado a la ofensiva, podrían tratar de robarnos ganado.

—¿Y faltaban cabezas?

—Parece que no. Habrá que esperar a la hora de cenar para saber qué ha averiguado papá. Si no provocaste tú ese fuego, y tampoco un Warren, eso nos deja solo a nuestros nuevos vecinos hacia el este.

—Otra vez estamos de acuerdo. La cosa empieza a asombrarme.

—¿Sorpresa y sarcasmo en una sola frase, Pelirroja? —dijo Hunter, y rio antes de preguntar—: ¿Cuándo fue la primera vez que estuvimos de acuerdo?

Su voz contenía una pizca de empatía. Nerviosa, ella dijo:

—Eso no importa, me gustaría saber por qué no le has dicho esto a tu padre esta mañana. Después de todo lo que he oído acerca de los mineros, y de lo que presencié ayer, para mí eran sin duda los primeros candidatos, no los segundos. No es únicamente el propietario de la mina quien se beneficiaría de echar a vuestra familia de aquí, sino también todos los mineros que trabajan para él. ¿No sabe eso tu padre?

—Lo sabe, pero implicamos en esto a un juez que dictó una resolución. Los mineros tienen que largarse en cuanto se haya agotado esa vena menor, y ya debe de faltar poco tiempo. Así que por muy rabiosos que puedan estar para buscar pelea, no ganarán nada con ello.

—La rabia ha sido suficiente para llevar a tu familia al rancho Warren esta mañana, ¿no?

—Bien visto —respondió con una sonrisa.

—Hay muchas variables a tener en cuenta. Tal vez deberíais disponer centinelas por la noche.

—Esa es la intención. Pero no hace falta que tú te preocupes por eso.

Después de la angustia experimentada, aquella afirmación la molestó.

—No seas obtuso. Trabajo aquí. Así que lo que pase también me afecta a mí.

—Pero ya te dije que yo no permitiría que te ocurriera nada. ¿Crees que no hablaba en serio?

—Lo que creo es que te preocupas demasiado por mí. No soy tuya para que me protejas, Hunter.

—¿Quieres serlo?

Lo dijo en voz tan baja que Tiffany no estuvo segura de haberlo oído correctamente. Pero de pronto recordó por qué tenía su mirada apartada de él y se sonrojó más, mortificada de seguir en presencia de un hombre medio desnudo. Debería haber salido pitando de allí, o al menos haber esperado a que él se vistiera para hacerle preguntas. Hunter debía de pensar que a ella no le importaba su desnudez. Así que, ciertamente con retraso, le dijo:

—Solo estaré unos minutos, si puedes esperar.

—¿Esperar a qué?

—Esperar fuera hasta que termine.

—Tienes unas ideas muy raras, Pelirroja. Es mi habitación. Y necesito mi ropa.

Ella se volvió y dijo:

—Entonces volveré más tarde para...

No pudo terminar la frase, pues de pronto tuvo a Hunter delante de ella, tan cerca que podrían haber chocado si el instinto no le hubiera hecho recular, pero chocó con la cama y acabó cayendo de espaldas.

Una sonrisa lenta arqueó los labios de Hunter.

—Si me lo pones así...

Tiffany alzó las manos para evitar que se inclinara sobre ella, cosa que empezaba a hacer. Una defensa insignificante que no logró detenerlo. Hunter se apoyó lentamente en sus manos. Ella cayó en la cuenta de que podía parecer que le estaba acariciando el pecho, así que echó las manos atrás como si se quemara. Entonces Hunter quedó muy cerca de ella.

—Sé que besarte es una mala idea. Probablemente me arrepentiré hasta el día de mi muerte, porque jamás lo olvidaré. ¿Y tú?

A ella no le salían las palabras. Sofocó un grito cuando los labios de Hunter tocaron los suyos. ¡Apartó la cabeza a un lado, no podía permitir que aquello sucediera! Los labios de Hunter la siguieron a través de su mejilla. Un cosquilleo se le extendió por el cuello, bajando por los hombros. Su corazón comenzó a palpitar.

—Hunter...

—Cuando susurras mi nombre, me trastornas. ¿Cómo lo haces, Jenny?

Tiffany sentía su aliento cálido en la mejilla. Hunter le pasó una mano por detrás de la cabeza para volver a guiar su boca hacia la suya. Fue un beso suave, pero el efecto que ejerció en ella fue de todo menos suave: le desató un torbellino en su interior. ¡Y lo sintió en sitios muy lejanos de la boca! Sintió impulsos desconocidos: rodear su cuello con los brazos y estrecharlos. Fue entonces cuando supo que estaba metida en un buen lío.

—¡Te daré un bofetón si no dejas que me levante!

Hunter rodó a un lado con un suspiro.

—Y yo que pensaba que el balde de agua fría se había quedado abajo...

Ella no contestó. Sin abrir los ojos hasta que se hubo levantado de la cama, hizo lo que tenía que haber hecho mucho antes y salió pitando del dormitorio.

30

Tiffany estaba furiosa cuando volvió a la cocina. Dio más de un portazo, incluida la puerta del horno cuando metió dentro bruscamente el pan para la cena. Sí, aquella era la casa de Hunter y seguramente estaba acostumbrado a pasearse de aquella manera después de un baño, pero, ¡santo cielo, ella no lo estaba! Ahora la cocina la llevaba una mujer, y no Ed el Viejo. Tendría que establecer algunas normas domésticas inflexibles. Salir del baño con solo una toalla estaría prohibido. Y que la besara, más que prohibido. Dios, eso la había puesto rabiosa. ¡Ella se lo había permitido! No le había puesto fin en el acto como debería haber hecho. Él la habría dejado en paz. Para él era solo un juego: el flirteo, los comentarios subidos de tono, incluso los besuqueos juguetones.

Receló también de su excusa para aquel escandaloso alarde de piel desnuda. Probablemente quería pavonearse delante de ella. ¿No había dicho que se preguntaba dónde estaba? ¡Porque esperaba que ella estuviera en la cocina para comérselo con los ojos! ¿Acaso pensaba que se lanzaría a sus brazos, incapaz de resistirse a su portentoso físico, si lo veía medio desnudo?

En el suelo de la cocina no había ningún rastro de barro. O sea que... Miró en el baño. Vale, la ropa amontonada en el suelo sí que parecía embarrada. Aunque no había botas. ¿Realmente había sido tan considerado de quitárselas fuera para no mancharle el suelo? Tiffany echó un vistazo fuera y abrió un poco más la puerta trasera. Ahí estaban las botas de Hunter, cubiertas de barro. Y también el cerdito, que de hecho se restregaba en las botas. Al menos había alguien contento.

Tiffany puso los ojos en blanco y levantó al cerdito, sosteniéndolo tan lejos de sí como pudo, para llevarlo dentro y dejarlo en el fregadero. El cerdito chilló cuando ella le echó agua por encima, pero se tranquilizó mientras le limpiaba el barro.

—Te gustan los mimos, ¿eh? Aunque no vamos a hacer de esto una costumbre —le advirtió.

Lo secó con una toalla de cocina, luego volvió a dejarlo fuera y le dio un empujoncito en las ancas en dirección a la pocilga. Aquel animalillo nuevamente le había alegrado el humor. Su enfado se había esfumado... de momento. Aunque probablemente volvería si cruzaba otra vez su mirada con la de Hunter durante el día.

Él ya estaba en la cocina. Tiffany no supo cuánto rato llevaba junto a la otra puerta mirándola, pero sí lo suficiente para haberla visto llevando al cerdito fuera.

—¿Ahora nos visita la cena? —preguntó con una sonrisa.

—Ni se te ocurra.

—No me digas que te has hecho amiga de un cerdo —repuso arqueando las cejas.

La idea era absurda, pero aun así Tiffany levantó el mentón desafiante.

—Por supuesto que no, pero ¿y si fuera que sí?

—Con lo estirada que eres, Pelirroja, todo corrección y formalidad del Este, y ahora conviertes en mascota a un animal que va a crecer mucho, pero mucho, casi trescientos kilos...

Y Hunter rompió a reír con ganas. Era una risa casi contagiosa, de modo que Tiffany casi ni pudo molestarse por su comentario. Aquel hombre sabía disfrutar de la vida y le encontraba la gracia a las cosas más insignificantes. Pero Tiffany lo había mirado demasiado rato. La imagen de su amplio pecho desnudo le volvió a la mente. Bajó los ojos, recordándolo... y lo que había venido luego. Su corazón se aceleró.

Se acercó presurosa a la cocina, cogió un cucharón y empezó a remover vigorosamente la sopa, tanto que se derramaba de la olla. Terminada la risotada, Hunter estaba de repente a su lado, aunque solo para servirse una taza de café. Sin embargo, no se alejó una vez hubo vuelto a dejar la cafetera sobre la cocina.

Tiffany evitó mirarlo, pero notó que él sí que la miraba. ¿Iba a ponerla siempre tan nerviosa? ¿Y era exactamente nerviosismo lo que le hacía sentir? Fuera lo que fuere, era perturbador. Tal vez hablando se quitaría de la cabeza la imagen de su torso desnudo.

—¿Cómo te has embarrado tanto?

—Uno de nuestros trabajadores más antiguos, Caleb, capturó a un caballo cimarrón cerca de aquí. No formó parte de tu cuadrilla de barrenderos, así que todavía no lo conoces. No tenemos a muchos vaqueros casados trabajando en el rancho, pero construimos algunas casas en el extremo norte de la propiedad para los que se casan y quieren seguir con nosotros. Caleb es uno de ellos. Espera un segundo hijo para cualquier día de estos. El caso es que trajo un cimarrón y pretendí domarlo. Podría haber elegido un día mejor para hacerlo. Sabía que me tiraría varias veces antes de rendirse.

—Y entonces, ¿por qué no has esperado?

Hunter sonrió.

—Porque sigo tratando de batir el récord de Sam Warren.

Tiffany se sorprendió de oír el nombre de su hermano y preguntó con cautela:

—¿Y qué récord es ese?

—Sam me desafió hace un par de años a un concurso de doma de caballos en el pueblo. Trajo una reata de seis caballos salvajes que había capturado y le pidió al sheriff que contara el tiempo, ya que no podíamos confiar en que nadie de las dos familias fuese imparcial.

—¿El tiempo de qué?

—El que tardábamos en domar cada caballo. Ganarían los dos mejores tiempos de los tres caballos que le tocaban a cada uno. Pero los dos primeros ya los domó en la mitad de tiempo que yo. Tendría que haber sabido que estaba condenado a perder desde el momento en que afirmó haber capturado él mismo a los seis. Más tarde supe que lleva años domando caballos salvajes. Lo hace por diversión, de modo que es todo un experto.

Tiffany recordó a Sam contándole sobre aquella inusual afición suya. Seguía a las manadas salvajes. El desafío que más le gustaba era capturar a una de las yeguas sin alertar al semental que las guardaba. También rescataba a cimarrones recientes antes que el semental de la manada se pusiera demasiado agresivo.

Lo que Hunter acababa de describir resultaba muy parecido a lo que estaba haciendo Zachary al privar a Frank de su ama de llaves. Una broma. ¿Así que a ambos bandos les gustaban las bromas? Eso no sonaba a enemistad a muerte. Le hizo preguntarse si la rivalidad habría muerto por sí misma si la proximidad de la boda no hubiera sacado de sus casillas a sus hermanos. ¿Se habría calmado para convertirse simplemente en desconfianza, insultos y bromas hasta ese año? ¿Iba a ser justamente lo que había comportado una tregua tantos años atrás lo que ahora iba a echarla por la borda? Aunque olvidaba el agua en disputa, la maldita agua que no querían compartir. Y lo furiosos que estaban los Callahan aquella misma mañana cuando habían salido cabalgando para enfrentarse a su familia. No, ni se había acabado ni era inofensiva.

—Si logras batir su récord, ¿piensas volver a desafiarlo?

—Depende de cómo vaya este año. Tal vez lo desafíe a otras cosas.

Tiffany palideció cuando vio que se llevaba la mano a la pistola mientras lo decía. ¿Un duelo? ¡¿Con su hermano?!

31

—¿Temes por mí, Pelirroja? Pues no temas. Ya viste por ti misma que soy diestro con los puños. Sam es casi tan alto y rápido como yo, pero solo necesitaría un puñetazo para derribarlo, delgado como está.

A Tiffany le volvió el color a las mejillas. Puños, no pistolas. Debería haber recordado que ya había visto anteriormente a Hunter llevarse la mano a la pistola, así que probablemente era simplemente un gesto de bravucón. Ahora se sentía avergonzada de que la hubiera visto con una expresión tan horrorizada y creyese que era por él. Al menos podía corregir esa impresión.

—No temía por ti. Simplemente es que no me gusta ningún tipo de violencia. —Y espetó—: Si no vas a casarte con la hermana de Sam Warren, deberías hacérselo saber a su padre.

Hunter la miró de arriba abajo y esbozó una sonrisa de satisfacción.

—Sí, probablemente debería hacerlo.

¡Dios santo, lo haría por la razón equivocada, porque se sentía atraído por ella! ¡Aquello no acabaría con la enemistad, sino solo con la tregua!

—Perdona —se apresuró a decir—. No es asunto mío hacerte este tipo de recomendaciones. Y, lógicamente, deberías hacer las paces con los Warren antes de hacer algo tan imprudente.

Hunter resopló.

—De eso ni hablar. Aunque en parte tienes razón, pues resulta que esto no es asunto tuyo, así que, ¿por qué estamos hablando de ello?

—Tienes razón —dijo ella poniéndose rígida—. Tendríamos que estar hablando de tu falta de decoro. Tal vez harían falta algunos colgadores en el baño para que los hombres pudierais colgar vuestros albornoces.

Hunter se rio.

—Yo no tengo.

—Pues cómprate uno.

—¿Y por qué se supone que tenemos que cambiar de costumbres?

¿Acaso no era razonable su sencilla petición? Cielo santo, por supuesto que no lo era, porque nuevamente estaba reaccionando como Tiffany, no como Jennifer. ¡Jennifer jamás les pediría a sus amos que cambiasen de hábitos! Se sintió obligada a transigir.

—Pues entonces saldré fuera cuando los hombres os bañéis y no entraré hasta que hayáis terminado.

—¿Y por qué eso es un problema para ti?

—¿Bromeas? Es más que impropio, es escandaloso que desfiles desnudo por...

—No estaba desnudo. ¿Te quejas por un pecho al descubierto? Aquí ningún hombre duda en quitarse la camisa un día caluroso.

—De donde yo vengo...

—Ahora estás aquí. Ha sido el beso, ¿verdad? Eso es lo que te ha sulfurado. ¿Te ha hecho pensar que le eras infiel a tu lejano novio? ¿O tal vez has descubierto que habías hecho una mala elección con él y que deberías pensar en nuevas opciones conmigo?

Tiffany no iba a responder a eso, aunque tuvo la sensación de que Hunter solo bromeaba cuando cambió de derrotero y olisqueó el aire de la cocina antes de añadir:

—¿Tendré que volver a comer en el pueblo?

—Todavía no está acabado —mintió Tiffany en tono gruñón.

Hunter se giró para marcharse. Por fin. Aunque su guasa sobre si comería fuera le dolió. La sopa se había espesado y Tiffany tenía depositadas grandes esperanzas en ella. ¿Por qué él tenía que sugerir que no era comestible? Todavía no se había atrevido a probarla, pero la olió como había hecho él. Entonces suspiró. No tenía aroma. Por eso lo había dicho.

La receta pedía dos especias, pero como ella no sabía nada de especias, había preferido ir a lo seguro y no añadirlas. Entonces decidió añadir una y echó un puñado dentro. Cobrando ánimo, probó la sopa y mordió algo que le hizo llorar los ojos. ¡Ahora estaba demasiado especiada, demasiado picante! Perdió la noción del tiempo mientras repescaba todos los granos de pimienta que le había echado.

Cole apareció en la puerta para señalarle que ya era tarde.

—¿Todavía no está lista la cena?

¡El pan! Había olvidado que estaba en el horno. Con miedo a mirar, entornó los ojos al abrir la puerta del horno y suspiró de alivio. El pan tenía buen aspecto. La corteza estaba un poco más oscura de lo que debería, pero por lo demás estaba bien. Sacó las seis hogazas y puso tres en un cesto para llevarlo al comedor, junto con un tarro de mantequilla.

Los hombres estaban allí esperando, los cinco: Hunter, sus hermanos, Zachary e incluso Degan. Ella ya había puesto la mesa con cuencos de sopa. Pero redujo el paso cuando oyó de qué hablaban.

—¿Y creíste a Frank? —le estaba preguntando John a su padre.

—Sí. Ya os había dicho que no es su estilo.

—Y bueno, ¿qué dijo cuando le contaste que tenemos a la señorita Fleming con nosotros? —preguntó Cole con la mirada puesta en Tiffany. Estaba sonriendo. Y sus hermanos también. Se lo estaban pasando muy bien con aquella broma que le estaban gastando a su padre... con su ayuda. Pero Zachary los sorprendió con su respuesta.

—He decidido esperar. Casi me pareció que se avergonzaba cuando le pregunté qué tal iba la nueva ama de llaves. Me costó no reírme cuando murmuró que todavía no se había presentado. Estaba a punto de contarle por qué cuando me dijo que la llegada de su hija se iba a retrasar. Ni siquiera trató de ocultar lo disgustado que estaba. Casi me hizo compadecerlo. Parece que se torció un tobillo en el viaje desde Nueva York y se quedará en Chicago hasta que se recupere.

Tiffany no pudo evitar mirarse el tobillo y menearlo. Pero Zachary no había terminado.

—Ese retraso podría darle tiempo a Frank de hacer venir a una nueva ama de llaves antes de que llegue su hija, y lo hará si le digo que tenemos a la primera aquí. Así que esperaré a decírselo casi en el mismo momento en que llegue su hija.

Tiffany se sorprendió de sentirse un poco culpable por estar engañando a todo el mundo, hasta que John comentó sarcásticamente:

—Esa hija parece un poco delicada si una simple torcedura de tobillo le impide llegar aquí.

Aquello la enfadó. Y aún más cuando Hunter dijo:

—A mí que se retrase ya me va bien, aunque ¿qué se puede esperar de una señoritinga del Este? Probablemente se desmaye por un rasguño.

Tiffany lo miró con incredulidad. Él no se dio cuenta porque su padre le llamó la atención:

—Deberás ser amable con ella, hijo. Frank dice que tiene muchas ganas de conocerte. También trae consigo un elegante vestido de novia. Me da miedo mencionárselo a tu madre. Se va a disgustar porque tú todavía no tienes un traje elegante para la boda.

Tiffany estuvo a punto de lanzarles el cesto de pan a la cabeza. ¿Su padre mentía acerca de ella? Rose jamás le habría dicho que su hija tenía muchas ganas de conocer a Hunter. ¡Cómo era capaz de mentir sobre ella! Sí que era verdad que tenía un vestido de novia. No había querido saber nada de él, aunque de todos modos Rose había mandado que se lo hicieran. Se había negado a traerlo consigo y le había ordenado a Anna que no lo pusiera con el equipaje. Lástima. Si lo hubiera traído, en aquel instante lo tendrían aquellos forajidos. Dio media vuelta para volver a la cocina por la olla de sopa con el cucharón para que se sirvieran ellos mismos. Estarían de suerte si no se los vertía encima.

—¡Eh! —le gritó alguien antes de que saliera del comedor. Era John sosteniendo en alto una de las hogazas para enseñarle que por debajo estaba toda negra. Hunter sonreía mientras golpeaba otra hogaza con los nudillos. Sonaba tan dura como una piedra.

Tiffany le lanzó al patriarca una mirada acusadora.

—¡Ya le advertí que no soy cocinera!

—Eres una mujer, y todas las mujeres saben cocinar —replicó él impasible—. Solo es que estás nerviosa. Es comprensible. Ya lo harás mejor la próxima vez.

Tiffany balbuceó. Esa era su próxima vez. Sin saber cómo, contuvo las lágrimas, aunque ahora la tristeza se mezclaba con la rabia. Volvió apresuradamente a la cocina. La olla pesaba tanto que estuvo a punto de volcarla antes de llegar al comedor. Hunter seguía sonriéndole. ¿Le divertía su fracaso? Fue entonces cuando dirigió su ira hacia sí misma por haber llegado a creer que podría aprender a cocinar. No tenía ninguna habilidad ni experiencia laboral. La habían educado únicamente para vestir con elegancia, conversar correctamente con gente de su misma clase social y comportarse como una dama. Frustrada y derrotada, cogió una hogaza de pan y la golpeó contra el borde de la mesa. Necesitó tres intentos más para que la hogaza se partiera. Entonces arrancó trozos de la miga blanda que había dentro de la granítica corteza y los lanzó a la olla de sopa.

—Ya entendemos la idea —dijo Cole—. No lo eche todo. Deje un poco para que podamos untarlo de mantequilla.

—No se desanime —la consoló Degan—. Siga estudiando su libro de cocina. Ya sabrá cómo apañarse.

También podría haber añadido «siendo una mujer». Sin duda lo estaba pensando. Pero ¿qué lógica era aquella? ¡Para lo único que había sabido apañarse había sido para enfadarse e impulsivamente rescatar parte del pan a base de golpes!

Se volvió para regresar a la cocina y Zachary le preguntó:

—Esto es solo el primer plato, ¿no? ¿Qué más vas a servirnos esta noche?

¿El primer plato? Fue entonces cuando echó a llorar.

32

Al final la sopa de Tiffany no resultó tan mala. No tenía mucho sabor, pero sí relleno. Y Hunter, Cole y Degan tomaron una segunda ración. De modo que no fue la ira ni la decepción lo que la mantuvo despierta aquella noche. Simplemente no podía quitarse de la cabeza aquella imagen de Hunter con solo una toalla alrededor de las caderas. Golpeó la almohada y agitó la cabeza, tratando de borrarla de su mente. Pero ahí seguía, con el pelo mojado, el torso empapado, las piernas largas y los pies desnudos, y aquel pecho amplio y musculoso.

Era el hombre más apuesto que había visto jamás y Tiffany sentía un extraño revoloteo en el estómago. Hunter nunca lo sabría, no si ella podía evitarlo. Pero, cielo santo, cuando sonreía, que era algo habitual, era tan guapo... Tiffany no quería sentirse tan atraída hacia él, pero no sabía cómo lograrlo. Aunque eso no le haría variar de idea. Seguía convencida de que no se casaría con él. ¿Quedarse allí metida? ¿Con tiroteos, forajidos, más polvo del que podía tolerar y sin ayudantes? ¿Y no volver a ver jamás a su madre? ¡No!

Además, ella no le gustaría a Hunter cuando él descubriera quién era realmente y viera cómo se comportaba y vivía su vida realmente. Ya había oído las burlas de los Callahan cuando hablaban de Tiffany Warren durante la cena. A Hunter le gustaban las mujeres trabajadoras y sencillas, como Pearl y Jennifer. Era una lástima no poder disfrutar más del tiempo que pasaba allí y poder asemejarse más a Jennifer. ¿Se habría resistido la señorita Fleming al atractivo de Hunter? ¿Habría querido resistirse? La auténtica ama de llaves probablemente no hubiera apartado la vista cuando él había aparecido cubierto únicamente por una toalla. Probablemente tampoco hubiera huido de sus besos, y menos cuando la hacían sentir tan...

Dios santo, sus pensamientos la estaban llevando por un camino peligroso. Tiffany trató de dominarse imaginando vacas que saltaban una valla y contándolas, con lo que finalmente se durmió. Aunque no por mucho tiempo. Poco después, un ruido la despertó. No, no era un ruido, sino una voz que susurraba en voz baja, ¡y al lado mismo de su cama!

—Señorita Fleming, he venido a ayudarla. ¡Señorita Fleming, despierte, por favor!

Probablemente habría gritado si el sueño no hubiera enturbiado su mente. Había alguien arrodillado junto a su cama. La oferta de ayuda le hizo pensar que había otro incendio y uno de los Callahan estaba intentando sacarla de la casa. Pero entonces ¿por qué susurraba?

—¿Qué pasa? ¿Quién hay ahí? —preguntó con recelo, tratando de distinguir los rasgos del hombre en la oscuridad.

—Sam Warren, señorita.

Tiffany se quedó sin aliento. Dios santo, ¿su hermano mayor estaba en su dormitorio? ¡Y no debía estar allí! ¿Cómo lo había descubierto? Quiso abrazarlo pero no podía. La había llamado «señorita Fleming», o sea que parecía ignorar que era su hermana.

—Finalmente até cabos —susurró Sam—. Que tenía que ser usted a quien vi en el restaurante de Sally. Solo la vi de espaldas, pero fue su vestido lo que me dio que pensar. Por aquí nadie viste así. Y me pareció que se la llevaban del restaurante por la fuerza. Muy típico de los Callahan recurrir al juego sucio. Pero estoy aquí para ayudarla.

Cada palabra que salía de su boca le daba a Tiffany más ganas de darle un abrazo. Sam al rescate. Era adorable por su parte.

Y tener que mentirle para que se fuera probablemente la iba a hacer llorar.

—¿La tienen aquí prisionera? Con las puertas de abajo cerradas con llave, temía que la de su dormitorio también lo estuviera, aunque supongo que han imaginado que el guardia que tienen dando vueltas a la casa es suficiente para asegurarse de que no huya.

—El guardia está allí porque anoche alguien trató de prender fuego a la casa.

—Ya nos lo han dicho, aunque le juro que mi familia no lo hizo.

—¿Cómo ha entrado sin que lo viera el guardia?

Tiffany se lo imaginó sonriendo con orgullo.

—Soy rápido, señorita. Dejé mi caballo lejos junto a unos árboles y me acerqué furtivamente, luego corrí hasta la puerta de atrás, que estaba cerrada. Pero con el guardia en el otro lado de la casa fui a la parte de delante y trepé al techo del porche. Las ventanas de arriba están abiertas de par en par, incluida la del extremo de su pasillo. Además, hace una noche muy oscura, lo bastante como para que el guardia patrulle con un farol, por lo que resulta fácil de ver.

—Pero si lo descubren aquí, pensarán que su familia provocó el incendio y que está usted aquí para volver a intentarlo.

—No, no lo pensarán. Mi padre ya le ha dicho a Zachary que era indignante que pudieran atribuirnos una cosa así.

—¿Cómo ha sabido cuál era mi habitación? No ha entrado en todas para encontrarme, ¿verdad?

—Por supuesto que no, no me ha hecho falta. La he visto en la ventana antes de que apagara la luz. No hay más mujeres en la planta de arriba, y menos que puedan estar en pie junto a la ventana, así que tenía que ser usted.

—¿Y cómo conoce usted la disposición de los dormitorios?

Sam se rio por lo bajo.

—Mis hermanos y yo solíamos retarnos a venir a espiar a los Callahan cuando éramos pequeños.

Tiffany puso los ojos en blanco. Sam no pudo verlo porque

no exageraba en cuanto a la oscuridad. Aquella noche no había luna, pues se avecinaba otra tormenta. Tiffany se armó de valor y le dijo:

—Tiene que marcharse. Estoy aquí por voluntad propia. No me siento orgullosa de ello, pero me persuadieron con dinero. Los Callahan me ofrecieron mucho más de lo que vale mi trabajo para que trabajase aquí en vez de en su rancho. Me sentí demasiado avergonzada para explicárselo a su padre.

—Pues rayos, si solo es cuestión de dinero, podemos mejorar cualquier cosa que le hayan ofrecido.

—No —replicó Tiffany con un suspiro—. Esto parece el juego de tirar de la cuerda. En algún momento tengo que decir basta.

—No lo entiende. Es muy probable que ellos solo hayan hecho esto para tocar las narices, mientras que mi familia la necesita realmente. Mi hermana va a venir aquí por primera vez en años. La contratamos a usted para hacer que ella se sintiera como en casa. Ella está acostumbrada a mayordomos, amas de llaves e incontables criadas. Para mi padre es muy importante que se sienta cómoda aquí. Fue por eso que la hizo venir.

Y entonces las lágrimas se desbordaron. Tiffany confiaba en mantenerlas en silencio, pero no hubo suerte. Sam encendió una cerilla al oír los sollozos. Ahogando un grito, Tiffany tiró de la sábana para cubrirse el rostro. No fue lo bastante rápida.

—¿Tiffany? Pero ¡¿qué demonios...?!

33

Tiffany bajó lentamente la sábana. Sam la miraba boquiabierto, hasta que la cerilla empezó a quemarle los dedos. La tiró y encendió otra, luego encendió el farol que había junto a la cama. Sin tener en cuenta su ceño fruncido, Tiffany cedió al impulso que había sentido inicialmente y le dio un fuerte abrazo.

—Puedo explicártelo —susurró.

Sam la apartó para mirarla. A Tiffany la inundó la dicha por ver a su hermano después de tantos años. Rubio, de ojos verdes y muy apuesto. Una vez le había dicho que no se parecía a ella. Él había explicado con orgullo que había salido a su padre. Eso había sido en los tiempos en que ella anhelaba saberlo todo acerca de su padre y aquel día había sentido envidia de Sam porque se parecía a Frank y ella no.

Su expresión se había tornado sombría.

—Así que te secuestraron. ¿Por qué no me lo decías?

—Porque no me secuestraron. Ellos pensaron lo mismo que tú, que yo era Jennifer Fleming. Y lo que te he dicho es verdad, creen que me han persuadido de trabajar aquí duplicándome el sueldo.

—¿Y por qué no aclaraste las cosas?

—Porque quería estar aquí.

—¡Qué! Tiff...

—Siéntate —dijo dando una palmadita en la cama a su lado—.

Escúchame, por favor. Yo no quería venir a Montana. Y mucho menos quiero casarme con un vaquero. Pero mamá arregló este compromiso matrimonial y, aunque no insistió en que lo cumpliera, sí que me hizo prometer que estaría aquí dos meses para darle una oportunidad a Hunter. Y es aquí donde quiero hacerlo.

—Nuestros hermanos y yo tampoco queremos que te cases con Hunter. Solo son los mayores los que quieren esta boda para asegurar la tregua. Pero eso es ridículo. No es que no sepamos cuidarnos solos. Vaya, podríamos darles su merecido a los Callahan si quisiéramos. —Sam se rio con desdén—. Y ellos deben de saberlo cuando han hecho venir a un pistolero famoso como Degan Grant para protegerlos. El viejo Zachary incluso lo ha traído consigo esta mañana para acusarnos de provocar un incendio. Pero no nos asustan los matones a sueldo, Tiff.

Quien sí que se asustó fue ella por aquel exceso de confianza.

—¡Deberíais tenerle miedo! Ese tipo es peligroso...

—No hablemos más de él. No puedes ni imaginar las ganas que teníamos todos de que llegaras, y ahora vengo y te encuentro aquí.

—Y yo también me moría por veros —dijo ella con una mueca de tristeza—. Pero es que... —Se mordió la lengua. No podía decirle lo que sentía por su padre, que había asumido aquella farsa para poder evitar verse cara a cara con él. Sam no podría entenderlo porque lo adoraba.

—¿Qué? —preguntó Sam.

—Ya he estado aquí unos días, el tiempo suficiente para saber que esta vida no es para mí.

—Unos días no son nada, y además... —de repente Sam pareció caer en la cuenta— ¡los estás pasando como una criada, así que es normal que no te guste!

—Los deberes de un ama de llaves son mínimos —observó Tiffany sonriendo. No pensaba mencionar la pesadilla de la cocina—. Y además, me refiero a esta parte del país. Ya me he topado con salteadores de trenes, me han disparado, he visto cómo bajaban cadáveres del tren, perdí la mayor parte de mi equipaje, vi cómo casi le disparaban a Hunter por la espalda... Ya es más que suficiente. Todo esto —dijo, agitando una mano en derredor— es vuestra vida, no la mía.

Sam suspiró.

—Te entiendo, Tiff. Cada vez que os visitábamos a mamá y a ti nos sentíamos fuera de lugar. No era nuestro mundo, lo percibíamos allá donde fuéramos. Pero Roy, que os visitó más, cuando volvió la última vez dijo que hasta echaba de menos la ciudad, que se estaba acostumbrando a ella. Solo es cuestión de tiempo habituarse a un lugar.

—Tal vez para un hombre, pero cada vez que vuelvo la cabeza presencio algún tipo de violencia.

—Diría que solo has tenido una racha de mala suerte. Podemos estar meses sin oír un disparo, y cuando lo oímos, normalmente es alguien que le dispara a una serpiente. —Tiffany hizo una mueca—. Los forajidos son una especie en extinción. Los sheriffs los persiguen implacablemente. Y cada día nos volvemos más civilizados gracias al ferrocarril.

Tiffany le dio una palmadita en el dorso de la mano. Ningún consuelo que le ofreciera podría cambiar lo que había vivido ya. «Volverse» no era «ser». Sam debió de percatarse porque pareció frustrado.

—Es por eso que tendrías que venir a casa con nosotros. Te lo pasarás en grande. Iremos a pescar y montar, te llevaremos a ver auténticas montañas, verás cómo es realmente este lugar. Y papá está deseando verte. —Tiffany arqueó una ceja con escepticismo, pero Sam malinterpretó el gesto y dijo—: Sí, quiere que te cases con un Callahan, pero tranquila, no se lo permitiremos. Y tal vez mamá también venga a visitarnos si sabe que te lo estás pasando bien aquí.

Era evidente que sus hermanos imaginaban un tipo de visita muy diferente si incluso esperaban que se divirtiera en Montana y que su madre se reuniera con ellos. Nada de eso iba a ocurrir. Tiffany de repente se sintió furiosa con sus padres y sus secretos. Su extraña relación todavía perjudicaba a sus hermanos, incluso ahora que eran adultos.

Pero Tiffany no le dijo nada acerca de su frustración, sino que le preguntó:

—¿Por qué dejasteis todos de venir a Nueva York? Ya hace cinco años desde la última vez que uno de vosotros nos visitó.

Sam pareció sorprendido por la pregunta.

—Lo mencioné en mis cartas, ¿no? Fuimos adquiriendo más responsabilidades. Empezamos arreando a los rebaños para llevarlos al mercado. Fui a mi primer traslado de ganado cuando tenía trece años. Por supuesto, la llegada del ferrocarril a casi todo el territorio este último año casi ha terminado con esta actividad. Todavía tenemos pequeños traslados desde pueblos cercanos que aún no están conectados con el tren, pero con un par de hombres hay bastante. Y luego estaba el colegio.

—Pero eso no había evitado que vinieseis antes.

—Porque antes no teníamos colegio. Papá solía enseñarnos cuando tenía tiempo. Pero entonces llegó el primer profesor a Nashart, un profesor de verdad, y construyeron un aula para él. No estábamos obligados a asistir, pero papá supuso que mamá se alegraría si íbamos, así que fuimos. Todos los malditos días.

—A mí me gustaba el colegio, ¿a vosotros no?

—Aprender estaba bien, pero estar metidos en un aula todo el día con John y Cole Callahan era un infierno.

—Oh. —Tiffany trató de no reírse. Entonces se dio cuenta de que no era una cuestión de risa, aunque debería haberlo sido. Pero sus hermanos no se habían criado con las dificultades normales de otros niños. Habían tenido a enemigos de verdad como vecinos, y casi todos mayores que ellos. Si se metían en una pelea con un Callahan, probablemente nunca ganaban. Qué espantoso.

—Como te decía —continuó Sam—, ahora las cosas están cambiando rápidamente en el Oeste. Nashart ha doblado incluso su tamaño en los dos últimos años.

Tiffany volvió a hacer una mueca de incredulidad. Sam seguía tratando de convencerla de que podía gustarle aquel lugar. Pero ella se dio cuenta que también tenía que convencerlo de algo.

—Sam, tengo que descubrir la manera de poner fin a esta enemistad sin ser parte de la solución. Y tendré más posibilidades de hacerlo aquí en esta casa, con esta gente. La clave probablemente sea Mary Callahan. Si alguien puede hacer entrar en razón a esta familia, tiene que ser ella. Y necesito tiempo para hacerle ver mi punto de vista. Y no quiero que papá me empuje por el pasillo del altar con Hunter solo porque está impaciente por poner fin a la enemistad. Así que quiero que mantengas el secreto de que estoy aquí, con papá e incluso con nuestros hermanos.

Sam se levantó de golpe.

—No puedes pedirme que le mienta a papá. ¡Eso sí que no!

—Mentirle no, solo que no le digas que me has visto.

—Eso es lo mismo que...

—Sam, es mi vida, no la tuya. Necesito tiempo. Si le dices a alguien que estoy aquí, a alguien de nuestra familia o incluso de esta, te juro que subiré al próximo tren hacia casa. Entonces ya no habrá más tregua. ¿Tienes idea de cómo era antes de la tregua? Por supuesto que no, eras demasiado joven, igual que yo. Pero mamá sí que lo sabe. Entonces vivía aquí. Me lo contó todo. ¡Y lo detestaba!

—¿Fue por eso que se marchó? —Sam parecía afligido. Tiffany pestañeó.

—¿Tú no sabes por qué?

—Se lo pregunté a papá. Y también a ella. ¿Sabes cómo duele saber que tus padres te están mintiendo? No se les da muy bien, ¿sabes? Pero nunca tuve el valor de insistir. Papá siempre se entristecía. Y mamá se enfadaba, aunque juraría que lo fingía para disimular que también estaba triste. Qué absurdo.

—Desde luego. —Tiffany volvió a jurarse que obligaría a sus padres a hablar claro sobre su separación. Ya no era una niña. Tenía derecho a saberlo. Ya estaba harta de sus mentiras. Aunque ahora tenía que convertir a Sam en su cómplice—. ¿Qué, me guardarás el secreto?

Sam apretó los labios. Era evidente que le costaba decidirse. Tiffany aguantó la respiración.

—Espero que odies a Hunter pero adores Montana —dijo finalmente—, tanto como para querer quedarte aquí a vivir con nosotros. Solo tienes que pensar que podríamos vernos cada día.

—Sam —dijo Tiffany conteniendo las lágrimas y negando con la cabeza.

El joven parecía enfadado cuando se levantó.

—Esto no ha terminado, Tiff. No está bien que le mientas a papá y que te hagas pasar por un ama de llaves para los Callahan. Piénsalo. Yo no diré nada... por ahora.

34

Tiffany estaba demasiado nerviosa para quedarse en la cama cuando su hermano se marchó con sigilo. Debería haberlo acompañado fuera para asegurarse de que se iba sano y salvo. Pero se dio cuenta demasiado tarde, así que anduvo de una a otra ventana de su dormitorio, aunque en el patio solo se veía al guardia que se paseaba con su farol.

De repente, un resplandor procedente de la cocina justo debajo de ella la hizo palidecer, era demasiado similar al que había visto la noche del incendio. Pero ahora la casa estaba vigilada. Podría ser simplemente el guardia, aunque no creía que patrullase también por dentro de la casa. ¡Santo cielo! ¿Y si habían pillado a Sam? ¡Tenía que averiguarlo!

Se puso su combinación y cogió la chaqueta de viaje. ¿Por qué no se le había ocurrido pedirle a la señora Martin que le hiciera también una bata? Estaba ridícula, mas no le importó. Al menos no volvía a bajar otra vez en ropa interior.

Irrumpió en la cocina al mismo tiempo que Hunter salía por la puerta trasera. Él debió de oírla porque se volvió y le preguntó:

—¿Qué haces aquí abajo?

—He oído un ruido.

—Sí, yo también. No era nada, vuelve a la cama. —Aunque por su cara no parecía pensar que fuera nada.

Se lo veía tenso, y saldría fuera a investigar... donde tal vez se toparía con su hermano. ¡Tenía que darle tiempo a Sam para escapar! Desesperada, se jugó el todo por el todo: cruzó la cocina corriendo y le rodeó el cuello con los brazos.

—¡No me dejes sola!

Hunter la abrazó sin dudarlo, aunque se sintió confundido, porque preguntó:

—¿Qué ocurre?

—Tú... o sea, la luz que has traído a la cocina. Se veía desde mi ventana y he pensado que volvía a haber fuego.

Hunter reprimió una risa.

—Y tal vez lo haya. —Como ella sofocó un grito, se explicó—. No me refería literalmente. No me hagas caso, ven aquí.

Hunter la acompañó a una silla de la cocina y se sentó con ella en el regazo, con un brazo a su espalda, y con la otra mano empezó a frotarle el hombro y el brazo para tranquilizarla. No la estaba acariciando exactamente, pese a que su tacto podía convertirse en caricia, y Tiffany estaba apoyada contra su pecho, aquel pecho otra vez desnudo. Hunter había bajado a la planta baja solo con los pantalones. Tiffany empezó a sentirse avergonzada por haberse lanzado a sus brazos, no importaba cuál fuera el motivo. ¿O tal vez era demasiado recatada para admitir que se alegraba de haber tenido una excusa para hacerlo?

—Me sorprende que te hayas asustado, teniendo en cuenta el valor que demostraste anoche.

—Eso fue diferente.

—¿En qué?

—Ayer el fuego ya ardía. Reaccioné sin pensarlo. Solo pensaba en apagarlo antes de que se expandiera. —Tiffany respiró profundamente, inhalando aquel aroma a cuero y pino. Le encantaba cómo olía.

—Eres más valiente de lo que crees, aunque me encanta que acudas a mí cuando flaquees.

A ella no le hacía falta ver su sonrisa para saber que estaba allí mientras le hablaba. Se sintió un poco mal por haberle engañado. Aunque era verdad que se había asustado... por su hermano. A aquellas alturas Sam ya debía haber escapado. Era momento de volver a la habitación.

—Supongo que tardaré un poco en dejar de asustarme por cada ruido o luz inesperada en la casa —dijo con una sonrisa y apartándose de su pecho.

Esa fue probablemente su mayor equivocación, ya que ahora vio lo atractivo que era y tuvo ganas de quedarse en su regazo. Observó fascinada su pecho y sus brazos musculosos, sus hombros anchos, los marcados tendones de su cuello y su hermoso rostro. Sus ojos azules la habían capturado y no la soltaban. ¿Vio en sus ojos el ardor del deseo, o era un reflejo del farol? Fue un momento emocionante. Tiffany recordó que él no sabía quién era ella y que si lo supiera no le gustaría. Aunque sí que le gustaba Jennifer. ¿Por qué no podía ser la auténtica Jennifer por un rato aquella noche?

—Jenny —dijo él tiernamente, como respondiendo a su pregunta, animándola a que se dejase llevar.

Tiffany no impidió que volviera a estrecharla contra su cuerpo; ella enredó sus dedos entre sus largos y negros cabellos sujetándole la cabeza mientras la boca de Hunter reclamaba la suya.

Su beso fue dulce al principio, para volverse intenso y exploratorio cuando hurgó con la lengua los labios de Tiffany hasta separarlos. Entonces estalló la pasión. Durante un largo rato, los engulló y ninguno de los dos parecía capaz de saciarse con el otro. Hunter recorría su espalda con las manos arriba y abajo mientras sus besos eran cada vez más ávidos. Las manos de Tiffany le aferraban los hombros mientras todo su cuerpo crepitaba con cada empuje de la lengua de Hunter. Finalmente fue él quien se moderó, tal vez porque no quería asustarla. No sabía que Tiffany ya había superado el miedo, aunque era demasiado inexperta para hacer otra cosa que dejar que él la guiara.

Hunter le quitó la chaqueta y apartó los tirantes de su camisón, luego le besó el hombro desnudo, dejando una marca antes de moverse hacia su cuello. Tiffany temblaba mientras Hunter seguía besándola y acariciándola con ternura. La excitaba de un modo que jamás habría soñado. Era tan grande, tan fuerte, más atractivo que ningún hombre que hubiera conocido jamás. Y además la deseaba.

Tiffany notó que él tiraba de los lazos del camisón, aflojándolos, y que ahuecaba una mano sobre uno de sus senos. Jadeó. Hunter le tocó el pezón, dibujando círculos suavemente y despertando un cálido cosquilleo por todo su cuerpo que la hizo jadear más fuerte. Ambos oyeron las pisadas al mismo tiempo. Tiffany inhaló bruscamente y comenzó a levantarse, pero Hunter la apretó hacia él para taparle los pechos desnudos mientras el guardia pasaba junto a las ventanas de la cocina.

A Tiffany le palpitaba el corazón y seguía jadeando cuando las pisadas se alejaron y volvió a dejarse caer hacia atrás. Hunter sonrió apesadumbrado.

—Tal vez sea mejor así. Me estaba dejando llevar por el entusiasmo.

Ella se limitó a ceñirse el camisón y salir a toda prisa de la cocina hacia la planta de arriba. Ahora se sentía asaltada por un doble sentimiento de culpa, por haberle pedido a Sam que le guardara el secreto y por darle a Hunter la impresión equivocada. ¡Por Dios santo, si solo hacía tres días que conocía a aquel hombre! Y no tenía ninguna intención de casarse con él. ¿Cómo había podido ceder a impulsos prohibidos? ¡Incluso se había animado a sí misma a permitírselo! ¿Es que no estaba bien de la cabeza? Estaba jugando con fuego.

Aquella farsa tenía que terminar. Al día siguiente le escribiría otra carta a su madre. Esta vez se lo contaría todo, todos los horrores de que había sido testigo, el miedo que había pasado y lo que estaba teniendo que soportar, lavar platos y demás, solo para evitar a Frank Warren y encontrar la manera de poner fin a la enemistad sin tener que casarse. Había intentado evitarle a su madre más preocupaciones, pero ya no podía seguir soportándolo sola. Cuando Rose lo supiera todo, la liberaría de su promesa. Antes de marcharse, sentaría a aquella gente a una mesa y les haría resolver lo que nunca debería haberse convertido en una enemistad. Luego regresaría a casa sin ningún remordimiento...

35

La segunda carta de Tiffany a su madre era larga y tenía que estar bien redactada. No pudo terminarla de un tirón porque tenía que preparar su primer desayuno para los Callahan. Sirvió huevos, pan recién hecho, que esta vez salió perfecto, y carne de vacuno, que Andrew asó a la parrilla en el patio trasero para no sobrecalentar la cocina encendiendo la chimenea. Le salió tan bien que ni siquiera estropeó su humor un comentario subido de tono de Hunter haciendo secreta referencia a lo que imprudentemente ella había dejado que sucediera la noche anterior.

Aunque sí que la avergonzó un poco. Lo que la había avergonzado de verdad había sido la primera visión de Hunter aquella mañana y darse cuenta de las ganas que tenía de verlo. La noche anterior había jugado con fuego, y aquella llama podía descontrolarse si no podía apagar aquellos sentimientos inapropiados que seguían revolviéndose en su corazón.

Pero ya tenía el día bastante ocupado y pudo apartar aquellos pensamientos de su cabeza. Después del desayuno tenía que empezar a preparar la cena pronto, ya que iba a hacer un asado. Solo para asegurarse de que no se convirtiera en un nuevo desastre, volvió a visitar a Mary.

Tiffany seguía evitando comentarle a la madre de Hunter que no sabía cocinar, pero pensó un modo para obtener su ayuda sin pedirla directamente.

—Esta noche prepararé un asado. Como hay muchas maneras de hacerlo, me gustaría saber si usted tiene alguna receta favorita.

—Tengo muchas, pero sería difícil explicarlas si no puedo estar contigo en la cocina. Yo no cocinaba para la familia, ¿sabes? El padre de Zachary, Elijah, tenía su propia cocinera, que hizo el viaje hasta aquí con nosotros. Cuando se jubiló, pensé que tal vez me tocaría cocinar para mi familia. Mi madre me había enseñado. Pero Zachary fue y contrató a otro cocinero y, bueno... de hecho yo prefería andar por los pastizales.

—¿Usted trabajaba con el ganado? —preguntó Tiffany, incrédula.

Mary sonrió.

—Llevar el ganado no es tan duro, cielo. Me permite pasar más tiempo con Zach, y me encanta estar al aire libre. No me dedico a marcar el ganado en primavera, aunque echarle el lazo a las terneras extraviadas para devolverlas con sus madres es divertido. Tendrías que pedirle a alguno de los chicos que te enseñe algún día.

Tiffany decidió que aquella idea ridícula no merecía ningún comentario y que se desviaban del tema. Necesitaba recetas, no aprender a echarle el lazo al ganado. El libro de cocina que había comprado simplemente enseñaba lo más básico o demasiadas opciones para variar un plato añadiéndole tal cosa o tal otra, aunque nunca decía cuánto había que echar de esos ingredientes. En sus escasas páginas se destacaba el valor de la experimentación, pero ella no tenía tiempo para experimentos. Quería que sus platos salieran bien a la primera, no después de cinco comidas estropeadas.

—¿Así que no tiene ninguna sugerencia para el asado de esta noche?

—Mi madre prefería prepararlo en una cazuela de hierro fundido, con un poco de laurel y ajo... Ah, y siempre le echaba un poco de vino tinto, medio vaso más o menos.

¡Así que por eso había vino en la despensa! Pero Mary de repente frunció el ceño pensativamente y añadió:

—Ed tenía su propia cazuela de hierro fundido, pero supongo que se la llevó consigo. La que me dejó mi madre está en el desván. Si quieres puedes cogerla, a menos que hayas traído tu propia cazuela.

Tiffany la miró con cara de póquer. ¿Viajar con una cazuela? ¿Sabría lo que era una cazuela de hierro fundido cuando la viera? Tal vez Andrew sí. Podía mandarlo al desván a buscarla. Pero por mucho que tuviera una cuasi receta para esa noche, eso no la ayudaría al día siguiente. Así que negó con la cabeza respecto a lo de la cazuela propia y dijo:

—Probaré de echarle el vino esta noche. ¿Tiene alguna receta más que le apetezca?

—Como ya te he dicho, mi madre me enseñó y era muy buena cocinera, pero está todo aquí dentro —dijo Mary señalándose la cabeza.

—Tal vez podría apuntar algunas para mí.

Mary soltó una risita.

—Es difícil describir un pellizco de esto y una pizca de lo otro cuando se habla de especias. Y el secreto está en la medida, ¿sabes? Si pones demasiado estropeas el plato, y si pones poco también lo estropeas. Pero podré volver a caminar antes de la boda. Entonces podré enseñarte.

La maldita boda. Eso no iba a ayudar ahora a Tiffany. Aunque en realidad...

—También podría considerar la posibilidad de anotar esos pellizcos y pizcas en un papel —observó con una sonrisa—. Imagine qué maravilloso regalo sería para su futura nuera.

Había conseguido sorprender a Mary.

—¡Mecachis, muchacha, es una magnífica idea! Veré qué puedo hacer y luego te puedes hacer copias también para ti.

Tiffany se levantó para irse, contenta de haber conseguido lo que necesitaba. Pero entonces recordó la carta a su madre que había empezado. Si lograba el resultado deseado, que era el permiso para volver a casa, Mary era probablemente la única que podría hacer que viajara sin remordimiento alguno. Con ese fin, dijo impulsivamente:

—Hay otro regalo que sería todavía mejor, señora Callahan, al menos para la nuera que espera pronto. Bueno, si fuera yo, seguro que me lo parecería.

—¿Cuál? —dijo Mary incorporándose.

—Poner fin a la enemistad con su familia antes de la boda. Sería un gesto magnánimo, ¿no cree?

La mujer volvió a dejarse caer sobre las almohadas.

—Sí que lo sería. Es tan lamentable. Mis hijos podrían haber sido grandes amigos de los de Frank. Demonios, si prácticamente vivimos tan cerca que podríamos hablar a gritos de un rancho al otro.

—Y entonces, ¿por qué depender de una boda para que termine? ¿Por qué no le ponen fin y punto?

—¿Crees que no lo he intentado? Rose también quería acabar con las hostilidades. Las dos queríamos. No hay derecho a que tengamos que soportar algo en cuyo inicio no participamos.

—¿Rose? —Tiffany se esforzó por no sonrojarse.

—La mujer de Frank Warren. Siempre hablábamos cuando nos cruzábamos en el pueblo. Era una joven muy simpática, jamás se dio aires, a pesar de venir de la gran ciudad. Se adaptó perfectamente porque quiso, y además Frank y ella parecían muy felices juntos, siempre tocándose, riendo... —Y añadió con un susurro—: Incluso besándose en público. Luego me dijeron que se volvió muy excitable y empezó a quejarse de la vida en el rancho cuando le dispararon a Frank. Y un día, sin más, se marchó llevándose a su hija pequeña consigo. Jamás lo entendí. Todavía hoy sigo sin entenderlo. Pero al menos la tregua duró, aun tras la marcha de ella.

—Tal vez... tal vez echaba de menos la vida de la ciudad.

—¡Qué va! —bufó Mary—. A esa muchacha le encantaba vivir aquí, y amaba a su marido. No me sorprendió cuando organizó el compromiso matrimonial y la tregua, de hecho lo exigió. —Otro susurro—. Creo que aquella noche asustó un poco a Zach cuando se presentó aquí sola. De tanta rabia incluso lloraba. Como mínimo, lo dejó perplejo, sin duda. Pero yo ya me veía a venir que haría algo así. No le asustaba discutir con los hombres por el acceso al agua. Sé que la enfurecía que no fueran capaces de compartirla. Tanto como a mí, pero yo jamás tuve las agallas de plantarme como lo hizo ella. Era una mujer apasionada y valiente. Debía de ser por su pelo rojo... —dijo Mary, con la mirada puesta en el largo cabello de Tiffany.

36

—¿No vas a quedarte más en tu pocilga? —preguntó Tiffany cuando sintió un golpe en los zapatos y miró abajo para encontrarse nuevamente con el cerdito en el porche a sus pies.

El animalito estaba quieto, con la vista alzada hacia ella. Tiffany se agachó para acariciarlo, pero él siguió mirándola fijamente. Finalmente, la muchacha cedió poniendo los ojos en blanco, lo cogió en brazos, le dio la vuelta sobre su regazo y comenzó a frotarle la barriga mientras contemplaba la puesta de sol.

Aquel día no se había presentado ninguna tormenta de verano para estropear el glorioso espectáculo de brillantes franjas de rosa y amarillo. Los árboles de la línea del horizonte parecían presa de las llamas con tanto rojo encima. Tiffany tenía tiempo de disfrutarlo mientras se cocía el pan.

—No te preocupes por mí, muchacha —dijo Zachary mientras salía al porche a fumarse su puro de la tarde en su silla favorita.

No hizo ningún comentario acerca del cerdito en su regazo, lo que significaba que apenas la había mirado. Para él no era más que otra criada. Casi invisible. Pero ella lo entendía. La casa de su madre estaba llena de criados, pero ¿con qué frecuencia se fijaba ella en ellos? Aquel papel que estaba interpretando le daba una visión de sí misma no totalmente satisfactoria. Como fuese, podía ignorar a su patrón porque él, aparentemente, tenía la intención de ignorarla a ella. Y tampoco le importaba compartir el porche con él. Además, con la dirección de la brisa tampoco notaría el humo.

—Hay algo que huele rematadamente bien en la cocina —dijo él antes de encender el puro y disfrutar también de la puesta de sol.

Tiffany sonrió. Aquella noche la cena iba a ser causa de celebración... bueno, al menos para ella. La cazuela de hierro fundido de Mary resultó ser una estupenda fuente con tapadera para asar. Era poco honda y entraba sin problema en el estante de hornear de la cocina de leña. Tenía asas, de modo que Tiffany podía llevarla tal cual a la mesa y servir directamente. Incluso tenía una plataforma sobre la que apoyarla, de modo que también podía utilizarse sobre el fuego. En ese preciso instante estaba sobre la mesa de la cocina, con el asado en su interior hirviendo a fuego lento en su salsa mientras se cocía el pan.

Tiffany había dejado una nota sobre la tapadera donde ponía «No tocar». Iba a ser su sorpresa, su primera buena comida, y quería ser ella quien la destapara. Por supuesto que el aroma que había inundado la cocina durante gran parte de la tarde era una buena indicación. Aun así, la presentación lo era todo, y había dispuesto las verduras que había traído y lavado Andrew en círculo alrededor del enorme asado. Y lo había calculado perfectamente para no añadirlas demasiado pronto.

Había sido un día ajetreado, pero todo había ido como una seda... bueno, casi todo. Aquella inquietud que había sentido al salir del dormitorio de la señora había desaparecido hacía rato. Había sido una tontería pensar siquiera por un momento que Mary pudiera haber adivinado quién era cuando había mencionado el pelo rojo de Rose y se había quedado mirando su propio pelo rojo. Su tono no era el mismo. Era absurdo pensar que aquella mujer pudiera haber establecido la relación. Incluso si se le hubiera ocurrido, enseguida se habría reído de la idea. Que era lo que Tiffany debería haber hecho antes, en vez de dejar que la inquietara la mitad del día. Lo que realmente la tenía en ascuas era lo que había dicho Mary acerca de sus padres...

Felices y enamorados, y no obstante Rose se había largado sin más. ¿Por qué? ¿Nadie iba a responderle jamás esa pregunta? Aquella era la primera vez que le hablaban sobre lo feliz que era Rose en Montana, lo que lo hacía todo aún más confuso. Y lo que le hizo caer en la cuenta, también, de que ella misma sería una persona distinta si Rose no se la hubiera llevado de allí. Tiffany se habría criado conociendo a Hunter y probablemente esperaría ansiosa por casarse con él, probablemente estaría perdidamente enamorada de él. Ya no era una idea tan horrible, pero era un poco triste porque no estaba destinada a ocurrir.

—Ya me gustará verlo en tu regazo de aquí a seis meses. No escuchaste mi consejo sobre el tamaño, ¿verdad?

Hablando del rey de Roma... Tiffany le sonrió a Hunter, que estaba apoyado en el umbral de la puerta, con un libro en la mano y recién aseado, por el aspecto de sus cabellos mojados. Había hablado lo bastante flojo como para que su padre no advirtiera su presencia.

—No he ido yo a buscarlo —dijo en defensa propia—. Parece que me encuentra cada vez que se abre una puerta o salgo fuera.

—Sé cómo se siente.

Tiffany se ruborizó y volvió a mirar la puesta de sol. Tendría que volver a entrar. Era probable que Hunter hubiera salido para hablar con su padre; sin embargo, no se movía en dirección a él. Y ella tampoco se movió, de momento. Incluso lo entretuvo señalando con la cabeza el libro que sujetaba.

—¿Dónde recibiste estudios, si es que los recibiste?

—¿Crees que no estoy a tu nivel, Pelirroja?

—No; solo me lo preguntaba. —Su charla con Sam la noche anterior le había despertado la curiosidad sobre cómo se habían criado juntos los chicos de ambas familias, aunque no podía decírselo—. En donde yo vivo, las escuelas son abundantes. Y se me ha ocurrido que aquí no debe de ser el caso.

—Mamá nos enseñaba. Iba para maestra, pero luego se casó. Aunque finalmente en Nashart sí que hubo un aula. Y te he traído esto para ti. —Dejó el libro en el columpio junto a ella—. He pensado que tal vez te gustaría un poco de ficción ambientada al oeste de las Rocosas, si es que tienes tiempo para leer.

Probablemente lo tendría, ya que esperaba que no todos los días fuesen tan ajetreados como aquel, pero su curiosidad todavía no estaba satisfecha.

—Una sola aula implica que tenías que ir a clase con tus odiados vecinos. ¿Te metías con ellos? ¿No serías un abusón, Hunter Callahan?

—Si tengo que pelear con alguien —respondió con una sonrisa—, tiene que ser de mi tamaño o mayor. No me importa que sea mayor. Los chicos Warren jamás dieron la talla. Incluso ahora que Sam ya es un hombre hecho y derecho, todavía peso mucho más que él.

Sí, definitivamente Hunter era mayor, más musculoso, de hombros más anchos y piernas más fuertes... Tiffany apartó su mirada de él y se puso en pie. Se disponía a entrar en la casa, pero se detuvo al recordar al cerdito que tenía en brazos y se volvió para llevárselo a su mamá.

—Ya lo llevaré yo —dijo Hunter alargando los brazos—. Seguro que tienes una mesa que poner u otras cosas que acabar antes de la cena.

Ella asintió con la cabeza y le entregó el animalito. Apenas había cruzado la puerta cuando oyó a Zachary decir:

—¿Qué diablos hace este bicho aquí? Jakes debe tener más cuidado con las reservas de comida.

—¡No pienso servirlo de cena! ¡Nunca! —gritó Tiffany mientras avanzaba por el pasillo.

—¿Lo he oído bien? No puede...

Tiffany no oyó el resto de lo que decía Zachary porque su voz quedó sofocada por una carcajada de Hunter.

37

Hunter siguió con la mirada a Jennifer mientras caminaba por el pasillo, con el polisón balanceándose y su pelo cobrizo atado a la nuca, pero aun así lo bastante largo como para extenderse sobre su espalda hasta la cintura. Aquellos ojos verdes esmeralda debían de estar centelleando en ese momento, demostrando que lucharía por un cerdito. Y lucharía, de eso él no tenía duda, y la idea le mantuvo la sonrisa en los labios incluso después de que ella desapareciera de su vista.

Hunter se había reído al leer la nota que había dejado sobre la cazuela. Ni siquiera tenía que estar presente para hacerle reír.

—Basta. ¡Basta!

Hunter se volvió hacia su padre y lo vio erguido sobre la silla, mirándolo amenazadoramente. Hunter fue a apoyarse en la baranda, con una pierna colgando y el cerdo debajo del brazo.

—¿Basta de qué?

—De mirarla así.

Hunter se limitó a encogerse de hombros.

—No puedo evitarlo.

—Por supuesto que puedes.

Hunter rio entre dientes.

—Supongo que ya no te acuerdas de cuando eras joven.

—No soy tan viejo —gruñó Zachary—. Y esto no tiene ninguna gracia.

—Te equivocas, papá. No me había reído tanto en mi vida como desde que Jenny llegó aquí. Es como si cuando entró en casa, la alegría hubiera entrado con ella. Todo en ella me da ganas de sonreír.

—Maldita sea, Hunter, tienes que cortarlo de raíz ahora mismo. ¿Crees que no sé adónde lleva esto?

Hunter se irguió.

—¿Y qué, si lleva?

—Ella ya tiene un hombre, y tú tienes a una chica que está cruzando el país por ti.

—Ya sabes lo que pienso de eso, papá.

—Sí, lo sé. Lo detesto tanto como tú mismo. Pero Rose Warren me hizo aceptarlo... bueno, sobre todo fue tu madre la que me convenció, tomando partido por Rose Warren. Ahora es una cuestión de honor.

¿Cuántas veces había oído eso Hunter? Pero no había otro chivo expiatorio, solo él. Y si bien nunca había hecho nada más que quejarse porque hubieran preparado todo aquello para él antes de que fuera lo bastante mayor como para poder tener voz en el asunto, tampoco había tenido ningún motivo para negarse sin más... hasta entonces. En realidad todavía no tenía el motivo, aunque esperaba tenerlo pronto. Hunter suspiró.

—Les devolvemos las reses que se pierden en nuestras tierras —le recordó a su padre—. Y ellos igual. Básicamente hace quince años que vivimos en paz, salvo las peleas entre Cole y Roy, y John y Sam, y alguna riña sin importancia antes de eso. En paz, papá. No hace falta una boda para que las cosas sigan así. Podrías lograr un acuerdo con Warren, maldita sea. Tú no eres el abuelo, que ni siquiera hablaba con ellos.

—No se puede confiar en que Frank cumpla con un simple acuerdo. Hay que firmarlo con un lazo de sangre. Su esposa lo sabía, y por eso puso esa carta sobre la mesa.

—Tienes cuatro hijos. Cualquiera de los cuatro tendría que valer.

—Pues Rose te eligió a ti. Y aceptamos que fueras tú porque eres el mayor.

—Pues discrepo en ese punto.

—Ya hemos tenido antes esta discusión, Hunter. Y juraría que llegamos a un acuerdo. Tú primero la conoces y luego decides si la quieres o no. Mientras, aparta las manos de las empleadas. Te eduqué mejor que para que coquetees con una mujer que ya está prometida.

¿Tenía que sacar Zachary esa carta? Hunter levantó los brazos en señal de derrota, o empezó a hacerlo hasta que casi se le cayó el cerdito.

—Muy bien —gruñó antes de marcharse y dar la vuelta hacia la parte posterior de la casa. Debería haber ido por el otro lado. Su padre se asomó a la baranda cuando Hunter pasó por su lado.

—Tal vez la chica Warren tampoco quiera casarse contigo. ¿No lo has pensado? Tal vez te estás subiendo por las paredes por nada. Aunque eso ya lo veréis vosotros cuando ella llegue aquí.

Hunter siguió su camino sin responder. No le gustaba discutir con su padre. Él ya sabía que a fin de cuentas la decisión final sería suya. Zachary se lo había dejado claro. Hunter ni siquiera debería intentar solucionarlo antes de conocer a la chica Warren. Simplemente habría sido bonito tener paz sin un límite de tiempo, de modo que sus vecinos no se alzasen en armas cuando él finalmente rompiera ese estúpido compromiso matrimonial.

Al regresar de la porqueriza no encontró a Jennifer en la cocina. Bastaría mirarla una sola vez para superar aquel enfado, de eso estaba seguro. Y lo superó cuando entró en el comedor y la encontró poniendo el asado en la mesa y al resto de su familia ya sentada. Ella pasó por su lado de vuelta a la cocina. Como Zachary estaba mirándolo con una ceja arqueada, Hunter logró no seguirla con la mirada y se sentó a la mesa.

De modo que se sorprendió al oír que su padre, mientras se levantaba para cortar el asado, decía:

—Ve a buscarla. Huele como que esta noche lo ha hecho bien. Puede empezar a compartir las comidas con nosotros como hacía Ed. Y tal vez pueda enseñaros algunos modales que habéis olvidado desde que vuestra madre guarda cama.

Aquello era una concesión para Hunter, que asintió con la cabeza antes de dirigirse a la cocina. Jennifer estaba junto al fregadero, de espaldas a él, y cuando oyó sus pasos miró por encima del hombro.

—He olvidado mencionar que guardéis un poco para el resto de nosotros. No quería estropear la presentación cortando la carne antes.

Hunter sonrió.

—Supongo que la nota de «No tocar» era para ti misma, entonces.

Tiffany se rio.

—No, pero es que... ¿Qué pasa?

El alegre sonido de su risa lo había dejado boquiabierto. ¿Nunca antes había oído su risa? Bueno, sí la había oído, pero no le había afectado de aquella manera. ¿Cómo era posible que pudiera ser incluso más bonita? Por fin Hunter recuperó el habla.

—Tu risa te hace resplandecer. Te ilumina como una vela. Ponme mala cara, Jenny, para que pueda volver a moverme.

Contrariamente, ella volvió a reírse, al parecer pensando que bromeaba. Hunter no estaba seguro de estar bromeando, pero ella se había vuelto hacia el fregadero cuando le dijo:

—Ve y come mientras está caliente.

Hunter se aclaró la voz.

—Pues entonces tendrás que volver al comedor para que eso ocurra. Sígueme, Pelirroja. Papá no comerá hasta que tú te sientes a la mesa.

Tiffany se giró e incluso dio algunos pasos antes de pararse para observar:

—No es apropiado que los empleados se sienten a la mesa con la familia. ¿Las criadas cenan con vosotros?

—No, pero tú no eres exactamente una criada. Y Ed el Viejo comía con nosotros, igual que Degan. Además, papá cree que nos puedes enseñar modales a los jóvenes. O sea que se acabó la discusión.

Hunter volvió a su silla, dejando para ella la elección de seguirlo. En realidad, no se fiaba de sí mismo si la tocaba, ni siquiera la mano. Pero Tiffany entró unos segundos más tarde, sin la más mínima señal de vergüenza que la mayoría de los criados sentirían al ser invitados a la mesa familiar. Se comportaba como si fuera la reina del lugar. Bien mirado, aquella muchacha no tenía ni un pelo de servil ni jamás lo había tenido. A Hunter no le sorprendió. Jennifer Fleming era consciente de lo que valía.

Se detuvo detrás de la silla vacía justo enfrente de Hunter. No la tocó. Lección número uno. Hunter empezó a reír, simplemente no pudo evitarlo. La cosa empeoró cuando Cole, Degan y John se levantaron para apartarle el asiento. Pero Cole fue el más rápido y el que estaba más cerca y tiró de la silla hacia atrás.

Tiffany le correspondió con una sonrisa de agradecimiento que hizo sonrojar a Cole. Zachary seguía cortando el asado, y como tardaba tanto, Hunter tuvo la sensación de que su padre temía estropearlo y decepcionar a la cocinera. Los demás empezaron a pasarle los platos.

—No habléis todos a la vez —dijo el patriarca.

Algunas risas nerviosas y carraspeos siguieron a sus palabras. Jennifer inició una conversación para que no se sintieran tan incómodos con su presencia, viendo que era ella la causa de sus nervios. Era su vestido. Sencillamente no parecía una empleada con aquellas prendas tan elegantes y sentada tan correctamente, era como si tuvieran a una dama rica a la mesa. Y ninguno de ellos estaba acostumbrado a eso. Ni siquiera su padre.

—¿Tal vez alguno de ustedes podría contarme algo más acerca de Nashart? La señora Callahan dijo que el pueblo no existía cuando su familia se mudó aquí. Que no era más que un puesto comercial.

—Sí, no había nada más —respondió Zachary—. Y durante mucho tiempo, además.

—Pero ¿estar tan lejos de los mercados para su ganado no complicaba el negocio?

—Pues no era un factor decisivo, ya que esperábamos que tardaríamos unos años en volver a tener un rebaño numeroso. Solo trajimos con nosotros cien cabezas y perdimos la cuarta parte en el viaje.

—¿Tan penoso resultó?

—La verdad es que no. Realizamos la mayor parte del trayecto por río, primero por el Misisipi, luego por el Misuri hasta Fort Union. Eso está muy lejos de aquí, pero mientras que el Misuri sigue hacia el oeste y los barcos de vapor viajan actualmente por esa ruta, por aquel entonces no lo hacían.

—¿Por qué no se establecieron cerca de Fort Union?

Zachary soltó una risita.

—Mi padre quería vivir aún más aislado. Ya habíamos hecho fortuna como rancheros en Florida, donde están ubicados algunos de los ranchos más antiguos del país. La verdad es que allí se había desmandado demasiado el robo de ganado. Muchos ranchos y muy cerca unos de otros. Y queríamos huir de eso... entre otras cosas. De modo que no buscábamos una región muy poblada, sino todo lo contrario. No obstante, tampoco podíamos alejarnos demasiado del agua, de modo que seguimos el río Yellowstone. No podíamos navegar porque corría hacia el norte, hacia el Misuri, pero nunca nos apartamos demasiado de él o de sus afluentes. El arroyo que fluye cerca de aquí casi todo el año y alimenta el lago fue la causa de que echáramos raíces aquí, eso y encontrar la senda de los tramperos hacia el puesto comercial de la región.

—¿Casi todo el año? —preguntó Tiffany.

—A veces se seca a finales de año; un año se secó el cauce entero —respondió John mientras Zachary empezaba a repartir los platos servidos.

—Aquí en invierno debe de helar, ¿no? —preguntó ella—. ¿De dónde saca el agua entonces el ganado?

—Rompemos el hielo de las orillas del lago para las vacas que son demasiado tontas para chupar la nieve —se atrevió a intervenir Cole.

Jennifer asintió con la cabeza.

—Y así, ¿cuándo nació como tal el pueblo de Nashart?

—A eso pueden responder mis muchachos. Yo voy a compartir esta deliciosa cena con Mary —dijo Zachary mientras cogía dos platos repletos para salir del comedor.

Jennifer miró alrededor, esperando una respuesta, aunque Hunter notó que hacía lo posible por no mirarlo a él. De todos modos, fue él quien respondió.

—Con el surgimiento de nuestro rancho cerca del puesto comercial, no tardó demasiado en construirse un salón. Aun así, por lo que sé, durante algunos años más solo hubo esas dos edificaciones. No había el suficiente tráfico por aquí para justificar más... Vaya, por aquel entonces no había más que tramperos e indios.

—¿Y qué cambió eso?

—El oro. Antes de que descubrieran oro en la parte occidental del territorio, Nashart era apenas un puñado de edificios. Empezó a llegar gente afectada por la fiebre del oro de todo el país y de todas las clases sociales, la mayoría demasiado tarde, ya que entonces las noticias viajaban muy lentamente. Alguna gente del Este pasó por aquí de camino a hacerse rica porque por entonces ya habíamos llevado vacas unas cuantas veces a Fort Union, de modo que había una senda bastante buena entre aquí y allí. Y luego volvieron a pasar por aquí de vuelta a casa cuando la cosa no les salió bien.

—¿Y se quedaron?

—Algunos sí. Vieron que se estaba construyendo. El puesto comercial ya se estaba convirtiendo en un almacén general para aprovechar el creciente tráfico que pasaba por aquí. Y el progreso puede ser tan contagioso como la fiebre del oro. Pronto surgieron pequeños negocios que no costaba demasiado poner en marcha, como la barbería, la lavandería, la carpintería, entre otros.

—¿Y fue entonces cuando Nashart pasó a ser un pueblo de verdad?

—Sí, aunque todavía no era ni una cuarta parte de lo que es hoy. Continuó creciendo, solo que más lentamente hasta que llegó una línea de diligencias. No me sorprendió ver lo que ocurría a pesar de haberse acabado la fiebre del oro. Butte, Helena e incluso Virginia City se hicieron tan grandes que ya atraían a nuevos negocios en vez de a nuevos buscadores de oro.

Hunter había hablado tanto que se sorprendió al descubrir que solo quedaban Jennifer y él sentados a la mesa. Decidió llevar la conversación hacia temas más personales, ahora que estaban solos, pero ella también se percató de la situación y se levantó para marcharse. Aunque lo hizo educadamente, terminando la conversación con una reflexión.

—Me pregunto si este territorio llegará alguna vez a ser un estado o no será más que pueblos fantasmas cuando se agote todo el mineral.

—Subestimas el poder del ferrocarril. Ahora ya hay pueblos que no son solo mineros, y surgirán cada vez más junto a las vías del tren. —Hunter se levantó para seguirla, sintiendo el impulso de no perder todavía su compañía—. Deja que te ayude a limpiar.

—¡No! —rehusó ella, tal vez demasiado bruscamente, así que se corrigió—. Quiero decir que ya tengo a Andrew para ello. Y tenemos que empezar a hacer el pan para mañana. Solo nos molestarías.

—Siempre viene bien una ayuda —dijo él frunciendo el ceño.

—No si es una distracción. —Por su tono, parecía que empezaba a sentirse molesta—. No quiero pasarme toda la noche en la cocina, gracias. —Se sonrojó en cuanto lo dijo, recordando la noche anterior. Aquel día apenas había podido pensar en otra cosa—. Aunque si quieres ayudar, podrías preparar un caballo para que pueda montarlo yo mañana.

Hunter sonrió. ¡Lo consideraba una distracción!

—¿Así que querrás venir a montar conmigo?

—No, es que tengo que ir al pueblo a recoger la ropa que encargué. Andrew puede acompañarme.

—Creo que ya quedó claro que no irías a ninguna parte sin mí.

—¡Vale! —resopló ella, y se alejó haciendo aspavientos.

Hunter se rio para sí mismo. Sin duda Jennifer tenía un problema cuando no le salían las cosas como ella quería. Vivir con esa mujer no sería sencillo. Vivir con ella... ¿realmente pensaba en un futuro tan lejano?

38

A Tiffany le hizo gracia que Hunter no se hubiera salido con la suya sobre su excursión a Nashart. Pareció bastante contrariado cuando Degan insistió en seguirlo a todas partes una vez más. Pero ella estaba contenta de volver a cabalgar y se vistió adecuadamente con su único traje de montar restante. Hecho de terciopelo verde esmeralda, era un poco caluroso para el tiempo que hacía y le faltaba el espléndido sombrero que hacía juego con él, pero ninguno de sus sombreros había sobrevivido al viaje en tren. Esta vez no tenía ninguna intención de quedarse en el pueblo más tiempo del necesario, así que ni siquiera iba a arriesgarse a parar a visitar a Anna. Llegar y marcharse, para no tropezar con ninguno de sus hermanos, ese era su plan para aquel día.

—Solo dos paradas —aseguró a los dos hombres que la escoltaban, uno a cada lado, cuando los tres entraron cabalgando por la calle principal—. Primero tengo que enviar otra carta, aunque solo será un momento.

—¿Otra carta? —se extrañó Degan.

—A mi novio —mintió Tiffany.

—Qué esperabas —dijo Hunter, y dio media vuelta, dirigiéndose en la otra dirección.

Degan suspiró girando la vista hacia Hunter.

—Podría haber mentido.

¡Y sí que había mentido! Y volvió a hacerlo cuando replicó:

—No, no podría. Necesita que le recuerde que tengo novio.

—Entendido.

Tiffany envió la carta a su madre y volvió a montar en su caballo tan rápido como había dicho. Y volvió a desmontar igual de rápido cuando divisó a su hermano Roy al otro lado de la calle. ¿La estaba mirando directamente? Dios santo, rogó que no. Escondida al otro lado del animal, con la cabeza gacha, caminó así con el caballo, tratando de llegar hasta una callejuela entre dos edificios para escurrirse y dar la vuelta por la calle de atrás hasta la casa de la señora Martin.

—¿Qué haces? —le preguntó Degan mientras la seguía, todavía montado.

—Tratando de quitarme un calambre en la pierna.

—Habría jurado que el calambre lo tenías en el cuello. ¿Te estás escondiendo de alguien?

—¿Qué dice? Solo vigilo dónde pongo los pies.

Tiffany completó la huida sin incidentes, volvió a montar rápidamente y cabalgó por detrás de las casas de la calle principal hasta la de la señora Martin. El corazón, sin embargo, todavía le palpitaba. Tendría que dejar de ir al pueblo, se dijo. Era demasiado arriesgado.

Degan esperó delante con los caballos. Agnes ya tenía el pedido de Tiffany empaquetado y a punto para entregarlo, solo tenía que ir a buscarlo a su taller. Tiffany se paseó con nerviosismo, esperando a que la costurera regresara. Roy no la había visto, pero le había ido por los pelos. Y de repente se quedó paralizada. No era Agnes la que volvía por el pasillo hacia ella. Roy sí que la había visto, y parecía furioso. ¡Y, santo cielo, cómo había crecido!

—¡Te lo puedo explicar!

Roy no estaba interesado en explicaciones, la cogió de una mano y la arrastró al exterior de la casa por la puerta de atrás. Tenían casi la misma edad, él era diez meses y medio menor, pero ya era tan alto como su hermano mayor, Sam, que medía como mínimo un metro ochenta. Y era fuerte. Era extraño que no hubiera derrotado a Cole en aquella pelea. Tal vez sí que lo había hecho y se había dejado amoratar un ojo para presumir. ¡Era demasiado fuerte! No había manera de desasirse de él.

—Me estás haciendo daño —dijo cuando llegaron al patio de atrás.

Eso sí que funcionó. Roy la soltó, dio media vuelta y le espetó:

—¿Qué diablos estás haciendo con ese pistolero? ¡Trabaja para los Callahan!

Tiffany hizo una mueca antes de susurrar:

—Ya lo sé. Y yo también.

—Sí, claro...

—Es complicado, Roy. No tengo tiempo para explicártelo, pero ve a buscar a Sam. Él sabe qué estoy haciendo y por qué. Pero no le digas a nadie más que me has visto.

—¿Es una broma? —repuso volviendo a asirle la mano—. Tú te vienes a casa conmigo.

Tiffany clavó los tacones en el suelo.

—¡No, no voy!

—Por supuesto que no va a ir —dijo calmosamente una tercera voz en un tono letal.

Ambos miraron a un lado y vieron a Degan caminando lentamente hacia ellos desde el patio lateral. ¡Y había desenfundado la pistola! Tiffany palideció y se puso de un brinco delante de su hermano, dándole la espalda a Degan. Con un susurro desesperado, le dijo a Roy:

—Él no sabe quién soy, pero me protegerá. No estropees lo que estoy haciendo. Vete. Busca a Sam. Y no hables con nadie más de esto o... o jamás te perdonaré.

Por un brevísimo instante, Roy pareció herido por sus palabras, pero luego le lanzó una mirada fulminante a Degan antes de alejarse airado. Tiffany esperaba que fuera a hablar con Sam enseguida. Pero otro manto de culpabilidad se posó en sus hombros porque Roy se había enfadado con ella, que no había podido explicarse. Aunque la culpa dejó paso al horror cuando Degan dijo:

—Warren.

Roy se giró despacio, con el mentón desafiante mientras miraba a Degan. Tiffany habría estrangulado a su hermano por su bravuconería cuando dijo:

—¿Me harás callar de un tiro?

Ya estaba a punto de volver a interponerse entre Roy y Degan cuando este último replicó:

—Es una posibilidad... o también podría convencer a Pearl para que deje de verte. Dime, ¿qué prefieres?

Una serie de emociones cruzaron el rostro de Roy —ira, confusión y frustración— antes de replicar:

—¿Y eso a ti qué te importa?

—Simple lealtad hacia mi patrón. Callahan está decidido a contarle a tu padre que la señorita Fleming trabaja para él. Pero dejaremos que lo haga cuando él lo considere oportuno. Ninguno de los dos patriarcas tiene por qué saber de este incidente, que solo avergonzaría a la señorita Fleming.

Roy volvió a mirarla fijamente. La expresión de Tiffany era una súplica. Él todavía podía desenmascararla y probablemente estaba pensando en hacerlo, porque la miró largamente. Tiffany iba a tener que ver a su padre antes de irse del territorio, tanto si quería como si no, pero maldita sea, así no, no llevada a casa a rastras por un hermano enfurecido.

Pero, finalmente, Roy suavizó su actitud agresiva y le dijo a Degan:

—Ella ya me ha pedido que no diga nada y no lo haré. Por ella, no por tus amenazas.

—Muy bien —contestó Degan—. No hagas que me arrepienta de fiarme de ti en este asunto.

Roy soltó un bufido y se marchó. Degan enfundó la pistola. Ahora que el peligro ya había pasado, Tiffany lo miró.

—¿Realmente le habría disparado?

—¿Por una broma? Por supuesto que no.

—¿Lo ha dicho en serio, que tampoco le va a contar a Zachary nada de esto?

—Se lo contaré el día que cabalgue hasta el rancho Warren

para regodearse. No voy a permitir que lo dejen en ridículo durante ese encuentro. Pero de momento, no le veo mucho sentido a mencionarlo.

—Es usted un hombre leal, ¿verdad?

Degan se limitó a acompañarla a los caballos. Qué hombre tan complejo... Parecía seguir sus propias normas.

El resto de la semana transcurrió lentamente, mientras Tiffany esperaba la respuesta de su madre, aunque todavía era demasiado pronto. Pearl volvió al trabajo esa semana y justo a tiempo, ya que Tiffany había vuelto a estornudar aquella misma mañana. Fue un primer encuentro desagradable.

Pearl entró sin prisa en la cocina, le echó una mirada a Tiffany en su espantosa ropa nueva de trabajo y le dijo acusadoramente:

—¿Me has robado la ropa?

Como llevaban el mismo estilo de falda y blusa, Tiffany comprendió el error de la mujer. La criada era mucho más curvilínea que Tiffany y rellenaba la blusa escotada provocativamente. Tiffany no tuvo ninguna duda de que Pearl llevaba ese tipo de blusa porque la ayudaba en sus seducciones. Con un pelo negro y suelto sobre los hombros y ojos grises, era bonita en su sencillez. Ahora que la veía de cerca, Tiffany comprendió por qué Hunter podía sentirse tentado por Pearl.

—Cuando le encargué ropa nueva de trabajo a la señora Martin —explicó— no especifiqué el estilo. Es evidente que utilizó la tuya como patrón. Te aseguro que jamás vestiría algo tan sugerente si pudiera elegir.

Pero Tiffany también había rellenado aquel escote ridículamente bajo. Había tardado lo suyo en el cuarto de costura para que Mary confeccionara un entredós que cubriera la parte superior del pecho. Iba abrochado detrás del cuello y metido dentro del corpiño. Había tenido que abandonar la blusa camisera porque se verían los tirantes debido a que las mangas cortas colgaban por debajo del hombro.

Pero Pearl había captado el insulto, intencionado o no, y replicó con enojo:

—¡Mantente lejos de Hunter, es mío!

Tiffany no estaba muy segura de a qué venía todo aquello, pero dijo:

—¿Tuyo?

—Pertenece a mi cama.

Horrorizada de estar discutiendo de algo tan íntimo con una desconocida, Tiffany repuso secamente:

—Ya tengo novio.

—Mejor, y procura seguir así.

Avergonzada y entornando los ojos verdes, Tiffany dijo:

—Soy la nueva cocinera. Prepararé tu comida. Tal vez será mejor que lo tengas en cuenta.

Como amenaza de represalia, aquella resultó bastante intrascendente, y Tiffany se enfureció por no haber pensado nada mejor. Aquel era el único motivo por el que se sentía enfadada aquel día, se aseguró a sí misma. Aunque si Hunter hubiera aparecido antes de que se calmara, habría recibido una bronca a cuenta de su amante.

Quien sí que apareció fue Degan, y Tiffany seguía demasiado enfadada como para darse cuenta de que no debía contárselo, ni siquiera a él, especialmente a él. No obstante, Degan aportó cierta luz sobre una cuestión que la preocupaba.

—Bah. Hunter no le interesa. Lo que quiere es ser la señora de una casa como esta. Cosa que jamás ocurrirá aquí mientras viva Mary Callahan, así que Pearl haría mejor en buscarse al chico Warren como marido. Ni siquiera estaría trabajando aquí si la hubieran contratado allí. Es en Roy Warren en quien tiene puestas esperanzas de matrimonio.

Tiffany ya se había temido que su hermano tenía alguna relación con la criada, pues Degan había utilizado a Pearl como amenaza contra Roy Cuando se librase de todo aquel lío, tendría que advertirle contra aquella mujer desabrida, confabuladora e infiel. ¿La escucharía, tan enfadado como estaba ahora con ella? ¿O ya era demasiado tarde? Se preguntó qué podía estar haciendo Roy en el pueblo a media semana, puesto que Pearl estaba en el rancho Callahan.

Al día siguiente, el cerdito volvió a presentarse en la casa, aunque esta vez en brazos de Jakes, y el cocinero de campaña estaba enfadado por ello.

—Jamás deberías haber hecho amistad con este animalejo. Por tu culpa, ahora llora porque no puede salir.

—¿Le has puesto más tablas a la valla?

—Tuve que hacerlo —gruñó Jakes—. Nunca había tenido ningún problema con los cerditos hasta que te olieron a ti. Toma, ahora es tuyo.

Jakes le endosó el animal y se largó. Tiffany se quedó sorprendida, aunque no disgustada. Nunca antes había tenido una mascota, y aquella parecía ejercer un efecto calmante sobre ella. Por supuesto, ahora que el cerdito era su mascota, tendría que ponerle un nombre. Se decidió por *Maximilian*, un nombre de alcurnia para contrarrestar su amor natural por el barro. Pero un beneficio todavía mayor de aquel regalo inesperado era que tener al cerdito todo el día entre los pies en la cocina alejaba de ella a Pearl. La criada le tenía algún tipo de aversión al animal, pues se alejaba con que el cerdo solo la mirara, como si le tuviera miedo.

Las artes culinarias de Tiffany siguieron mejorando esa semana, aunque resultaba difícil superar aquel asado que había hecho. Todo el mundo se lo agradeció al día siguiente. Sorprendentemente, empezó a divertirse cocinando —bueno, no la parte de cocinar, ya que los días cada vez eran más calurosos y la cocina también—. ¡Sudar era una nueva experiencia espantosa! Pero experimentar con las especias era divertido. Solo que reservaba los resultados para las comidas, a las que faltaba la mayor parte de la familia. ¡Y tomaba notas! Incluso eso era divertido. ¡Estaba creando sus propias recetas! Y todo lo que sabía bien pasaba a los menús de la cena.

Hunter no bajó al pueblo el siguiente sábado por la noche con el resto de los hombres. Se quedó en casa para enseñarle a Tiffany a jugar al póquer, algo que podría haber hecho cualquier noche, pero utilizó la excusa de que los sábados eran los únicos días que jugaba al póquer, así que tenía que ser aquella noche o nunca.

Tiffany no lo había querido. Pasar una velada nocturna juntos no creía que fuese una buena idea, teniendo en cuenta que ya lo veía demasiado cada día. Incluso había empezado a reunirse con ella en el porche al atardecer para contemplar la puesta de sol, sentándose amigablemente en el columpio con ella y *Maximilian*, no siempre hablando, aunque, cuando lo hacía, siempre la hacía reír. Pero aquella noche la había persuadido de jugar a las cartas.

Utilizaron la mesa de póquer del salón. Estaban solos en aquella sala de techo alto, lo que hacía que sus risas tuvieran un eco fuerte, tan fuerte que Zachary les gritó desde lo alto de la escalera que bajaran la voz. Tiffany fue incapaz de ganar una sola partida, y empezó a sospechar que Hunter hacía trampas. ¡E incluso eso le resultó divertido!

Tenía que dejar de divertirse con aquel hombre. No debería sentirse tan a gusto en su compañía cuando le echaba el lazo con su sentido del humor. Le echaba el lazo. Eso era también otro recuerdo divertido. ¡Tiffany le había echado el lazo a una vaca!

Ocurrió el día que Hunter la invitó a montar. Él le dejó elegir qué dirección tomar. Ella quería ver los daños que la mina de cobre estaba causando en los pastizales, de modo que cabalgaron hacia el este. Los Callahan no habían exagerado. La hierba en la quebrada donde estaba el campamento minero estaba negra de hollín. El socavón había creado un enorme agujero en el suelo. No se acercaron al borde hasta que oyeron a la vaca. Otra más que había quedado atrapada en el profundo agujero. Por suerte, esta solo había caído en un saliente a un metro de profundidad y estaba allí atrapada. No parecía herida, pero no podría salir sin ayuda.

Hunter desmontó y agarró la soga que llevaba enganchada a la silla. Cuando ella vio que iba a echarle el lazo al animal, en vez de dejarlo caer simplemente encima de su cabeza, recordó que Mary le había contado cuánto le gustaba echarle el lazo a las terneras extraviadas y le pidió a Hunter si podía probarlo. Él se sorprendido, pero le enseñó a hacerlo. Su madre tenía razón. Era divertido una vez que le pillabas el truco y dejabas de lacerarte tú misma en vez de la cabeza de la res.

Eso retrasó su vuelta al rancho. Ya era la puesta de sol y Tiffany empezó a distanciarse de Hunter mientras observaba el cielo.

—Presta atención —le dijo él—, ¿o prefieres que te coja las riendas para guiarte?

Tiffany le sonrió.

—Lo siento, es que todo esto es muy bonito, y las puestas de sol son espectaculares.

Hunter se rio.

—Ya me imaginaba que te gustarían. Cuando has vivido con ellas toda la vida como yo, dejas de fijarte tanto.

—Qué suerte que tienes. En la ciudad, con edificios todo alrededor, nunca llegas a ver el horizonte. Tal vez un reflejo rosado en lo alto del cielo al anochecer, pero nada parecido a esto.

Un final perfecto para un día agradable. Aunque pensarlo la perturbó un poco. ¿Cuándo había empezado a gustarle pasar el rato con Hunter? No llevaba allí ni siquiera dos semanas, aunque ya se acercaba. Lo que no se acercaba era encontrar una solución pacífica para la enemistad que no incluyera el matrimonio. Hunter podía, estaba en su mano.

No pudo quitarse aquella idea de la cabeza mientras dejaban los caballos en el establo. Y cuando caminaban de vuelta a la casa, le preguntó:

—¿Has pensado alguna vez en alcanzar una tregua permanente con vuestros vecinos sin tener que casarte con una de ellos, ya que dijiste que no querías casarte?

—Yo no he dicho que no quiera casarme, solo que no con ella.

—¿Incluso aunque fuera hermosa? Hum, bueno, me han dicho que su madre era guapa.

—Y la hija probablemente también lo sea, pero eso no importa, no cuando he vivido con este odio hacia su familia toda mi vida. Y no creo que haya nada que pueda hacerlo desaparecer. En el fondo siempre existirá, debajo de la superficie. Cualquier cosa que ella hiciera mal probablemente sería un detonante, y ni siquiera sería culpa suya. —De repente, Hunter pareció sorprendido—. Esto no se lo había contado nunca a nadie, lo de este temor en concreto.

Tiffany se apresuró a entrar en la casa. Ojalá tampoco se lo hubiera contado a ella.

39

Otra comida lograda hizo que Tiffany subiera aquella noche la escalera con una media sonrisa en los labios. Todavía era temprano. Pensó en escribirles cartas a sus amistades de Nueva York. Podía pedirle a alguien que las enviara por ella. No podía contar a sus amistades en qué había estado ocupada, pero sí cosas más positivas acerca de Montana, siempre que no se las contaran a su madre. Rose tenía que seguir pensando que su hija aborrecía todo lo que tuviera que ver con ese territorio.

Tiffany imaginaba que a aquellas alturas su madre ya habría recibido su segunda carta. Había medio esperado un telegrama inmediato con un simple «Vuelve a casa», aunque probablemente su madre querría expresar su opinión más articuladamente en una carta. Rose tendría cosas que recriminarse a sí misma, disculpas que pedir, aunque con suerte no un «¿Estás segura?». Tiffany todavía temía que Rose hiciera lo que había hecho Sam: tratar de convencerla de que simplemente había tenido mala suerte al presenciar tanta violencia en tan poco tiempo. Tal vez sí que era mala suerte, pero eso no le iba a hacer cambiar de opinión.

Se desató el pelo y se puso uno de sus camisones nuevos para estar cómoda antes de empezar con sus cartas. Al menos, la señora Martin le había hecho dos camisones normales, uno de manga larga para el invierno y otro de manga corta para el verano.

Aunque no iba a estar allí para el invierno, así que cortó las mangas largas para poder utilizar ambos ya.

Se quitó el entredós de la blusa y se acercó al espejo del armario ropero para mirarse. No debería haberlo hecho. Con el pelo suelto sobre los hombros y aquella estúpida blusa, ni siquiera se reconoció. La imagen hizo que se sonrojase y cerrara el armario de un portazo.

Eso jamás habría ocurrido si los hombres no le hubieran metido prisas aquel sábado en que encargó la ropa. Habría podido pasar unos minutos más eligiendo sus propios diseños —bueno, habrían sido mucho más que unos minutos, con lo exigente que era ella—. Pero realmente debería haberle devuelto las blusas a la señora Martin, y lo haría si no tuviera tanto miedo de arriesgarse a ir al pueblo.

Volvió a la cama para terminar de desvestirse, pero se detuvo a medio camino cuando alguien llamó a su puerta. Santo cielo, ¿y ahora qué? Le vinieron a la cabeza una serie de desastres, incluida la idea de que fuera algún miembro de su familia quien aporreaba la puerta, cosa que la hizo correr a la puerta y abrirla.

Pero era Hunter, que parecía muy preocupado. Ni siquiera dijo nada, simplemente la cogió de la mano y empezó a tirar de ella por el pasillo. Tiffany olió por si había humo. No. No se le ocurrió nada más que pudiera hacerle correr de aquel modo. A medio bajar la escalera, le preguntó:

—¿Adónde me llevas?

Él no se paró, ni siquiera miró atrás, pero respondió:

—Acaba de llegar Caleb al galope y, Dios mío, parece presa del pánico. Necesita a una mujer y rápido, y tú eras la que tenía más cerca.

—¿Qué?

—Para su mujer Shela. Esta noche va a tener al bebé, pero el médico no está en el pueblo.

—¿Y no se puede esperar?

Aunque Hunter también parecía presa del pánico, logró reírse.

—No; te aseguro que no puede esperar.

—Pero ¡yo no sé nada de partos!

—Ni falta que hace. Shela sí que sabe. Este es su segundo. ¿No te lo comenté la semana pasada? Solo tienes que estar allí para coger al bebé cuando salga.

—Caleb conoce a su esposa... íntimamente. Entonces, ¿por qué no puede hacerlo él?

—Sería lo normal, ¿no? Pero lo intentó con el primero y se desmayó antes de que saliera. No, Caleb no sirve para esto.

¿Y qué le hacía pensar a Hunter que ella no se desmayaría? ¿Solo porque era una mujer? ¿Era otra de esas situaciones en las que aquellos hombres creían que una mujer podía apañarse mejor gracias a su instinto femenino natural? Probablemente.

Llegaron al establo antes de que Tiffany recordase lo que llevaba puesto y sus mejillas se encendieran.

—No voy vestida para ir a ninguna parte. Déjame volver a cambiarme.

—Ahora no hay tiempo, Pelirroja.

—¡Al menos necesito una chaqueta! O la tuya. Sí, ya servirá.

Hunter le lanzó su chaqueta y luego la subió a un caballo. Alguien ya había ensillado dos. Caleb debía de haber despertado a un jornalero para que lo hiciera mientras él volvía a su casa a toda prisa.

—He enviado a Cole al pueblo por si el médico hubiera regresado antes de lo previsto —dijo Hunter—. Pero es poco probable, porque siempre suele retrasarse.

Tiffany se puso la chaqueta antes de coger las riendas. Seguía sin querer tomar parte en aquello.

—¿Por qué no has ido a buscar a Pearl o Luella, en vez de a mí? Seguro que saben mucho más...

—No podía —la cortó él mientras montaba—. Luella visita a sus viejos dos veces a la semana. Esta noche es una de ellas. Y Caleb no permitiría que Pearl se acercase a su casa después de que se le insinuara cuando Shela estaba embarazada de ocho meses de su otro hijo. Eso te deja solo a ti.

¡Menuda fresca! ¿Con cuántos hombres se estaba acostando

Pearl? Tiffany tenía que advertir a Roy antes de que sucumbiera a sus artimañas.

Salieron al galope. La luna sobre un horizonte sin nubes iluminaba la estrecha senda. Tiffany perdió la cuenta de los destellos de relámpagos que rasgaban el cielo nocturno hacia el noroeste. Estaban tan lejos que la tormenta que anunciaban podría disiparse antes de llegar al rancho de la Triple C, el de los Callahan.

No dejaba de preguntarle a Hunter cuánto faltaba, aunque él no la oía porque iban a galope tendido. Y sus nervios aumentaban en consonancia. No podría hacerlo. No tenía la mínima experiencia ni conocimientos, estaba segura de que se desmayaría igual que Caleb, y entonces ¿quién ayudaría al bebé?

Se quedó paralizada por el miedo cuando llegaron a la cabaña. Hunter tuvo que tirar de ella para bajarla del caballo y empujarla dentro. Lo primero que oyeron cuando entraron en la habitación fue el llanto de un bebé. ¡El alivio de Tiffany fue instantáneo!

—¡Parece que te has librado, Pelirroja! —dijo Hunter acercándose a la puerta.

Caleb la abrió en ese instante. No era alto, pero sí bien parecido y de edad similar a la de Hunter, lo que explicaba por qué Pearl había tratado de tentarlo cuando no iba a sacar nada de él que no fuera sexo. Caleb llevaba un fardo en un brazo y salió de la habitación, cerrando la puerta tras de sí.

—Esta vez es un niño —dijo orgulloso y con una sonrisa radiante—. No sabía que Shela estaba tan a punto. Tuvo una falsa alarma la semana pasada, pero dejó de tener dolores antes de que llegase yo a casa, de modo que no me dijo nada, la muy insensata. Y esta vez ha creído que también era una falsa alarma, así que no me lo comentó cuando vine a comer al mediodía. Me horroriza pensar que esto podría haber pasado mientras yo estaba cabalgando en busca de ayuda.

—Mi madre me dijo que solo la primera vez dura eternamente —observó Hunter—. El resto salen más fácil y rápidamente. Al menos eso le pasó a ella.

—¿Y no podrías habérmelo dicho? —replicó Caleb.

Hunter se encogió de hombros.

—Imaginé que Shela ya lo sabría.

Otra vez con las mismas, dando por hecho que las mujeres lo sabían instintivamente todo sobre los asuntos del hogar y la familia. Tiffany puso los ojos en blanco. Hunter tardó un momento en presentársela a Caleb. Ella preguntó:

—¿Así que no ha hecho falta que nadie cogiera al bebé?

Caleb sonrió tímidamente.

—Esta vez he conseguido no desmayarme, de tan asombrado que estaba cuando llegué a casa y Shela me gritó: «¡Ven aquí, deprisa, mueve el trasero!» —Ambos hombres soltaron una carcajada—. ¿Le importa, señorita? —dijo entregándole el fardo antes de que ella pudiera responder—. Ya lo he limpiado bien, pero quiero ver cómo está Shela. La pobrecilla se estaba durmiendo.

Caleb volvió al dormitorio. Hunter se dirigió a la puerta, diciendo:

—Supongo que estaremos aquí un buen rato, así que voy a atar los caballos. Vuelvo enseguida.

De repente, Tiffany se quedó sola con un bebé. Curiosamente, esta vez no se asustó, y se puso a caminar lentamente por la sala. No había demasiado espacio para hacerlo. Aquella casa era más como había imaginado que sería la de los Callahan, menos los troncos de las paredes. Era una sala grande y abierta con muebles de salón en una esquina, una mesa de comedor en otra y una cocina en una tercera, con dos dormitorios apretados en la última esquina. No había cocina de leña, y probablemente era por eso que el hogar todavía estaba encendido y le daba un calor agobiante a la sala. Era suficientemente grande para una familia pequeña, y tenía un aspecto acogedor, con tapetes de ganchillo por doquier, incluso algunos pequeños y redondos debajo de las baratijas.

Finalmente se sentó en el sofá y apartó un poco la manta cuando el bebé hizo un ruidito. ¡Era tan diminuto! Y curioso de ver, sin ningún pelo y la cara casi roja. Movía las manos, al menos la que quedaba fuera de la manta, aunque tenía los ojos cerrados. Era adorable y Tiffany empezó a susurrarle tonterías, y así la pilló Hunter cuando volvió.

—Serás una buena madre —susurró para no molestar al bebé. Tiffany sonrió al mismo tiempo que se ruborizaba. Supuso que algunas cosas sí les salían a las mujeres espontáneamente.

—Creo que está despierto —dijo—. No estoy segura, porque no abre los ojos.

Hunter se sentó junto a ella para echarle un vistazo al bebé, tan cerca que sus hombros se tocaron. Él también sonreía. ¿Le gustaban los bebés?

—Deja que vaya a ver cómo está la niña —añadió Hunter—. No creas que tiene mucho más de cuatro años. Tal vez esté echada en la cama asustada, después de tanto grito.

—¿Qué gritos?

—Un parto puede ser muy ruidoso.

Hunter volvió a desaparecer, aunque volvió en un periquete.

—Ya debía de estar dormida, o ha vuelto a dormirse ahora que hay silencio.

Tiffany asintió con la cabeza y se levantó.

—¿Puedes sostenerlo un momento? Con esta chaqueta y una manta en los brazos, tengo la sensación de que voy a derretirme, aquí hace mucho calor.

—Sí, por supuesto —dijo él, y cogió al recién nacido.

Tiffany se quitó rápidamente la chaqueta, la dejó en el respaldo del sofá y volvió a tender los brazos para recuperar al bebé. Hunter no se movió, mirando fijamente sus pechos medio descubiertos. Ella había llevado la chaqueta abrochada, de modo que él no había visto lo que llevaba puesto hasta ese momento.

Ella había creído que podría quitarse la chaqueta sin sonrojarse, pero estaba equivocada.

—Ya te había avisado que no iba vestida para ir a ninguna parte.

Se acercó a él y le cogió el bebé. Sosteniendo el fardo de modo que le impidiera a Hunter ver sus pechos, volvió a sentarse en el sofá.

—Perdona, es que... no me lo esperaba —se excusó él, y se

acercó a la chimenea. Pero cuando volvió a mirarla, Tiffany tuvo que contener la respiración. Le estaba mirando el rostro, de modo que ella no lo entendió hasta que le dijo—: Tu pelo se ilumina como una llama con la luz del fuego. Me alegro de no haber tenido que esperar al invierno para verlo.

—Eso... eso son imaginaciones tuyas.

—¿De verdad? —repuso Hunter con voz ronca—. Y que tus ojos brillen cuando me miras, ¿también son imaginaciones mías, Jenny?

—Un reflejo...

Tiffany se quedó sin saber qué más decir, con él mirándola de aquella manera. El fuego se reflejaba en sus ojos, y sin embargo... la chimenea estaba detrás de él.

40

Tiffany no sabía qué habría pasado si no hubiera empezado a llover a cántaros. Sonaba como si se acercara una estampida de animales y al poco ya aporreaba tan fuerte el tejado que Tiffany temió que fuera a derribar la casa. El bebé incluso rompió a llorar, aunque pudo calmarlo con arrullos reconfortantes.

Pero no pudo calmar su propio miedo, que no tenía nada que ver con aquella tormenta de verano. Aquel hombre estaba empezando a gustarle demasiado. Y lo que había sentido cuando la miraba tan sensualmente, ¿eso qué era? Todavía se sentía un poco sin aliento por aquella mirada.

Tenía que salir de allí, no de la casa, sino del territorio, antes de que sus sentimientos hacia Hunter crecieran y empezara a pensar que tal vez no estaría tan mal casarse con él. Pero todavía esperaba recibir la respuesta de su madre a su primera carta, y otros días más para saber algo de la segunda. Antes de terminar la semana, seguramente. Entonces podría subirse al primer tren que pasara y dejar atrás todo aquello.

—Esta noche tendremos que dormir aquí —dijo Hunter, que parecía un poco exasperado.

¿Dónde?, se preguntó ella. La casa era demasiado pequeña para hospedar visitas, y en aquella sala hacía demasiado calor para dormir. Casi preferiría volver a la casa cabalgando bajo la lluvia... no, no lo preferiría. Había caído un violento chaparrón y seguramente los caminos estarían embarrados. Tal vez se disiparía con la misma rapidez y todavía podrían regresar a la casa señorial.

—Ya me parecía que esta tormenta venía hacia aquí —dijo Caleb cuando volvió a reunirse con ellos—. Al menos no os ha pillado.

—Se podía esperar, en esta época del año —dijo Hunter encogiéndose de hombros.

—¿Esta es la estación de las lluvias? —preguntó Tiffany.

—De mitad de primavera a mitad de verano, o sea que estamos metidos de lleno —contestó Hunter.

—Podéis quedaros aquí esta noche —ofreció Caleb, mientras le cogía el bebé a Tiffany, que inmediatamente cruzó los brazos delante del pecho.

—Aquí hace demasiado calor —declinó Hunter—. El granero ya irá bien.

—Pues voy por unas mantas.

A Tiffany le resultó más fácil darle la espalda a Hunter cuando Caleb salió de la sala. De hecho, si tenían que salir fuera, debería ponerse otra vez su chaqueta. Se la puso, aunque estuvo a punto de volver a quitársela porque la chaqueta olía a él, aquel aroma a cuero y pino. Era lo que ella olía siempre que estaba cerca de él, ¡y la idea de estar cerca de él toda la noche le provocaba escalofríos!

Caleb regresó con las mantas, incluso una almohada. Les dio las gracias por haber venido y les prometió desayuno por la mañana. Hunter le entregó las mantas a Tiffany y se quedó una para echársela a la espalda y protegerse de la lluvia. La levantó y la extendió encima de sus cabezas.

—Arrímate a mí o quedarás empapada.

El patio se había llenado ya de charcos. Tiffany los pisaba antes de verlos, empapándose los zapatos. Al menos tuvo la precaución de recogerse la falda por encima de las rodillas con una mano para no mojar el dobladillo, aunque cuando llegaron al granero los dos reían como chiquillos. Hunter lanzó a un lado la manta mojada y encendió un farol. Vieron que el granero también servía de establo, con cuatro compartimentos ocupados por sendas vacas lecheras.

—Iremos arriba, lejos del olor de los animales —dijo Hunter, mirando hacia arriba—. En el desván hay algunas balas de paja. Abriré una y tendremos una cama muy cómoda.

—Dos camas.

—Solo nos quedan dos mantas secas, una para echarnos en ella y la otra para taparnos. No seas tan puritana esta noche, Pelirroja. No me apetece pillar un resfriado por esta buena obra.

¡Si no hacía ni pizca de frío! Claro que era ella la que llevaba su chaqueta, así que no discutió. Era probable que la temperatura cayera en picado durante la noche, con lluvia o sin ella, así que tampoco estaba exagerando. Todas las noches que había dejado las ventanas abiertas en el rancho, se había despertado por la mañana acurrucada bajo las mantas, con la habitación helada.

Hunter se enganchó las mantas alrededor del cuello antes de subir la escalera, luego le pidió que le lanzara la almohada y subiera. Pero lanzar algo allí arriba no era tan fácil como parecía. Falló cinco veces en hacer llegar la almohada hasta Hunter, lo que provocó que, cuando por fin lo consiguió, se estuvieran riendo los dos.

La luz del farol bajo el desván iluminaba casi todas las vigas expuestas, pero el desván en sí quedaba en penumbra, aunque con suficiente luz para verse. Tiffany lo ayudó a extender la manta cuando él hubo preparado la paja. Las restantes pacas amontonadas rodeaban la cama improvisada como una cabecera envolvente.

Hunter se quitó la pistolera y se sentó en la manta para quitarse las botas y los calcetines y tirarlos a un lado. Luego se echó boca arriba en un lado de la manta. Tiffany se había quedado mirándolo. No era su intención, pero se estaba poniendo nerviosa con aquel asunto de dormir a su lado. Cuando Hunter se desabrochó el botón de sus pantalones, a ella le brillaron los ojos.

—¿Qué... qué haces? —dijo con voz entrecortada.

—¿Tú que crees? —se burló él—. Pues tratar de estar un poco

más cómodo. No estoy acostumbrado a dormir con la ropa puesta, la verdad, aunque tranquila, que no me los quitaré.

Ella se volvió para ocultar su bochorno. ¿Cómo se quitaría de la cabeza aquella imagen de él desvistiéndose? De repente volvió a sentir un calor sofocante.

Se quitó la chaqueta, aunque la cosa no pareció mejorar. Finalmente se sentó y se quitó los zapatos. Todavía no estaba lista para meterse bajo la manta, con el calor que tenía ahora.

—Podrías compartir la almohada —sugirió Hunter detrás de ella—. Dicen que tengo un brazo muy cómodo, podrías utilizarlo de almohada.

—No.

—Y mi pecho es aún más cómodo.

—¡No!

—Tenía que intentarlo.

Ella no podía verla, pero oyó la sonrisa en su tono. Y la ablandó lo suficiente como para tirarle su chaqueta.

—Utilízala de almohada.

Tiffany percibió un suspiro de Hunter cuando ella se echó a su lado, tan lejos de él como fuera posible, en el borde de la manta. Tenía que haber al menos medio metro entre ambos. Y entonces, ¿por qué tenía la sensación de que se estaban tocando?

—Acurrúcate si tienes frío, Jenny. Te aseguro que no me importará.

Había alegría en su tono, pero se giró de espaldas a ella después de decirlo, así que no se molestó en responder y trató de dormirse. Lo intentó de verdad, pero en vano. Tenía los nervios de punta. Ni siquiera podía calmar su respiración. Estaba pendiente y se avergonzaba de todos los ruidos que hacía, porque sencillamente él no hacía ninguno. Debía de haber pasado una hora cuando él dijo:

—Duerme un poco, Pelirroja. Antes de que te des cuenta se hará de día, esperemos que con sol.

—Nunca había tenido que compartir la cama con nadie —le respondió en un susurro—. No lo estoy haciendo demasiado bien, me temo.

—No tiene ningún secreto. Te arrimas si tienes frío y te separas si tienes calor. Dame un puntapié si ronco. Intentaré no hacer lo mismo si roncas tú.

Tiffany estuvo a punto de reírse. Y se relajó un poco, pues esa era la intención de Hunter y se lo agradeció en silencio. Pero diez minutos después ya volvía a moverse. Al menos esta vez trató de hacerlo más silenciosamente, hasta que se dio cuenta de que tampoco dejaba dormir a Hunter.

Había sido muy mala idea. Si supiera ensillar un caballo, volvería al rancho a pesar de la lluvia. Tuvo que resignarse a no dormir aquella noche, con ese hombre tan cerca de ella.

Entonces le oyó roncar suavemente y abrió los ojos. Estaba de cara a él. Gran error. Después de tanto rato con los ojos cerrados, la tenue luz del farol debajo de ellos parecía ahora más brillante. Podía ver a Hunter demasiado claramente. En realidad era la primera vez que podía mirarlo durante un rato sin que él lo supiera ni sentirse avergonzada. Y lo aprovechó al máximo.

Hunter volvía a estar boca arriba, con un brazo detrás de la cabeza. Casi todos los botones de su camisa estaban abiertos. ¡Tenía un cuerpo tan largo! Y firme, con los músculos claramente definidos. Él le había dado permiso para arrimarse, una excusa para tocarlo. ¡No, no! No se atrevió. Se acordaba de lo ocurrido cuando se había sentado en su regazo aquella noche en la cocina. Si se acercaba más a él y comenzaba a tocarlo, tal vez no podría parar, y entonces él se despertaría y... y... Evitó pensarlo, aunque seguía sintiéndose acalorada y su respiración se aceleró.

Seguía sin poder apartar la vista de él. Miró incluso adonde nunca antes se había atrevido, al bulto en su ingle. Sabía lo que era. Su madre le había explicado las intimidades del lecho matrimonial, describiéndole incluso el cuerpo masculino y los cambios que experimentaba en la cama. En Hunter parecía demasiado grande. Tenía que ser incómodo para él. Entonces Tiffany abrió los ojos como platos. ¿Se le había movido?

Varios minutos más tarde, se dio cuenta de que Hunter ya no roncaba. Su mirada se desplazó hasta su cara para encontrarlo con los ojos abiertos y mirándola.

—¿No estabas dormido? —susurró Tiffany.

Hunter gruñó antes de admitir:

—Lo fingía para que pudieras relajarte. ¿Cómo es que no te has dormido?

Tiffany no respondió. Estaba reprimiendo lo que él le hacía sentir, y ni siquiera había intentado hacerle sentir nada, sino todo lo contrario. Pero seguía allí, aquel calor que recorría todo su cuerpo, el ritmo acelerado de sus pulsaciones, aquella carga de tensión, como si algo en su interior estuviera a punto de estallar si no hallaba una salida.

Debía de haber cierto anhelo en su expresión que hizo que Hunter volviese a gruñir.

—Me moría de ganas, pero he jurado que esta noche no me aprovecharía de ti.

—¿A quién se lo has jurado?

—A mí mismo.

—Desjúralo.

¿Lo había dicho realmente? Debía de ser que sí, porque se encontraron en el medio de la manta y se produjo la explosión. Tiffany se desprendió de todas sus inhibiciones. Estaba besándolo agresiva y apasionadamente, impregnándose de todos los matices de Hunter, que hacía lo mismo con ella. Pero no era suficiente. Santo Dios, todavía le parecía que no estaba lo bastante cerca de él.

Hunter se arrancó la camisa y le quitó a ella la blusa tan rápidamente que apenas se dio cuenta. La piel de Hunter estaba tan caliente que Tiffany temía tocarla, aunque lo hacía de todos modos, tenía que hacerlo. Pensó que gritaría si no lo hacía. Algo seguía ardiendo en su interior. Besarlo era hondamente satisfactorio, pero no acallaba el clamor de sus entrañas por algo más.

—¿Cómo logras que sienta que me moriré si no te saboreo? Toda entera.

Fue dicho y hecho. Era demasiado, y sin embargo ella no lo hubiera detenido por nada del mundo. Bajando por su cuello y sus hombros, a sus pechos y más allá. Lo había dicho en serio, tenía la intención de besar y saborear hasta el último centímetro de su cuerpo. ¡Incluso le lamió la palma de las manos y le chupó los dedos uno por uno! Todo su cuerpo se estremeció mientras la abrasaba la avidez de aquella boca.

—Ayúdame... —jadeó Tiffany cuando pudo coger aire. No podía coger mucho, de tan fuerte que jadeaba.

—Lo que quieras. Tú pide...

—¡Por favor!

Tiffany ni siquiera sabía qué era lo que le suplicaba. Un final, ciertamente. Era demasiado placer de golpe y sin embargo no bastaba. Eso ni siquiera tenía sentido para su mente exhausta. Pero él sí que lo sabía y le arrancó un grito de éxtasis dándole exactamente lo que necesitaba en lo más profundo de ella. Tiffany se abrazó a él con fuerza, rodeándole el cuello con los brazos mientras la recorrían palpitantes oleadas de placer. Jamás hubiera imaginado que algo tan hermoso y satisfactorio pudiera surgir de un anhelo tan frenético.

Continuó maravillada por lo que él le había dado cuando lo oyó alcanzar su propio éxtasis. Al cabo de pocos segundos se echó a su lado, arrimándola a él. Sintió sus labios suaves en la frente y luego un beso final, tan tierno, tan... cariñoso. Probablemente habría llorado de la emoción si no se hubiera sentido todavía sumida en aquella languidez deliciosa que le impedía moverse, hablar. Ya vería como se apañaría por la mañana, pero ahora por fin se sentía lo bastante cómoda como para acurrucarse a su lado y dormirse.

41

Tiffany despertó y no se movió ni un centímetro. Estaba de espaldas a Hunter, pero todavía lo sentía en toda su longitud apretado contra su espalda y sus piernas dobladas. Tiffany tenía la cabeza apoyada en un brazo extendido de Hunter. Su mano descansaba en la almohada, en un extremo de la manta. Al final, ninguno de los dos había utilizado la almohada. Se habría reído si no fuera porque se sentía tan... tan... al borde de las lágrimas.

Tendría que mentirle, y mucho. Tendría que decirle que lo que había sucedido era una equivocación y que no podía volver a suceder. Utilizaría cualquier excusa, incluso la verdad si era necesario. Porque lo que habían hecho era sin duda una tremenda equivocación.

—¿Lista para ir a buscar a un predicador?

Tiffany pestañeó. No parecían las palabras de un mujeriego, aunque probablemente solo bromeaba. Por supuesto que bromeaba, ese era su punto fuerte. A finales de aquella semana, ella se habría ido con el permiso de su madre. Hunter no tenía por qué saber jamás quién era ella en realidad. La olvidaría por completo. Y entonces, ¿por qué sentía tantas ganas de llorar?

De repente, él se incorporó para besarla en el hombro desnudo, luego en la mejilla.

—Vas a ser la novia más guapa que se haya visto nunca en el territorio.

Cielo santo, ¿hablaba en serio? Sus ojos se llenaron de lágrimas. ¡Hunter parecía tan feliz! ¿Qué había hecho, entregándose a aquel hombre increíble que nunca podría tener? Él ni siquiera sabía quién era ella. Si lo supiera...

Tiffany se levantó abruptamente y empezó a vestirse.

—No puedo hablar de esto ahora mismo. No... no esperaba que ocurriera esto.

—Te entiendo. Probablemente te sientes mal por ese hombre con el que dijiste que te casarías, pero no te sientas mal. Fue un estúpido dejándote marchar. A estas alturas ya tendrías que saber que no te conviene.

Cada palabra que decía la hacía sentirse peor. Pretendía casarse con una mujer que ni siquiera era ella. Tiffany se restregó las mejillas para secarse la humedad.

—Quiero volver al rancho antes de que nadie descubra que hemos estado fuera toda la noche.

—Sí, tendré que darle explicaciones a mi padre, pero no me importa. Le diré que me caso contigo, no con Tiffany Warren.

Las lágrimas volvieron y ella continuó secándoselas. Hunter no se dio cuenta porque se estaba vistiendo.

—Así pues, ¿no quieres desayunar antes en casa de Caleb?

—No tengo hambre —mintió, rogando que su estómago no la traicionara—. Si pudieras ensillar un caballo, sabré encontrar el camino de vuelta.

—Sabes que no te dejaré montar sola. Aunque si quieres podemos volver ya. Pensándolo bien, prefiero comer lo que tú cocinas, con lo que ha mejorado.

No tuvo la oportunidad de responder al cumplido. Hunter de repente la estrechó entre sus brazos y la besó indolentemente.

—Buenos días, Pelirroja. —Sonrió—. ¿A que es la mejor mañana del mundo?

La dejó ir con una palmadita en el trasero, se puso la camisa, sin abotonársela, y bajó la escalera. Tiffany se dejó caer de rodillas y dejó que las lágrimas fluyeran libremente. ¿Por qué tenía que ser un vaquero? ¿No habría podido conocerlo en Nueva York? Claro que entonces todo lo que le gustaba de él no estaría allí. No sería Hunter, el bromista, risueño, encantador, despreocupado, valeroso y galante Hunter.

El trayecto de regreso al rancho fue corto. No realmente corto, sino más rápido que la noche anterior. Hunter se detuvo delante del porche para que Tiffany pudiera entrar y luego fue a guardar los caballos. Ella bajó del caballo antes de que él pudiera desmontar para ayudarla. Pero no llegó a entrar en la casa cuando él le dijo:

—¿Qué te parecería ir de pícnic al lago algún día de esta semana?

Tiffany gruñó para sí. Pero tenía que comportarse con naturalidad, decir lo que él esperaba oír. Todavía no podía decirle por qué no iba casarse con él. Si lo intentaba, volvería a llorar. ¡La noche anterior había sido tan hermosa! ¿Por qué había tenido que descubrirlo?

Así que dio media vuelta y dijo:

—Si tú pescas para la cena. —Entonces, cayendo en la cuenta de que Jennifer no habría dicho eso, añadió—: Supongo que esperas que yo llene un cesto de comida para el pícnic, ¿no?

—¡No, claro que no! —mintió Hunter, que evidentemente era lo que había pensado—. Ya me las apañaré para conseguir un cesto en el pueblo.

Podría haber sido algo divertido de hacer si Tiffany no hubiera tenido nuevos dilemas a los que enfrentarse. Aunque también podría ser su última oportunidad de convencer a Hunter de que hiciera algo en relación con la enemistad que no incluyera la violencia. Evidentemente, ella ya no podría hacerlo. Iba a escapar en pocos días sin siquiera despedirse y sin haber visto a su padre, que era el único punto positivo entre tanta desolación.

Asintió con la cabeza y entró en la casa, pero todavía no estaba demasiado lejos cuando oyó:

—¡Pelirroja, ve a buscar a mi padre! ¡Parece que se acercan problemas a caballo!

Tiffany echó un vistazo fuera y siguió la mirada de Hunter. Un pequeño ejército, todavía a cierta distancia, cabalgaba hacia el rancho. Ella corrió arriba para llamar a la puerta de Mary. Todavía era lo bastante temprano como para que Zachary siguiera allí. Mary la invitó a entrar, y Tiffany dijo:

—¿Y su marido?

—En la cocina, preparándome algo para desayunar. ¿Pasa algo?

—Un grupo numeroso de hombres cabalgan hacia aquí. Hunter ha dicho que eran problemas.

Mary se quitó las colchas de encima.

—Pásame la muleta.

—¿Puede levantarse? —preguntó Tiffany, sorprendida, aunque hizo lo que le pidió.

—Ya estoy casi curada. Todavía necesito ayuda y no puedo intentar bajar las escaleras. Ve a avisar a Zach. Y mantente lejos, muchacha. No me gustaría que te ocurriera algo si la cosa se pone fea.

Tiffany salió corriendo del dormitorio. Mary había querido decir «violenta», y ella pensó en los mineros. ¿Venían para matar a los Callahan? ¿Una masacre total, que no dejara ninguna prueba que los incriminara? Y probablemente alguien acabaría culpando a los Warren.

Echó un vistazo a los rifles colgados en la pared del salón mientras bajaba a toda prisa. Ojalá le hubiera pedido a Hunter que le enseñara a manejar uno. Aunque cogería uno de todos modos y lo utilizaría en caso necesario. Pero antes encontró a Zachary, le dijo lo que había dicho Hunter y lo siguió de regreso al porche, solo que más lentamente. Los gritos ya habían empezado.

—¡Zachary! En el pueblo se dice que tienes a una mujer del Este bajo tu techo que debería estar bajo el mío. ¡Sal y demuéstrame si estoy equivocado!

Tiffany se quedó paralizada. ¡Oh, Dios santo, que no fuera su padre! Aunque, fuera quien fuese, Zachary parecía divertido y se reía ya antes de salir al porche.

—¿Así que lo has descubierto?

—¿Entonces es verdad?

—Le ofrecimos más dinero que tú. Ahora trabaja aquí y será

aquí donde se quedará, así que ni se te ocurra superar mi oferta. Aquí la necesitamos. En tu casa no la necesitáis.

—¿Esperas que me crea eso? ¡La tenéis aquí secuestrada!

—Bobadas —bufó Zachary.

—¡Demuéstralo!

—¿Me estás llamando mentiroso, Frank? —preguntó Zachary en tono amenazador, situado en lo alto de los escalones del porche.

Tiffany le vio sacar la pistola. No podía ver a muchos de los jinetes repartidos ante la casa. Eran demasiados. Su padre había ido allí a ajustar cuentas, trayendo consigo a sus hijos y a todos sus empleados, y estaba furioso. Y Zachary también. ¡Y Tiffany no podía moverse! Que su padre estuviera allí la había dejado paralizada.

—¡Eres un mentiroso, Zach! Tuviste la oportunidad de decir que estaba aquí la última vez que hablamos. Y no lo hiciste porque...

—¡Todos vosotros os vais a largar con viento fresco de mi propiedad, y ahora mismo si no queréis que la primera bala sea para Frank!

—Estarás muerto antes de poder disparar —replicó Frank.

Entonces intervino una nueva voz, también enfurecida, aunque no tanto como las de los dos ganaderos.

—Queremos que nos lo diga ella, que está aquí por su propia voluntad.

¡Era Roy! Lo iba a matar. Él sabía qué pasaría en cuanto la vieran. Pero ¿pasaría? Frank no tenía ni idea de qué aspecto tenía su propia hija. Nunca se había molestado en averiguarlo. Así que Roy debía de querer obligarla a decir la verdad para que se fuera a casa con ellos. ¡Tal vez él no lo considerase una traición de su confianza, pero lo era! Entonces oyó a Hunter:

—Tiene razón. Voy a buscarla.

¡Corre! ¡Sal corriendo por la puerta de atrás, ve por un caballo y huye al pueblo! ¡Ya! ¡Ya!

Tiffany seguía paralizada de miedo cuando Hunter la tomó por el brazo y la escoltó fuera, diciéndole dulcemente:

—Solo tienes que decirles que no estás aquí contra tu voluntad, Jenny, y se marcharán.

Ella lo miró frenéticamente.

—¡No me hagas salir, por favor!

—No pasará nada, te lo prometo.

Tiffany se negó a caminar, pero Hunter la empujó hacia el porche. No lo entendía. Imaginaba protegerla. En pocos instantes, la echaría a los lobos. Aquello podía provocar una escalada en la enemistad, si no se mataban todos allí mismo. ¡Podía ser la historia repitiéndose!

—¡¿Tiffany?!

No fue ni Sam, ni Roy, ni su padre quien pronunció su nombre absolutamente atónito, sino su hermano Carl. Y enseguida todas las miradas se posaron en ella. Era fácil distinguir a Frank delante y en el centro del grupo. El de más edad de los jinetes, cuyo aspecto era una mezcla de los de sus hermanos. Rubio y ancho de hombros. Un hombre apuesto. Un hombre enfurecido. No era extraño que Rose lo hubiera abandonado. Parecía como si fuera a matar a alguien, y ese alguien podía ser incluso ella.

Pero fue hacia Zachary hacia quien volvió sus fulgurantes ojos verdes acusadoramente.

—Maldito hijo de perra, lo sabías desde el principio, ¿verdad?

—¿De qué diablos estás hablando? —preguntó Zachary antes de mirar a Tiffany—. ¿Qué está pasando aquí, señorita Fleming?

Tiffany no podría haber respondido aunque hubiera querido, estaba estupefacta por la ira y las acusaciones, y entonces oyó la voz de Hunter a su lado.

—¿Jenny? Diles que están cometiendo una equivocación. Cielo santo...

—¡Es mi hija! —dijo Frank, furioso—. Deja de fingir que no lo sabías. ¡Se parece demasiado a Rose para que no lo supieras!

—¡Y qué sé yo! —replicó Zachary con un gruñido—. Apenas vi a tu mujer para recordar cómo era. ¡Malnacido! ¿Nos has enviado aquí a tu hija a espiarnos? Menuda desfachatez. ¡Se acabó la boda y esta estúpida tregua!

—¡Por supuesto! Tendría que haber imaginado que no podía fiarme de un Cal...

Sonó un disparo. Media docena de hombres se llevaron la mano a la pistola, aunque solo de sorpresa. El sonido había venido de arriba. Todos los jinetes miraron hacia una de las ventanas de la planta superior. Zachary incluso salió del porche para acercarse al caballo de Frank y poder ver también por encima del techo del porche.

—Vamos, Mary... —dijo en tono apaciguador.

—Ahora me toca a mí, Zach, así que cállate —espetó Mary—. Los hombres de ambas familias nunca habéis tenido ni un ápice de sentido común en cuanto a la vieja enemistad, pero las mujeres somos más sensatas. La boda se celebrará tal como dispusimos Rose y yo hace años. Y Frank, ya que nos vas a privar de la mejor cocinera del territorio, mañana iremos a cenar a tu casa. Entonces podremos resolver todo este asunto pacíficamente. ¿Me oyes?

Frank ni aceptó ni negó, pero sí que bajó la pistola antes de decirles a sus hijos:

—Id por vuestra hermana.

Los tres hermanos empezaron a desmontar, pero ninguno tuvo que ir a buscarla. Desconcertada, Tiffany se acercó al caballo de Sam, que le alargó una mano y la subió detrás de él. Ella no volvió a mirar a su padre, no le importaba lo que pensara, no le importaba lo enojado que estuviera con ella. Una vez superado el *shock* de haber sido descubierta, pensaba contarle por qué había hecho algo tan drástico... ¡por su culpa!

Los dos principales antagonistas no cruzaron ni una palabra más. Mary seguía asomada a la ventana, empuñando un rifle, aunque se despidió con la mano de Tiffany mientras se alejaba cabalgando. Hunter seguía en el porche. Lo último que vio ella fue su expresión. Además del dolor de su mirada, parecía totalmente furioso.

42

El rancho Warren era muy similar al de los Callahan. La casa era igual de grande, aunque de piedra en vez de madera. Tiffany sabía que no podía haber sido igual veinte años atrás, cuando su madre había llegado allí como una novia, aunque Rose le había dicho a Tiffany que allí se sentiría como en casa. Frank debía de haber construido una casa mayor y más cómoda solo para Rose, para darle a su nueva esposa un hogar que fuera más parecido a lo que ella estaba acostumbrada. A Tiffany le costó creer que su sofisticada madre, que vivía rodeada de lujos en Nueva York, hubiera podido vivir allí. Tiffany también había vivido en ese lugar, pese a que era demasiado pequeña para conservar ningún recuerdo. Lo único seguro era que no se sentía como si volviera a casa.

Sam había intentado decirle durante el trayecto que él no se había chivado, pero ella no respondió. Sentía como si un puño se cerrase alrededor de su corazón. ¿Qué se esperaba? ¿Que Frank la hubiera tomado en brazos delante de todos los Callahan y sus propios jornaleros y le hubiera dicho lo mucho que la quería, que la había echado de menos, que deseaba que Rose nunca se la hubiera llevado? ¿Por qué no? ¡Era su padre! ¡Pero no le había dicho ni una palabra!

Cuando llegaron a la casa, entró con Sam pisándole los talones. Estaba frenética. Si entraba su padre y le decía algo, vomitaría todo el dolor y la rabia que sentía, así que le suplicó a su hermano:

—Acompáñame a mi habitación, deprisa. ¡Por favor!

La nota de pánico en su voz lo convenció de acompañarla a la planta de arriba. Pensaba encerrarse allí hasta que supiera algo de Rose, y luego se escaparía furtivamente como había hecho su madre. Sam ya lo explicaría por ella. No habría ninguna cena con los Callahan. No habría una confrontación con aquel hombre desalmado que la había engendrado. Y por supuesto no iba a casarse con Hunter aunque él fuera capaz de perdonarla. En realidad, confiaba en que no la perdonase. Le resultaría más fácil largarse de allí si no tenía que volver a verlo.

Sam volvió a decírselo mientras entraba tras ella en la habitación.

—Ni Roy ni yo se lo dijimos a papá, aunque Roy quería decírselo. Discutimos mucho por este tema. Finalmente tuve que zurrarlo un poco para que guardara silencio. Aunque creo que yo no habría tardado mucho en decírselo, porque me carcomía el remordimiento. No me parecía correcto, Tiff. Tu sitio está aquí con nosotros.

—Y ahora todo el mundo está enfadado —replicó ella.

—Papá lo estaba mucho esta mañana —admitió Sam—. Cabalgábamos hacia los pastos cuando Herb, uno de los vaqueros, tuvo las agallas de contarle lo que había oído en el pueblo durante el fin de semana. Te habían visto más de una vez con los Callahan. No hace falta gran cosa para que los del pueblo empiecen a especular y cotillear sobre la gente nueva que llega. Nadie imaginó que fueras tú, sino que todo el mundo creyó que eras el ama de llaves que esperábamos. Creo que papá estaba enojado sobre todo porque Zach no le había dicho nada sobre esta jugarreta cuando tuvo la ocasión de hacerlo. Al principio Hunter parecía afligido, pero, luego, cuando se ha sabido la verdad, también se ha enfadado. Es comprensible, si has estado espiándolos a plena luz del día. ¿Ha valido la pena?

Tiffany se puso tensa, empezando a sentirse culpable. Qué manera de liar las cosas. Los Callahan ya tenían una mala opinión de ella sin conocerla, ¿y ahora? Muchísimo peor. Pero para responder a la pregunta de Sam, dijo:

—Pues la verdad es que sí. No son diferentes de vosotros. Son buena gente cuando los conoces. Aunque debido a esa vieja enemistad, ninguno de los dos bandos habéis tenido nunca la oportunidad. Ellos sienten lo mismo que vosotros. Hunter incluso reconoció que no podía estar seguro de no odiarme si nos casábamos.

—¿Quieres decir que odiaría a una mujer que todavía no conoce?

—Sí —respondió sonrojándose—, pero dijo que sintiera lo que sintiera por ella, es decir por mí, aquel odio siempre se interpondría porque era con lo que había vivido toda su vida.

Sam le dio vueltas a aquellas palabras.

—Nunca me ha caído bien Hunter por ser quien es, aunque lo respeto. Jamás abusó de mí ni de mis hermanos cuando podría haberlo hecho. Era mucho mayor y más fuerte que cualquiera de nosotros. John es otra cosa, ese tipo parece que esté enfadado con el mundo, y ya era así de niño. Nos provocaba a la mínima ocasión, buscando pelea. Pero siempre lo paraba alguno de sus hermanos. La mayoría de las veces era Hunter. Creo que sus padres les habían dado la orden tajante de dejarnos en paz, por la tregua.

—Menuda tregua —murmuró Tiffany—, cuando ambos bandos todavía se amargan la existencia.

Pero Sam se rio al oírla.

—Resulta difícil dejar correr algo tan entretenido.

—¿Qué acabas de decir? —repuso ella entornando los ojos.

Sam soltó una risita.

—No sé nuestros padres, pero los chavales de ambos bandos nos hemos gastado muchas bromas.

—No te acuerdas de los tiroteos, evidentemente, o no dirías eso.

—Yo me crie con la tregua, Tiff —dijo Sam encogiéndose de hombros—, igual que Hunter y sus hermanos. Nunca vimos que mataran a nadie. Eso fue antes de nacer nosotros. Luego enviaré a uno de los hombres a buscar tus pertenencias. Supongo que Mary Callahan se lo permitirá. Siempre era afectuosa con nosotros cuando nos encontrábamos en el pueblo... al contrario que los hombres de su familia.

—No quiero ver a nadie, Sam.

—¿Te refieres a papá?

—Sí, me refiero a tu padre.

—También es el tuyo.

La afirmación le sentó como una bofetada.

—¡No es mío! ¿Cuándo en la vida ha sido mío?

—Cuando te tomé en brazos después de que nacieras —dijo Franklin en voz baja desde el umbral. Con un gesto de la cabeza le indicó a Sam que se fuera antes de continuar—. Cuando te daba de comer antes de que pudieras coger tú misma la cuchara. Cuando te mecía para que te durmieras por la noche. Cuando me senté junto a tu cama toda una noche con ocasión de tu primer resfriado, porque tu madre temía que pudieras ahogarte mientras dormías. Cuando evitaba que te cayeras mientras dabas tus primeros pasos vacilantes. Cuando...

—¡Basta! —gritó Tiffany, con un dolor que se intensificaba, ahogándola—. ¿Esperas que me crea cosas de las que no recuerdo nada? ¡No tengo ningún recuerdo de ti! ¡Ni uno solo! ¿Dónde estabas cuando habría importado? ¿Dónde estabas cuando te necesitaba? Pues ahora es demasiado tarde. ¿Quieres saber realmente por qué he estado fingiendo ser otra persona? ¡Porque prefería vivir con tus enemigos que con un padre al que le importó tan poco que no ha sido capaz de visitarme ni una vez en todos estos años!

Tiffany le dio la espalda para que no viera las lágrimas que ya no podía contener y corrían por sus mejillas, lágrimas que vertía por el dolor de su indiferencia, de su ausencia, el dolor de...

—Esta era tu habitación —dijo él con la misma voz suave—. A principios de año hice que la acondicionaran para tu regreso, pero hasta entonces todavía contenía tus cosas de bebé. Cada noche venía aquí antes de acostarme para arroparte... imaginariamente. Sabía que no estabas aquí, pero imaginaba que sí. Te echaba tanto de menos, Tiffany. Para mí fue un golpe doble, cuando Rose me abandonó, que te llevara consigo.

Sonaba sincero, pero a ella no la engañaba. Dios santo, ¿de verdad pensaba que se creería sus mentiras a esas alturas? ¿Por qué no podía simplemente admitir la verdad? Tal vez sí que la había mimado cuando era pequeña, pero se había olvidado de ella en cuanto se había ido. Jamás podría creer otra cosa porque tenía la prueba, quince largos años de prueba.

Ya no lo soportaba más. Logrando apenas que las palabras superasen el nudo que tenía en la garganta, dijo:

—Debo pedirte que salgas de mi habitación. De momento me quedaré aquí, pero preferiría que tú y yo no nos veamos. Si no puedes respetar mis deseos, me alojaré en el pueblo hasta que sepa algo de mi madre.

—Tiffany...

—¡Por favor! ¡Ni una palabra más!

La puerta se cerró. Tiffany volvió la vista atrás para asegurarse de que se había ido y a continuación cayó de rodillas. Se llevó una mano a la boca para silenciar sus sollozos. No lo entendía. No tendría que dolerle tanto después de todos esos años, debería alegrarse de haberle demostrado por fin que él a ella tampoco le importaba...

43

Zachary había querido hablar. Hunter no. En cuanto los Warren se marcharon al galope, él también. Su padre le gritó que se detuviera. Al momento Hunter ya no lo oía.

Cabalgó hasta el pueblo en línea recta, evitando el tramo de camino donde había visto a los Warren. En el salón El Lazo Azul pidió una botella de whisky. Un borracho le habló en el bar, riéndose. Su puño voló. Ni siquiera sabía a quién atizaba, no le importaba con quien tendría que disculparse más adelante. Cogió su botella y se largó. Tenía la esperanza de encontrar a alguno de los mineros en la calle. Le encantaría desahogarse con ellos, pero no tuvo suerte. No vio a ninguno.

Salió de Nashart y estuvo cabalgando todo el día, ni siquiera podía recordar hacia dónde. A mediodía la mitad de la botella ya estaba vacía. Pero no había logrado el efecto deseado. La imagen de Jenny seguía allí, alejándose a caballo con su familia, inexpresiva, sin ningún destello de culpa o remordimiento en su rostro. Hunter se terminó la botella y continuó cabalgando sin rumbo.

La segunda mitad de la botella sí que le hizo efecto, aunque no el tiempo suficiente. Pero abrió una compuerta a otros recuerdos. Jenny echándole el lazo a una vaca y riéndose de sí misma por su torpeza. Jenny haciendo camas, lavando platos, cocinando para ellos. Era un milagro que no les hubiera envenenado la comida. Jenny tratando de apagar un fuego sin siquiera saber cómo... ¿O ahora saldría a la luz que lo había iniciado ella?

¿Era esa su idea de diversión, espiar a su familia? ¿Se había estado burlando de ellos todo aquel tiempo por haberse creído su historia del ama de llaves? Y qué idiota que había sido él al contarle lo que pensaba de su prometida: ¡de ella! Veía capaz de todo a aquella mujer que con engaños había logrado... No tenía sentido negarlo. Su engaño le dolía en el alma porque se había enamorado de ella. ¡Y había ocurrido tan rápidamente! Lo había visto venir y había tratado de evitarlo. Pero verla con el bebé recién nacido de Caleb lo había vencido. ¡Estaba enamorado de una mujer que no existía!

Ya volvía a estar sobrio cuando dejó que *Manchas* lo llevara a casa. El sol se estaba poniendo. Dios, nunca podría volver a ver una puesta de sol sin pensar en ella y lo mucho que le gustaba. O tal vez solo lo fingía.

Hunter entró por la cocina. Grave error. Iba a tener que evitar aquel sitio como la peste, ya que la veía en todas partes. Ahora allí solo estaba Andrew, que leía el libro de cocina mientras removía lo que fuera que había en una olla sobre el fuego. ¿Así que se iba a quedar él con su trabajo?

Maximilian entró correteando en la cocina al oír que se abría la puerta, para desaparecer enseguida por el pasillo cuando vio que no era su dueña la que volvía a casa. A Hunter le entraba la risa cada vez que veía a aquel cerdito siguiendo a Jenny a todas partes. No se lo había llevado consigo. No, por supuesto que no, todo había sido una actuación, incluso su afecto por el cerdo.

Con cautela, probablemente por la expresión de Hunter, Andrew susurró:

—Yo no sabía que...

—Cállate, chaval —espetó Hunter mientras cruzaba la cocina.

Pensaba escabullirse a su habitación sin ser visto y cerrar la puerta con el pestillo. Pero sus padres estaban en el salón, los dos. Y lo vieron cuando apareció junto a la escalera. Hunter se detuvo en seco, sorprendido.

—¿Cómo has podido bajar, mamá?

—Yo la he traído —gruñó Zachary—. ¡Te hemos estado esperando todo el día! Tu madre no quería volver a subir, temiendo que intentaras entrar sin que nos diéramos cuenta.

—Lo he intentado —confesó Hunter encogiéndose de hombros—. Ahora no quiero hablar.

—Siéntate —le dijo Mary tiernamente.

Una cosa era desobedecer a Zachary. Hunter lo hacía bastante a menudo, dos machos topando de cabeza. Pero otra cosa muy distinta era no cumplir con los dictados de su madre. Se sentó, aunque cambió de asiento y se acomodó junto a su madre en el sofá para no tener a la vista la mesa de póquer. Más malditos recuerdos de diversión y risas con Jenny. ¿Podía haberlo simulado todo? Aquella noche había llegado a pensar que jamás volvería a bajar al pueblo un sábado por la noche si a cambio podía pasarlos con ella. ¡Qué idiota que había sido!

—Ahora no finjas que no vas a ser un novio feliz —dijo Zachary—. Ya que estuviste pendiente de esa muchacha desde que llegó.

—Pendiente de Jenny, sí —dijo Hunter fríamente—. Pero no era ella quien se ha ido hoy de aquí a caballo.

—Y qué si nos ha engañado —replicó Zachary—. Hemos podido ver cómo es realmente, y déjame que te diga que me alegra mucho que no sea la señoritinga estirada que me temía.

—¿No lo es? —preguntó Hunter, enojado—. ¿Todavía no te has dado cuenta de que interpretaba un papel? Lo que viste y oíste no era ella misma, sino un rol que estaba fingiendo.

Se oyeron las pezuñas del cerdo que bajaba por el pasillo atraído por sus voces, aparentemente todavía con la esperanza de encontrar a su dueña. *Max* se detuvo al pie de la escalera mirándolos fijamente, como si los acusara de su ausencia. Zachary le tiró uno de los pequeños cojines bordados de Mary, lo que hizo que chillara y se alejara trotando.

—Maldito cerdo —gruñó Zachary—. Mañana tendrás que llevártelo, Hunter.

—¿Por qué? Seguro que se lo llevará directo a la cocina para cenar. ¿Crees que de todos los animales que hay en el mundo se encariñaría con un cerdo? Eso solo era otra parte de su engaño. No tengo ninguna duda de que fue deliberadamente meticulosa en hacer justo lo contrario de lo que haría realmente, para que no pudiéramos establecer ninguna relación entre Jennifer Fleming y Tiffany Warren.

—¿Qué relación? —preguntó Zachary bruscamente—. ¿Que ambas llegasen del Este al mismo tiempo? ¿Que ambas fueran hermosas pelirrojas? Habríamos pensado que era una coincidencia.

—Sí, a menos que se comportara como se comporta normalmente, entonces lo habríamos adivinado enseguida. ¿Aún no lo entiendes, papá? En realidad, sí que es la señoritinga fría y estirada del Este que esperabas que fuera.

—No exactamente —discrepó Mary—. Ten en cuenta que fueron tus hermanos quienes la abordaron, y no al revés. Y fuera cual fuese el motivo por el que les siguió la corriente, vino aquí esperando hacer únicamente de ama de llaves, que no es un trabajo agotador ni mucho menos, y en cambio nosotros la pusimos a trabajar, a trabajar de verdad. Si fuera la muchacha mimada, engreída y rica que los dos pensáis que es, habría abandonado enseguida. Las señoritas de la alta sociedad no se ensucian las manos. Siempre tienen cerca a una asistenta personal, además.

Hunter soltó un bufido.

—Ahora que lo mencionas, visitó a una mujer en el hotel del pueblo. Dijo que era una amistad que había hecho en el tren, aunque probablemente sea su criada. La auténtica Tiffany Warren no habría viajado tan lejos sola, ¿verdad?

—No, ciertamente —aceptó Mary, pero luego le recordó—: Todavía no sabemos por qué lo ha hecho.

—Para espiar para su padre, por supuesto —dijo Zachary reafirmándose en su primera suposición.

—¿Con qué objetivo? —lo interrumpió Mary—. No tenemos nada que esconder. Si acaso, huele más a una broma para superar cualquiera que nos hayan gastado jamás sus hermanos. Tal vez incluso la convencieron los chicos Warren, pero su padre seguro que no. No obstante, tampoco creo que vaya por ahí la cosa, pero es más probable eso que que quisiera espiarnos.

—¿Es que importa el porqué? —saltó Hunter—. Lo que cuenta es que es una mentirosa, y de las buenas. Ya jamás podremos creer una palabra de lo que diga.

Mary le dio una palmadita en la mano.

—Sé que estás enfadado. Y tienes todo el derecho del mundo de estarlo. E incluso puedes dirigir parte de tu enfado hacia mí, porque pude ver a Rose en su rostro, no claramente, pero lo bastante como para hacerme dudar. Y, sin embargo, no dije nada.

—¿Y por qué diablos no? —preguntó Zachary.

—Porque sois tozudos como mulos y estoy segura de que os habríais indignado por ello —replicó su mujer, mirándolo—. Y porque imaginé que tendría sus motivos. Y también porque percibí bondad en ella. Tendría que ser la mejor actriz del mundo para fingir eso.

Hunter se levantó para marcharse. Empezaba a dolerle la cabeza de tantas posibilidades, ninguna de ellas buena.

—Me voy a la cama.

—¿No vas a comer antes? Tu padre ha convencido a ese chico de que se encargue del trabajo de Jenny, quiero decir, de Tiffany.

—Me he bebido una botella de matarratas; esta noche no hay ninguna posibilidad de que la comida se quede en mi estómago.

Mary asintió con la cabeza.

—Por la mañana lo verás todo más claro, Hunter. Y mañana por la noche...

—No os acompañaré.

—Por supuesto que nos acompañarás. Probablemente incluso irás antes que nosotros porque no podrás soportar no saber cuáles fueron sus motivos.

Hunter asintió con la cabeza por respeto a su madre, aunque discrepaba de su opinión. Subió la escalera y allí estaba el cerdo otra vez, junto a la puerta de Jenny, esperando, con la esperanza de que ella le abriera, probablemente echándola tanto de menos como Hunter mismo. Sin siquiera pensar por qué lo hacía, Hunter cogió a *Max* y se lo llevó a su habitación para que pasara allí la noche.

44

Tiffany estaba disfrutando al menos de un reencuentro feliz con sus hermanos. El doloroso nudo que sentía en el pecho se calmó a lo largo del día a medida que uno tras otro la visitaban en su habitación, expresando su felicidad por volverla a ver. Sam debía de haberles contado a Carl y Roy los motivos de ella para quedarse con los Callahan, al menos los que ella le había revelado, porque ninguno de ellos mencionó el asunto.

Carl era adorable, tan vergonzoso. Se había engominado el pelo hacia atrás para demostrarle que ya era un hombre, aunque solo tenía dieciséis años. Pero siempre había sido tímido, así que probablemente tardaría unos días en relajarse en su presencia.

Tiffany había temido que Roy fuera más directo, aunque soñador como era, tal vez había comprendido mejor que nadie por qué su hermana había hecho algo tan drástico. Antes de irse le dejó un poema, su manera de disculparse por haberse enfadado tanto con ella aquel día en el pueblo.

A primera hora de la tarde, un jornalero le subió la maleta de ropa. A petición de Tiffany, Sam había ido al pueblo a traer a Anna al rancho.

—Ya iba siendo hora —empezó a jactarse Anna, en un tono de ya-se-lo-había-dicho, hasta que observó los ojos enrojecidos de Tiffany. Entonces rectificó—: Así pues, ¿no ha sido decisión suya estar aquí?

Tiffany negó con la cabeza.

—Y encontrarme con mi padre fue tan horrible como ya me imaginaba. Aunque solo tendré que soportarlo unos pocos días más.

—¿Qué va a pasar en unos pocos días?

—Que me llegará un indulto y volveré a mi casa de Nueva York. ¿Vendrás conmigo, o ahora prefieres trabajar con martillos y sierras?

—Me gustó durante unos días, pero ahora ya me aburría. Este pueblo todavía es demasiado pequeño para un fabricante de muebles a tiempo completo, aunque es algo a lo que podría dedicarme ocasionalmente si usted se quedara por aquí. Aunque en realidad el señor Martin no necesitaba un ayudante, simplemente se sentía solo todo el día en la tienda.

Hubo otra sorpresa. Cuando Sam había bajado al pueblo a buscar a Anna, se había cruzado con el jefe de correos, que le dijo que aquella mañana había llegado en el tren un paquete para Tiffany. Era la respuesta de su madre a su primera carta. Que su madre se la hubiera dirigido a Tiffany al rancho Warren era indicativo de lo enojada que estaba. Tiffany no creyó que su madre tuviera la intención de poner al descubierto su farsa, porque Frank habría pensado simplemente que era algo que había enviado antes para asegurarse de que estuviera allí cuando llegara su hija.

Estuvo encantada de ver que eran los libros de cocina que le había pedido, cocina francesa, italiana e incluso platos típicos de Nueva York, tres gruesos volúmenes. Pero no los acompañaba ninguna carta. Tiffany estaba segura de que la carta había ido dirigida a Jennifer Fleming al rancho Callahan. Qué ingenioso por parte de su madre. Quería asegurarse de que Tiffany contactase al menos con uno de sus hermanos para conseguir los libros de cocina. Probablemente con la esperanza de que le hicieran ver la tontería que estaba cometiendo. Pero Tiffany no estaba impaciente por leer aquella primera carta. Incluso en papel, Rose era más que capaz de ponerse a gritar. Era su siguiente carta la que aguardaba con ansiedad, porque sería la que la rescataría.

Estaba impaciente por reunirse con sus hermanos para cenar e intentó darle prisa a Anna para que la emperifollara, pero entonces se rio de sí misma. ¿Se había acostumbrado demasiado a lo rápido que iba todo sin una asistenta que la vistiera y peinara? Respiró hondo y mantuvo la boca cerrada porque el resultado merecería la pena. Viendo su reflejo en el espejo antes de salir del dormitorio, tenía razón. Volvía a parecerse a Tiffany, la auténtica.

Estaba riendo con sus hermanos cuando entró su padre y se unió a ellos. Los chicos siguieron hablando excitadamente, contándole anécdotas divertidas y más cosas sobre lo que habían hecho desde la última vez que se habían visto. Nadie se dio cuenta de que ella había dejado de participar en la conversación. Sabía que había sido una equivocación bajar a cenar, pero no había podido resistirse a la compañía de sus hermanos.

—¿Qué te parece, Tiff? —le preguntó Roy—. ¿Tiff?

Finalmente logró captar su atención, aunque se había perdido la pregunta original.

—¿Perdona? ¿Qué has dicho?

—¿Qué te parece ir a nadar al lago algún día de esta semana?

¡Aquel maldito lago! Era la razón misma por la que ella estaba allí, una disputa por derechos de agua. Tiffany fue bastante cortante:

—¿Y no temes que nos puedan disparar?

Su observación estropeó el ambiente alegre de la mesa. Los tres muchachos parecieron arrepentidos, cuando ni siquiera era culpa suya. Aunque sí que era culpa de Frank, que no parecía consciente de su parte en aquella rivalidad. Ahora era evidente por qué Rose se había casado con él. Rubio, con los ojos tan verdes como Tiffany, de conducta aparentemente tranquila en contraposición con lo tempestuosa que era Rose, y todavía bien parecido a pesar de ser un cuarentón.

—¿No podrías concedernos al menos una noche para disfrutar de tu compañía sin remover el pasado? —preguntó.

Ya le gustaría a ella, aunque no con él sentado a la mesa. Estuvo a punto de pedirle que se marchara. A punto. Pero sin duda sus hermanos saldrían en defensa de su padre y se enfadarían con ella, así que no lo hizo. Aunque sí que le recordó:

—Es el único motivo por el que estoy aquí. El pasado. Una enemistad a la que ninguno de vosotros ha tenido la sensatez de poner fin. Ya he oído la versión de los Callahan. Ahora me gustaría oír la vuestra.

—Podemos hablar del tema si hace falta —dijo Frank esbozando una leve sonrisa—. Aunque no es exactamente lo mejor para la digestión. ¿No puede esperar a que acabemos de comer?

¿Frivolidad cuando su presencia la enfurecía? Pero entonces apareció una criada con una gran fuente de ensalada que empezó a servirles como entrante. Al menos Frank tenía una cocinera decente, y varios sirvientes. Muchos de ellos parecían indios o de ascendencia india. Después de que dos criadas de rasgos indígenas le hubieran llenado la bañera a Tiffany ese mismo día, su bañera particular, le había preguntado a Sam al respecto. Él le había contado que veinte años atrás no era raro que los indios les ofrecieran mujeres a los primeros tramperos de la región. Las mujeres no podían volver a sus tribus después de eso, y en la época en que empezaron las Guerras Indias, ya tenían sus propias familias y no se implicaron en los combates. Pero como muchos blancos murieron en esas guerras, los prejuicios contra los indios se intensificaron, incluso después de que las tribus fueran expulsadas del territorio. Los hijos mestizos de aquellas uniones interraciales tuvieron problemas para encontrar trabajo. Aparentemente, Frank no compartía esos prejuicios, porque había comerciado con las tribus mucho antes de que se iniciaran las hostilidades, razón por la cual probablemente el rancho Warren se había salvado durante el conflicto.

Tiffany logró morderse la lengua durante la comida. Llegó el plato principal, un guiso de pollo recubierto con queso fresco batido. Tenía un aspecto y un aroma deliciosos, lo que la llevó a preguntarse qué estaría cenando Hunter esa noche. Esperaba que no fuera la comida de Jakes.

Los muchachos siguieron charlando y riendo, mientras ella sonreía tibiamente cuando trataban de incluirla. Su padre la observaba en silencio. Cada vez que Tiffany lo pescaba mirándola, el dolor de su pecho empeoraba. Era raro que pudiera tragar nada de comida, incluida la tarta de cereza que llegó como postre. Lo único que hizo fue recordarle que no les había preparado ningún postre a los Callahan, ni el pastel prometido a los jornaleros cuando limpiaron la casa.

Pero cuando se colocó en la mesa el último tenedor, Tiffany ya estaba cansada de esperar. Sus hermanos se dieron cuenta. Sam les indicó con la cabeza que salieran del comedor para dejarle un poco de intimidad con su padre. Ella no contaba con quedarse a solas con él y estuvo a punto de revolverse contra él, pero no tenía sentido. Aquella mañana, él había tenido su oportunidad de arreglar sus desavenencias, pero solo había dicho que «pensaba» mucho en ella. ¿De qué le habían servido a ella sus «pensamientos» cuando era niña? Así que se centró en su objetivo y le dijo:

—Quiero que termine vuestra enemistad sin necesidad de boda, porque yo no puedo vivir aquí. Yo he llevado una vida refinada. Ni una sola vez, jamás, estuvo marcada por la violencia hasta que llegué aquí, donde me han apuntado con una pistola, he visto morir a hombres delante de mí y a hombres peleando en la calle. Me volveré a casa en cuanto mamá acepte que jamás debería haberme enviado aquí. Así que antes de que vengan los Callahan mañana, quiero saber por qué tuve que verme enredada en esto.

—Lamento que hayas tenido que presenciar...

—Por favor —lo interrumpió secamente—. Sam ya me dijo que probablemente solo ha sido mala suerte. Lo sea o no, la realidad sigue siendo que una boda no va a poner fin a algo que ya dura tres generaciones. No tendría ninguna posibilidad de éxito si el único motivo es poner fin a la enemistad.

—Nunca pensé que fuera el único motivo. Estaba seguro de que te gustaría Hunter. ¿No te gusta?

Tiffany sintió ganas de gruñir, estaba cansada de oír esa pregunta.

—Sí, me gusta, pero se ha pasado toda su vida odiando a los Warren. Y ese odio siempre se interpondrá. Así que explícame por qué tuvo que criarse odiándoos.

—Supongo que los Callahan debían de culparnos a nosotros cuando te lo contaron.

—Sé que vuestra rivalidad no empezó aquí, que empezó con una broma de mal gusto a Elijah Callahan que terminó muy mal. Y que tu madre, Mariah, le disparó el día que tenían que casarse.

Tiffany le contó toda la historia que le había revelado Mary Callahan. Su padre asintió con la cabeza.

—Le disparó porque la engañó, así de sencillo. Por eso se enfureció tanto y se casó con otra persona tan pronto. Mi padre, Richard, incluso sospechaba que ella todavía amaba a Elijah, pero aun así la quería lo suficiente como para casarse con ella. No obstante, acabó odiando a los Callahan por ello. Dios, el odio de Mariah era tan intenso...

—Y os lo contagió a todos.

Frank asintió con la cabeza.

—Aunque creo que parte de ese odio era para sí misma, porque sabía que era incapaz de perdonar al hombre que amaba. Lo amaba con todo su corazón. Por eso nunca pudo superarlo...

¿Así que toda la culpa era de su familia? ¿Había omitido Mary adrede la parte acerca de que Elijah había engañado a Mariah, o tal vez Elijah se había sentido demasiado avergonzado para hablarle a su familia acerca de su indiscreción? De todos modos, eso no explicaba por qué la enemistad se había trasladado a Montana.

—Elijah trató de alejarse de ella —dijo Tiffany—. Atravesó con su familia todo el continente. ¿Por qué lo siguió ella hasta aquí?

—Mi madre era una mujer fuerte, valiente y apasionada, que sufrió un desengaño amoroso y pérdidas en poco tiempo. Mi padre y dos hermanos murieron en cinco años, y ella cargó con toda la responsabilidad del rancho mientras yo era un chaval. Después de tantas muertes en nuestra familia, su obsesión por Elijah se acrecentó. Se enfureció cuando supo que él se marchaba de Florida. Yo entonces no lo sabía, pero tu abuela contrató a un hombre para que lo siguiera y descubriera dónde se instalaba. Entonces empezó a quejarse de Florida y a sugerir que nos mudáramos al Oeste, a Montana. Yo apenas tenía dieciocho años. No sospechaba que estaba jugando conmigo para que aceptara levantar el campamento y trasladarnos aquí, aunque en realidad no fue una mala idea.

—¿Seguirlos?

—No, marcharse de Florida —dijo Frank—. Había muchos ranchos peleando por muy poca tierra y el cuatrerismo era excesivo. Esas fueron sus excusas, que también eran acertadas, y más fáciles que contarme la verdad, porque yo jamás lo habría aceptado. Yo me sorprendí tanto como los Callahan cuando vi que nos establecíamos en unas tierras tan cercanas a las suyas.

—¿Y no se lo echaste en cara a tu madre?

—Por supuesto que sí. Y lo único que dijo fue que necesitaba una resolución. Paz. Tendría que haberme imaginado que su definición de paz no era la misma que la mía. Su paz significaba matarlo. Lo había dicho muchas veces a lo largo de los años, que debería haberlo matado aquella noche infausta antes del día de su boda.

—¿Cuándo se dispararon el uno al otro?

—Fue casi un año después de llegar aquí. Zachary vino una mañana exigiendo que le dijeran dónde estaba su padre. Yo hasta ese momento tampoco sabía que mi madre también estaba desaparecida. Tardamos todo el día, pero finalmente encontramos su rastro. Estaban en la cabaña de un viejo trampero, abrazados el uno al otro. Sus armas, que habían sido disparadas, seguían en sus manos o cerca. Y los únicos rastros recientes hasta allí eran los suyos. No sabemos exactamente qué ocurrió. Tal vez confiaban en encontrar la paz juntos en la otra vida, ya que eran incapaces de encontrarla en esta. Solo queda la esperanza de que supieran perdonarse antes del final.

—Entonces, ¿por lo único que os peleáis ahora es por el agua?

—No exactamente. Los Callahan culparon a mi madre de

todo, de dispararle a Elijah en vez de casarse con él, de seguirlo hasta aquí y finalmente de matarlo. El agua es un tema secundario. Yo solo tenía dieciocho años cuando vinimos aquí, Zach era unos años mayor que yo. Él y yo no podíamos acercarnos sin que saltaran las acusaciones. A mí me educaron en el odio, Tiffany, a los dos. Resultaba difícil superarlo aunque nuestros padres ya no estuvieran.

—¿Todavía los odias?

—Más que nunca.

—Pero ¿por qué?

—Porque se llevaron a tu madre.

45

Tiffany se quedó confundida. Su padre acababa de darle un motivo para odiar a los Callahan. ¿Cómo podía convencer a sus familias de una tregua con aquello sobre la mesa?

Pero instantes después frunció el ceño. La rivalidad no podía ser el motivo por el que se había marchado su madre. Eso era algo que Rose podría haber admitido fácilmente cuando Tiffany se lo preguntó, pero no lo había hecho. A menos que se lo ocultara porque temía que ella utilizara la misma excusa para no casarse con Hunter.

Pero antes de recoger el guante, preguntó:

—¿Eso te lo dijo ella?

—No, no quería que yo cargara con la culpa, sino que inventó todo tipo de excusas. Cada vez que le desmontaba una, aparecía con otra. Dijo que detestaba este lugar, y sin embargo jamás la había visto tan feliz como mientras diseñábamos esta casa. Dijo que echaba mucho de menos a su madre, aunque la visitábamos cada año y la mujer incluso vino una vez aquí. Dijo que su madre la había convencido de que había cometido una equivocación. Dijo que tener otro hijo la mataría después de haber tenido tantos en tan poco tiempo. Utilizó esa excusa para dormir en habitaciones separadas, y no obstante no podía quitarme las manos de encima. Incluso utilizó eso como excusa de por qué se tenía que marchar. Fue la única que llegué a creerme por un tiempo. Tantas excusas... y rabia, cuando traté de convencerla de que volviera.

Tiffany sacudió la cabeza.

—¿Y ahora tú culpas a los Callahan de algo que ni siquiera estás seguro que sea culpa suya?

—Es lo único que tiene sentido. Hace quince años estuvieron a punto de matarme. Fue poco después de recibir yo esa bala cuando Rose se escabulló contigo. Creo que vio claro que no soportaría volver a vivir otra vez algo igual.

—O tal vez no quiso herirte diciéndote que había dejado de quererte.

—No digas eso, Tiffany. No lo digas, por favor.

Ella contuvo la respiración por haber herido a su padre. Sin embargo, debería experimentar satisfacción en vez de sentir aquella especie de nudo en la garganta. Se puso en pie y se dirigió a la puerta, hasta que sintió que los ojos se le inundaban de lágrimas. Solo entonces se detuvo un instante y, sin volver la vista atrás, dijo:

—Yo tampoco sé por qué se fue. Pero sí que sé por qué quiero irme yo. Mañana sugeriré que vuestra tregua con los Callahan pase a ser permanente de modo inmediato, que ambas familias compartáis el agua de ahora en adelante. ¿Lo aceptarás?

—No lo aceptaré sin establecer un lazo de sangre entre nuestras familias que asegure el acceso al agua a las próximas generaciones. Tu madre tuvo una buena idea. Quiero que mis hijos y mis nietos puedan criar ganado en estas tierras que amamos.

Con las mejillas humedecidas ya con lágrimas de frustración, Tiffany salió corriendo del comedor. Tenía que encontrar un poco de intimidad para dejar salir aquella pena antes de volver a reunirse con sus hermanos. Se metió en una habitación vacía. Esperaba que estuviera vacía. No debería haberle hecho aquella pregunta a Franklin cuando ya sabía su respuesta. Porque él, como el resto de la gente, esperaba que ella se casara con Hunter. ¿Cómo podía eso acabar con el odio de alguien? ¿Cómo podía no empeorarlo todo?

Apenas había podido eliminar el empañado de sus ojos y secarse las mejillas cuando oyó la voz de su padre detrás de ella, ahora en tono firme:

—Los Callahan estarán aquí mañana. Necesito saber por qué fingiste ser su ama de llaves antes de que vengan.

—Ya les daré mis motivos.

—Dejar que entren en casa ya va a ser difícil, Tiffany. No quiero encontrarme con más sorpresas. Dime por qué.

—Quería ver por mí misma cómo son realmente, porque no creía que fueran a comportarse normalmente conmigo por culpa de la enemistad.

—¿Y ya está?

Tiffany podría haberlo dejado así, pero no lo hizo.

—No. Sobre todo, lo hice porque no quería verte. Pensé que tampoco te importaría, ya que tú tampoco habías querido verme nunca.

—Si no temiera que puedas contárselo a Rose, te lo explicaría todo —dijo él, frustrado—. Pero no puede saberlo.

—¿Saber qué?

Frank no respondió. Era de esperar. Simplemente no quería admitir la realidad: que Tiffany nunca le había importado.

—Yo te he dado tu respuesta, ahora déjame en paz.

Tiffany no lo oyó marcharse. Así que decidió ignorarlo observando la habitación. Era un estudio, ligeramente amueblado con roble. Había un escritorio lleno de fotografías enmarcadas y un pequeño farol. ¿Fotografías de qué? La curiosidad le hizo coger una, pero contuvo la respiración cuando vio que era una carta enmarcada con garabatos infantiles... una carta suya. Cogió otra. Otra de sus cartas al padre que había querido y echaba de menos. ¿Las había enmarcado y guardado en su despacho todos aquellos años? Debía de haberlas sacado recientemente de alguna vieja caja mohosa para impresionarla. ¿Con qué? ¿Con la idea de que ella sí que le importaba, cuando era evidente que no?

Las lágrimas volvieron a brotar. ¡Santo cielo, ahora no podía llorar, no cuando no estaba segura de que él se hubiese marchado y tenía miedo de mirar! Se concentró en la decoración de la habitación para reprimir la emoción. Cortinas de terciopelo bermellón, el color preferido de su madre. ¿Las había elegido Rose? ¿Tan viejas eran? Algunos estantes con libros, una vitrina con licores, cuadros de escenas del Oeste en la pared, excepto uno que destacaba extrañamente. Su mirada volvió a él y sus ojos se abrieron lentamente. Era una escena urbana de invierno, con una niña patinando en el estanque congelado de un parque. La niña era ella. Su madre jamás le había mencionado haberlo encargado. Pero ¿de qué otro modo podía tenerlo Frank a menos que Rose se lo hubiera enviado?

—Era el mejor pintor de Nueva York —dijo en voz baja Franklin—. Lo conocí en mi último viaje a la ciudad. Tardó todo el invierno en terminarlo. Aquel año no patinaste mucho.

—¿Tú estuviste en Nueva York? —preguntó ella con un hilo de voz—. ¿Por qué no me lo dijiste cuando te acusé de no visitarme nunca?

—Tampoco tendría que decírtelo ahora, pero no quiero que continúes con esa idea equivocada. Tu madre me hizo prometerle que jamás volvería a Nueva York. Yo rompí la promesa, pero ella no podía saberlo, o habría dejado de escribirme. De modo que tampoco podías saberlo tú, no podía arriesgarme a que se lo comentaras, aunque fuera por un descuido. Yo vivía gracias a sus cartas, Tiffany. Eran lo único que me quedaba de ella. ¿Podrás guardarme el secreto?

—¿Aún la amas?

—Por supuesto, siempre la amaré. Como te quiero a ti. Y no obstante me da miedo incluso abrazarte, con lo enfadada que estás desde que llegaste aquí. En todos estos años, nunca imaginé que pensarías que no me importabas, Tiffany. Te abría mi corazón en las cartas. ¿No me creías?

—Dejé de leer tus cartas. Me dolía demasiado que nunca fueras a visitarme cuando iban mis hermanos.

—Pues sí que iba, incluso varias veces. Pero no podía ni acercarme a tu casa. Había un tipo vigilando, un guardia sin duda contratado por tu madre para impedir que me acercase. Una mala jugada por su parte. Pero yo deseaba tanto veros que me disfrazaba, y una vez que lo hice, me di cuenta de que podía verte, hablar contigo, solo que tú no podías saber quién era yo. ¿Te acuerdas de Charlie?

Tiffany tuvo que sentarse. La inundaron lejanos recuerdos de un hombre muy simpático en el parque que frecuentaba con su amiga Margery, jamás en verano, solo brevemente en invierno... cada vez que la visitaban sus hermanos. ¿Habría llegado a presentarse si no hubiera tenido que rescatarla cuando era niña? Ocurrió el primer año que ella intentó patinar sobre hielo en el parque. Se suponía que su madre tenía que estar allí cuando lo probara y le había pedido que la esperara, pero Margery no tenía que esperar a nadie y Tiffany tampoco tuvo la suficiente paciencia.

Fue un desastre. Su madre iba a enseñarle a patinar. Sin sus consejos, enseguida se cayó y se torció un tobillo. Charlie presenció la caída y corrió a socorrerla. La llevó con sus criadas. Parecía más preocupado que ella misma por aquel esguince. La siguiente vez que la vio en el parque con Margery le preguntó por la lesión y les contó una historia divertida de una lesión que se había hecho él mismo. Hubo más historias divertidas a lo largo de los años. Cuando Tiffany fue mayor, estuvo segura de que ninguna de ellas era auténtica. A Charlie le gustaba hacer reír a la gente, él era así, amable, cariñoso, siempre dispuesto a ayudar a quien lo necesitara... la clase de persona que hubiera querido tener como padre.

Tiffany levantó la mirada y, al ver lágrimas en los ojos de su padre, prorrumpió en sollozos y se lanzó entre sus brazos abiertos.

—¡Dios mío, papá! ¡Ojalá me lo hubieras dicho! ¡Me dolía tanto pensar que no te importaba!

—Lo siento, Tiffany —dijo él abrazándola fuerte—. Quería decírtelo... lo habría hecho si hubiera sabido lo que pensabas. —Y añadió—: ¿Crees que me gustaba teñirme el pelo de gris para los viajes y tener que aguantar las bromas de los jornaleros cuando volvíamos? ¡Me llamaban «cuerno gris»! ¿Sabes lo insultante que resultaba?

Sí que lo sabía, porque años atrás sus hermanos le habían explicado lo que significaba en el Oeste que te llamaran «cuerno verde», o sea novato, pipiolo. En realidad, su padre solo trataba de quitarle hierro al asunto para calmar sus remordimientos por la manera horrible como lo había tratado desde su llegada al rancho. Y había funcionado. ¡Todavía podía hacerla reír!

46

Tiffany tenía solo un vestido de noche, que hizo que Anna le pusiera para lo que probablemente iba a ser una cena incómoda. Ni siquiera lo había sacado de la maleta en casa de los Callahan porque allí no podía ponérselo. Incluso si hubiera habido una ocasión para ello, era demasiado caro para que Jennifer pudiera permitírselo. Era uno de sus vestidos más viejos, y por eso había terminado en su maleta de accesorios. Seda azul claro con un dobladillo gris perla, y zapatos de seda a juego. Por fin podría volver a lucir sus joyas. Sus dedos, muñecas, cuello, orejas, incluso los alfileres de su elegante peinado, brillaban con zafiros. Los Callahan creían conocerla, pero no era así. Aquella noche no quedaría ni rastro de Jennifer Fleming.

Se reunió con sus hermanos en el salón antes de que llegaran los invitados. Roy se rio al verla tan radiante.

—¿Es un hechizo para transportarnos a Nueva York? Ya sabes que aquí no hace falta que te vistas de manera tan elegante, ¿no?

—Ya lo sé. Mi criada lo llama «armada para la batalla».

—Bueno, al menos no está mamá aquí para hacernos vestir también a nosotros con tanta elegancia —bromeó Sam—. Era un infierno, Tiff, tener que acicalarse tanto para cada cena en la ciudad.

—¿Esperas una batalla? —preguntó Carl.

—Teniendo en cuenta lo que voy a pedirles a los Callahan que acepten, sí.

Ellos ya sabían qué se proponía esa noche. También sabían que la noche anterior había resuelto sus diferencias con su padre. Sus hermanos cargaban con parte de la culpa por su idea equivocada, ya que habían mantenido en secreto que su padre los había acompañado siempre a la ciudad. Todo salió a la luz durante el desayuno, una maravillosa experiencia familiar que solamente podría haber sido más perfecta si Rose también hubiera estado allí. Por supuesto, eso jamás iba a ocurrir.

Frank entró y se paró en seco al verla.

—Dios mío, tan engalanada eres idéntica a tu madre.

—¿Mamá te hacía sufrir muchas cenas de etiqueta? —preguntó ella con una sonrisa.

—No, solo a veces. Le encantaba poder sentirse relajada. Aunque deberías habernos advertido que la cena de esta noche era de etiqueta.

—Qué va. Si todos nos presentamos de etiqueta, los Callahan se sentirán avergonzados. Esto —dijo señalando el vestido— es simplemente la forma más sencilla de demostrarles que no soy en absoluto la mujer que vivía en su casa, por si acaso piensan que me parezco en algo a ella.

De repente oyeron la llegada de jinetes. Y con ellos llegaron los nervios de Tiffany. ¿Se habría molestado Hunter en venir? Probablemente, no, teniendo en cuenta lo enojado que parecía la última vez que lo había visto. Como fuera, esa noche ella solo tenía que hablar con Zachary. Y no estaba sola. Su familia estaba allí. No tenía por qué estar nerviosa. Se quedó entre Sam y Roy mientras su padre invitaba a entrar... al enemigo.

—Diablos, Frank, ¿qué es esto brillante que tienes en el suelo? —oyó que preguntaba Zachary en el vestíbulo.

—Mármol.

—Cosa de tu mujer, ¿no? No se romperá si andamos por encima, ¿verdad?

¿Vecinos durante más de veinte años y los Callahan nunca habían puesto los pies en aquella casa? ¿Ni una sola vez? Y seguramente Frank tampoco había estado nunca en la suya. ¡Qué rivalidad tan estúpida!

Zachary entró en el salón hablando con su esposa. Lo primero que dijo Mary al ver el elegante atuendo de Tiffany fue:

—Ya imagino que hoy no has cocinado tú.

A continuación entró Cole con las muletas de Mary en la mano, pero se paró en seco cuando vio a Tiffany. John lo apartó y también se quedó paralizado.

Verlos alivió parte de la tensión de Tiffany, porque Hunter no estaba con ellos. Después de todo, tal vez no debería haberse puesto el vestido de noche. Su intención no era sorprenderlos tanto, sino simplemente remarcar, sin decirlo, que ella no estaba hecha para vivir en un rancho de Montana.

Educadamente, le dijo a Mary:

—Bienvenida al rancho Warren. Mi padre ya tiene una cocinera excelente.

—El tal Buffalo será ahora nuestro cocinero —dijo Zachary mientras ayudaba a Mary a sentarse en una silla.

—Mi madre me ha enviado algunos libros de cocina. Tal vez a Andrew puedan serle útiles.

—Muy amable por tu parte —dijo Mary.

—Por favor. Permítanme un segundo para disculparme por...

Tiffany calló cuando oyó el chillido de un cerdo. ¿Le habían traído a *Max*? ¡Qué gesto tan generoso, después de lo que les había hecho! Con una sonrisa radiante, se excusó y salió deprisa al porche. Encontró a *Maximilian* atado a la baranda y lo levantó en brazos para abrazarlo, sin tener en cuenta el vestido.

—¿Así que la Pelirroja sigue aquí? ¿No se ha ido del todo?

Tiffany contuvo la respiración y se volvió de golpe para chocar con un beso de Hunter. Bueno, él colaboró a que sucediera, con la mano detrás de su cuello. Ella no le detuvo, consciente de que podría ser la última vez que lo saboreara. Eso le dio al beso un matiz agridulce.

Max se retorció cuando Hunter se acercó demasiado. Tiffany se echó atrás, nerviosa. Aquello no tendría que haber ocurrido, no debería haberlo permitido. Se suponía que esa noche tenía que dar la impresión de que Jenny —o Pelirroja o como quisiera llamarla— se había ido. Que no era real. ¡Si esperaba encontrarla allí, andaba equivocado!

—Gracias por traerme a *Max* —dijo con formalidad.

—Tenía que hacerlo. Contigo fuera, el bicho se creía que podía quedarse en mi habitación.

—¿En serio?

—Anoche le dejé entrar, pero con una noche he tenido suficiente. Por algún motivo, se creía que podía dormir en mi cama. ¿Tú se lo permitías?

—A mí no me importaba —dijo acariciando a *Max* detrás de una oreja—. Nunca había tenido una mascota. Bueno, sin contar el gatito que llevé una vez a casa, ya que se escapó enseguida. ¿Puedes desatarlo, por favor, para que pueda llevarlo dentro? —No quería arriesgarse a soltar al cerdito, temiendo que Hunter intentara volver a arrimarse a ella.

—¿A tu padre no le importará tenerlo en casa? —dijo mientras lo desataba.

—No, no es el hombre insensible al que yo trataba de evitar.

—¿Fue por eso que lo hiciste? —preguntó Hunter con una mirada penetrante.

—Sí, no... mayormente. Os lo contaré a tus padres y a ti mientras cenamos. Tú... ¿no vas a entrar?

Él no respondió de inmediato y a Tiffany se le paró el corazón. No quería que se marchara. Tenía que admitir que se sentía feliz de verlo. Y aquella noche estaba tan guapo con una camisa blanca, limpia y planchada, pantalones oscuros y botas negras relucientes... Hunter se recostó en la pared junto a la puerta, levantando una rodilla y apoyando la suela de la bota en la pared. Tiffany estaba tan acostumbrada a aquella postura suya que a menudo la visualizaba mentalmente... ¡Cuando no lo visualizaba envuelto en una toalla o directamente desnudo y haciéndole el amor! Cerró los ojos brevemente para quitarse aquellas imágenes de la cabeza.

—Aún lo estoy pensando —respondió—. Pensaba que tendría tiempo para decidirlo, que te encontraría ahí fuera contemplando la puesta de sol. Lástima que esta casa esté encarada al este. Echarás de menos sentarte en el porche a contemplarla.

Tiffany estuvo a punto de sonreír, pero se reprimió a tiempo. Era demasiado fácil dejarse llevar por aquella familiaridad relajada que tenía con él. Pero ¡esa no era ella! Aunque Jennifer también era del Este. Y Jennifer seguramente se habría mantenido en sus trece y conservado la corrección en sus encuentros, en vez de permitirle ponerle apodos, flirtear con ella, besarla y...

—No echaré de menos las puestas de sol porque tenemos un pequeño porche atrás —dijo ella, logrando mantener un tono formal—. Papá me dijo que fue idea de mi madre, a la que también le encantan las puestas de sol, y que siempre se sentaban allí a última hora de la tarde antes de cenar.

—Decían los rumores que él le pegaba y por eso se marchó. ¿Es verdad?

—¡Pues claro que no! —respondió ella secamente.

—Y entonces, ¿por qué lo dejó?

—Esperaba que él pudiera decírmelo. Pero él culpa a tu familia, bueno, a la enemistad. Un motivo más que tiene para odiar a los Callahan.

—Eso sería muy desafortunado. —Hunter la miraba fijamente con sus ojos azul celeste.

—¿Por qué?

—Porque es una razón muy estúpida para abandonar a un marido y unos hijos. Porque tú y yo habríamos crecido juntos si ella no hubiera huido. Porque a estas alturas estaríamos casados.

¡Cómo podía dar por sentado tal cosa! Indignada, replicó:

—No presumas lo que habría ocurrido si me hubiera criado aquí. En ese caso, es más probable que me hubiera enamorado de tu hermano Cole, que es más de mi edad.

Tiffany volvió a entrar en la casa antes de que Hunter pudiera responder.

47

Tiffany creyó que Hunter se marcharía, pero entró pocos minutos después de que hubieran pasado al comedor. Al oír sus botas en el suelo de madera pulida, miró por encima del hombro y lo vio detrás de ella, en el umbral. Llegaba justo a tiempo para oír su disculpa.

—Les aseguro que no planifiqué hacerme pasar por un ama de llaves —les decía a Zachary y Mary, sentados el uno junto al otro—. Cuando sus hijos supusieron que yo era la señorita Fleming y me ofrecieron el trabajo, me di cuenta de que era una oportunidad para conocer a su familia sin que la rivalidad modificara su comportamiento en mi presencia.

—Pero ¿tu padre tampoco lo sabía? —preguntó Zachary, y se giró hacia Frank—. ¿O sí que lo sabías?

—No, ella no estaba preparada para verme. Aunque eso es un asunto privado...

—No pasa nada, papá. Tienen derecho a saberlo. El caso es que yo no conocía a mi padre. No tengo ningún recuerdo de él. Mis hermanos solían visitarme en Nueva York, pero él jamás lo hizo.

—Eso no es cierto —discrepó Zachary—. Sabemos perfectamente adónde iba cuando se marchaba con sus hijos. Siempre volvía a casa con el pelo gris. Suponíamos que Rose le metía unas broncas monumentales —acabó con una risita.

—Era un disfraz —murmuró Frank.

—Por tanto, ¿sí que le pegabas mientras estuvo aquí? Te amenazó con dispararte si volvía a verte, ¿eh? Ya me lo figuraba.

—No seas ridículo —replicó Frank.

Zachary no pareció ofenderse. Reía para sí mismo por haber sacado de quicio a Frank. Tiffany los miró a ambos severamente para poder continuar con su disculpa y volvió a dirigirse a todos.

—Mi madre me hizo prometer que vendría aquí, pero no le prometí que me hospedaría con mi padre. Ustedes me dieron el medio para evitarlo, por lo cual me sentí agradecida en ese momento. Estaba segura de que yo no le importaba, y como pensaba eso me convencí de que él tampoco me importaba. Me equivoqué en ambas cosas.

—¿Así que todo está arreglado? —dijo Mary con una sonrisa.

—Pues sí —respondió Tiffany devolviéndole la sonrisa.

—Disculpas aceptadas, muchacha —añadió Zachary bruscamente—. Además, no ha habido ningún daño...

—Depende de cómo definas «daño» —lo interrumpió rápidamente Hunter.

Nadie respondió, y menos aún Tiffany. Dieron por hecho que se refería a lo enfadado que se sentía por el engaño, aunque Tiffany temió que se estuviera refiriendo a comprometerla. Si decidía hacerse el honorable y se lo contaba a Frank...

En pie detrás de Tiffany, Hunter dejó caer en su plato una carta de su madre antes de tomar asiento frente a ella. Tiffany la miró y trató de dejarla de lado, más o menos ya sabía qué pondría. Pero no pudo resistirse.

«¿Has perdido el juicio? —eran las primeras palabras de varias páginas—. ¡¿Te das cuenta de lo dolido que se quedará tu padre si descubre que prefieres hospedarte con el enemigo que con él?!»

Tiffany volvió a meter rápidamente las hojas en el sobre.

—¿Malas noticias? —preguntó Hunter.

—No —respondió ella levantando la vista hacia él—, solo es que mi madre tiene un poco de temperamento.

—¿Un poco? —dijo Frank, sonriendo ligeramente.

—Más bien como un volcán en bombachos —dijo Zachary, coincidiendo por una vez con Franklin.

Tiffany pestañeó en dirección al patriarca Callahan.

—¿Mi madre llevaba bombachos aquí?

—Ocasionalmente —respondió su padre—, cuando tenía prisa por salir a montar.

—Los llevaba puestos cuando vino a mi casa a decirme que tenía que darte a mi hijo en matrimonio —añadió Zachary—. También dijo que me dispararía si no respetaba la tregua hasta entonces.

—No sabía que te hubiera amenazado —dijo Franklin.

—Está exagerando —metió baza Mary—. Bueno, sí que es verdad que dijo eso, pero cuando él ya había aceptado el enlace.

—En eso tuviste que ver tú —le recordó su marido.

—Era una buena idea —repuso ella.

—Aunque debió de creer que no la respetarías, o no se habría marchado —dijo Frank secamente.

—Eh, un momento —gruñó Zachary—. ¡No puedes culparnos a nosotros de eso!

Tiffany intervino rápidamente, golpeando incluso su copa con el tenedor para que todo el mundo la escuchara.

—Pediría por favor que se mantenga un tono civilizado en cualquier mesa a la que me siente yo. Y mi padre estaba equivocado. Resulta embarazoso tener que decirlo, pero realmente no sabemos por qué mi madre se marchó de Montana. —Y de pronto le dijo a Hunter—: Probablemente llegará otra carta de ella mañana o pasado dirigida a vuestro rancho. Papá ya le ha telegrafiado para decirle que ahora estoy aquí con él, pero ella ya debe de haber enviado esa segunda carta.

Tiffany esperaba impaciente esa segunda carta y el permiso de su madre para marcharse. Por mucho que ahora le gustaría pasar más tiempo con su padre y sus hermanos, sus sentimientos hacia Hunter eran demasiado fuertes. Tenía que huir de ellos, huir de él, y cuanto antes lo hiciera, antes podría empezar a olvidarlo. Porque de todos modos no podía casarse con él. En eso no había cambiado de opinión. Sus propios motivos eran insignificantes en comparación con el que Hunter le había dado. No importaba si le gustaba, ni siquiera importaba que pensara que la quería. En lo más profundo de su corazón, el odio con que había crecido siempre se interpondría entre ellos.

Irónicamente, eso jamás lo habría sabido si no se hubiera puesto en la piel de Jennifer. Aunque al mismo tiempo era por Jennifer por quién él se sentía atraído, una mujer que había hecho cosas para impresionarlo, por el papel que representaba, un papel que le había permitido hacer cosas que de lo contrario Tiffany jamás hubiera hecho. Trató de no sonrojarse, aunque notaba calientes las mejillas. A Hunter no le iba a gustar su auténtica personalidad, su sofisticación y su elegancia, ni su observancia de los buenos modales. Confiaba en que se diera cuenta de eso antes de terminar la velada.

Tiffany había planeado sacar el temido asunto de la enemistad a los postres, para no estropear la cena, pero nadie se sentía cómodo a la mesa mientras no se aclarase eso. Aun así, intentó retrasarlo, introduciendo algunos temas intrascendentes, aunque únicamente Hunter, y en alguna ocasión su madre, respondían. Los demás hermanos Callahan seguían mirándola como si nunca la hubieran visto. Zachary estaba allí sentado con mala cara. Frank se mostraba reservado. Sus propios hermanos igual. Y Hunter... bueno, ella intentaba no mirarlo directamente.

Al menos, comían. Frank debía de haberle pedido a su cocinera que se superara aquella noche. ¿Era universal aquella necesidad de impresionar a los enemigos? El entrante era francés, unas tazas individuales de sopa de cebolla espolvoreada de queso. El plato principal era inglés, un asado tan rosado que parecía casi crudo, con media docena de cuencos repartidos por la mesa con buñuelos de Yorkshire para acompañar al asado.

Tiffany tenía el estómago hecho un nudo. Lo que dijera aquella noche podía acabar con la enemistad o empeorarla. Como la mayoría de ellos ya casi habían acabado el asado, desistió de posponerlo más.

—Ahora me gustaría hablar del futuro y del pasado —empezó, mirando alternativamente a Frank y Zachary—. Tal vez haya cosas que ninguna de las dos familias sabe. Yo ya he oído las dos versiones de la historia de la enemistad, y no sé si alguien más aquí puede decir lo mismo.

—Nosotros la vivimos, muchacha —dijo Zachary con un resoplido—. ¿Qué no vamos a saber?

—Hay hechos que pueden haberse olvidado a lo largo de los años o que jamás se supieron. Por ejemplo, ¿sabía usted que Elijah sí que le fue infiel a Mariah aquella noche? La engañó, y por eso ella le disparó a la mañana siguiente.

Zachary no respondió, aunque su expresión denotó sorpresa.

—Mucha gente ha sufrido por dos personas que no fueron capaces de resolver sus diferencias. Ahora están muertos, ¿y su único legado es seguir causando sufrimiento?

—Mariah no debería habernos seguido hasta aquí —dijo finalmente Zachary—. Jamás había visto a mi padre tan furioso. No fue una decisión fácil, y la tomó únicamente para alejarse de ella. ¿Y va ella y se presenta aquí? ¡Eso fue una locura!

—Creo que incluso ella sabía que lo era... —metió baza Frank—. Yo me sorprendí tanto como vosotros al ver que volvíamos a ser vecinos.

—Entonces, ¿por qué no te marchaste? —replicó Zachary.

—Porque me convenció de que jamás hallaría la paz sin algún tipo de solución.

—Vaya eufemismo para decir que quería matar a mi padre —saltó Zachary.

Frank lo miró amenazadoramente.

—Tuvieron relaciones íntimas antes de dispararse el uno al otro. Tú estuviste allí para verlo. ¿Quién puede decir que ella no trató de poner fin a la animosidad?

—¿Y luego cambió de opinión?

—Jamás me habías dicho que hubieran hecho el amor, Zach —intervino Mary.

—Porque no quería creérmelo —murmuró él.

—Estaban casi desnudos, Zachary —le recordó Frank.

—No importa. Estoy seguro de que ella disparó primero.

—Yo tampoco lo dudo —admitió Frank.

—Deja de darme la razón, maldita sea. ¡Tú derribaste nuestras vallas!

—No, eso lo hizo mi rebaño sin mi ayuda. Si una vaca quiere agua, la tendrá por narices, y tú lo sabes.

—¿De qué vez estás hablando? —gruñó Zachary—. ¿De la primera o de la quinta?

—¿Eso importa? —intervino Mary—. La primera valla solo se levantó porque Elijah quería dejar claro que los Warren no tendrían que habernos seguido hasta aquí. Y luego siguió levantándolas por pura malevolencia. Pero Frank y tú finalmente lo resolvisteis, según recuerdo. Fue una discusión desagradable, pero al menos ninguno de los dos puso la pistola sobre la mesa. —Y miró a Tiffany para explicarle—: Los Warren derribaban la valla y los Callahan volvían a levantarla. Eso duró casi seis meses. Terminó con ambos bandos limitándose a evitar que ninguna res cruzase el arroyo. Eso no diezmaba el rebaño de ninguna de las familias, solo le daba a los vaqueros algo de que alardear.

—Hasta aquella noche en que Zachary hizo que alguien me disparase y mi esposa se marchó menos de un mes más tarde —dijo Frank con amargura.

—¡Yo no hice que nadie te disparase! —negó con vehemencia el aludido—. Y si Rose estaba tan enfadada por ello, me lo habría mencionado cuando vino a mi casa aquella noche. No dijo ni una palabra sobre que te hubieran disparado. Lo único que le interesaba era que se firmara una tregua. Juraría que ya tenía decidido irse y que lo único que buscaba era proteger a sus hijos.

Hubo un silencio. Tiffany se sentía inclinada a darle la razón a Zachary. Pero como solo Rose podía confirmar o negar su suposición, y no estaba allí para hacerlo, no era relevante para lo que tenían que acordar aquella noche. Y era el momento de decirlo.

—Voy a sugerir un final permanente para una enemistad que jamás debería haber empezado —dijo con cautela.

—Ya hemos aceptado ponerle fin —le recordó Zachary.

—Sin condiciones, porque incluso con los padres muertos,

todavía se puede encontrar algo por lo que pelear. Pero permita que le pregunte, ¿su padre reclamaba todo el lago como suyo? ¿No habrían construido la casa más cerca del lago en ese caso? ¿O solo pasó a reclamarlo una vez que hubo llegado mi abuela, para que ella supiera lo furioso que estaba con ella por haberlo seguido hasta aquí?

—Nosotros llegamos primero —alegó Zachary.

—Sí, y por lealtad a su padre no estaban dispuestos a compartir un recurso natural. Pero los dos habéis disfrutado de una tregua desde hace quince años. Y esperáis que se convierta en permanente a través de una boda. Pues solo hace falta dar un paso más y terminar inmediatamente con la enemistad. Porque si no sois capaces de admitir que ha sido un error permitir que esto se prolongara durante dos generaciones, ningún matrimonio va a arreglar eso.

Zachary frunció el ceño.

—¿Estás rompiendo el compromiso?

Tiffany gruñó para sus adentros. ¿Acaso no había oído lo que acababa de decir? ¿Y por qué no había saltado Hunter a darle la razón? Él había sufrido la carga de aquel matrimonio arreglado toda su vida. ¡No tendría que ser un prerrequisito para la paz! Y qué si a lo largo de la historia muchas guerras habían terminado gracias a alianzas matrimoniales. ¿Fueron alguna vez matrimonios felices?

—Solo le estoy pidiendo que piense en lo que he dicho —respondió Tiffany.

—Lo que estoy pensando es que ya estamos tardando en marcharnos —replicó Zachary levantándose.

Nadie discrepó. De hecho, la salida fue bastante rápida. Mary dijo algo por cortesía al marcharse, aunque era evidente que estaba avergonzada. ¿Acaso pensaba que aquella noche hablarían de planes de boda?

48

Hunter fue el único Callahan que no abandonó el comedor de inmediato. Tiffany lo miró para averiguar qué pensaba de su sugerencia, pero solo obtuvo una mirada meditabunda, poco curiosa, sin humor alguno. Una mirada que no decía nada.

Aunque parecía tener la intención de compartir sus reflexiones, porque se levantó y dijo:

—Sal al porche a despedirte de mí.

—No si pretendes volver a besarme.

—Eres dura de roer, Pelirroja.

—Fingiré que no lo he oído —dijo Frank mientras salía del comedor para despedir a sus invitados.

Hunter rodeó la mesa y tendió la mano hacia ella. Tiffany se quedó mirándola antes de cogerla. Sí que tenían que hablar. Si todavía no era evidente para él, tenía que dejarle claro que ella no era Jennifer, y sin que se enfadara, porque su apoyo era fundamental para poner fin a la enemistad. Así que decidió salir del comedor, tras los pasos de su padre, hacia el porche delantero, pero Hunter tiró de ella en la dirección contraria.

—Ese porche está demasiado poblado. Enséñame dónde vas a ver las puestas de sol.

Ella asintió y lo llevó por el pasillo, que se bifurcaba en la parte posterior, y luego por otro pasadizo corto entre un par de despensas en la esquina izquierda de la casa, un diseño distinto del de la casa Callahan. Los edificios exteriores de esta casa estaban a la derecha en lugar de detrás. El pequeño porche del final de ese pasadizo era íntimo, sin ventanas que dieran a él. Fuera, la oscuridad no era total. El sol se había puesto ya, pero estaba saliendo la luna, bastante hermosa, ya que aquella noche era casi llena.

Tiffany pasó por alto las dos cómodas tumbonas colocadas juntas. Eran nuevas. Su padre le había dicho que tenía que sustituirlas cada pocos años porque se desgastaban al aire libre, pero que tenían el mismo diseño que había elegido Rose hacía tanto tiempo. Ella se había imaginado a sus padres tumbados allí contemplando la puesta de sol, cogidos de la mano.

Tiffany siguió hasta el poste de la esquina y se apoyó en él, levantando la mirada hacia la luna.

—Tu madre tenía buenas ideas —comentó Hunter, que se había quedado detrás de ella—. También vas a querer un porche como este, ¿verdad, Pelirroja?

Lo querría si su futura casa fuera a estar en un lugar con puestas de sol tan espectaculares, pero no iba a ser así.

—Tienes que dejar de llamarme así. Me llamo Tiffany.

—Ese es el problema. En mi cabeza no te llamas así. Y tal vez tampoco en la tuya. ¿Acaso la mujer que pretendes ser habría mencionado lo de besarme delante de toda su familia?

Tiffany chasqueó la lengua.

—Sé que intentas plantear tu punto de vista con esa lógica, pero con mi familia es el único momento en que no tengo que vigilar lo que digo.

—Pero ¿con toda la demás gente sí?

—Sin duda, ya que es lo correcto.

—¿Te gusta vivir así?

—Es algo que tengo muy arraigado. Para mí es tan natural como para ti ser directo. Lo que no era natural era cuando trataba de ser Jennifer, el ama de llaves. Eso fue difícil. No estaba bien. Ya me he disculpado con tu familia, Hunter, pero eso no incluía lo mucho que siento haberte engañado. Sé que estás enfadado. Y tienes todo el derecho de estarlo.

—Lo estaba —dijo en voz baja, poniéndole las manos en los hombros—. Pero ¿te parezco enfadado ahora?

Tiffany se apartó rápidamente para quedar fuera de su alcance y se volvió hacia él.

—Parece que todavía pienses que soy Jennifer Fleming, pese a que intento decirte que no me parezco a ella en nada. Tal vez me dejé llevar un poco por la farsa, pero se ha acabado. A quien ves ahora es a la auténtica Tiffany Warren, y no es a mí a quien quieres. Incluso me dijiste...

Las palabras murieron en su garganta cuando él la cogió por la cintura y la levantó para sentarla en la baranda del porche, lo bastante lejos del poste como para que no pudiera agarrarse a él para no caer. De modo que tuvo que agarrarse a Hunter, aunque él se lo puso fácil, ya que le levantó el vestido lo suficiente para colocarse entre sus piernas y atraparla allí.

—Basta —dijo ahogando un grito.

—Vamos a descubrir a quién tratas de convencer de qué, porque yo no necesito convencerme de nada, pero aparentemente tú sí.

Tiffany no tuvo tiempo de responder. Hunter le sujetó la cara y se inclinó para besarla, recordándole aquella noche en el granero cuando ella se le había entregado por completo. Ya volvía a estar allí, aquella pasión que le cegaba la razón y la lógica, que negaba todo lo que acababa de decirle, ¡y no le importaba! Eso era lo perfecto que había entre ellos, donde sus familias no importaban, donde nada importaba excepto el uno para el otro...

Hunter se inclinó más, y ella se sujetó con más fuerza y profundizó el beso. Era maravilloso abrazarlo otra vez de aquella manera, saborearlo otra vez. ¿Cómo era posible desear tanto a alguien?

Seguía pensando eso cuando Hunter la bajó de la baranda y ella se deslizó por su cuerpo firme y fuerte. Se habría caído por la flojera que sentía en las piernas si él no la hubiera estado sujetando, ahora tiernamente.

—Haré lo que sea por ti, excepto hacerte el amor en el porche trasero de tu padre.

Parecía tan tembloroso como ella misma. ¿Realmente pensaba alejarse de aquello? ¿De él? ¡Pero tenía que hacerlo! Santo Dios, ¿qué acababa de hacer? Ni siquiera podía regañar a Hunter por ello, cuando ahora mismo anhelaba tenerlo a su lado.

Se agarró a su promesa y le preguntó vacilante:

—¿Hablarás con tu padre y le pedirás que acepte mi sugerencia?

—No.

Tiffany levantó bruscamente la mirada hacia él.

—Si acabas de decir que... ¿Por qué no?

—¿Quién ha dicho que yo quiero que termine así? Tal vez ahora me gusta la idea de que nuestro matrimonio sea la piedra angular de unos nuevos cimientos.

Hunter la soltó y saltó por encima de la baranda.

—¡No es verdad! —gritó Tiffany a su espalda.

Hunter se dirigió hacia su caballo y Tiffany lo oyó reírse.

—Ahora ya te pareces más a mi Pelirroja.

49

Tiffany estaba sin aliento, de reírse, de ahogarse. Y sus hermanos, que la rodeaban en el lago, no dejaban de mojarla. No tenía ninguna oportunidad, ya que eran mucho más fuertes que ella. Finalmente salió arrastrándose del agua para recuperar el aliento. Los chicos continuaron con sus juegos, hundiéndose unos a otros.

Sam le había prestado para bañarse una de sus camisas de manga larga, abotonada por delante, que la cubría hasta las rodillas. Debajo llevaba sus bombachos más largos. No era exactamente un traje de baño, pero tampoco la iba a ver nadie más que sus hermanos.

Se sentó sobre la hierba, apoyada en un tronco de árbol, y los observó, aunque en realidad ya no veía a sus hermanos. Apartada de los juegos, volvió a asaltarla la tristeza que la había invadido la noche anterior. Iba a echar de menos muchas cosas de Montana cuando se fuera: la belleza, la amplitud de los paisajes, las tormentas de verano que descargaban por la noche, incluso los días como aquel, claros como el agua. Y sobre todo a Hunter. Nadie la había tratado jamás como él, ni nadie volvería a hacerlo. Las bromas y risas que tan fácilmente derrumbaban sus defensas, la seguridad con que le decía lo que pensaba. Aquel hombre sabía disfrutar de la vida y encontrarle la gracia a las cosas más nimias, y su alegría era contagiosa. Nunca se había sentido tan próxima a nadie como a él. Y además le había proporcionado la experiencia más increíble de su vida al hacerle el amor.

Ojalá pudiese llevárselo en la maleta a Nueva York, aunque Hunter no sería Hunter en la ciudad. No podía pedirle que hiciera ese sacrificio. Sencillamente, no estaban predestinados el uno para el otro. Lo habían sabido toda la vida. La atracción que compartían no sobreviviría a las diferencias de sus estilos de vida ni a los resentimientos y animosidad que les habían inculcado en sus familias. La noche anterior había sido la prueba, cuando ninguna de las dos familias había logrado llevar a buen puerto una simple cena sin discutir y los Callahan se habían marchado enfadados.

La estructura de la casa que se suponía iba a ser suya algún día captó su atención al otro lado del lago y acrecentó su tristeza. Podía ver el poste roto de la esquina y los trozos colgantes de la estructura. Hunter había dicho que la derribaría.

Todo habría sido más fácil si él hubiera continuado enfadado con ella por su engaño. Pero después de lo ocurrido la noche anterior en el porche, y peor aún, su mención de piedras angulares y matrimonios, sabía que no lo era. Tendría que ser directa y decirle que eso no iba a suceder, y recordarle por qué tendría que sentirse aliviado de que no ocurriese.

—Tu lógica me confunde, Pelirroja —dijo Hunter detrás de ella—. Anoche creí que tratabas de convencerme de que no te parecías en nada a mi Jenny, y sin embargo te encuentro aquí comportándote como un chiquillo con tus hermanos.

Tiffany se levantó de un brinco y rodeó el árbol para encontrarlo apoyado en el tronco.

—¿Cuánto tiempo llevas aquí?

—El suficiente para ver que te habría venido bien un poco de ayuda contra tus hermanos.

—¿Las pistolas no se estropean cuando se mojan? —bromeó ella.

—Ya sabes que no me refiero a ese tipo de ayuda. —Hunter sonrió.

Tiffany se sintió un poco avergonzada de que la viera de aquella manera, con el pelo empapado y goteando y la ropa pegada al cuerpo.

—Vete. Esto es una excursión familiar.

—Si pronto seremos familia.

Santo cielo, qué bien que había sonado eso, aunque Hunter no estaba siendo lógico.

—Ya sabes que en realidad no lo quieres. Has odiado este compromiso tanto como yo. Ahora no te pongas tozudo solo porque crees que soy alguien que no soy. Yo no... no me casaré contigo. Volveré al lugar al que pertenezco. Alégrate de que te libere de tu compromiso.

Sintió sus propias palabras como una herida profunda. ¡No había pensado que le dolería pronunciarlas! Pero la expresión de Hunter la frenó. ¿No se lo creía? De hecho estaba sonriendo.

—Tu padre siguió a tu madre al Este —dijo, apartándose del árbol para acorralarla contra el tronco—. Y allí la cortejó. ¿Me harás hacer lo mismo?

—Cortejar ya no resulta adecuado.

—Tu madre no se resistió a todos los pasos del cortejo, Pelirroja. ¿Por qué te resistes a mí?

Tiffany levantó la barbilla obstinadamente.

—Entonces mi madre todavía no sabía cómo era el Oeste.

—¿Y crees que le importaba? Estaba enamorada. Solo quería estar con el hombre que amaba.

—Sin embargo, lo dejó —afirmó ella, creyendo que con eso estaba todo dicho.

Pero Hunter no pensaba lo mismo.

—No utilices esa excusa cuando tú misma confesaste que no sabes por qué se marchó. Y tú tampoco quieres marcharte.

—Sí que quiero.

—Demuéstralo —susurró acercándose a ella.

Tiffany podría haberse apartado a tiempo, pero no, simplemente no quiso. Rodeándole el cuello con los brazos, dejó que él le proporcionara unos breves momentos de éxtasis. Y lo hizo. El beso de Hunter fue pura magia. ¿Cómo podía desistir de lo que Hunter le hacía sentir? ¿Se atrevería a ser tan egoísta de casarse con él sabiendo que a la larga los dos se arrepentirían?

—Qué bonito —dijo él contra sus labios—. Dos personas hechas la una para la otra. —Luego dio un paso atrás, aunque dejó la mano tiernamente en su mejilla—. Ve y cuéntale a tu madre lo que sientes, lo que sientes realmente. Y te dirá que tu lugar está aquí.

—No puedo, mi madre está...

—Está en el pueblo. Acaba de venir un jornalero con la noticia. Medio Nashart la recuerda, y no se habla de otra cosa. He venido a caballo para avisarte, por si no lo sabías. Pero tus risas en el lago me han distraído.

—Pero ¡si dijo que jamás volvería a poner los pies en Montana!

Hunter se encogió de hombros.

—Tal vez creyó que tenía que venir a enderezarte.

—No —repuso Tiffany con una mueca—, probablemente ha venido a rescatarme. Si ya está aquí, significa que emprendió el viaje antes de recibir el telegrama de mi padre. Se enfurecerá cuando vea que ha venido para nada, que papá y yo ya tenemos una relación cordial.

—¿Necesitas que te proteja? Tal vez intimidó a mi padre, pero yo puedo enfrentarme al dragón por ti.

Tiffany estuvo a punto de reír.

—No es ningún dragón, solo que no se muerde la lengua cuando se enfada.

50

Rose estaba junto a la ventana de su habitación en el hotel de Nashart. Había tomado una habitación para ponerse presentable. Aquel día tenía que estar mejor que nunca. No vio a nadie fuera esperándola. Siempre habían estado allí, los vigilantes, y siempre a la vista, jamás escondidos. Parker había querido que ella lo supiera. Quienes la habían vigilado durante años a veces la saludaban respetuosamente con la cabeza cuando se atrevía a salir, y la seguían hasta donde hiciera falta. La mayoría no duraban ni un año antes de ser sustituidos o renunciar. Era un trabajo aburrido, al fin y al cabo. Era una sensación muy extraña no tenerlos detrás siguiéndola, tanto que probablemente pasaría mucho tiempo antes de que Rose dejara de mirar atrás para ver si estaban allí. No obstante, se habían esfumado. Había recuperado su vida. Tal vez podría incluso recuperar a su marido, si la perdonaba.

Le parecía increíble lo cerca que había estado de no descubrir que su pesadilla había terminado. Estaba en la suite de su hotel haciendo las maletas para viajar a Montana para averiguar por qué su hija parecía tan asustada en su última carta, tanto como para suplicarle que la dejara volver a casa. Ni siquiera había tenido tiempo para una visita más a la mansión de Parker porque el tren salía a las pocas horas. Desde su llegada a Chicago ya había ido cinco veces a la mansión, y las cinco veces la habían rechazado. No tenía sentido volver a intentarlo. Sin embargo, lo había hecho. Y había llegado a su puerta para oír lo último que esperaba oír: Parker había muerto.

Había muerto dos días antes, cuando ella se sentía tan abatida que ni siquiera había salido de su hotel para dar un paseo o comprar el periódico. En la mansión había luto o al menos esa impresión daba. Parker le había hecho creer que su muerte no cambiaría nada, que su venganza seguiría desde la tumba. No contaba con que su esposa Ruth no cumpliría su deseo.

—No puedo devolverte los años que has perdido, pero sí que puedo asegurarte que no voy a malgastar dinero en algo tan ruin —le había dicho Ruth cuando la recibió en el salón de la mansión aquel último día en Chicago—. Mi marido estaba equivocado. Soy consciente de que hizo muchas cosas malas, pero esta fue la peor. Jamás quiso aceptar que nuestro hijo era un pusilánime. Y tenía que culpar a alguien por la muerte de Mark, cuando en realidad la culpa era del mismo Parker por consentir al muchacho toda su vida. Si quieres que te sea sincera, Rose, la muerte de mi marido no solo es una liberación para ti, sino también para mí.

Ruth le dijo muchas cosas aquel día y le ofreció lo que fuera como disculpa, incluso mencionó una gran suma de dinero. Dijo que Parker era un hombre brillante para los negocios, pero un estúpido en lo referente a la familia. Afirmó que había dejado de amarlo poco después de casarse y que él ni siquiera lo había sabido nunca, de tan insensible que era.

Rose la había escuchado confundida de asombro.

Aquel primer día en el tren todo parecía borroso en su mente. La habían acompañado muchas emociones en el agotador viaje a Montana: esperanza, preocupación por Tiffany, incluso ira por el hecho de que Parker no se hubiera muerto antes, pero solo una llegó con ella hasta Nashart: el entusiasmo.

Ahora, Rose se sentía jubilosa mientras bajaba al vestíbulo del hotel. Una calesa la esperaba fuera para llevarla al rancho Triple C, donde recogería a Tiffany para llevársela directamente a Frank. ¿Y luego? Eso no lo sabía. Le habían devuelto la vida.

Lo que ocurriera aquel día determinaría si podría volver a tener una existencia digna de ser vivida...

—Vaya, vaya. No ha perdido el tiempo, ¿eh, señora Warren?

Rose conocía aquella voz, aquella horrible voz. Palideció mientras se volvía lentamente para ver al hombre que la había amenazado hacía tantos años. El hombre que le había disparado a Frank y había prometido matarlo si ella no lo abandonaba. Y también sabía quién era. Había gastado mucho dinero para descubrirlo. Había querido mandarlo a la cárcel de por vida, pero había encontrado trabas a cada paso. Su patrón era demasiado poderoso, tenía a demasiados funcionarios en el bolsillo. Y William Harris era la mano derecha de Parker Harding.

Rose metió la mano en el bolso para coger la pistola que llevaba antes de decir:

—Ya hablé con Ruth Harding, la esposa de Parker. Su venganza ha terminado.

—Lo sé.

—Incluso hizo eliminar cualquier referencia al tema en su testamento. Su abogado era amigo personal de ella, no de él.

—Lo sé.

—Entonces, ¿qué está haciendo aquí, señor Harris? —preguntó entornando los ojos—. Si está pensando en chantajearme para que vuelva a someterme a sus amenazas, por el motivo que sea, lo mataré aquí mismo.

Harris tuvo las agallas de chasquear la lengua.

—¿Así es como quiere celebrar su regreso a casa? ¿En la cárcel por dispararle a un hombre desarmado? Debería saber que jamás he sido un asesino a sueldo, señora Warren. Ningún sueldo podría compensarme adecuadamente por lo que hago. Parker lo sabía. Yo ganaba un porcentaje de todos los negocios que llevaba para él y seguiré llevando para sus herederos. Cuanto más dinero ganen, más gano yo. Su esposa sabe lo que valgo. Me ha garantizado que el acuerdo que tenía con su marido continuará.

—Pero no el acuerdo que tenían referido a mí; por tanto, ¿por qué me cuenta esto? La venganza de Parker murió con él.

La señora Harding ya ha informado a los hombres que nos seguían a mi marido y a mí. ¡Se acabó!

—Es que me resulta irónico —dijo en el mismo tono petulante e imperturbable—. Tantos años vigilando a los Warren y ahora nos encontramos con problemas con sus enemigos. Parker todavía no lo sabía. Simplemente me había dicho que había problemas con su nueva mina de cobre y me autorizó a solucionarlo con mi eficacia habitual. Estoy aquí por negocios. Y ahora que también está usted aquí, veo más opciones para solucionar algunos problemas de negocios.

Harris se alejó riendo. A Rose le temblaban las manos. Debería haberle disparado. Era tan culpable como Parker Harding de haberle arruinado la vida quince años atrás.

51

Tiffany se paró en seco antes de bajar la escalera cuando vio a sus padres abajo en el vestíbulo. ¡Había tardado demasiado en prepararse! Pero es que estaba segura de que Rose iría primero a buscarla al rancho de la Triple C. Incluso aunque Hunter le hubiera indicado que no estaba allí, no creía que su madre fuera a presentarse en el rancho Warren.

Cuando ya iba a llamar a Rose, su hermano Sam le susurró que guardara silencio. Tiffany miró a su izquierda y vio a Sam asomado detrás de una pared para observar la escena que tenía lugar en el vestíbulo de la entrada. Sam pasó por detrás de ella y se sentó en el siguiente peldaño. Tiffany se sentó a su lado y susurró:

—¿No hay gritos?

—Ninguno de los dos ha dicho ni una palabra..., de momento.

—¿Y cuánto rato llevan mirándose así? —susurró Tiffany.

—Unos cinco minutos, según mis cálculos.

—¿Sin decirse ni una palabra? —preguntó con los ojos como platos.

—Sí. —Sam sonrió—. Probablemente papá no se crea que es ella. Tal vez teme que desaparezca si dice algo.

Tiffany le dio un codazo.

—¿Por qué no me avisaste de que estaba en el pueblo?

—Imaginé que en cuanto nos reencontráramos con ella, tendríamos que dejaros un rato a solas. No esperaba que se presentara en nuestra puerta.

Nadie lo imaginaba, menos aún Frank. Parecía tan sorprendido... Y Rose... Tiffany nunca había visto a su madre con aquella expresión.

La joven espetó de repente:

—¡Dios mío, si todavía estáis enamorados!

Ambos volvieron la mirada hacia ella. Rose se acercó al pie de la escalera.

—Baja, Tiffany...

Franklin no la dejó continuar, pues la giró para besarla. Rose no vaciló y lo rodeó con los brazos, o sería más exacto decir que se aferró a él.

—Vaya, quién lo iba a decir —dijo Sam con una risita, y esta vez fue él quien le dio un codazo a su hermana—. ¿Quieres que volvamos a ir a nadar?

—¿Para dejarlos solos?

—Bueno, tampoco van a ver a nadie más durante un rato.

No fueron a nadar. Tiffany había pasado demasiada vergüenza cuando Hunter la había encontrado en la orilla. No obstante, abandonaron la escalera para darles a sus padres un poco de intimidad. Pero Tiffany sentía demasiada curiosidad para irse de la casa. Quería estar cerca cuando su madre estuviera preparada para hablar. ¡No sabía que tendría que esperar hasta la cena!

Rose y Franklin entraron en el comedor riendo, cogidos por la cintura, como si no hubieran vivido separados los últimos quince años. Sus hijos los miraron un momento sin habla, pero luego los bombardearon con preguntas todos a la vez.

Rose levantó las manos y con su habitual carácter dijo:

—Silencio, hijos míos. Responderé a vuestras preguntas si todavía tenéis alguna cuando haya terminado de explicarme. Recibí una amenaza de muerte, la muerte de vuestro padre si yo hablaba. Pero por fin esa amenaza está muerta y enterrada. Ya se lo he contado a vuestro padre. Así que dejad ahora que os explique por qué me vi obligada a marcharme de aquí hace tantos años.

Resultó casi divertido la de veces que los hermanos de Tiffany abrieron la boca para interrumpir a Rose mientras contaba su historia, solo para volver a cerrarla inmediatamente. Rose no era demasiado hábil narrando, y en su intento por no dejarse nada decía cosas fuera de contexto, pero finalmente logró montar todas las partes inconexas, aunque le llevó toda la cena.

Tiffany apenas tocó la comida. Estaba asombrada y asustada por la crueldad de aquel anciano y la violencia a la que había recurrido para obtener venganza por algo de lo que sus padres no eran responsables. Su ensañamiento les había afectado a todos al dividir a su familia y asegurarse de que ni siquiera supieran por qué. Aquella era la peor parte de la tragedia, que Rose había soportado la carga de mantenerla en secreto durante tantos años, incluso a la gente que amaba.

—Deberías habérmelo contado, confiar en que pudiera solucionarlo —gruñó finalmente Frank.

—¿Cuántas veces vas a repetírmelo? —replicó Rose con el ceño fruncido—. Los dos sabemos qué habrías hecho. Habrías perseguido a Parker hasta matarlo. Pero no se puede matar a alguien tan rico y poderoso sin pagar un alto precio. Si quieres saberlo, estuve a punto de hacerlo yo misma, pero me dijo que ni siquiera su muerte acabaría con la situación. Lo que no sabía es que su mujer lo despreciaba y no tenía ninguna intención de cumplir con su última voluntad. Dios mío, ojalá lo hubiera sabido antes.

—Y yo que pensaba que los hombres que vigilaban tu casa eran contratados por ti —dijo Frank.

—Eran hombres de Parker y tenían la orden de matarte si te veían. ¿Por qué crees que te dije que te dispararía si volvías a presentarte ante mi puerta?

—Estabas lo bastante furiosa cuando lo dijiste como para que yo me lo creyera.

—Por supuesto que estaba furiosa. Había tenido que dejarte para salvarte la vida, y parte de aquella maldita venganza era que no te dijera por qué. Pero tú insistías, con lo que hacías que mi dolor fuera aún peor.

—Lo siento —dijo Frank, cogiéndole la mano.

—No lo sientas. No es culpa tuya. Ojalá hubiera encontrado alguna manera de decírtelo, pero Parker era demasiado obsesivo. No solo tenía hombres que me seguían para asegurarse de que no pudiéramos encontrarnos en ninguna parte, también te hacía seguir a ti. ¿Tú no sabías que te vigilaban?

—¿Cómo iba a saberlo? No tenía ningún motivo para sospechar nada. Si lo hubiera tenido, habría imaginado que eran los Callahan. Sí que veía destellos en las colinas de vez en cuando, como el sol reflejado en unos prismáticos, pero cuando iba a investigar, no había nadie.

—Creo que fue una buena idea que te disfrazaras cuando venías a Nueva York con nosotros, papá —intervino Sam.

—¡No me digas! —exclamó Rose antes de lanzarle la servilleta a Frank, que se rio y se la devolvió.

—¿Realmente creías que podría soportar quince años sin verte?

—¡Tuve que hacerlo!

—Pero tú sabías por qué tenías que hacerlo, yo no.

—Pero ¿un disfraz? Entonces, ¿sospechabas algo?

—No, eso era para poder ver a Tiffany. Bueno, también me facilitaba las cosas a la hora de seguirte por la ciudad cuando salías de casa. Me mantenía alejado de tus supuestos escoltas.

—Era un buen disfraz, mamá —dijo Tiffany—. Parecía un anciano. Creo que ni siquiera tú lo hubieras reconocido.

—¿Por qué no me lo dijiste, cariño? —le preguntó Rose.

—Ella no lo sabía —respondió Frank—. Me habías dejado muy claro que no fuera a Nueva York bajo ningún concepto.

—¡Tenía que hacerlo así! —protestó Rose—. Lo entendéis, ¿no?

—Sí, ahora lo entendemos. Pero eso no ayudó a Tiffany, que creía que no me importaba lo suficiente para visitarla durante todos estos años.

—Temía que si aparecías por la ciudad y Parker se enteraba,

cambiaría de idea sobre su venganza y sencillamente te mataría sin más. Ya sabes que era su primera intención. Ojo por ojo. Fue William Harris quien le convenció de cambiarlo por esta venganza más larga, interminable. Le pareció una versión menos severa. Al menos, tú podrías haber encontrado a otra mujer. Era solo yo quien jamás podría volver a tener a un hombre. Pero nadie moriría mientras yo continuara sola.

Tiffany se hallaba al borde del llanto. ¡Era todo tan injusto! Sus padres nunca habían dejado de quererse, y nunca habrían vuelto a estar juntos si Rose no hubiera tenido la suerte de encontrarse con Ruth Harding. Rose podría haber vivido eternamente creyendo que no podía estar en la misma habitación que Frank.

—Nadie ha pagado por causarle tanta aflicción a nuestra familia —dijo Tiffany enfadada.

—Harding está muerto —respondió su padre—. Ya nunca volverá a hacernos daño.

—Pero murió de muerte natural. No tuvo su merecido. Y Harris sigue por ahí, como si no tuviera nada que ver, todavía causándole problemas a la gente. No es justo que no paguen por ello.

—Hay cosas que nunca serán justas, cielo —dijo Rose—. Yo no tengo ninguna prueba que demuestre la implicación de Harris. Sería mi palabra contra la suya.

—Para mí resulta una prueba más que suficiente... —masculló Frank—. Ese tipo estuvo a punto de matarme y te hizo huir de aquí. ¡Me ha robado quince años de poder estar con mi mujer y mi hija!

—Harris es tan cruel como Harding —dijo Rose mirando severamente a su marido—, aunque de todos modos no era más que un lacayo que obedecía órdenes. ¿Crees que vale la pena remover este asunto cuando por fin estamos juntos? No hagas que tenga que volver a temer por ti.

—No iré por él, pero mejor que rece para no cruzarse en mi camino.

Rose acarició la mano de Frank por aquella media concesión. Tiffany tuvo el presentimiento de que su madre no lo dejaría así, que tendría más cosas que decirle cuando volvieran a estar a solas. Incluso comprendía por qué Rose no quería removerlo más. Ya había sufrido demasiado. Pero ¡aun así no era justo!

—Ruth Harding quiso enmendar las cosas —dijo Rose a sus hijos—. Me ofreció una gran suma de dinero, que yo rechacé, por supuesto. Ya tengo todo lo que podría querer o necesitar, recuperar a mi marido. Así que os dará el dinero a vosotros, ya que también habéis sufrido por culpa de la maldad de su esposo. Es una pequeña compensación por haber dividido una familia, pero yo no rechacé su oferta.

—Yo no quiero un dinero manchado de sangre —respondió amargamente Tiffany.

—Pues deja que se pudra en el banco y no pienses más en ello. —Rose se levantó—. Y ahora, enséñame tu habitación, Tiff. Tú y yo todavía no hemos hablado sobre lo que has estado haciendo desde que llegaste aquí.

Tiffany gruñó para sus adentros, pero la acompañó a su dormitorio.

—Es muy bonita —comentó Rose mientras se paseaba por la habitación—. Sabía que Frank procuraría que estuvieras cómoda. ¿No te sientes estúpida, ahora, por haber tratado de evitarle?

—Mamá, he convivido muchísimo tiempo con esos sentimientos. No iban a desaparecer simplemente porque tú me pidieras que viniera aquí sin prejuicios.

Rose suspiró y se sentó en la cama, dando una palmadita en el colchón para que Tiffany se sentara a su lado.

—Y tanto sufrimiento porque tuve demasiado buen corazón para rechazar a Mark Harding cuando me pidió que me casara con él. Fue culpa mía, ¿sabes? No quise herir sus sentimientos. Él creía que podría irnos bien juntos, solo porque éramos amigos. Y yo le tenía cariño, pero no lo amaba, ni siquiera sabía lo que era el auténtico amor, hasta que conocí a tu padre. Así que... ¿cocinaste? ¿En serio?

Tiffany se rio por la exagerada expresión de horror de su madre.

—Al principio fue frustrante, pero estaba empezando a gustarme, le estaba cogiendo el truco.

—Estuve a punto de enviarte a una cocinera en vez de todos esos libros. Pero pensé que eso habría implicado ayudar a los Callahan en vez de hacerte ver que no estabas donde tenías que estar.

—Pero tú querías que conociera a Hunter, que le diera una oportunidad.

—No del todo —repuso Rose con una mueca.

—¡¿Qué?!

—Si tú lo hubieras querido, no habría tratado de disuadirte, pero yo era demasiado egoísta para querer que te establecieras aquí cuando yo creía que jamás podría volver. Utilicé el compromiso matrimonial como excusa para que pasaras un tiempo con tu padre. Te había mantenido lejos de él durante muchos años y creí llegado el momento de compartirte. Sé que tendría que habértelo explicado, pero en cambio traté de manipular una mala situación (que por lo que me han dicho tú has tratado de arreglar). No puedo sino elogiar tus esfuerzos por terminar con la enemistad de una vez por todas. La verdad es que yo tuve años para pensar en esta cuestión. Tengo incluso una carta que le escribí a Zachary hace tiempo y que le habría enviado en cuanto tú hubieras regresado a Nueva York, sugiriéndole que mantuviera la paz que yo había dispuesto a pesar de la anulación de la boda. Ya que estoy aquí, puedo hablar directamente con él y añadir mis sentimientos a los tuyos. Aunque eso no es algo de lo que tengas que preocuparte ahora.

Tiffany frunció el ceño.

—¿Así que en realidad no te importa si me caso con Hunter o no?

Rose miró largamente a su hija.

—Mira, a pesar de la amenaza de Parker Harding pensaba venir para llevarte a rastras a casa. Iba a venir furtivamente al pueblo y a sacarte a escondidas de aquí, sin que Frank lo supiera.

Nunca imaginé que te ibas a encontrar con lo peor del Oeste.

—Sí, ya, una racha de mala suerte —dijo Tiffany poniendo los ojos en blanco antes de que lo dijera Rose.

—Posiblemente. Dentro de poco tiempo ni siquiera oirás hablar de asaltos a trenes como el que presenciaste, y mucho menos te verás atrapada en uno. Era peor cuando yo vivía aquí. Pero lo bueno compensa lo malo, y lo bueno pesa mucho más... Perdona, estoy divagando. La elección era y sigue siendo tuya, Tiffany. Tu padre y yo queremos que seas feliz. Si eso no tiene que ocurrir aquí, te llevaremos de vuelta a Nueva York y nos quedaremos contigo hasta que encuentres al hombre perfecto para ti y te cases allí.

—¿Quedaros conmigo? Suena como si no fuerais a quedaros en Nueva York cuando me haya casado.

—Porque no nos quedaremos. Yo me enamoré de Montana tanto como de tu padre. Los años más felices de mi vida los pasé en este lugar. Por supuesto que hubiera tenido esa misma felicidad en cualquier parte estando con él. Pero hay algo en este entorno que me hechizó desde el primer momento. Aquí no tenía que contenerme de probar cosas nuevas, cosas divertidas, solo porque alguien pudiera poner mala cara. La gente aquí no se comporta así, no es tan crítica con los comportamientos superficiales.

—Aquí todo es más relajado —coincidió Tiffany, recordando las palabras de Hunter.

—¡Exacto!

—Puedes llevar bombachos y sombrero de ala ancha si te apetece.

—Ya te lo han contado, ¿no? —Rose rio.

—Y echarle el lazo a una vaca si te apetece.

—Bueno...

—Y tener a un cerdito como mascota.

—¿Qué? ¡No!

—¡*Max*, ven aquí! —llamó Tiffany.

El cerdito asomó la cabeza por detrás del biombo de la bañera, donde estaba echando la siesta, y trotó hasta la cama. Tiffany lo cogió en brazos y frotó su nariz contra el hocico del animalito.

Rose se los quedó mirando con incredulidad antes de soltar una risotada.

—Supongo que ya sabrás cómo apañarte.

—Supongo que sí.

52

Los Warren bajaron al pueblo aquel sábado para el baile, tanto a caballo como en carros, la familia, los vaqueros, incluso los criados y el cocinero. No había ningún granero ni edificio en el pueblo que fuera lo bastante grande para dar cabida a todo el mundo, ya que venía gente de todo el condado para el acontecimiento. No había barreras sociales: vaqueros, mineros, leñadores, jóvenes y ancianos, todo el mundo era bienvenido.

Habían colgado luces en un campo a las afueras del pueblo, donde habían construido una gran pista de baile para la ocasión. Mucho antes de llegar ya se oía la música de la orquesta, aunque no exactamente la clase de música ni los instrumentos a los que estaba acostumbrada Tiffany, sino banjos, violines y armónicas. Algunas parejas ya estaban bailando, aunque el baile estaba programado oficialmente para cuando se pusiera el sol, una vez pasado el calor del día. Empezaba a anochecer, pero ya había decenas de mesas puestas con comida y bebida, y el humo aromático de media docena de asadores flotaba sobre la zona.

A Tiffany le pareció que el lugar tenía un aspecto y un aire maravillosamente festivos. Aquello recordaba mucho más a una feria que a un simple baile. Había niños correteando por doquier, sobre todo persiguiéndose. Se estaba celebrando una carrera hípica entre tres vaqueros. Algunos leñadores competían escalando árboles, cosa que parecía un poco tonta habiendo solo cuatro árboles alrededor, ninguno de ellos alto. Incluso se estaba celebrando un concurso de beber, que no auguraba nada bueno para los participantes que más tarde tuvieran que bailar.

No era lo que Tiffany esperaba, aunque no era de extrañar que Rose se hubiera emocionado en cuanto había sabido de aquel acontecimiento social. Tiffany no estaba segura de si a su madre le encantaban los encuentros en el campo o simplemente le encantaba volver a estar en Montana con su familia. Tal vez era un poco de ambas cosas. Tiffany estaba sorprendida de ver a su madre tan exuberante, tan alegre y risueña, tan poco reservada. Y, sobre todo, nada formal. De hecho, Tiffany creía que por una vez ya no desentonaría con su elegante y refinado vestido, ya que tendría a su madre a su lado. Pero Rose la había sorprendido también con su vestuario, ya que había bajado luciendo falda y blusa, sin rastro de polisón.

—Me marché de aquí hace quince años solo contigo y una maleta, y la mitad iba llena con tus cosas —dijo Rose—. Tu padre guardó en el desván todo lo que me dejé aquí, sin perder nunca la esperanza de que volvería y me pondría otra vez esta ropa. He hecho que mi criada la oreara un poco, pero creo que habrá que lavarla a fondo —añadió olisqueándose el hombro—. Huelo un poco a moho.

—Tienes tiempo de cambiarte.

—No, no. Prefiero la comodidad a la moda, aunque tenga que oler un poco a moho.

A pesar de que Rose vestía con un estilo sencillo, sus prendas estaban bien confeccionadas con materiales caros. Era de esperar que su madre se adaptara al lugar y al mismo tiempo retuviera su singularidad. Tiffany, por el contrario, lucía su mejor vestido, relleno de polisón, y había hecho que Anna la peinase. Es que no tenía nada más en su limitado armario ropero que pudiera servir, ciertamente no su uniforme de sirvienta, que no le volverían a ver puesto ni muerta. Además, todavía tenía que conseguir que Hunter entrara en razón y viera por sí mismo que la seda y las espuelas no combinaban bien.

Los fundadores de Nashart y la gente que había conocido a

Rose cuando vivía allí convergieron a su alrededor. Tiffany había tenido la esperanza de permanecer junto a su madre, pero la multitud de gente que acudió a darle la bienvenida fue sorprendente.

Roy se la llevó de allí y se nombró a sí mismo su protector para aquella noche. Rechazó a los tres primeros hombres que le pidieron un baile antes de que ella pudiera responder. Parecía disgustado, aunque Tiffany se dio cuenta de que el asunto no iba con ella cuando lo vio mirando a Pearl, que bailaba con otro hombre. Lo que le recordó...

—¿Quieres hablar de ello? —le preguntó a su hermano, que bajó la mirada hacia ella.

—¿Eh? Ah, de ella. No. Ya me dio a entender que estaba llamando a la puerta equivocada.

—Lo siento. —Ja, qué iba a sentir...

—Aunque tal vez puedas decirme qué ha querido decir con eso de que ya hay demasiadas mujeres en mi casa. Siempre ha habido mujeres en casa. La mayor parte del servicio son mujeres. No le encuentro sentido.

Tiffany lo cogió del brazo.

—¿No deberías estar pensando ya en sentar la cabeza?

—Ni hablar —respondió Roy con una sonrisa.

—Entonces olvídala. Cada día llegan más mujeres al Oeste... bueno, tal vez no cada día, pero seguro que tendrás más para elegir cuando te llegue el día.

—O tal vez me dedique al celibato.

—Es bueno meditar con tranquilidad.

—¿Y tú, qué vas a elegir? Y responde deprisa, porque viene directo hacia aquí.

Tiffany lo vio al mismo tiempo que Roy. Hunter sorteaba a la gente en dirección a ella, que tiró de Roy hacia el entablado.

—Baila conmigo —le dijo a su hermano.

—Ni hablar. —Se rio él—. No sé bailar.

Un vaquero que estaba cerca oyó a Roy y dijo:

—Yo sí que sé, y me debe un baile por haberme hecho fregar el suelo.

Roy miró a su hermana, y, antes de que pudiera objetar, un vaquero de los Callahan la acompañó hasta la pista de baile. Era todo dientes, de lo amplia que era su sonrisa.

—Soy el primero que te saca a bailar —se pavoneó—. Pienso presumir de esto durante un año o dos, si el jefe no me mata antes.

Tiffany se acordaba de él, aunque no de su nombre. Resultó un bailarín exuberante. Casi estaba sin aliento cuando él la cedió a otra pareja. Tiffany no llegó a bajar de la pista de baile, sino que iba pasando de una pareja a otra. Pudo haber bailado incluso con algún minero, aunque era difícil saberlo porque todos los hombres se habían acicalado con su traje de los domingos. Con cada vuelta impetuosa sobre la pista entreveía a Hunter, con los brazos cruzados y el sombrero inclinado, esperando pacientemente. ¿A qué? ¿A que ella fuera hacia él?

No estaba segura de por qué quería evitarlo. Tal vez porque se sentía vulnerable y a punto de rendirse definitivamente a él. A pesar de la voz interior que le chillaba que no estaban hechos el uno para el otro, un susurro le decía que sí. Se había enamorado de Hunter Callahan.

Su siguiente pareja fue Degan Grant. Estuvo a punto de rechazarlo. A pesar de las muchas conversaciones que habían mantenido, aquel hombre seguía poniéndola nerviosa. Habría jurado que Degan no estaría familiarizado con ningún tipo de baile, y que aquel vivaz baile country no estaba hecho para un pistolero. Sin embargo, lo bailaba muy bien.

—Pronto me iré —le dijo Degan—. Si no vuelvo a verla, quería decirle que ha sido un placer conocerla, señorita Warren.

—¿Se va? ¿Significa eso que Zachary ha aceptado una tregua permanente?

—Eso va unido a la boda, ¿no? Aunque si quiere preguntárselo, Zachary está por aquí.

Tal vez tendría que hacerlo. Ya había tenido tiempo más que suficiente para pensar en su sugerencia. Probablemente sería una buena idea escuchar su respuesta antes de que su madre le diera a Zachary su opinión sobre la tregua. Rose podría empeo-

rar las cosas, haciendo que Zachary se pusiera terco en vez de
bien dispuesto si ella volvía a sermonearlo.

—Debería ser usted el sheriff de este pueblo —le dijo a Degan.

—Este pueblo no puede permitírselo. Además, una vez que
se hayan marchado los mineros, Nashart volverá a ser el pueblo
tranquilo que solía ser.

Pero de momento no se marchaban, ¿y cuándo había sido
Nashart un pueblo tranquilo con los Warren y los Callahan viviendo allí? Tiffany decidió atajar otro desastre y buscar a Zachary. Pero ya era demasiado tarde. Cuando finalmente lo vio,
acompañaba a Hunter para presentarle a Rose.

Tiffany gruñó y se giró de golpe... y se dio de narices con alguien. Empezó a pedir disculpas, pero el hombre la sujetó del
brazo y empezó a llevarla a un lado.

—Hay un hombre con un rifle apuntando a tu padre —dijo
con una voz escalofriante—. Acompáñame sin rechistar o apretará el gatillo.

53

Ni siquiera le dejaron una luz, simplemente la empujaron dentro de un almacén en la mina y la dejaron allí, llevándose el farol. Sin embargo, había luz más allá de la pesada puerta de hierro. La veía por la rendija inferior, y la sombra de los pies de alguien que habían dejado allí para vigilarla.

Había mucha gente en el baile, toda su familia, pero nadie parecía haber advertido que se la llevaban hacia la hilera de caballos, todo había sido muy rápido. Hunter, que había estado observándola toda la noche, se habría dado cuenta si su padre no lo hubiera distraído. Había estado esperando a que dejara de bailar. ¿Por qué rayos se había limitado a esperar? ¿Por qué no la había sacado a bailar él mismo? Si lo hubiera hecho, aquello no habría sucedido jamás. ¿O también se lo habrían llevado a él, si no hubieran podido capturarla a ella sola?

No la habían amordazado, ni siquiera la habían atado, aunque tampoco le sorprendió que no hubieran tomado esa precaución. Tiffany había visto las construcciones en la quebrada: barracones, oficinas, cobertizos. Si alguien iba allí a buscarla, primero registrarían aquellas construcciones. A nadie se le ocurriría buscarla en el túnel de la mina. Ni tampoco la oiría nadie si se ponía a gritar. Todavía no lo había hecho. Temía tanto por su padre como por sí misma. Aquel hombre que la había raptado parecía despiadado. Realmente la había aterrorizado, sin saber quién era ni por qué se la llevaba, hasta que llegaron al campamento de los mineros. Rogó que su padre no corriera ya peligro de que le disparara uno de los mineros de Harding porque su madre había vuelto. Su familia ya debía de estar buscándola, y tendrían con ellos al representante de la ley. Aquella noche el sheriff Ross también estaba en el baile; Tiffany lo había visto evolucionando brazo con brazo con la señora Martin.

Aunque seguía asustada, empezó a sentir rabia. Maldito cobre. ¿Qué podía ser, si no? Empezaba a preguntarse si aquella gente eran realmente mineros, o simplemente criminales que se hacían pasar por tales. Lo más probable era esto último, teniendo en cuenta el nombre de la mina. Harding.

La puerta se abrió. Tiffany se protegió los ojos de aquella luz repentina.

—Solo quería asegurarme de que no se habían equivocado de mujer —dijo una voz masculina—. Me habría molestado que hubiera estado aquí su madre en vez de usted, señorita Warren, sobre todo porque mi nota tienen que entregársela a ella. —El hombre ya volvía a cerrar la puerta.

—¡Espere! ¿Qué tiene que ver mi madre con esto?

—Me tiene que garantizar que la ley no se meterá en este asunto. A cambio, yo la soltaré a usted y respetaré los deseos de la señora Harding de no matar a su padre. Su madre volverá a ser libre para hacer lo que le plazca.

—Ya era libre de hacerlo.

—No; solo creía que lo era. Todos estos años que he trabajado para Harding, ¿cree que no le fui leal? ¿Que no honraría su última voluntad? Él me hizo rico. Mucho dinero puede comprar mucha lealtad.

—¿Honrar? No creo que a usted le importe honrar la voluntad de nadie, señor Harris. Creo que simplemente quiere este cobre a toda costa.

—Es usted una jovencita muy lista —sonrió—, por supuesto que el cobre ya no es el sustituto pobre que había sido, y que este filón vale millones.

—Los Callahan ya se han negado a hacer negocios con usted. Tanto el sheriff como el juez del condado lo saben. No se saldrá con la suya.

Harris chasqueó la lengua.

—Por supuesto que me saldré con la mía. La gente siempre puede cambiar de opinión si se les proporciona el incentivo adecuado. Los Callahan son ganaderos. El cobre les importa un rábano.

—Sí que les importan los daños que han causado en los pastizales.

—Lo superarán.

—Fue usted quien trató de incendiar su casa, ¿verdad? —conjeturó Tiffany.

Harris se rió.

—No, eso no fue idea mía. Mi capataz, que quería ayudar en algo.

—¿A eso lo llama ayudar?

—Pues sí. Lástima que no salió bien.

—¿Hizo que uno de sus hombres le disparara a Cole Callahan?

—Hace usted demasiadas preguntas.

—Fue usted, ¿verdad?

Harris se encogió de hombros.

—Eso fue una idea que no dio resultado. Se suponía que su familia y los Callahan eran enemigos, pero luego no se comportaban como tales. Se me ocurrió darle un empujoncito a su familia para que empezara la matanza y los Warren se libraran de los Callahan por mí. Problema solucionado. Todavía no estoy seguro de por qué no ocurrió así. Pero esto es más sencillo. La liberaré en cuanto se firmen los derechos de explotación. Callahan llegará en cualquier momento para firmarlos. Su prometido se asegura de que usted salga de esta sin un rasguño, mientras su madre ya los habrá convencido de no buscar venganza. Todo el mundo gana. Incluso seguiré ofreciéndoles mi oferta inicial, para que todo parezca correcto y legal.

Era muy irritante verlo tan pagado de sí mismo. Si no estuviera bloqueando la puerta, tal vez intentaría abrirse paso de un empujón para salir de allí antes de que su plan tuviera éxito. Pero no sabía cuántos guardias había fuera.

—No hay nada de legal en el secuestro y el chantaje. Así tan acicalado, no es usted más que un bandido bien vestido.

—Soy un hombre de negocios —dijo él con una sonrisa.

—¡No es mejor que un vulgar matón! ¡Y también secuestrador, pirómano, chantajista y asesino!

—Oh, vamos, vamos, solo le disparé una vez a su padre —se burló Harris—. El truco, señorita Warren, es que no te atrapen. Me llena de orgullo que...

Harris calló de golpe. Tiffany no estaba segura de por qué, pero pareció que Harris de repente tuviera una náusea. Ella no sabía que tenía el cañón de un rifle apretado contra la espalda.

—Creo que voy a herir un poco ese orgullo, señor Harris —dijo el sheriff Ross—, por todo lo que acaba de decir esta joven y algunas cosas más. Es un rasgo curioso de nuestro juez: se cabrea bastante cuando se incumplen sus fallos judiciales. Y por lo que me parece, lo van a meter a usted en la cárcel y tirarán la llave.

—¡¿Tiffany?!

Hunter le dio un empujón a Harris para llegar junto a ella y estrecharla entre sus brazos.

—¿Estás bien? ¿Te ha hecho daño?

—Estoy bien... ahora —dijo ella, aferrándose a él. Aun con la llegada del sheriff, solo ahora se sintió aliviada—. ¿Cuánto rato habéis estado escuchando?

—El sheriff me ha contenido. Le estabas sacando una confesión tan completa que ha querido dejarle cuerda suficiente para ahorcarse.

—Mis padres deben de estar angustiados.

—Están ahí fuera junto a nuestros hermanos, buscándote desesperados.

La voz del sheriff se iba apagando mientras espoleaba a Harris y los guardias a salir de allí.

—Vamos, te llevaré con ellos —añadió Hunter, pero no se movieron, no apartaron sus brazos el uno del otro.

—¿Cómo habéis sabido que me encontraríais aquí?

—El padre de Andrew nos condujo hasta esta galería apartada. Habríamos tardado mucho más en encontrarte sin su ayuda, porque por aquí hay muchísimos túneles, incluido uno alrededor del socavón que hay en nuestras tierras. Ross lo vio viniendo hacia aquí. Es un desafío tan flagrante al fallo del tribunal en su contra como para cerrar las minas definitivamente.

—¿Definitivamente? Bueno, está bien que salga algo bueno de todo esto, además de que Harris vaya a la cárcel. Pero ¿y el padre de Andrew? ¿No me digas que el apellido es realmente Buffalo?

—No, pero se parecen muchísimo. Se estaba yendo, de hecho, como la mayoría de los mineros. Alguien oyó a Harris planeando tu secuestro y esta noche corrió la voz por el campamento.

Hunter seguía sin soltarla.

—¿Hunter?

—Ya. —Empezó a soltarla, pero de repente la apretó más fuerte y le confesó—: Jamás había pasado tanto miedo, Tiffany. He sido el primero en llegar aquí. No sabía dónde buscar. Ross me encontró en el mismo momento que el padre de Andrew, para indicarnos el camino. Casi encañono al sheriff con mi pistola por tratar de impedirme irrumpir aquí. Nunca más quiero volver a sentir ese miedo. Cásate conmigo mañana. Esta noche. No podré volver a dormir en paz si no estás donde yo pueda protegerte. No me hagas dormir en tu porche esta noche.

Tiffany casi sonrió. Hunter todavía no se había calmado, y eso le hacía poco razonable.

—Qué pequeño que es el mundo. El propietario de esta mina, el señor Harding, nos arruinó la vida mucho antes de tratar de arruinar las vuestras. Me alegro de que esto haya ocurrido y que finalmente Harris vaya a pagar por ello. Me molestaba mucho pensar que no lo culparían. Pero ahora tengo que hacerles saber a mis padres que estoy a salvo. Sácame de aquí. Ya hablaremos de nosotros más tarde.

—Pues será en el porche.

Tiffany pensó que estaba bromeando. No lo estaba.

54

Rose se enfureció cuando supo que William Harris había amenazado a otro miembro de su familia e intentado volver a manipularla. Le entregó la nota de rescate a Zachary y le dijo:

—Haz que vuelva mi hija.

Pero luego se calmó cuando le aseguraron que esta vez Harris iría a la cárcel, junto a sus esbirros. Gracias a su arrogancia al pensar que en el Oeste podría campar a sus anchas, tenía tantos cargos en su contra que ya nunca volverían a verlo.

Zachary también se enfureció, aunque claro, no estaba acostumbrado a que nadie tratara de manipularlo. Habría firmado los papeles, habría mandado a Tiffany a su casa y luego le habría pegado un tiro a Harris. Pero se tranquilizó cuando el sheriff Ross le aseguró que se cerraría la mina y le dio permiso para clausurar la entrada de la mina del modo más fácil, con dinamita. El propio Zachary prendió la mecha.

Los Callahan acompañaron a los Warren a su casa. Rose repartió vasos de whisky, reservándose uno para ella. Tiffany no se quejó de que la excluyeran de la ronda de tragos, pues con Hunter allí ya se sentía embriagada por una sensación de seguridad. Siempre le había gustado su insistencia en protegerla a toda costa, incluso antes de saber quién era.

Nadie tenía ganas de volver al baile. Tiffany fue la única que se mostró decepcionada por ello. Sus hermanos le aseguraron que habría más bailes antes de acabar el verano. Daban por hecho que estaría allí para disfrutarlos. Todavía no sabían que Rose tenía la intención de llevársela a Nueva York. Aunque claro, Rose tampoco sabía que Tiffany ya no quería volver al Este. No obstante, que se quedara dependía de Hunter. Todavía no estaba segura de tomar la decisión apropiada, de si tenía que dejar que sus deseos decidieran su futuro... o su falta de futuro.

Rose encontró un momento para decirle en privado:

—Me gusta Hunter, por si te lo estabas preguntando. Si tuviera que volver a elegir a un Callahan, ahora que ya son mayores, volvería a elegirlo a él. No se ha sonrojado ni una pizca mientras me contaba lo que siente por ti.

—¿Ha sido antes de que recibieras la nota?

—Que ha arrancado de las manos de su padre. Nunca había visto a un hombre tan alto moverse tan rápidamente. Su caballo ya estaba lejos cuando nosotros llegamos a los nuestros. Es tuyo si quieres que lo sea, ya lo sabes.

Rose le contó a Zachary la historia de su primer encuentro con William Harris y cómo la había chantajeado para que dejara a su marido. Compartieron otra ronda de whiskys para celebrar su caída en desgracia. Nada les devolvería los años perdidos, pero al menos uno de los villanos de aquella antigua tragedia había tenido su merecido.

—Ha sido agradable estar en el mismo bando esta noche —admitió Zachary cuando los Warren acompañaron a los Callahan a la puerta—. Estoy dispuesto a dejar de hurgar en el pasado si tú también lo estás, Frank.

Warren le ofreció la mano. Era una ocasión memorable, la primera vez que aquellos dos hombres se estrechaban la mano.

—Me habría mudado a Nueva York para hacer feliz a mi esposa, pero ella se decanta por este lugar, y yo haría cualquier cosa por hacerla feliz. Gracias.

Rose fue un paso más allá y abrazó al patriarca Callahan, lo que le hizo sonrojarse.

—Bueno, bueno —murmuró—. Ahora tal vez Mary volverá a hablarme.

Los hermanos de Tiffany se marcharon con los Callahan al pueblo. Al fin y al cabo, seguía siendo sábado por la noche. Los padres de Tiffany la abrazaron largamente, ahora que ya estaban a solas. No dijeron nada, solo le demostraron lo mucho que la querían.

Luego, Rose dijo con un bostezo que Tiffany habría jurado que era fingido:

—Qué día tan largo. Qué ganas tengo de acostarme a dormir.

—¿A dormir? —preguntó Frank con una risita mientras subía la escalera detrás de su esposa.

Tiffany los observó un momento sonriendo, y luego empezó a subir la escalera también ella, pero se detuvo al recordar el comentario tonto de Hunter de que dormiría en el porche aquella noche. Solo para asegurarse de que bromeaba, salió fuera.

Y allí estaba él. Ya le había quitado la silla a *Manchas* para que estuviera cómodo durante la noche, y la había dejado en el suelo junto a la incómoda silla de madera en que estaba sentado. Levantó la mirada hacia ella.

—¿Cómo es que has tardado tanto? —Sonrió.

Tiffany se apoyó en la pared, incluso levantó una rodilla como siempre hacía él.

—Porque no creía que lo hubieras dicho en serio.

—Por supuesto que te lo has creído, o no estarías aquí fuera.

Ella no lo negó.

—¿Te traigo una manta?

Hunter pensó un poco antes de responder.

—Hoy ha sido uno de los días más calurosos del verano. No esperes que refresque demasiado esta noche. También podrías dormir aquí conmigo para que no notemos si refresca.

—¿En la silla contigo?

—¿Por qué no? Bueno, tú puedes dormir. Yo no creo que lo consiga.

—¿Crees que habrá más problemas? Los peores delincuentes están en la cárcel, y el sheriff ha dicho que lo arreglará para que el tren se lleve al resto, hacia el este o el oeste, durante los próximos días.

—Me refería a que contigo en mi regazo, no podré dormirme.

—Ah.

El farol del porche no estaba encendido, pero salía luz por las ventanas del salón. Sin embargo, por una vez, a Tiffany no le importó ruborizarse un poco. Bajó la mirada antes de decir:

—¿Por qué no me has sacado a bailar esta noche?

—Porque me estaba divirtiendo viendo cómo le cogías el truco. Porque quería que disfrutaras bien una de las juergas que nos montamos aquí y vieras que aquí podemos divertirnos tanto como te divertías en el Este. Porque sabía que en cuanto te rodeara con mis brazos, ya no te soltaría. Y ya no puedo esperar más para hacerlo.

Hunter se inclinó para atraerla y la sentó en su regazo. Con una mano alrededor de su cintura, le giró la barbilla para que lo mirara. Tiffany ahogó un jadeo al ver la emoción que se reflejaba en aquellos ojos azul cielo.

—Quiero casarme contigo, Tiffany. Jamás he anhelado tanto algo.

—Ya van dos veces que me has llamado Tiffany.

—¿Ah, sí? Supongo que me voy acostumbrando. Pero sabes que no importa cómo te llames, sigues siendo la mujer de la que me enamoré. Lo supe la noche en que te vi con el bebé de Caleb, vi lo dulce y tierna que eres realmente. No había nada de ficción en aquello. No era ningún papel que estuvieras interpretando. Aquella eras tú, tal cual. No tardé más de un día en caer en la cuenta de que todo aquello eras tú. Tu osadía para presentarte sola en el campamento enemigo, para eso hay que tener mucho valor. Como lo demostraste tratando de apagar un incendio en vez de huir de él. Queriendo echarle el lazo a una vaca y riéndote de ti misma por tu torpeza. Haciéndote amiga de un cerdito. Admítelo. Nada de eso era mentira. En lo único que mentiste fue con tu nombre.

—Tal vez...

—¿Tal vez? ¿Eso es todo lo que tienes que decir? Has intentado convencerme de que realmente no te conozco. Te acabo de demostrar que sí. ¡Y te acabo de pedir que seas mi mujer! No porque ya estemos prometidos. Y por supuesto tampoco porque tu apellido sea Warren. ¡Te quiero y punto!

—Yo también te quiero, pero...

Eso era lo único que le hacía falta oír a Hunter para acallarla con un beso. Tiffany tampoco quería esperar más. ¡Al infierno las reservas! Al infierno lo que él le había dicho el día que salieron a cabalgar, sobre por qué no quería casarse con la hija de los Warren. Ya había pensado durante demasiado tiempo que no podía tenerlo. Ahora, con aquel rayo de esperanza de que sí que podía tenerlo, fue como si se abriera un dique que hizo fluir todas sus emociones de golpe.

El beso de Hunter fue exquisitamente apasionado. Tiffany tenía una mano detrás de su cuello, pero esa posición no le era favorable, no podía sentirlo lo suficiente. Lo que tenía de bueno aquella silla incómoda era que no tenía brazos que le impidieran a Tiffany sentarse a horcajadas en su regazo. Cambió de posición en cuanto se le ocurrió la idea. Hunter se sorprendió un poco, pero ahora estaban cara a cara, Tiffany apretaba los senos contra su pecho, y con las manos le sujetaba la cabeza. Y podía notarlo entre sus piernas, aquel bulto duro. Podía incluso frotarse contra él, y lo hizo. La estaba volviendo loca. No, ella misma se estaba volviendo loca, porque casi podía sentir la misma excitación mareante y el placer apabullante que había sentido aquella noche en el granero. Allí estaba, a punto de descontrolarse como un remolino, ya fuera de su alcance. Tanta pasión, tanta necesidad, y no había manera de saciarla.

Tiffany no supo cómo se las apañaba Hunter, sin llegar a moverla ni interrumpir aquel beso, tirando de un cordel, apartando la holgada ropa interior, pero de repente estaba dentro de ella, muy dentro de ella. Hunter le cogió las caderas para guiarla, pero Tiffany no necesitaba ayuda. Sabía exactamente lo que tenía que hacer. Todo convergió en un mismo momento, todo lo que él evocaba —pasión, esperanza, amor— la absorbió en aquel remolino, envolviéndola de gozo.

Se quedaron así sentados, inmóviles, todavía jadeando. El

cabello de Tiffany se había soltado y caía sobre los brazos de Hunter, que la abrazaba tiernamente. Tiffany todavía no quería moverse, no quería perder ni un centímetro de él. Estaban en una postura notablemente cómoda para una silla tan incómoda.

Hasta que ella se dio cuenta.

—¡Dios mío! ¿En el porche?

La risa de Hunter hizo vibrar su cuerpo, todavía apretado al de su amante.

—Graneros, porches, ¿acaso importa?

Tiffany apoyó la cabeza en su hombro y le besó el cuello con ternura.

—No.

—Antes he oído un «pero» —dijo él con cautela—. No ha sido un «sí, quiero casarme contigo», ¿verdad?

Ella suspiró.

—No puedo negar que tengo un último reparo.

—Dímelo.

—Fue el día que me dijiste por qué no querías casarte con una Warren, que lo que sentías por ellos siempre estaría allí, en el fondo siempre existiría, debajo de la superficie. Y que se interpondría, tanto si ella te gustaba o no.

Hunter sonrió.

—¿Tenías que recordar eso ahora? Vale, no es que no lo pensara. Lo pensaba cada vez que buscaba excusas para no tener que casarme con una mujer a la que no amara. Otras veces le veía el lado positivo: que, quién sabe, tal vez acabaría adorándola. Así que incluso había ido de compras para ella... bueno, lo había encargado. De vez en cuando llegaban aquí catálogos extraños. Le había comprado algunas cosas que creía que podían gustarle a alguien de Nueva York. No te rías, pero tengo piezas de porcelana inglesa de calidad amontonadas en cajas en mi habitación: jarrones de flores, bonitas chucherías, tazas de té de porcelana decorada, cuando ni siquiera sabía si le gustaría el té. En mis días optimistas tiraba la casa por la ventana. Y luego pensaba en arrojarlo todo al fuego. Me volvías loco ya antes de conocerte.

Tiffany sonrió.

—Resulta irónico que algunas de esas cajas llegaran aquí el mismo día que yo.

Hunter la apartó para sujetarle el rostro entre sus manos.

—¿Por qué no me preguntas por qué compartí esos temores contigo?

—¿Por qué?

—Porque ya pensaba en ti constantemente, y no quería que pensaras que estabas rompiendo algo que estaba predestinado a pasar. La auténtica ironía es que sí que estaba predestinado a pasar, lo que entonces todavía no sabíamos. Bueno, yo no lo sabía. Tú, por otra parte, hiciste trampa. Pudiste conocerme mucho antes de que yo te conociera a ti.

—¿Me dejarás que lo olvide algún día?

—Yo no diré una palabra más... esta noche. —Tiffany se rio, pero Hunter añadió—: La incertidumbre me está matando, Pelirroja. ¿Pasamos por el altar mañana o no?

Ella le besó una mejilla.

—Mi madre mandó hacer un vestido de novia para mí. —Le besó la otra mejilla—. Pero no quise ponerlo en la maleta porque no tenía ninguna intención de casarme contigo. —Le besó los labios—. Tardará al menos una semana en llegar aquí.

Hunter la besó larga y ardorosamente antes de decir:

—¿El próximo domingo, entonces?

—El próximo domingo.

—Tendrás que traer una cama al porche para mí. —Tiffany puso los ojos en blanco, pero él añadió—: No bromeo. Pero el próximo domingo es una fecha bonita. Tal vez incluso ya podríamos tener la casa construida.

—Qué dices. Eso es imposible.

—Te sorprenderías, la verdad. O mejor dicho, te sorprenderás. Tenemos carpinteros, incluso albañiles, y un montón de gente que querrá echar una mano para hacerlo realidad. Un granero se puede construir en un día. Una casa elegante tardará unos días más. Y la puedes diseñar a tu gusto... si quieres tener una casa aquí.

De repente Hunter parecía preocupado por haberse precipitado. Ella lo reconfortó diciendo:

—He pensado que podríamos hacer un viaje a Nueva York cuando la casa ya esté terminada. Podemos elegir juntos los muebles. Y puedo enseñarte dónde me he criado, presentarte a mis amistades...

—¿Y convencerme de que me quede? Lo haré, si es eso lo que quieres. A mí no me importa dónde vivamos, mientras estemos juntos.

—¿Harías eso por mí?

—Haría cualquier cosa por ti.

No le sorprendió que dijera eso. Era parte de su encanto, una de las muchas razones por las que se había enamorado de él.

—Por suerte para ti, me decanto por las puestas de sol de Montana. Entre otras cosas. Y creo que podremos encontrar una cama vacía para ti dentro de casa.

Atrayéndola con sus miradas y echándole el lazo con su encanto, aquel hombre había conquistado su corazón. Tiffany sonrió ampliamente cuando cayó en la cuenta de que, después de todo, sus nietos iban a ser vaqueros.

how to Sell
TOYS AND
HOBBIES
on
eBay

Other Entrepreneur Pocket Guides include

How to Sell Clothing, Shoes, and Accessories on eBay

How to Sell Collectibles on eBay

Start Your Real Estate Career

Start Your Restaurant Career